Friederike Schmöe

SPINNEFEIND

Friederike Schmöe

SPINNEFEIND

Katinka Palfys achter Fall

KRIMI IM GMEINER-VERLAG

Wir machen's spannend

Bibliografische Information
der Deutschen Bibliothek
Die Deutsche Bibliothek verzeichnet diese Publikation in der Deutschen Nationalbibliografie; detaillierte bibliografische Daten sind im Internet über http://dnb.ddb.de abrufbar.

Besuchen Sie uns im Internet:
www.gmeiner-verlag.de

Im Ehnried 5, 88605 Meßkirch
Telefon 07575/2095-0
info@gmeiner-verlag.de

1. Auflage 2008

Lektorat: Claudia Senghaas, Kirchardt
Umschlaggestaltung: U.O.R.G. Lutz Eberle, Stuttgart
unter Verwendung eines Fotos von Aboutpixel.de/
Tafeldienst! © Uwe Dreßler
Gesetzt aus der 10/13,3 Punkt GV Garamond
Druck: Fuldaer Verlagsanstalt, Fulda
Printed in Germany

(...) [Er] setzte stets voraus, daß sich das wirkliche und interessanteste Leben eines jeden Menschen heimlich, gleichsam wie unter dem Mantel der Nacht, abspielte. Jede persönliche Existenz hält sich durch ein Geheimnis, und vielleicht ist deshalb ein kultivierter Mensch so leidenschaftlich bemüht, sein Persönlichstes geheimzuhalten.

Anton Tschechow, Die Dame mit dem Hündchen*

* Anton Tschechow, Die Dame mit dem Hündchen. Erzählungen 1897–1903. Zürich, Diogenes 1976. S. 269.

Die schwere Tür schlug mit einem metallischen KLANK zu.

Nervös drehte die Frau sich um. Hier unten brütete die Hitze. Es roch nach Benzin. Die Neonleuchten flackerten.

Sie war aufgewühlt. Wütend schloss sie ihren Wagen auf. Es tat weh, abserviert zu werden. Tausendmal mehr als die Striemen, die ihre Fingernägel in Jens' Gesicht hinterlassen hatten. Ihre Wangen brannten vor Zorn. Wie kam sie dazu, sich dermaßen zu erniedrigen? Zuvor hätte sie schwören können, dass sie niemals einen Mann anflehen würde, sie nicht zu verlassen. Nun hatte sie es doch getan und hasste sich dafür. Also hatte er es geschafft und sich eine neue Freundin zugelegt. Diese Trine vorhin war sicher nicht zufällig aufgetaucht!

Sie fiel auf den Fahrersitz, drehte den Rückspiegel zu sich und starrte in ihr erhitztes Gesicht. Das flammende Rot ihrer Wangen passte nicht zu den apfelsinenfarbenen Haaren. Sie hatte sie gestern frisch färben lassen, schließlich mochte Jens Rothaarige. Er hatte es zumindest einmal behauptet, vor langer Zeit. Aus. Vorbei. Sie konnte die lange Mähne nicht mehr ertragen, bei der Hitze schwitzte sie unter dem Haarschopf. Friseurtermin, dachte sie und angelte ihren Terminkalender aus der Handtasche. Die Woche lag jungfräulich vor ihr. Das Schuljahr war gelaufen, der Notenschluss geschafft. Die wenigen noch nötigen Unterrichtsvorbereitungen würden ihr flott von der Hand gehen. An jedem einzelnen Nachmittag könnte sie etwas unternehmen, was ihr guttat. Kosmetikerin, Hainbad, Friseur. Das hochsommerliche Wetter sollte anhalten, was ihren Bedürfnissen sehr entgegenkam. Doris Wanjeck stellte den Rückspiegel zurecht. Sie hätte nicht gedacht, dass so schnell wieder eine Frau auf ihn hereinfallen würde.

Am anderen Ende des Decks wurde ein Motorrad angelassen. Das Knattern hallte zwischen den Betonwänden wider. Sie schlug die Tür zu und steckte den Schlüssel ins Zündschloss. Plötzlich erschien ihr die Luft unerträglich stickig. Es wurde Zeit, dass sie ans Tageslicht kam. Sie ließ die Kupplung kommen.

Das Motorrad schoss heran. Bremste und stoppte genau hinter ihrem Wagen. Doris Wanjeck schlug mit der flachen Hand auf das Lenkrad. Noch so ein Exemplar von einem Knallkopf würde ihr nicht den Tag vergällen. Die Hand schon am Türöffner, fuhr sie zusammen. Der Motorradfahrer riss die Beifahrertür auf und stieg bei ihr ein. Er trug einen Helm mit schwarzem Visier. Seine Hände legten sich um ihren Hals.

»Jens?«, krächzte sie. Sie wehrte sich nicht einmal mehr zwei Minuten.

1. Jens und Charly

Ihr Handy klingelte mitten hinein in eine Diskussion, die Privatdetektivin Katinka Palfy an diesem heißen Nachmittag im Juli am liebsten nicht geführt hätte.

»Das ist Hardo.«

»Super«, sagte Britta Beerenstrauch und grinste. »Wie bestellt. Sprich Klartext.«

Katinka warf ihr einen vernichtenden Blick zu. Im vergangenen Herbst hatte sich ihr langjähriger Freund Tom von ihr getrennt. Er war aus ihrem Leben geplumpst, als habe es ihn nie gegeben. Nicht allein der Abschied von Tom war am Anfang grauenvoll und schmerzhaft gewesen. Beinahe ebenso schlimm fand Katinka, dass Tom den Kater mitgenommen hatte. Zwar hatte Vishnu, der Rotgetigerte, von jeher eine deutliche Vorliebe für Tom gezeigt. Dennoch tat es weh, zwei Vertraute auf einmal zu verlieren.

Katinka und Kriminalhauptkommissar Harduin Uttenreuther, genannt Hardo, hatten zur gleichen Zeit eine schüchterne, von langen Unterbrechungen geprägte Annäherungsphase begonnen. Britta hatte nichts anderes im Sinn, als sie zu drängen, in Sachen Liebe endlich Nägel mit Köpfen zu machen.

»Hallo Hardo«, nahm Katinka das Gespräch an. Ihre Stimme bebte immer ein wenig, wenn er anrief.

»Wie geht's?«, fragte Hardo beiläufig.

»Alles im grünen Bereich.«

Britta schnitt eine Grimasse und bedeutete Katinka,

den Lautsprecher einzuschalten. Katinka zeigte ihr einen Vogel.

»Schlimme Neuigkeiten«, sagte Hardo. »Ein Mord in der Tiefgarage Eichwörth.«

Katinka drückte nun doch auf ›laut‹.

»Doris Wanjeck, Lehrerin am Paul-Celan-Gymnasium«, fuhr der Kommissar fort. »Sie wurde erwürgt. Gestern Nachmittag.«

»Tiefgaragen sind gute Orte für Ermittler. Was ist mit den Videobändern?«

»Sind von lausiger Qualität und zeigen einen Kauz in schwarzer Motorradkluft mit Helm und schwarzem Visier.«

»Ach du Schreck.«

»Tja«, sagte Hardo, »laut rechtsmedizinischem Erstbefund liegt die Todeszeit bei gestern, also Sonntag, um 16 Uhr. Ich wollte, dass du Bescheid weißt.«

»Danke«, sagte Katinka, stellte den Lautsprecher wieder ab und fügte hinzu: »Sehen wir uns bald mal?« Sie errötete unter Brittas investigativem Blick.

»Von mir aus gern.« Er zögerte. »Wann hast du gedacht?«

»Ich rufe bei Gelegenheit an«, sagte Katinka.

»Gut.« Irrte sie sich, oder schwang da Enttäuschung in seiner Stimme?

»Dir ist echt nicht zu helfen«, sagte Britta düster, als Katinka die rote Taste gedrückt und das Gespräch beendet hatte. »Da ist jemand, der alles dafür geben würde, mit dir zusammen zu sein, und du bockst.«

»Quatsch«, wehrte sich Katinka halbherzig.

»Was ist eigentlich mit dir los? Liebst du ihn nicht?« Britta wartete die Antwort gar nicht ab. »Ich sage dir was: Du liebst ihn, mehr als du jemals einen Mann geliebt hast. Aber du willst es nicht wahrhaben. Schiebst es weg wie einen leergegessenen Teller.« Resolut rückte sie ihr Glas ein Stück beiseite.

»Er hat angerufen, weil es einen Mord gibt«, sagte Katinka. »Hast du doch mitgehört.«

»Pah!«, machte Britta. »Er sucht einen Anlass, um sich bei dir in Erinnerung zu bringen. Etwas Unverfängliches.«

Mord ist höchst verfänglich, wollte Katinka widersprechen, aber im Inneren musste sie Britta recht geben, obwohl sie es ihrer besten Freundin natürlich nie eingestehen würde. Sie und Hardo waren scheu wie Rehkitze, wenn es um ihre Beziehung ging. Vielleicht war da zu viel Angst vor dem Verlassenwerden, vor Enttäuschung und Vertrauensverlust.

»Also«, sagte Britta, legte Geld auf den Tisch und schulterte ihre riesige Tasche. »Dann mache ich mich mal auf den Weg. Gute Storys lauern zurzeit auch nicht an jeder Straßenecke.«

»Stopp!«, rief Katinka. »Stimmt das, was du vorhin angedeutet hast? Du hörst auf beim ›Fränkischen Tag‹?«

»Sehen wir mal«, tat Britta geheimnisvoll. Die Falte über ihrer Nasenwurzel vertiefte sich, eine Veränderung, die Katinka bislang nicht aufgefallen war. »Ciao.«

Katinka schlenderte durch die Lange Straße zu ihrer Detektei. In der Austraße freuten sich die Studenten auf das Semesterende. Ein Trupp schick gekleideter Menschen schritt energisch Richtung Uni. Eine Frau hielt einen selbstgebastelten Doktorhut in der Hand. Die Gruppe plapperte aufgeregt. Die gehen zu einem Rigorosum, dachte Katinka, und feiern den frischgebackenen Doktor. Für einen Augenblick wehte diese leise Sehnsucht heran, nach der Freiheit des Studentenlebens ohne Verantwortung und böse Träume. Die wissenschaftliche Karriere hatte sie vor Jahren aufgegeben, noch bevor sie richtig begonnen hatte. Mit Gremien und Hierarchien, Reformen und Spielchen kam Katinka schlecht zurecht. Freiberufler ist beinahe so gut wie Student, dachte sie und bog in die Hasengasse ein.

Sie schloss die Tür zu ihrer Detektei auf. Hier stand die Luft. Katinka ließ die Tür offen und schaltete ihren Rechner an. Während sie ihre Mails durchsah, dachte sie an den Mord in der Tiefgarage. Es klang fast wie der Titel eines drögen Drehbuches. Mord in der Tiefgarage, nein, wirklich. Sie löschte ein paar Müllmails und surfte träge durchs Netz. Seit das herrliche Wetter sich austobte, gab es kaum Aufträge.

Die Tür ging.

»Grüß Gott. Das ist doch die Privatdetektei?«

Ein Mann Ende 20 schaute herein. Katinka nickte ihm zu.

»Nur herein.« Sie stand auf und stellte sich vor.

»Ja, hallo also. Ich bin Jens Falk.«

»Bitte.« Sie bot ihm Platz an. »Was zu trinken?«

»Wenn Sie was Kaltes haben«, antwortete er und lehnte sich zurück. Er trug schmutzige Jeans und ein eng anliegendes T-Shirt mit der Aufschritt ›Roxy Music‹ in Silber. Auf seiner Wange leuchteten ein paar Kratzer. Katinka angelte eine Flasche Mineralwasser aus dem Kühlschrank im Nebenzimmer, schnappte sich mit der anderen Hand zwei Gläser und ging ins Büro zurück.

»Also, ich habe ein blödes Problem«, begann Falk.

»Vielleicht sind Sie das ja gewöhnt. Probleme aller Art. Ich bin Mathelehrer. Mathe und Physik. Referendar. Die erste Hälfte meines Referendariats habe ich in Kulmbach gemacht, jetzt muss ich hier die übrigen Monate durchziehen.«

Katinka setzte sich hinter ihren Schreibtisch.

»Welche Schule?«

»Paul-Celan-Gymnasium«, sagte er und verdrehte die Augen. »Die höhere Schule für die Elite Bambergs! Jedenfalls: Ich werde nicht übernommen. Man hat mir die Verbeamtung glatt unter dem Hintern weggezogen. Und alles kam mit einer ganz komischen Sache. Rede ich zu schnell?«

Katinkas Kuli wetzte über das Papier. Dort, wo ihre Hand Schweißspuren hinterlassen hatte, schrieb er nicht. Sie schob ihn weg und griff nach einem Bleistift.

»Nur zu!«, sagte sie. Wenn ein Klient so energiegeladen loslegte, musste sie das ausnutzen. Den meisten zog sie die Informationen häppchenweise aus der Nase.

»Alles begann kurz nach den Pfingstferien. Ich war mit meinem Physik-Grundkurs in München im Deutschen Museum. Ist immer eine Reise wert. Und während der Exkursion verschwand ein Schüler. Hannes Niedorf.« Falk öffnete die Flasche und goss sich Sprudel ein. »Natürlich lief der ganze Leierkasten ab. Polizei, Schule und Eltern wurden benachrichtigt, das heißt nur der Vater, Hannes ist Halbwaise. Der Junge ist schon 18, also war nicht viel zu machen.«

Katinka runzelte die Stirn und sah Falk zu, wie er ihr Glas füllte.

»Sie können sich vorstellen, was in der Schule los war. Stress pur. Nur Charly, Hannes' Vater, war ziemlich gefasst. Er behauptete, sein Sohn sei erwachsen. Charly ist ein recht … ungewöhnlicher Vater.«

Katinka schrieb das nächste Blatt voll.

»Inwiefern ungewöhnlich?«

»Er ist ein Ultralinker. Mir ist nicht klar, warum Hannes an unserer Schule gelandet ist. Da brauchst du ein schwarzes Parteibuch, wenn du die Klos putzen willst. Die Eltern unserer Schüler sind aufs Höchste ambitioniert und wollen überall mitquasseln. Das nervt.«

»Ihre Verbeamtung ging den Bach runter, weil Sie den Schüler Hannes Niedorf während einer Exkursion im Deutschen Museum verloren haben?« Katinka trank einen Schluck.

»Nein. Meine Aufsichtspflicht habe ich nicht verletzt, es war ein genauer Treffpunkt verabredet, und Hannes ist, wie gesagt, erwachsen.« Jens Falk sah grimmig vor sich auf den Tisch. »Es gab im letzten Halbjahr einiges Unschöne am PCG. Erst sind kurz vor Notenschluss im Winter Klassenarbeiten verschwunden. Meine Klasse hatte gut gearbeitet. Die Neunte ist super. Ich hatte alles korrigiert. Plötzlich waren die Dinger weg.« Falk raufte sich das Haar, sein T-Shirt klebte von Schweiß. »Ich weiß, dass ich sie nicht verschlampt habe. Ich sehe im Moment nicht so aus, aber ich bin ein ordentlicher Mensch und weiß sehr wohl am Morgen noch, wo ich am Abend meine Arbeitsmaterialien abgelegt habe. In meinem Arbeitszimmer herrscht peinliche Ordnung.«

»Kein Verdacht?«, fragte Katinka.

»Es muss jemand bei mir eingebrochen sein und die Sachen abgeräumt haben, aber ich habe nichts mitgekriegt. Es war in der Nacht von Mittwoch auf Donnerstag. Am Abend hatte ich die Arbeiten noch. Am Morgen wollte ich sie den Schülern zurückgeben. Tja.«

»Haben Sie den Einbruch angezeigt?«

»Schon, aber niemand hat mir geglaubt. Man hat keine Spuren gefunden. Ich wohne am Hinteren Bach. Nur zwei Fenster gehen zur Straße. So leicht steigt da keiner ein.«

»Haben Sie jemandem einen Zweitschlüssel anvertraut?«

Falk schüttelte stumm den Kopf.

»Aber Sie hatten doch die Noten?« Katinka trank ihr Glas leer. Ein warmer Wind fegte durch die offene Tür und wirbelte die Notizblätter durcheinander.

»Eben nicht. Schön blöd, aber ich wollte mir eine DVD reinziehen und dachte, ich könnte die Noten ebenso gut am nächsten Morgen noch eintragen. Was sich am Tag danach im Zimmer von unserem Chef abspielte, können Sie sich gar nicht drastisch genug vorstellen.«

»Was ist denn passiert?«

»Er und einige andere führten einen Tanz auf. Fielen über mich her. Der unzuverlässigste Referendar seit Menschengedenken. Und dann war da noch eine andere Sache.«

»Ja?«

Falk fuhr sich durch das verschwitzte Haar.

»Aus Schülerakten sind Unterlagen verschwunden. Sensible Sachen! Noten, Kommentare, familiärer Hintergrund.« Er seufzte. »Es gab eine Untersuchung. Das Fiese war, dass ich einige Akten vorher zur Einsicht aus dem Sekretariat geholt und später zurückgestellt hatte. Ich hätte theoretisch etwas rausnehmen können, als ich die Dokumente im Lehrerzimmer bei mir hatte.«

»Aber Sie haben nichts rausgenommen«, stellte Katinka fest. Sie glaubte ihm aufs Wort. »Verschwundene Klassenarbeiten, ausspionierte Akten und ein abgetauchter Schüler sind eindeutig zu viel für eine Lehrerbiografie.«

Jens Falk nickte bekümmert.

»Übernehmen Sie die Sache? Ich muss meine Weste weiß kriegen, auch wenn meine Karriere am Gefrierpunkt angekommen ist.«

»Ist Hannes ein guter Schüler?«

»Absolut. Der macht Abi, kein Thema. In den Fächern, zu denen er keine Lust hat, macht er nur das Nötigste, aber das haben wir ja alle so durchgezogen.«

Katinka lachte schallend, nannte Falk ihre Preise und Bedingungen und kassierte im Voraus 500 Euro.

Charly Niedorf wohnte in der Sandstraße. Katinka brauchte mit dem Rad gerade mal fünf Minuten.

»Palfy?«, fragte er verblüfft, als er ihr öffnete. Er trug Jeans, ein gebatiktes Shirt und durchlöcherte Socken. Die jugendlichen Klamotten passten nicht recht zu seinem verknitterten Gesicht und dem wirren, grauen Haar. Unruhe zeichnete rosige Flecken auf sein Gesicht.

»Es geht um Ihren Sohn. Und seinen Lehrer, Jens Falk.«

Katinka blickte sich offenherzig um, als sie Niedorf ins Haus folgte. Hier herrschte purer Individualismus. Nichts war einfach nur gekauft und hingestellt worden. Auf sauber geschliffenen und geölten Dielenböden hockten flache Sitzmöbel mit fantasievollen, selbstgefärbten Bezügen. In der Küche herrschte trotz der Hitze angenehme Kühle. Auf dem Tisch setzten Kräutertöpfchen Moos an. Ein Eimer mit Farbe stand mitten im Raum.

»Vorsicht«, sagte Charly Niedorf, »ich erneuere gerade die Borte.« Er wies nach oben, wo sich knapp unter der Decke meergrüne Muster rankten. »Möchten Sie einen Kaffee?«

»Ja, gern«, sagte Katinka.

»Espresso?«

»Entweder Espresso, also einen richtigen Mokka, oder Milchkaffee mit viel heißer Milch.«

Niedorf lachte, schraubte eine Caffetiera auf und spülte sie unter fließendem Wasser ab. Es gab Katinka einen kleinen Stich im Herzen. So einen Kaffeekocher besaß sie auch, aber seit Tom nicht mehr mit ihr lebte, hatte sie die Tradition, abends einen Espresso zu brauen, aufgegeben. Niedorf betätigte eine elektrische Kaffeemühle. Das Gerät holperte jaulend über das Küchenbüfett.

»Ist total laut, aber frisch gemahlen schmeckt der Kaffee eben besser«, verkündete er. »Sie wollen etwas über Hannes wissen?«

»Zunächst interessiert mich sein Lehrer, Jens Falk«, sagte Katinka. Sie schob einen Stapel Zeitungen beiseite, um sich zu setzen. Niedorf las die ›taz‹, außerdem ›Neues Deutschland‹. Und ›Emma‹.

»Ein netter Kerl, nur leider vom Pech verfolgt«, seufzte Niedorf und stellte die Caffetiera auf den Herd.

»Wie ist es denn so am Paul-Celan?«, fragte Katinka. »Man hört so einiges.«

»Herrje!«, schnaubte Niedorf. »Hannes wollte unbedingt an dieses Gymnasium, weil sein bester Freund auch dort landete. Valentin ist genauso ein Mathefreak wie mein Sohn. Entweder hocken sie hier in Hannes'

Zimmer vor dem Computer oder bei Valentin, draußen in Stegaurach. Er ist der Sohn von Hans-Peter Kazulé … na, egal. Sie geben sicher nichts auf Bamberger Klatsch. In dem Alter jedenfalls bin ich mit meinen Kumpels den Mädchen hinterher. Aber die beiden interessieren sich nur für ihre kryptischen Rätsel.«

»Sie sind nicht zufrieden mit der Schule?«

»Mich geht das nichts an. Hannes hat gute Noten. Er schafft das Abi locker. Danach kann er machen, was er will. Erst mal Zivildienst. Da bin ich hart.«

»Stimmt es, dass das PCG die höhere Schule für die Bamberger Konservativen ist?«

»Wollen Sie mich herausfordern?« Er nahm ein Tablett und stellte Espressotassen, Zuckerstreuer und eine Schale mit Keksen drauf. »Sie sehen mir doch an, dass ich mit den Eltern dort nicht viel gemeinsam habe. Richter, Staatsanwälte, Professoren, Ärzte … die schicken ihre Kinder ans Paul-Celan. Eine alte, renommierte Schule.«

»Was sind Sie von Beruf?«

Der Espresso begann zu gurgeln.

»Schreiner.« Niedorf grinste. »Kommen Sie. Tragen Sie den Kaffee?«

Katinka folgte ihm auf eine schmale Veranda mit gedrechseltem Geländer und Blick auf einen winzigen Innenhof.

»Sieht ein bisschen nach Knast aus, wie? Ein Stück Himmel für die grobe Orientierung, aber dafür lebt man mitten in der Stadt.«

Katinka überlegte, wie es wäre, hier zu wohnen. Ihre alte Wohnung würde sie auf Dauer nicht halten; für eine Person war sie zu groß, zu teuer und überdies vollgestopft mit Erinnerungen an ein Leben zu zweit. Wobei wir nie sehr viel zu zweit waren, dachte sie kritisch, denn irgendwie haben wir immer mehr allein unternommen als gemeinsam.

»Also, Jens Falk. Hannes mag ihn. Ein Lehrer, der es mit den Schülern kann. Er scheint den richtigen Ton zu treffen. An den meisten anderen Paukern lässt Hannes kein gutes Haar. Falk bietet einen Extrakurs am Nachmittag an: Kryptoanalyse. Muss schon was Faszinierendes sein, wenn zehn schulgestresste junge Leute freiwillig mitmachen.«

»Kryptografie? Was machen die in dem Kurs?«

»Nicht Kryptografie! Kryptoanalyse. Sie schreiben da keine Codes, sondern knacken welche.« Niedorf schenkte Espresso in die Tässchen. »Nehmen Sie sich Zucker. Schmecken Ihnen meine Kekse?«

Katinka biss in ein Plätzchen. Es war genau richtig, locker, aber nicht bröselig, süß, aber nicht zuckrig.

»Zwischen den Codeknackern und den Verschlüsselern herrscht seit Anbeginn der Zeiten ein erbitterter Kampf. Die Kryptografen basteln an immer besseren Codes, und die Analytiker tun alles, um die Codes zu knacken. So hat Hannes mir das mal erklärt.«

»Wo ist Hannes?«

Niedorf stutzte.

»Also doch.« Er grinste schief. »Deswegen sind Sie gekommen. Ich habe keine Ahnung.«

»Das glauben Sie doch selbst nicht«, sagte Katinka und lächelte ihn an.

»Hübsch können Sie lächeln, Frau Palfy.«

»Gut und schön, wenn Sie nicht sagen, wo sich Ihr Sohn aufhält. Aber Jens Falk kriegt Probleme.«

»Ich habe alles getan, damit er glimpflich davonkommt. Wie man hört, ist nicht Hannes der Gipfel der Ungeheuerlichkeiten, sondern da sind ganz andere Dinge passiert. Komisch, oder? Ein Mathelehrer, dessen Steckenpferd Verschlüsselung und Entschlüsselung sind, wird gefeuert, weil er sich angeblich an Schülerakten vergriffen hat. Das ist doch alles vorgeschützt.« Niedorf leerte seine Tasse in einem Zug. »Die wollten den Mann weghaben und schoben ihm irgendwas Widerwärtiges in die Schuhe. Ein alter Trick.«

»Aber warum? Warum will jemand Falk ausschalten?«

»Er hat schlechte Zähne.«

»Wie bitte?«

»Wussten Sie, dass der bayerische Staatshaushalt zu 25 Prozent mit Pensionszahlungen belastet ist? Die haben Angst vor den Versorgungsansprüchen!«

»Hören Sie auf. Karies kann doch nicht der Auslöser für solche Gemeinheiten sein.«

Niedorf zuckte die Schultern.

»Vielleicht wurde er jemandem gefährlich? Was weiß ich.« Er presste die Lippen aufeinander.

Katinka trank von ihrem Kaffee.

»Kennen Sie sich auch mit Kryptoanalyse aus?«

»Ich verstehe mich als Bürgerrechtler«, sagte er. »Und ich weiß, dass alles, was wir noch an Privatheit besitzen, gerade den Bach runtergeht. Der Staat will uns aushorchen bis auf die kleinen, spitzen Schreie beim Sex. Man hat nicht einmal mehr das Recht, in Ruhe gelassen zu werden.« Er sah weg, als überkomme ihn ein ungutes Gefühl.

Katinka drehte ihre Tasse in den Händen und sah Niedorf ins Gesicht. Erst jetzt bemerkte sie seine grasgrünen Augen. Zu grün, um echt zu sein, dachte sie. Aber manchmal stückelt die Natur eben unglaubliche Merkmale zusammen.

»Jeder von uns nutzt das Internet, und wenn Sie das tun, sind Sie so gut wie nackt. Früher mussten die Tyrannen einen gewissen Aufwand betreiben, um an Infos über ihre Untertanen ranzukommen. Durchsuchungen, Festnahmen, Briefe abfangen und über Wasserdampf öffnen ... ziemlich arbeitsintensive Geschichte. Aber in der digitalen Welt sieht es anders aus. Nun kann innerhalb von Sekunden eine gewaltige Menge an Daten über x-beliebige Leute erhoben werden. Und Sie merken nicht einmal, dass Sie durchsucht werden! Doch selbst wenn Sie Verdacht schöpfen sollten: Sie können nichts nachweisen. Die perfekte Überwachung. Ich sage Ihnen«, er fuhr sich durchs Haar, »irgendwann wird es so weit sein, dass die Neugeborenen einen Chip ins Ohr kriegen mit einer kleinen Software, die sämtliche Informationen zu diesem Menschen enthält. Krank? Subversiv? Politisch auffällig? Schlecht in Latein? Liebeskrank? Vorbestraft? Schwanger? Alles wird sofort abrufbar sein. Elektronisch wäre der Mensch dann komplett erfasst. Scanner an Grenzübergängen, Flughäfen, Autobahnen, Fußballstadien und anderen neuralgischen Punkten registrieren jede Bewegung. Sogar wenn Sie im Wald Pilze suchen, weiß immer jemand, wo Sie sind.«

Katinka stellte ihre Tasse ab und blickte über das Geländer in die flimmernde Hitze hinaus. Davon wollte sie nichts hören. Sie wollte sich nicht vorstellen, dass irgendwo in Kellern Leute saßen und ihren Computer durchforsteten. Jetzt eine Runde Schwimmen im Fluss, dachte sie, wäre gerade richtig.

»Meldet sich Hannes ab und zu bei Ihnen?«

Niedorf zuckte.

»Er ist volljährig.«

»Und sein Abitur? Sie sagen, er sei ein guter Schüler. Verpasst er nicht zu viel Stoff?«

»Hannes kann das nachholen. Es ist seine Angelegenheit.«

»Machen Sie sich keine Sorgen?«

»Mein Sohn und ich vertrauen einander.«

Hier würde sie nicht weiterkommen. Katinka überlegte sich sorgfältig ihre nächste Frage.

»Haben Sie etwas für mich, was Falk helfen könnte?«

»Wissen Sie, ich finde Falk sympathisch, und er tut mir leid, aber ich kann nichts zur Sache sagen.«

Du mauerst, dachte Katinka ärgerlich. Aber ich koche dich noch weich.

»Danke für den Espresso«, sagte sie und stand auf. »Die Kekse waren wirklich vorzüglich.«

Es ist ihr einfach passiert.

Es ist aus dem Ruder gelaufen. Sie kann sich nicht erklären, wie ... doch. Sie raucht, und das Nikotin macht die Gedanken klar. Doch, sie kann es sich erklären. So passieren die Dinge. Irgendwo geschieht etwas Unerwartetes, der berüchtigte Zufall, und dann laufen Handlungen ab, die niemand geplant hat, aber sie vollziehen sich einfach. Einmal losgetreten, entfalten sie ihre eigene Dynamik, unaufhaltsam wie ein herrenloser Ski, der unkontrolliert zu Tal rast und irgendwo an einem Felsen zerschellt. Aber sie wird nicht zerschmettern. Es war ein Fehler, einfach so. Ein Fehler. Sie drückt die Zigarette aus und zündet die nächste an. Niemand wird etwas herausfinden. Sie hat in aller Eile für den größtmöglichen Schutz gesorgt, das Kennzeichen mit Paketband überklebt, den Helm und die Motorradkleider entsorgt. Die Sachen werden nie gefunden, nie!

Himmel, wie ihre Finger zittern. Wie war das damals, bei ihrem Peiniger? Ihm zitterten nicht die Finger, jedenfalls nicht gleich. Aber vor Gericht hat er doch das Flattern bekommen, einmal musste sogar ein Arzt gerufen werden. Sie weiß es, weil ihre Eltern am Abend darüber gesprochen haben. Sie denkt zu oft an diesen Mann. Es hat sich eine Bindung aufgebaut, die sie erschreckt. Sie hat jahrelang seine Wege verfolgt. Sehr behutsam, ist immer die Beobachterin geblieben. Sie ist sicher, er hat alles verdrängt, doch nachts kriechen die Ratten des schlechten Gewissens durch seine Träume.

Die Frau inhaliert tief den Rauch. Sie hat eine Liste angelegt. Um Gottes willen, nicht auf Papier oder gar im Rechner, nein, im Geist. Die Gedanken sind immer noch frei, denkt sie und lächelt. Sie hat sich in ihrem Kopf notiert, was als Nächstes zu tun ist. Sie kommt zurecht.

2. Ein Schock

Das Gefühl, Charly Niedorf wisse etwas über die Vorwürfe gegen Jens Falk, verfolgte Katinka, als sie zum Hainbad radelte, ihr Fahrrad abschloss und sich zu ihrem Lieblingsplatz am äußersten Ende des Steges aufmachte. Das Wasser war kühl, und während sie gemächlich stromaufwärts schwamm, ließ sie sich Niedorfs Worte durch den Kopf gehen. Sie glaubte ihm nicht. Er wusste, wo sein Sohn war, aber er sagte es nicht. Warum? Katinka machte ein paar entschlossene Schwimmzüge. Im Westen standen dicke, schwere Wolken am Himmel. Schützt er seinen Sohn? Oder schützt er Jens Falk vor seinem Sohn? Das gibt's nicht, dachte sie. Wieder wanderte ihr Blick zu den Wolken am Horizont. Es sollte Flugzeuge geben, die mit chemischen Substanzen das Wetter veränderten. Die Chemtrails, die man mitunter am Himmel zu sehen bekam, waren von den Kondensstreifen der Düsenjets kaum zu unterscheiden. Science-Fiction, dachte Katinka. Vielleicht gab es in den Wolken auch mikroskopische Sender, die die Tätigkeiten von verdächtigen Zeitgenossen überwachten und dokumentierten. So ein Blödsinn, schalt sie sich. Sie kraulte gegen die Strömung und kam weit voran, fast bis zur Buger Spitze. Wer ist denn schon ein Verdächtiger? Prinzipiell jeder. Jeder Knallkopf kann Terrorist sein. Könnte. Theoretisch. Sie drehte sich auf den Rücken und ließ sich zurücktreiben. Ein Kajak schoss vorbei. Mit verbissenen Gesichtern trieben die beiden Kanuten ihr Gefährt den Fluss hinauf. Mit Ernst bei der Sache zu sein, ist das A und O, dachte Katinka grinsend. Solche Leute geraten nicht ins Fadenkreuz der Spione. Doch wer witzelt und spöttelt, der macht sich verdächtig.

Sie stieg aus dem Wasser. Der Wind ließ sie frösteln. Rasch trocknete sie sich ab und schlüpfte in ihre Sachen. Der Himmel zog zu. Auf ihrem Handy leuchtete das SMS-Symbol auf. ›Lust auf ein Bier? Hardo.‹ Sie strich mit dem Finger über das Telefon. Warum eigentlich nicht? Sie sah auf die Uhr. Gleich sechs. Sie tippte die Antwort. ›Ja. Griesgarten?‹ Seine Reaktion kam sofort. ›In einer Stunde!‹ Katinka krauste die Stirn. Das war kein Vorschlag, sondern ein Befehl. Dieser Kommandoton ging ihr wirklich auf den Geist. Er ist stets und ständig Polizist, dachte sie. Vielleicht wird man so, als Ermittler. Keine tollen Aussichten.

»Palfy! Na endlich!«

Er stand auf, als sie an seinen Tisch kam. Wie immer zögerte er kurz, bevor er sie auf die Wange küsste und ihr ein Bier bestellte. Katinka räusperte sich.

»Was gibt's denn so Dringendes?«

Er sah sie nachdenklich an.

»Ich dachte, wenn ich es nicht dringend mache, hast du was Besseres zu tun.«

Katinka nahm dankbar ihren Bierkrug entgegen und trank einen großen Schluck.

»Das stimmt nicht«, sagte sie. Er hatte abgenommen. Der Bierbauch war ganz eindeutig dünner geworden. Schade beinahe, sie mochte das Grizzlyhafte an ihm. Vor allem aber seine grauen Augen, in denen etwas von der Verlassenheit nordischer Gefilde schimmerte.

»Wir haben einen Verdächtigen. Vor ein paar Stunden ist er uns direkt ins Netz gegangen.«

»Wer ist es?«

»Der ehemalige Freund der Dame.« Hardo sah in seinen Bierkrug. »Doris Wanjeck hat unter ihren Fingernägeln seine DNA. Außerdem haben wir eine Zeugin, die berichtet, Wanjeck und ihr Ex hätten sich lautstark gestritten.«

»War er es?«

»Keine Ahnung«, sagte Hardo düster. »Die Indizien sprechen gegen ihn. Aber was heißt das schon.«

»Er ist also nicht geständig?«

»Nein. Noch eine eigenartige Sache. Wir fanden bei der Leiche einen Zettel mit einem Code.«

»Was soll das sein?«

»Buchstaben, nichts als Buchstaben. Wir ...«

»Moment.« Katinka hob die Hand. »Wie heißt euer Verdächtiger?«

»Jens Falk.«

»Den kannst du abschreiben. Falk tauchte heute in meiner Detektei auf. Angeblich wollte ihm jemand ein paar Bösartigkeiten in die Schuhe schieben. Ich soll herausfinden ...«

»Wer? Was für Bösartigkeiten?« Hardo stellte seinen Bierkrug hart auf die Tischplatte.

Katinka überlegte fieberhaft. Falk steckte in einer ziemlich üblen Lage. Ob er der Mörder von Doris Wanjeck war oder nicht – alle Informationen, die er Katinka gegeben hatte, konnten sowohl seiner Belastung als auch seiner Entlastung dienen. Sie berichtete Hardo so knapp wie möglich über Falks Probleme, die Verdächtigungen und den verschwundenen Schüler Hannes Niedorf.

»Er ist Kryptoanalytiker«, sagte Katinka, »oder jedenfalls einer, der sich dafür hält. Warum sollte er eine verschlüsselte Nachricht hinterlassen, wenn er seine Exfreundin umbringt? Und die Hautpartikel unter den Fingernägeln des Opfers müssen nichts bedeuten. Sie kann ihm im Streit eine geklebt haben. Dann sind die beiden auseinandergegangen, und jemand anderes hat die Frau umgebracht.«

Hardo strich sich über den kahlen Schädel. Sein Blick verlor sich im Dunkelgrün des Hügels am Ende des Biergartens.

»Wer ist Falks Anwalt?«, fragte Katinka.

»Eine gewisse Ljubov Müller. Geborene Russin. Neu in Bamberg«, sagte Hardo. »Diese Sache mit dem abgetauchten Schüler beschäftigt mich.«

»Wie kriegt ihr die geheimnisvolle Botschaft entschlüsselt?«

»Wir haben einen Experten kontaktiert.« Hardo bestellte einen Krustenbraten. »Willst du nichts?«, fragte er und schob Katinka die Speisekarte zu.

Sie schüttelte den Kopf, verlangte dann aber doch einen Limburger und fragte:

»Die Überwachungsvideos aus der Parkgarage bringen gar nichts?«

»Nein. Ein Motorradfahrer ganz in Schwarz stoppte sein Motorrad direkt hinter Wanjecks Wagen. Das Kennzeichen war überklebt, das Modell ist nicht hundertprozentig zu erkennen. Vermutlich eine Honda CBF 1000. Wanjeck kam aus ihrer Parkbucht nicht raus. Der Mann stieg zu ihr ins Auto. Erwürgte sie, was auf dem Video nicht zu erkennen ist. Punktum. Von der Statur her könnte es Falk gewesen sein, aber natürlich auch jeder halbwegs schlanke, sportliche Mann.«

»Oder Frau.«

»Möglich, ja!«

»Doris Wanjeck war wie Jens Falk Lehrerin am Paul-Celan-Gymnasium. Wer weiß, welche linken Dinger da laufen.«

»Könnte auch ein Zufall sein, oder?«

Sie hingen eine Weile ihren Gedanken nach. Als das Essen kam, fragte Hardo:

»Fährst du eigentlich mal in Urlaub?«

»Mal sehen. Ich habe nichts geplant.«

Sie schwiegen eine Weile.

»Du siehst so braun aus«, sagte Hardo schließlich. »Als hättest du Ferien gehabt.«

»Ich bin oft im Hainbad.«

Sie könnte ihn fragen, ob er Lust hätte, mitzukommen. Aber er würde beschäftigt sein. Würde die kommenden Tage wie ein Irrer arbeiten, um Spuren zu prüfen, zu dokumentieren und Teamsitzungen zu leiten. Sie fragte sich, wie es wäre, mit ihm zu leben. Könnten sie es genießen, abends aufeinander zu warten, gemeinsam zu kochen oder ein paar Takte zu reden? Es fiel ihr immer noch schwer, sich eine Beziehung mit Hardo vorzustellen. Jedenfalls nicht in ihrer mit Erinnerungen verklebten Wohnung. Niedorfs Haus im Sand fiel ihr ein. So ein altes Gebäude zu renovieren, könnte Spaß machen. Aber nicht allein. Nur mit jemandem zusammen. Versonnen betrachtete sie Hardo, der das letzte Fetzchen Kloß mit der Gabel zerdrückte und verschlang.

»Was ist?«, fragte er und schob den Teller beiseite.

Katinka lächelte unbestimmt. Sie brachte es nicht über sich, ihre Sehnsucht nach außen zu kehren. In der Fantasie war sie viel weiter. Lag in seinen Armen. Erschrak am Morgen darüber, dass sie doch allein war.

»Hast du noch Zeit für einen Spaziergang?«, fragte sie.

»Sowieso.«

Er bestand darauf, zu zahlen. Sie gingen am Fluss entlang. Tauchten unter der Markusbrücke durch, wo Katinka immer den Kopf einzog, weil sie meinte, an den eisernen Bögen anzustoßen, die sie leicht mit ausgestreckter Hand berühren konnte. So oft träumte sie, er würde sie in den Arm nehmen, aber nun, da er neben ihr ging, erschien ihr die Vorstellung erschreckend. Sie begann, belanglose Dinge zu erzählen. Das Ufer grünte und blühte. Die Luft duftete nach Früchten und Sommer. Wieso kann ich ihm nicht sagen, dass ich es mit ihm probieren will, dachte sie. Nur ein, zwei Wörter. Es müsste nicht einmal ein ganzer Satz sein.

3. Liebe auf Russisch

Der Tag begann heiß. Katinka lief die Willy-Lessing-Straße in Richtung Kanal. Durch die Baustelle an der Brücke war hier kaum Verkehr. Der Baulärm drückte auf die Ohren. In ihrem Mund schmeckte sie Staub. ›Kanzlei Müller‹, las sie auf einem Messingschild. Es sah alt und verwittert aus, obwohl Hardo von einer Anwältin gesprochen hatte, die neu in Bamberg sei. *A Neigschmegg-*

da. Es gab überall Leute, die Schwierigkeiten mit Neuankömmlingen hatten.

Sie lief die Treppe zur Eingangstür hinauf und klingelte.

»Kommen Sie schon rein!«

Die Frau, die ihr die Tür aufriss, mochte um die 50 sein. Sie war stark geschminkt und roch nach Zigarette. Eine schwarze Mähne wölkte um ihr mageres Gesicht. Sie trug einen Minirock, trotz der Hitze hochhackige Stiefel bis zum Knie und ein grelles, ärmelloses Top.

»Palfy«, sagte Katinka und schluckte ihre Überraschung hinunter.

»Ljubov Müller«, sagte die Frau. Sie streckte Katinka eine ausgemergelte Hand hin, die erstaunlich fest zudrückte. »Freut mich, dass Sie da sind.«

Katinka folgte ihr in ein mit Büchern und Gerümpel vollgestopftes Büro.

»Meine Sekretärin ist in Urlaub, ich darf den Laden allein schmeißen«, sagte Ljubov Müller und zündete sich eine Zigarette an. Im Regal entdeckte Katinka eine ganze Stange ›Nil‹. Früher hatte sie die Schachteln wegen ihres Designs und der blauen Farbe gemocht, aber durch die EU-Todesanzeigen war der Gesamteindruck ziemlich verhunzt.

»Setzen Sie sich. Es gibt Tee.«

Katinka verabscheute Tee.

»Dieser Tee wird Sie überzeugen«, sagte Ljubov und ging zu einem Samowar in der Ecke. Ihr Deutsch war perfekt, aber der starke russische Akzent machte die Wörter weich. Jeder einzelne Satz klang wie der Anfangstakt eines Wiegenliedes. Skeptisch sah Katinka zu, wie Ljubov Tee aus einer Kanne in eine Tasse goss und den dunkelbraunen Sud mit heißem Wasser aus dem Samowar auffüllte. Sie stellte die Tasse samt Zuckerdose vor Katinka ab.

»Marmelade ist aus«, sagte sie entschuldigend und schenkte sich ebenfalls eine Tasse ein. »In Russland nehmen wir Marmelade zum Tee. Man muss sich bei Laune halten.« Sie lachte. »Also, Jens Falk. Er hat mir gestern gesagt, dass er bei Ihnen war. Juristisch hat die Polizei kaum etwas in der Hand. Dennoch sollten wir Fakten sammeln, die ihn entlasten.«

»Wir?«, fragte Katinka. Fasziniert betrachte sie die Sammlung an Lesebrillen auf dem Schreibtisch.

»Sie machen doch mit, oder? Wie hoch ist Ihr Tagessatz?«

Katinka nannte eine Summe, worauf Ljubov Müller in die Schreibtischschublade griff und ein paar Scheine herausnahm. Sie zählte sie vor Katinka auf den Tisch und steckte dann alles sorgsam in ein Kuvert.

»Falks Geschichte geht so«, sagte sie und reichte Katinka den Umschlag. »Er traf sich im ›Weinfass‹ mit seiner Ex. Sie wollte ihn, so sagt er, zurückgewinnen. Die Tussi kam ohne ihn nicht klar. Die beiden haben sich im April getrennt, und Doris Wanjeck verwand das nicht. Liebster, du bist mein Leben. Nach dem Motto.«

Unkonzentriert sah Katinka in ihre Tasse. Tee! Bei der Hitze!

»Sie verabredete sich mit Falk und machte ihm eine Szene. Er bestand auf seinem Recht, eine Verbindung, mit der er nichts mehr anfangen konnte, zu beenden. Die beiden stritten. Irgendwann war es Falk zu dumm. Er stand auf, legte Geld auf den Tisch und wollte gehen, da sprang Wanjeck von ihrem Stuhl auf und knallte ihm eine. Sie zerkratzte ihm das Gesicht. So erklärt Falk seine Striemen und wie seine DNA unter Wanjecks hübsch manikürten Fingernägeln gelandet ist.«

Unwillkürlich sah Katinka auf Ljubovs Hände. Auch ihre Nägel waren lackiert, aber nachlässig und unregelmäßig. Der dunkelrote Lack splitterte ab.

»Dann ging Falk raus, beruhigte sich und trabte nach Hause. Wanjeck wurde wenig später im Parkhaus erwürgt. Die Leiche fand der Wachdienst aber erst am nächsten Morgen, als sie sich wunderten, dass der Wagen noch dort stand. Meiner bescheidenen Meinung nach sollte man eine bessere Security engagieren.«

Katinka schrieb mit und probierte von dem Tee. Er schmeckte hervorragend, aromatischer als alles, was sie je an Tee getrunken hatte.

»Wer hat den Streit beobachtet?«

»Nur die Kellnerin. Falk und Wanjeck saßen trotz des herrlichen Wetters innen im Lokal. Alle anderen Gäste draußen«, sagte Ljubov. »Der rechtsmedizinische Befund sieht so aus: Todeszeitpunkt circa 16 Uhr am Sonntag. Doris Wanjeck wurde erwürgt. Hat aus Nase und Ohren geblutet. Das kommt daher, dass beim Würgegriff die oberflächlich liegenden Halsadern zusammengedrückt werden. Das Blut kann nicht aus dem Kopf abfließen. Deswegen die typische Blaufärbung, man kennt das.« Ljubov riss eine Schachtel ›Nil‹ auf. »Der Mörder hatte Gummihandschuhe an, diese weißen, wie Ärzte sie verwenden. Würgemale sind vorhanden.« Die Anwältin legte die Papiere auf den Schreibtisch. »Rauchen Sie?«

»Verstehe ich recht«, fragte Katinka, den Kopf schüttelnd, »für Falk spricht, dass er keine DNA-Spuren an seiner Ex hinterlassen hat?«

»Sie haben nur die Partikel unter Wanjecks Nägeln, und die kommen von Wanjecks Angriff auf Falk. Sagt Falk.«

Na ja, Angriff, dachte Katinka und leerte ihre Tasse. »Sonst noch Spuren? Fasern von Klamotten?«

»Bislang keine Ergebnisse. Wanjeck hat sich kaum gewehrt. Ist auch schwierig in dem engen Auto. Sie hat kleine Blutergüsse knapp über dem Knie. Deren Ursache können die Muskelzuckungen sein, die beim Tod durch Ersticken eintreten. Ihr Knie muss irgendwo angestoßen sein. Die Videobänder zeigen, wie das Motorrad mit zugeklebtem Kennzeichen hinter Wanjecks Auto bremst und der Fahrer, unkenntlich durch komplett schwarze Motorradkluft inklusive Helm mit dunklem Visier, die Beifahrertür öffnet und einsteigt. Zwei Minuten später springt er aus dem Wagen und fährt auf seinem Motorrad davon.«

»Erwürgen kann man sich nicht selbst«, sagte Katinka.

»Also gehen wir davon aus, dass der unbekannte Easy Rider der Mörder ist«, nickte Ljubov. »Jetzt erzählen Sie!«

Katinka fasste zusammen, was Falk ihr berichtet hatte, und erwähnte ihren Besuch bei Niedorf.

»Ich glaube nicht, dass Niedorf so ahnungslos ist. Irgendwie bin ich mir sicher, dass er weiß, wo sein Sohn steckt. Und die ganze Episode hat mit dem PCG zu tun. Ich werde nachher in der Schule vorbeischauen und versuchen, mit Hannes' Freund Valentin zu sprechen. Übrigens: Ich habe mit Hauptkommissar Uttenreuther über den Fall geredet«, fügte Katinka hinzu.

»Ein anständiger Kerl«, sagte Ljubov und drückte ihre Zigarette aus, um sich sofort die nächste aus der Schachtel zu angeln. »Keine Selbstverständlichkeit.«

»Was halten Sie von der verschlüsselten Nachricht?«, fragte Katinka rasch.

Ljubov hob die Schultern.

»Unlogisch. Wenn Falk seine Ex loswerden wollte, dann sollte man meinen, er schickt sie ins Jenseits und verduftet. Wozu eine Nachricht hinterlassen und sich damit selbst belasten? Das ist doch an den Haaren herbeigezogen. Es scheint plausibler, dass jemand anderes den Mord ausgeführt hat und ihn Falk unterjubeln will. Noch Tee?«

Ljubov stand auf, um die Tasse zu füllen. »Wie wollen wir vorgehen?« Mit sachtem Klirren landete die Tasse vor Katinka. »Übrigens: Ich heiße Ljubov.« Sie betonte das O. Etwas Weiches, zart wie der Flügelschlag eines Nachtfalters, klang dem Wort nach. »Das bedeutet *Liebe*.«

»Katinka.«

»In Russland sagen wir Kátinka. Betonen das A!« Ljubov grinste und drückte die Zigarette aus. »Ich arbeite etwas aus. Heute Nachmittag kann ich Falk besuchen. Wenn du es schaffst, etwas aus dem Schüler rauszuquetschen, ruf mich sofort an, ja?«

Katinka stand um kurz nach zwölf vor dem Paul-Celan-Gymnasium. Es waren nur noch anderthalb Wochen bis zu den Sommerferien. Überdrehte Schüler schwirrten wie beschwipste Insekten aus dem Gebäude. Das ungute Gefühl schlich sich ein, das Katinka immer beim Betreten von Schulen überkam. Der Geruch nach Putzmittel und zu vielen unterschiedlichen Leuten auf zu engem Raum, nach Verschweigen und Verpetzen, nach endloser Eintönigkeit drückte ihr die Luft ab.

»Kennt ihr einen gewissen Valentin Kazulé?«, fragte sie ein Mädchen mit blondem Pferdeschwanz.

»Valente? Der steht dahinten!« Sie bückte sich nach ihrem Rucksack und entblößte eine bläulich schimmernde Tätowierung. Arschgeweih, dachte Katinka. Wer hat euch nur eingeredet, das wäre schön.

»Hallo! Valentin Kazulé?«

Ein schlanker junger Mann drehte sich um und sah Katinka überrascht an. Spiralige Locken umrahmten ein von der Hitze gerötetes Gesicht.

»Was gibt's?«

Katinka setzte an, sich vorzustellen, als ein schwergewichtiger Mann mit ausgefranstem grauen Haar von der Zufahrt herüberwinkte.

»Valentin! Kommst du?«

Fieberhaft suchte Katinka nach einem Ansatzpunkt.

»Nur ganz kurz. Ich habe eine Nachricht von Hannes.«

»Was? Aber er hat doch gesagt ...«

»Können wir uns in Ruhe treffen?«, fragte Katinka rasch.

»Valentin, wir haben es eilig«, polterte der Grauhaarige.

»Sie sehen doch. Mein Vater.« Der junge Mann griff nach seiner Schultasche.

»Hast du ein Handy?«

Er nannte die Nummer. Katinka riss die Papierhülle von einem Streifen Wrigley's Extra und schrieb sie auf.

»Ich ruf dich an.« Sie sah ihm nach, wie er zu seinem Vater in den Mercedes stieg.

»Was machen Sie hier?«

Eine Dame im Kostüm eilte auf Katinka zu. Sie war klein, ging Katinka gerade bis zum Kinn. Ein akkurat geschnittener Pagenkopf gab ihr ein strenges Aussehen.

»Palfy, Privatdetektivin. Und Sie sind ...«

»Märthe Stürmer, ich bin hier die Sekretärin. Sie müssen wissen, dass wir seit der Sache mit der Kollegin Wanjeck reichlich nervös sind, wenn Fremde auf dem Schulgelände herumstehen.«

Katinka wurde sofort hellhörig.

»Warum? Waren hier öfter Fremde?«

»Was wollen Sie hier?«

»Ich suche einen Schüler. Hannes Niedorf.«

»Ach du liebes Lieschen!« Märthe Stürmer sah sich um. »Kommen Sie mit rauf. Mir ist es zu heiß hier.«

Katinka folgte ihr durch ein Treppenhaus aus Beton, das Kunstlehrer im Kampf gegen die Resignation mit ihren Klassen bunt bemalt hatten. Jede Wand stellte eine andere Jahreszeit dar. Der Fantasie sind tatsächlich Grenzen gesetzt, dachte Katinka.

»Ich kenne Sie aus der Zeitung«, sagte Märthe Stürmer, schloss die Tür zum Sekretariat auf und zog mit einem Seufzer die Kostümjacke aus. »Palfy. Der Name ist in unserer Gegend nicht häufig. Wissen Sie, wenn man Tag für Tag in diesem Tempel vor sich hinwelkt, denkt man darüber nach, einen spannenderen Beruf zu ergreifen.«

»Kann ich verstehen.«

Märthe Stürmer lächelte, bat Katinka Platz auf einer Ledercouch an und setzte sich in einen Sessel gegenüber.

»Womit kann ich helfen?«

»Warum sprachen Sie eben davon, dass Fremde auf dem Schulgelände waren?«

»Wir hatten einige üble Diebstähle in diesem Schuljahr. Vertrauliche Dokumente.« Märthe Stürmer fächelte sich mit der Hand Luft zu. »Was für eine Hitze.«

»Hat man den Schuldigen ermittelt?«

»Eben nicht.«

»War es ein Schüler?«

»Man hat einen Referendar aus dem Hut gezaubert und ihn rausgeschmissen. Schade um Jens Falk. Ein netter Kerl und bei den Schülern beliebt.«

»War er denn wirklich der Aktendieb?«

»Er hat sich die Akten bei mir geholt, um Atteste und ein paar Notizen hinzuzufügen. Dann brachte er sie ordnungsgemäß zurück. Ein paar Tage später sollte ich dieselben Unterlagen für den Chef raussuchen. Da fehlten die Blätter.« Märthe Stürmer beugte sich vor. Katinka sah deutlich die dunklen Flecken unter ihren Achseln. »Es kommt nicht gut, wenn die Lehrer ihnen anvertraute Schüler auf Klassenfahrten verlieren.«

»Wie ist das denn genau zugegangen?«

»Das weiß ich leider nicht.« Die Sekretärin lehnte sich zurück und legte die Finger auf die Lippen. »Ich habe schon zu viel gesagt. Hier gibt es mir zu viele Juristen unter den Lehrereltern. Nehmen Sie nur den Valentin, Hannes' Freund. Sein Vater ist Richter am Oberlandesgericht.«

Klick, dachte Katinka. Das wird Ljubov interessieren.

»Was ist mit der Kryptoanalyse-AG?«

»Also, damit stimmt garantiert etwas nicht, Frau Palfy«, flüsterte die Sekretärin. »Keiner weiß, warum, aber die Schüler und Falk machten ein permanentes Geheimnis um diesen Nachmittagsunterricht. Und beim Schulfest …«

»Was war am Schulfest?«

»Ach, nichts. Ermitteln Sie in dem Fall?«, fragte Märthe Stürmer. Sie erwartete eine Gegenleistung.

»Dazu kann ich leider nichts sagen«, erwiderte Katinka und lächelte.

»Natürlich.« Auch Märthe Stürmer zeigte die Zähne. »Also, schönen Tag noch. Bald ist das Rambazamba da draußen für eine Weile vorbei. Schlimm, dass in Bayern die Ferien so spät anfangen. Die letzten Wochen nach Notenschluss sind kaum auszuhalten.«

Katinka verabschiedete sich, lief durch das Treppenhaus und trat in den Schulhof. Auf dem Beton war es heiß wie in einer Bratpfanne. Sie verließ das mittlerweile leere Schulgelände und ging Richtung Innenstadt. Unterwegs wählte sie Ljubovs Nummer.

»Kazulé? Der Richter? Hans-Peter?«, fauchte Ljubov. Katinka hörte, wie sie eine Zigarette anzündete.

»Gibt es mehrere Kazulés, die als Richter am OLG arbeiten?«, erkundigte sie sich ironisch.

»Quatsch. Wir sollten uns dringend treffen. Ich brauche was zu essen. In 20 Minuten im ›DaCaBo‹ am Heumarkt?«

Katinka goss ihre Cola wie eine Verdurstende in sich hinein und bestellte eine zweite, als Ljubov über den Heumarkt gestöckelt kam. Trotz der Hitze, die zwischen Häusern und Platz wie eine Mauer stand, wirkte sie frisch und ausgeruht.

»Einen Espresso«, rief sie und sank neben Katinka

auf einen Stuhl in den Schatten der Skulptur. »Ich liebe sie«, sagte sie mit Blick auf die Speckrollen der liegende Bronzefrau, »und ihre Formen hätte ich gern.«

Katinka stutzte. Die meisten Frauen, die sie kannte, standen eher nicht auf Üppigkeit und ausladende Rundungen.

»Ich war schon immer eine Bohnenstange«, gab Ljubov zu, nahm ihren Espresso entgegen und bestellte ein Baguette mit Parmaschinken. »Jetzt zum Geschäftlichen. Kennst du Hans-Peter Kazulé, Golubuschka?«

»Was heißt das?«

»Täubchen.« Ljubov lachte leise.

»Ach so!« Katinka verkniff sich eine Bemerkung. »Nein, den Namen Kazulé habe ich gestern zum ersten Mal gehört.«

»Er ist Richter und steht kurz vor der Pensionierung. Hat erst mit 45 geheiratet, seine Frau ist 20 Jahre jünger. Sie haben einen Sohn, Valentin. Den hast du ja gesprochen.«

»Ich habe seine Handynummer und werde schnellstmöglich versuchen, ihn zu erreichen. Den Richter habe ich nur kurz gesehen. Ein ziemlich gewichtiger Typ.«

»Fettklops mit Haaren«, schnaubte Ljubov und zündete sich eine ›Nil‹ an. »In seiner Kulmbacher Zeit hat er sich als Richter Gnadenlos einen Namen gemacht. Unter Anwälten weiß man sich einiges zu erzählen.«

»In Kulmbach? Komisch«, sagte Katinka. »Falk war doch Referendar dort.«

Ljubov warf ihre Kippe auf das Kopfsteinpflaster, kramte ein winziges Notizbuch aus ihrer Handtasche und kritzelte etwas hinein.

»Kazulé eilt der Ruf voraus, dass er einflussreiche

Freunde in München in diversen Ministerien sitzen hat. Leuten, denen er Gefallen getan hat. Leute, die auf der Karriereleiter die Balance halten und ganz nach oben wollen.« Ljubov strahlte, als ihr Baguette kam, und biss voller Appetit hinein.

»Diese Gefälligkeiten hat Kazulé aber nicht aus Menschenfreundlichkeit erledigt?«

»Klar nicht. Gerüchte besagen, er wolle ins Justizministerium nach München wechseln«, fügte sie gehässig hinzu und hustete anhaltend. »Blöde Qualmerei. Niemand weiß Genaues, und die, die es wissen, haben ihre Lippen mit einem Vorhängeschloss gepierct. Kerle in seinem Alter freuen sich gewöhnlich auf den Ruhestand. Kazulé gilt am PCG als Nervensäge, das weiß ich von Kollegen, deren Kinder an diese Schule gehen. Mischt sich in den Unterricht ein, hockt auf den Elternabenden herum und piesackt die Lehrer mit seiner Fachsimpelei. Ein typischer Besserwisser.«

»Valentin weiß etwas«, sagte Katinka. »Auf meine Bemerkung, ich hätte eine Nachricht von Hannes, reagierte er mit ›aber er hat doch gesagt …‹ und schluckte den Rest runter. Das klang für mich, als wäre Hannes' Verschwinden abgesprochen.«

Ljubov sah sie nachdenklich an.

»Kátinka, Kátinka«, sagte sie.

»Was machen wir jetzt?«, fragte Katinka schnell.

»Du versuchst, Kazulé junior dezent zu befragen. Sei vorsichtig, der Alte kennt alle Kniffe, Leute mit fadenscheinigen Beschuldigungen fertigzumachen. Ich fahre heute Nachmittag zu Jens. Sie müssen ihn rauslassen, wenigstens gegen Kaution.« Sie legte einen Zwanziger auf den Tisch und winkte der Bedienung. Mit dem Kinn wies sie auf das Gebäude der Theologischen Fakultät an der Frontseite des Platzes. »Die ziehen auch bald den Stecker raus«, sagte sie und nahm das Wechselgeld entgegen.

»Ist das schon durch?«, fragte Katinka.

Ljubov zuckte die Achseln.

»Bei zehn Studenten pro Semester, maximal? Wer braucht dafür eine ganze Fakultät?«

»Woher weißt du das alles?«, erkundigte sich Katinka.

Ljubov stand auf.

»Ich habe eine Rechnung mit denen offen«, sagte sie grimmig, während ihre Augen zum Fakultätsgebäude wiesen. »Es kann nie schaden, auf den Tag der Rache zu warten, geduldig wie ein Dachs in seinem Bau. Mach's gut.« Sie winkte und ging davon, betrat den Innenhof der Uni und war aus Katinkas Blickfeld verschwunden.

4. CAYRRLQFOWPK

»Deine Freunde nennen dich Valente?«, fragte Katinka.

Der Junge neben ihr zog an seiner Zigarette und knurrte etwas. Sie saßen auf der Bank an der Schleuse 100 und blickten über das Wasser.

»Sie dürfen auf keinen Fall bei mir zu Hause anrufen«, sagte Valentin Kazulé. »Mein Vater braucht das nicht mitzukriegen.« Er betrachtete seine Zehen, die aus den klobigen Trekking-Sandalen herausragten. Die Angst drang ihm aus allen Poren. Er stand extrem unter Stress.

»Mich interessiert erst mal nur die Krypto-AG an eurer Schule«, sagte Katinka und hielt ihm eine Papiertüte mit Gummisauriern hin, die sie jeden Sommer in Großmarktmengen auf dem ›Wilde-Rose-Keller‹ kaufte. Er nahm einen grünen und kaute.

»Was macht ihr in der Kryptoanalyse, Valente?«

Die Anrede mit seinem Spitznamen lockerte ihn. Er grinste schief und sagte:

»Kennen Sie sich mit Codes aus?« Er warf die Kippe weg.

»Nein.« Katinka ließ den Blick schweifen, damit Valente ihre Ungeduld nicht allzu deutlich bemerkte. Von Westen trieben Wolken über die Domtürme. Es war sehr schwül. Die Stadt dürstete nach Regen.

»Falk bringt uns bei, wie man Nachrichten verschlüsselt und entschlüsselt. Hauptsächlich lernen wir, die Codes zu knacken. Deswegen Kryptoanalyse.«

»Woran übt ihr?«

»Am Anfang haben wir jeder mit einem eigenen Geheimtextalphabet Texte chiffriert, sie einem Kumpel gegeben, und der musste entschlüsseln. Man kann solche simplen Codierungen ganz gut knacken, wenn man die Häufigkeitsanalyse anwendet.« Er sah Katinka von der Seite an.

»Mach weiter«, sagte Katinka, zog die Beine an und lutschte an einem Saurier.

»Es gibt im Deutschen Buchstaben, die häufiger vorkommen als andere, und bestimmte Buchstabenkombinationen, die auch oft zusammen vorkommen. Das sind die Ansatzpunkte. Zum Beispiel *die*. Oder *ung* wie in *Einladung*. Wenn man also drei Geheimtextbuchstaben hat, die immer wieder gemeinsam auftreten, dann kann man gewisse Rückschlüsse ziehen. Ein Typ namens Al-Kindī hat die Häufigkeitsanalyse ›erfunden‹. Im neunten Jahrhundert.« Gedankenverloren langte Valente in die Sauriertüte. »Damit hatten die Kryptografen verloren. Die einfachen Substitutionscodes brachten nichts mehr, sie waren immer zu knacken. Obwohl clevere Leute tricksten, den Klartext absichtlich orthografisch falsch schrieben oder Zeichen einbauten, die nichts bedeuteten, sogenannte Nieten. Über kurz oder lang wurden die Codes trotzdem entschlüsselt. Julius Cäsar hatte auch eine Geheimschrift. Er verschob die Buchstaben im Alphabet um genau zwei Stellen.« Valentin musste Atem holen. »Statt *Caesar* schrieb er ECGUCT. Nicht sehr schlau, denn mit ein bisschen Ausprobieren kriegt man den Klartext sofort raus. Der Algorithmus ist zu statisch.«

»Und jetzt?«, fragte Katinka.

»Bis ins 16. Jahrhundert gab es keine besseren Codes«, erläuterte Valente. »Erst Blaise de Vigenère hat etwas Neues, Grandioses erfunden.« Die Begeisterung hatte seinen Körper erfasst, seine Wangen röteten sich. »De Vigenère fand es schlüssig, einen Klartext nicht mehr monoalphabetisch zu verschlüsseln, also mit nur einem Geheimtextalphabet, sondern mit vielen. Genauer gesagt mit 26.«

»Moment«, sagte Katinka. »Warum ausgerechnet 26?«

»Möglich wären auch drei oder 100. Aber 26 Buchstaben hat das lateinische Alphabet.«

»Und?«, fragte Katinka.

»Wir haben das Klartextalphabet a bis z. Dann die Geheimtextalphabete. Die schreiben wir als Zeilen darunter. Im ersten Geheimtextalphabet wird a durch B verschlüsselt, b durch C und so weiter. Klar?«

»Vollkommen.«

»Im zweiten Geheimtextalphabet verschlüsselst du a durch C, b durch D.«

»Klar.«

»Im dritten a durch D.«

Katinka zog ihre Notizzettel hervor und schrieb mit.

»So?« Sie zeigte Valente das Blatt.

»Genau. Jetzt haben wir ein klassisches Vigenère-Quadrat auf dem Zettel.* Aber es wäre zu simpel, von Zeile eins bis 26 durchzucodieren. Also macht man ein Schlüsselwort aus, wonach zu verschlüsseln ist. Zum Beispiel VALENTIN.« Eifrig markierte der junge Mann Zeilen und Buchstaben. »Schau. Kannst du das knacken?« Vor Aufregung duzte er Katinka. Wie wild kritzelte er Buchstaben auf den Zettel. CAYRRLQFOWPK.

»Aha«, sagte Katinka.

»Pass auf.«

Valente schrieb, seine Zunge wanderte über die Unterlippe. Schließlich standen drei Zeilen auf dem Papier, die mittlere war noch leer:

```
SCHLÜSSEL       V A L E N T I N V A L E
Klar
GEHEIM          C A Y R R L Q F O W P K
```

»Du gehst zur Geheimtextzeile, die mit V anfängt, und suchst das C. Der passende Klartextbuchstabe wäre h.« Er trug den Buchstaben ein. »Die nächste Geheimtextzeile, die dran ist, ist die, die mit A beginnt. Du suchst …«

»Den Buchstaben A, logisch«, sagte Katinka. »Das wäre als Klartext wieder a.«

* Ein Vigenère-Quadrat ist im Anhang auf der Seite 369 abgedruckt.

»Ja, das Codewort ist nicht so toll, weil sich Geheimtext- und Klartextbuchstaben häufig überschneiden. Das weiß der Analytiker aber nicht. Geheimtextzeile L ist die nächste.«

»Geheimbuchstabe Y löst sich auf in Klarbuchstabe n.« Katinka packte das Fieber. Sie rätselte weiter, bis sie den Klartext vor sich hatte. Ihre schweißnasse Hand blieb am Papier kleben.

SCHLÜSSEL	V	A	L	E	N	T	I	N	V	A	L	E
Klar	h	a	n	n	e	s	i	s	t	w	e	g
GEHEIM	C	A	Y	R	R	L	Q	F	O	W	P	K

»Super«, lobte Valente. »Wobei die Wahl des Schlüsselwortes nicht besonders gelungen ist, denn es ist ein echtes Wort und noch dazu mit meiner Person verknüpft. Günstiger sind Schlüsselwörter, die überhaupt keinen Sinn ergeben, genauso lang sind wie der Klartext, und die man nur einmal verwendet, sogenannte ›one time patches‹. Dann ist der Klartext nur für den zu knacken, der das Schlüsselwort hat.«

Katinka war so fasziniert, dass sie beinahe vergaß, weshalb sie sich mit Valente hatte treffen wollen.

»Aber *Hannes ist weg*, codiert mit dem Schlüsselwort VALENTIN, könnte man knacken, auch wenn man das Wort nicht hat?«

»Möglich. Um die Chiffre zu knacken, sucht der Analytiker nach Wiederholungen im Text. Außerdem muss er rausfinden, wie lang das Codewort ist. Dann weiß er, wie oft es, gemessen an der Länge der verschlüsselten Nachricht, durch die Wiederholungen läuft. Bei einer so kurzen Nachricht wie *Hannes ist weg* ist das aber verdammt schwer.«

»Warum ist er denn weg«, fragte Katinka beiläufig und beobachtete eine Entenfamilie, die den Abgang zum Fluss hinunterwatschelte.

»Ich muss jetzt gehen«, sagte Valente.

Katinka lehnte sich zurück und sah ihm nach, wie er sich auf sein Fahrrad schwang und das Mühlwörth entlang in die Stadt brauste. Sie musste Geduld haben.

»Nein, wir haben die Nachricht, die neben der toten Doris Wanjeck lag, noch nicht entschlüsselt«, gab Hardo zu. Im Telefon knisterte es. »Ich habe wenig Zeit. Kann ich dich später zurückrufen?«

»Klar.« Katinka legte auf. Wie üblich hatte sie nur einen äußeren Anlass gebraucht, um Hardo anzurufen. Sie saß in ihrer Küche und betrachtete die Blätter voller Buchstaben, Codewörter und Geheimtexte. Der Kryptokram fesselte sie, und die Vigenère-Verschlüsselung ging ihr nach wenigen Stunden Übung leicht von der Hand. Zu Anfang hatte sie einige Male das Schlüsselwort mit dem Klartext verwechselt und umgekehrt codiert. Ihr fiel außerdem auf, dass sich zwar ein bestimmter Buchstabe im Klartext wiederholen konnte, wie das n in *Hannes*, dies aber keine Wiederholung im Geheimtext hervorrief. Sie verschlüsselte *Hannes ist weg* mit ihrem Namen und erhielt die Folge RAGVRCIHTHJE. Einmal stand der Geheimbuchstabe R für ein Klartext-h, einmal für ein e. Nun versuchte sie sich zu erinnern, wie Valente den Vorgang des Entschlüsselns beschrieben hatte. Man brauchte das Schlüsselwort nicht unbedingt. Aber es war mühselig und nicht immer von Erfolg gekrönt, einen Geheimtext in Klartext umzuwandeln, ohne das Schlüsselwort zu kennen. Alles stand und fiel damit, dass Sender und Empfänger ein Codewort verabreden konnten. Sie tippte Valentes Nummer. Er meldete sich sofort. Im Hintergrund dröhnte eine schrille Musik, die an Geisterbeschwörungen erinnerte.

»Katinka hier. Valente, ich habe noch eine wichtige Frage zur Kryptoanalyse. Kannst du reden?«

»Moment.« Er stellte die Musik ab. »So. Jetzt. Was willst du denn wissen?«

»Wie vereinbaren die Leute, die über Geheimtext miteinander kommunizieren wollen, das Schlüsselwort?«

»Entweder verabreden sie es vorher, oder sie hinterlegen irgendwo Quellen, aus denen das Schlüsselwort hervorgeht, oder sie benutzen Codebücher.«

»Wie geht das?«, fragte Katinka und schnappte sich einen Stift.

»Du wählst ein Buch. Möglichst eines, das der Empfänger ohnehin im Regal stehen hat. Die Bibel ist beliebt, aber du kannst jedes beliebige Buch nehmen. In einem bestimmten Kapitel nummerierst du die Zeilen durch. Die Anfangsbuchstaben der Zeilen sind also fest mit einer Zahl verbunden. Dadurch kannst du eine Art Tagescode basteln.«

»Stopp«, sagte Katinka. »Kapiere ich nicht.«

»Du vermittelst mit dem Geheimtext das Schlüsselwort, mit dem es zu dechiffrieren ist. Wenn du dem Empfänger zu verstehen geben willst, mit welchem Schlüsselwort die Nachricht codiert ist, zum Beispiel *Valentin*, dann schickst du die Zahlen mit, die für V-A-L-E-N-T-I-N stehen.«

»O.k. Aber das ist auch nicht hundertprozentig sicher.«

»Aber schwer zu knacken. Je individueller das Buch, desto besser, du kannst auch ab Seite zehn jedes zehnte Wort nummerieren oder so. Der Fantasie sind keine

Grenzen gesetzt. Verflixt.« Im Telefon hörte Katinka ein Aufjaulen, als würde jemand gegen die Saiten einer Gitarre prallen. Auf einen Schlag war es wieder still.

»Sag mal«, begann Katinka, »gibt es beim Verschlüsseln so eine Art Handschrift? Ich meine, könnte man an der Art der Verschlüsselung erkennen, wer den Text codiert hat?«

Valente dachte nach.

»Nein, nicht wirklich«, sagte er schließlich. »Höchstens, dass jemand eine bestimmte Technik bevorzugt oder eine verschlüsselte Nachricht überschlüsselt, also ein zweites Mal codiert.«

»Wie wär's, wenn wir uns treffen«, sagte Katinka, »damit du mir ein bisschen mehr Nachhilfe geben kannst. Morgen Nachmittag vielleicht? Gleicher Ort?«

Der Junge zögerte.

»Mal sehen«, sagte er schließlich. »Ich muss Schluss machen.«

Katinkas Handy meldete einen neuen Anruf.

»Gut, bis morgen«, sagte sie hastig und nahm das andere Gespräch an.

»Guten Abend«, drang Ljubovs rauchgeschwängerte Stimme zu ihr durch. »Ich habe Falk raus. Kommst du zu mir in die Kanzlei?«

»Jetzt?«, fragte Katinka entgeistert. Es war kurz vor halb zehn.

»Könnte interessant für dich werden«, sagte Ljubov nur und pustete Rauch in die Leitung. »Bis gleich.«

Katinka schwang sich auf ihr Fahrrad und war wenige Minuten später in der Willy-Lessing-Straße. Sie schloss ihr Rad ab und klingelte an der Kanzleitür.

»Komm rein.« Ljubov öffnete ihr. Es stank nach Rauch. Alle Fenster waren geschlossen. Unwillkürlich wedelte sich Katinka mit der Hand Luft zu. Ljubov machte sich an einem Kästchen neben der Tür zu schaffen.

»Wie geht's ihm?«, fragte Katinka, während sie hinter Ljubov ins Büro ging.

»Geht so.«

Ljubov hielt ihr die Tür auf. Jens Falk hockte auf einem Drehstuhl vor Ljubovs Schreibtisch. Sein Gesicht war verquollen.

»Ach, hallo«, brachte er heraus und stand auf. Die Hand, die er Katinka entgegenstreckte, zitterte.

»Guten Abend«, sagte Katinka. »Was ist los?«

»Ich habe Doris nicht umgebracht«, sagte Jens sofort, während er sich wieder auf seinen Stuhl fallen ließ. »Irgendwer will mir was in die Schuhe schieben. Es hängt mit den Informationen zusammen, die ich Ihnen gegeben habe. Ich …«

»Einen Moment«, unterbrach Ljubov. »Wer möchte Tee? Katinka, hier liegt Konzeptpapier, du wirst einiges zum Mitschreiben brauchen.« Sie schenkte Teesud in feine Porzellantässchen.

Katinka setzte sich. Selbst einen guten Meter neben Falk roch sie den aufdringlichen Schweißgeruch, der aus seinen Klamotten dampfte. Er trug immer noch das schwarze T-Shirt mit ›Roxy Music‹ auf der Brust. Allerdings hatte sie den Eindruck, dass zumindest sein Haar frisch gewaschen war.

»Ljubov, können wir nicht mal ein Fenster aufmachen?«, fragte Katinka.

»Nein!«, entgegnete Ljubov scharf. Sie goss den Sud mit heißem Wasser aus dem Samowar auf, servierte die

Tassen, stellte eine Zuckerdose auf den Schreibtisch und schob Bücher und Akten zur Seite. Obenauf sah Katinka ein Buch ohne den typischen Einband juristischer Fachliteratur. Tschechow, entzifferte sie. Es war ein Taschenbuch, zerlesen, der Rücken völlig abgestoßen, achtlos auf die Seiten gelegt. Das würde Hardo gar nicht gefallen, dachte sie belustigt. Der Büchernarr achtete penibel auf die schonende Behandlung seiner gedruckten Freunde.

»Marmelade ist immer noch aus«, entschuldigte sich Ljubov. Sie angelte nach einer Lesebrille aus ihrem Arsenal und setzte sie sich auf die Nasenspitze. »Leg los, Jens.«

»Sollen wir hier drin ersticken?«, fragte Katinka ärgerlich. Der Schweiß lief ihr über die Stirn und brannte in den Augen.

»Die Fenster hängen an der Alarmanlage.«

»Ich glaube«, sagte Falk und atmete tief durch, »dass der Mord an Doris, Hannes' Verschwinden und die geklauten Dokumente und Klassenarbeiten miteinander zusammenhängen.« Er schlug die Hände vors Gesicht. »Mein Gott, ich würde Doris doch nicht umbringen. Wir waren zwei Jahre zusammen, haben ein Leben geteilt, nur irgendwann ging es nicht mehr. Mit ihrer Klammerei hat sie mich total erstickt.«

Katinka unterdrückte ein Gähnen und sah in den mittlerweile dunklen Juliabend hinaus.

»Sie hat mich genervt«, fuhr Falk fort und begann, auf seinem Drehstuhl Karussell zu fahren, »aber ich habe sie nicht gehasst, und ich hätte sie niemals getötet.«

»Das glauben wir ja«, sagte Katinka rasch. »Warum aber meinen Sie, dass die anderen Geschichten mit dem Mord an Ihrer Lebensgefährtin zu tun haben?«

»Da will mir einer was anhängen. Ich bin mir sicher. Ganz sicher.« Falk stand auf und tigerte durch Ljubovs Büro. »Es geht um diese Akte. Ich bin Persona non grata. Man will mich loswerden. Deswegen die gestohlenen Tests und all das. Aber warum sie Doris umgebracht haben, das will mir nicht in den Schädel!« Er setzte sich wieder und nahm einen Schluck Tee. Als er die Tasse hob, sah Katinka einen riesigen blauen Fleck auf seinem rechten Ellenbogen.

»Ich weiß zu viel«, winselte er. »Und sie dachten, dass auch Doris was weiß. Deswegen haben sie sie umgebracht.«

»Was genau weißt du?«, fragte Ljubov. »Du musst die ganze Geschichte erzählen. Nicht nur den Streit mit Doris. Komm schon, mach!«

Falk nippte an seinem Tee.

»Es geht um eine Akte. Um Kaminsky. Damals in Kulmbach – ich war doch dort Referendar – stieß ich auf die Story. Natürlich ging mich das nichts an, aber ...«

»Könnten Sie zum Punkt kommen?«, fragte Katinka ungeduldig, während sie einen Blick mit Ljubov wechselte. »Was für eine Akte?«

Ljubov verzog die Lippen. Falk wühlte theatralisch in seinem Haar. Katinka konnte auf seinem T-Shirt die Salzränder unter den Achseln sehen.

»Kaminsky«, sagte er. »Meine Güte, wenn ich gewusst hätte, was ich da auslöse!« Er ruderte mit den Armen und stieß gegen einen Stapel leerer Ordner, die mit lautem Scheppern zu Boden fielen. »Sorry.« Er trank seinen Tee aus und reichte Ljubov die Tasse. »Könnte ich noch Tee ...?«

»Meinen Sie, dass Hannes abgetaucht ist, hängt mit

Ihnen und einer Kulmbacher Akte zusammen?«, bohrte Katinka. Irgendwie musste sie ihn zum Reden bringen. Vielleicht klappte es, wenn sie ein paar Stichwörter in die Runde warf, obwohl sie ihm gerade eine Suggestivfrage gestellt hatte. Kriminalistisch gesehen auch nicht das Gelbe vom Ei, dachte sie.

»Ich habe den Schülern in der Krypto-AG versprochen, sie würden einen richtig wichtigen Geheimtext entschlüsseln. Nicht nur Codes, die ich für sie zusammengebastelt hatte. Sondern was Echtes.«

»Was Echtes?«, fragte Katinka.

Ljubov fragte:

»Kaminsky, wie noch?«

Falk ging gar nicht auf die Fragen ein.

»Hannes hat als Erster rausgekriegt, wie ... Ich habe die Schüler da in etwas verwickelt. Die konnten gar nicht wissen ...«

Ein Knall kam von der Eingangstür. Die Zimmertür wackelte. Ljubov nahm die Lesebrille ab und sah auf. Katinka beobachtete ihre Bewegungen, als geschähen sie unter Stroboskoplicht, während ihr Herz zu rasen begann. Schritte näherten sich der Bürotür, Ljubov war halb aufgestanden, die Brille baumelte in ihrer Hand. Das Licht ging aus. Die plötzliche Düsternis malte graue Flecken vor die Augen. Die Bürotür sprang auf. Katinka wirbelte herum. Zwei Schatten glitten durch die Dunkelheit auf sie zu. Sie hörte gedämpfte Tritte von Gummisohlen auf dem Parkett. Zwei rote Punkte schwebten durch den Raum. Neben ihr keuchte Falk auf. Der Stuhl, auf dem er saß, quietschte. Katinka wollte ihre Waffe ziehen, als sie ein sanftes PLOPP und ein Zischen hörte. Sie warf sich auf den Boden, kroch unter Ljubovs Schreibtisch.

Ein panisches Fauchen kam aus ihrem Hals. Eisige Angst, Herzklopfen, und gleichzeitig das Gefühl, dass dies alles nichts mit ihr zu tun hatte. Direkt über ihr schwebte ein roter Punkt im Dunkel des Zimmers. Noch ein Zischen. Jemand stieß gegen ihren Unterschenkel. Sie verbiss sich den Schmerzensschrei und tastete nach ihrer Pistole. Ein Fuß trat auf ihre Hand. Der rote Punkt kam sehr nah, und sie spürte die Atemluft eines Menschen in ihrem Gesicht. Eine Welle von Schweiß durchtränkte ihre Kleider. Bewegungslos blieb sie liegen.

Der zweite Schatten beugte sich über Falk, der auf seinem Stuhl zusammengesunken war, und gab ihm einen Schubs. Der Stuhl drehte sich einmal um sich selbst. Unerwartet lockerte sich der Druck auf Katinkas Hand. Katinka schloss die Augen. Nicht hinsehen. Nicht Opfer werden. Als sie einen Blick wagte, sah sie die Silhouetten der beiden Eindringlinge so lautlos, wie sie gekommen waren, aus dem Büro verschwinden.

Nach wenigen Sekunden löste sich Katinka aus ihrer Erstarrung. Sie richtete sich auf und ging zum Fenster. Ein Wagen fuhr davon, schnell, aber ohne die kreischenden Reifen aus dem Fernsehen. Sie kniff die Augen zusammen, um das Kennzeichen zu entziffern, doch der Wagen war außer Sicht. Sie drehte sich um. Ihre Beine fühlten sich so zerbrechlich an wie Glas. Hinter ihrem Brustbein tönten dumpfe Schläge.

»Seid ihr o.k.?«, flüsterte sie und erschrak vor ihrer eigenen Stimme. Sie hörte sich rau und trocken an, als rieben knisternde Herbstblätter aneinander. »Ljubov? Jens? Alles in Ordnung?«

Niemand antwortete ihr. Sie fühlte ein aufdringliches Kichern in ihrem Hals prickeln. Tastete sich an der Wand entlang zum Lichtschalter. Als sie ihn endlich drückte, blieb der Raum dunkel.

»Ljubov?«, rief sie.

»Sicherung«, kam es heiser. Es folgte ein außerirdischer Hustenanfall. Katinkas Augen gewöhnten sich allmählich an das Dämmerlicht. Die Straßenbeleuchtung warf helle Streifen ins Büro. Sie fand ihren Rucksack neben Falks Füßen und suchte nach der Taschenlampe. Irgendwie verlor sie das Gleichgewicht, trat auf einen der heruntergefallenen Ordner, geriet ins Straucheln und stieß gegen Falk. Er rutschte vom Stuhl und landete mit einem dumpfen Geräusch auf dem Boden. Endlich hatte sie die Taschenlampe gefunden und schaltete sie mit zitternden Fingern an.

»Jens?« Sie leuchtete ihm ins Gesicht. Seine erstaunten Augen glotzten durch Katinka hindurch. Ein dunkler Spalt zerschnitt seine Stirn.

5. VABTHGAFAYZLCOFFJXQHFF

»Der ist tot«, flüsterte Katinka. »Tot. Ljubov?«

Die Anwältin kam um ihren Schreibtisch herum und stellte sich so dicht neben Katinka, dass ihre Schultern sich berührten. Sie atmete heftig. In ihren Lungen rasselte und stampfte es wie im Maschinenraum eines Eisbrechers.

»Jens«, murmelte sie, bückte sich und tastete nach seinem Puls. »Scheiße.« Sie blickte in Katinkas Gesicht, richtete sich auf, ließ ein paar russische Sätze vom Stapel, griff nach einer Zigarettenschachtel, zündete sich eine ›Nil‹ an, warf das Feuerzeug auf den Schreibtisch und sagte, während Qualm aus Nase und Mund kam: »Die Bullen sind gleich hier. Der Alarm geht bei einem Sicherheitsunternehmen ein. Wird automatisch weitergeleitet.«

Katinka ging ein paar Schritte von Falk weg. An der Tür zog sie ihre Waffe und trat auf den Flur. Alles war ruhig. Die Eingangstür zur Kanzlei hing schief in den Angeln. Es roch verbrannt. Katinka fand den Sicherungskasten und leuchtete hinein. Der Hauptschalter war umgelegt. Sie steckte die Waffe zurück ins Holster, lehnte sich gegen die Anmeldetheke und suchte ihr Handy. Wenigstens ging Hardo gleich an den Apparat.

»Was ist?«, fragte er gehetzt.

»Falk ist tot«, sagte Katinka. Sie hörte das Martinshorn, die Einsatzwagen bogen vom Schönleinsplatz auf die Willy-Lessing-Straße. In kurzen Worten schilderte sie, was passiert war. Er versprach, so schnell wie möglich zu kommen.

Die Beamten, die in die Kanzlei stürmten, kannten Katinka nicht und verhielten sich ziemlich ungemütlich, bis Ljubov eine Litanei juristischer Fachterminologie absonderte und Katinka ihre Lizenz vorzeigte. Sie wies auf die Bürotür und sagte: »Ein Toter. Kopfschuss, gezielt. Die müssen lasergesteuerte Waffen und Restlichtverstärker gehabt haben. Es waren zwei. Sie flüchteten mit einem schwarzen Wagen, sah neu und protzig aus.«

Damit war alles gesagt. Katinka ging auf die Toilette, setzte sich auf den Deckel und versuchte, zu Atem zu kommen. Etwas Eiskaltes kroch in ihren Körper und machte ihn starr wie Stein. Sie drehte den Wasserhahn auf und trank aus der hohlen Hand. Sie hatte Ljubov vertraut. Die Anwältin hatte ihre Alarmanlage aktiviert und sorgsam darauf geachtet, dass keine Fenster geöffnet wurden. Hatte sie einen Verdacht gehabt? Oder die Kerle bestellt? Aber das schien unlogisch. Wenn sie Killer auf ihren Mandanten angesetzt hatte, dann würde ihre Kanzlei doch ein denkbar schlechtes Pflaster für den Auftragsmord abgeben – oder im Gegenteil ein gutes? Nur: Warum sollte Ljubov Falk ausschalten wollen? Wenn Katinka sich nicht völlig täuschte, hatte auch Ljubov Jens Falks vollständige Geschichte nicht gekannt und gierig auf neue Informationen gewartet. Da war nun nichts mehr zu holen. Hatte Ljubov aber aus Angst Türen und Fenster verrammelt? Weshalb hatten sie sich dann überhaupt getroffen? Wenn sie wusste, dass Falk in Gefahr war, wäre es nicht klüger gewesen, ihn in Polizeigewahrsam zu lassen? Katinka ließ kaltes Wasser über ihre Unterarme laufen. Ein gewisser Kaminsky spielt eine Rolle, wiederholte sie im Stillen, und irgendein Zusammenhang muss bestehen zwischen der Kryptoanalyse-AG im Paul-Celan-Gymnasium, einer Kulmbacher Akte und den verschwundenen Klassenarbeiten. Auf dem Gang hörte sie das Getrappel von Füßen. Mehr und mehr Leute kamen in die Kanzlei. Katinka erkannte die Geräuschkulisse des ersten Angriffs wieder. Dann tönte eine vertraute Stimme durch das geschäftige Summen, drohend und laut wie ein 20-Tonnen-Laster:

»Katinka?«

Sie schloss die Tür auf und trat auf den Flur. Hardo war mit drei Schritten bei ihr.

»Bist du o. k.?«, fragte er, während er sie an den Armen

packte und seine grauen Augen sie von oben bis unten absuchten wie ein Scanner.

»Bin ich«, sagte sie. »Falk ist tot. Zwei Männer haben ihn erschossen. Gezielt abgeknallt. Sie hatten gar nicht die Absicht, mich oder Ljubov aus dem Weg zu räumen. Ich konnte nichts machen. Wenn ich versucht hätte, die Pistole zu ziehen, hätten sie mich kaltgemacht.« Hätte, hätte. Vielleicht wäre es doch gutgegangen.

»Es war richtig so«, sagte Hardo. »Erzähle von Anfang an.«

»Nicht hier in dem ganzen Chaos!«

Hardo führte sie zu einer Tür neben Ljubovs Büro. Ein zweiter Raum, leer bis auf Aktenschrank, Schreibtisch und ein paar Stühle.

»Wessen Büro ist das?«

Hardo schloss die Tür.

»Unseres«, sagte er. »Setz dich.«

Katinka berichtete von Ljubovs Anruf, dem Treffen in dem Raum nebenan, Falks wirren Auskünften.

»Ich habe einen Knall gehört. Es wurde plötzlich dunkel.« Sie rieb sich die Schläfen. »Ich habe zwei Männer gesehen. Sie hatten lasergesteuerte Waffen mit Schalldämpfern. Ich habe die kleinen roten Punkte durch den Raum schweben sehen, als sie auf uns zukamen. Ljubov hockte hinter ihrem Schreibtisch, ich neben Falk. Ich hörte ein Zischen. Warf mich zu Boden und krabbelte unter den Schreibtisch. Versuchte, an meine Waffe heranzukommen, aber einer stellte seinen Fuß auf meine Hand. Die hätten mich abgeknallt. Dann noch ein Schuss. Etwas quietschte aufdringlich. Das muss der Stuhl gewesen sein, auf dem Falk saß. Ein Drehstuhl. Sie beugten sich über ihn. Einer von ihnen trat gegen mein Bein.«

Sie krempelte die Jeans ein Stück hoch und zeigte auf den Bluterguss, der sich schwarzblau auf dem Schienbein abzeichnete. »Dann waren sie weg. So schnell, wie sie gekommen waren. So liest man es immer. Es waren keine drei Minuten, Hardo, vielleicht nicht einmal zwei. Vielleicht sogar nur eine.«

Hardo sah sie eine Weile an, dann zog er ein verknittertes Stück Papier aus seiner Hemdtasche und bat sie um einen Stift. Katinka reichte ihm einen Kuli und sah zum ersten Mal, dass er sich an einem Tatort Notizen machte. Er schrieb eine ganze Weile. Schließlich steckte er den Zettel ein, stand auf und fragte:

»Was ist mit der Anwältin?«

Katinka errötete. Sein Blick machte ihr Gesicht noch heißer.

»Richtige Frage?«, fragte er, ohne zu lächeln.

»Ich weiß es nicht«, flüsterte Katinka. »Meinst du, sie hat die Killer bestellt?«

»Berichte, was du von ihr gesehen und gehört hast. Nur Fakten, kein *wahrscheinlich*, kein *vielleicht*.«

In einem weniger desolaten Zustand hätte Katinka sich über diese Anweisung aufgeregt, aber nun war sie dankbar, ihre Gedanken beschäftigen zu können.

»Sie rief mich an.« Auf ihrem Handy checkte sie die angenommenen Anrufe. »Um 21.27 Uhr. Ich sollte sofort kommen, sie hätte Falk raus. Es würde mich interessieren, was er zu sagen hätte. Ich war kurz darauf hier in der Kanzlei. Es war wahnsinnig heiß und verraucht, aber Ljubov wollte kein Fenster aufmachen, angeblich wäre alles an die Alarmanlage angeschlossen. Sie hat sie aktiviert, als sie mich hereingelassen hatte.« Katinka zog die Fersen an und umklammerte ihre Knie.

»Eindruck?«, fragte Hardo.

»Sie war nervös.« Das Gefühl, betrogen worden zu sein, nahm überhand. »Ich habe mir den Kopf zermartert, aber mir ist nicht klar, warum sie mich herbestellt, wenn sie Killer auf Falk angesetzt hat.«

»Sie könnte einen Zeugen gebraucht haben.«

»Kann sein. Ich weiß nicht.« Katinka fühlte sich unendlich erschöpft. Trotz der Hitze in der Kanzlei fror sie plötzlich.

»Was hat Falk euch erzählt?«, insistierte Hardo.

»Nicht viel, wirres Zeug. Er kam nicht richtig zum Punkt«, murmelte Katinka. Ljubov hatte ewig mit ihrem Tee herumgemacht. Falk erst einmal abgewürgt, damit alle volle Tassen hatten. »Er machte sich Sorgen, angeblich hätte er seine Schüler in etwas reingezogen. Aber wo hinein, das sagte er nicht. Er beteuerte, seine Ex nicht umgebracht zu haben. Er redete von einer Akte irgendwo in Kulmbach und von einem Typen namens ... Kaminsky.«

»Was für eine Akte?«, fragte Hardo.

»Das hätten Ljubov und ich auch gern gewusst«, sagte Katinka matt. Sie rieb sich die Augen. »Aber da kam keine Substanz, nur wirre Flusen, ich konnte keinen Zusammenhang zwischen den einzelnen Andeutungen herstellen. Er erwähnte die verschwundenen Schulaufgaben und das Heckmeck am Paul-Celan-Gymnasium, das ihm untergeschoben worden wäre, um ihm zu schaden. Mehr kam da nicht.«

Es war eine Weile still im Zimmer. Von nebenan hörten sie die gedämpften Unterhaltungen der Kriminaltechniker. Einmal polterte es in der Wohnung über ihren Köpfen.

»Falk hat uns um Viertel nach vier verlassen«, sagte Hardo. »Mit seiner Anwältin.«

Katinka hob den Kopf.

»Was?«

Hardo schob das Kinn vor und drehte Katinkas Kugelschreiber in den Händen. Schließlich stand er auf.

»Ich werde mit ihr sprechen. Setz dich vorn an die Anmeldung und warte auf mich.« Er legte ihr seine Jacke um die Schultern. »Halte dich warm. Ich sehe zu, dass wir es so schnell wie möglich hinter uns bringen. Dann fahren wir heim.«

Dann fahren wir heim. Katinka sah ihn einen Augenblick verdattert an, stand schließlich auf, nahm ihren Rucksack und trat auf den Gang. Ljubov diskutierte mit einem Kriminaltechniker. Sie lehnte in der Tür zu ihrem Büro. Das schwarze Haar züngelte um ihren Kopf, als stünde sie unter Strom. Hardo wechselte ein paar Worte mit einem Grünen, der die Kanzleitür sicherte. Im Treppenhaus traten sich die Nachbarn aus den oberen Stockwerken auf die Zehen und genossen das nächtliche Abenteuer. Eine Hand fuhr in Katinkas Hosentasche.

»Vorsicht«, raunte Ljubov. »Von Falk.«

Katinka starrte sie an. Die Anwältin machte eine kurze Kopfbewegung und marschierte entschlossen auf Hardo zu.

»Wir sollten uns dringend unterhalten«, sagte sie. »Eine Tasse Tee?«

Katinka wartete, bis sich die Bürotür hinter den beiden geschlossen hatte. Sie setzte sich hinter die Anmeldetheke, legte ihren Rucksack auf den Tisch und kramte in ihrer Jeanstasche. Ein Zettel. VABTHGAFAYZLCOFFJXQHFF

Katinka drehte das Papier um. Der Rest von einem Kalenderblatt. Von heute. 18. Juli. Hinweise zum Sternzeichen Krebs (pendelt zwischen Frohsinn und Verdruss, sensibel), zum Stand des Mondes (zunehmend). Sie zählte die Buchstaben. 22. Das Schlüsselwort, dachte sie fieberhaft. Valentes Ausführungen zum Analysieren von Codes ohne Schlüsselwort hatte sie nur bruchstückhaft im Gedächtnis behalten. Sie bezähmte sich gerade noch, Valente anzurufen. Wo hatte Ljubov das Papierchen her? Hatte sie es dem Toten aus der Hosentasche geangelt? Warum gab Ljubov es an Katinka weiter? Sollte sie nicht ahnen, dass Katinka die Nachricht Hardo zustecken würde? Oder rechnete sie genau damit? Oder mit dem Gegenteil?

Katinka nahm ihr Notizbuch aus dem Rucksack und legte den Zettel hinein. Sie entwarf ein Vigenère-Quadrat und probierte JENSFALK als Schlüsselwort. Dabei kam Unsinn heraus. Sie brach nach acht Buchstaben ab. Erst einmal musste sie den Kopf freikriegen. Ihre Finger zitterten vor Erschöpfung. Sie stand auf und trat zu dem Polizisten an der Eingangstür.

»Aufgesprengt?«, fragte sie, Hardos Jacke fester um sich ziehend, und deutete auf die Rußsprenkel an der Wand.

»Sauber und effektiv gemacht«, sagte der Beamte.

»Wie lange haben Sie gebraucht, um herzukommen, nachdem in der Einsatzzentrale der Alarm eingegangen war?«

»Vier Minuten.«

»Ganz schön schnell«, sagte Katinka, um ihm eine Freude zu machen. Die Eindringlinge konnten nicht länger als zwei Minuten in der Kanzlei gewesen sein.

»Kann man von außen sehen, dass die Kanzlei an ein Alarmsystem angeschlossen ist?«, fragte Katinka.

»Sicher«, sagte der Polizist. »Hier, sehen Sie den Aufkleber?«

Der schwarze Sticker mit der gelben Aufschrift des Sicherheitsdienstes war durch die Explosion halb zerfetzt, aber noch erkennbar. »Das ist der Zweck der Übung: Einbrecher sollen beim Ausspionieren ihres Ziels abgeschreckt werden.«

»Warum gehört keine Videoüberwachung dazu?«

Der Polizist grinste schief.

»Da hat die Dame an der falschen Stelle gespart, was?«

»Scheibenkleister.«

»Wenn schon, denn schon«, sagte der Grüne freundlich. »Fahndung läuft.«

Katinka nickte ihm zu, nahm sich ihren Rucksack und ging zur Toilette. Auf dem Deckel sitzend probierte sie weitere Schlüsselwörter, LJUBOV, FALKJENS, sie schrieb seinen Namen in umgekehrter Reihenfolge und versuchte KLAFSNEJ. Nichts. Wie konnte sie die Länge des Schlüsselwortes ausfindig machen? Sie erinnerte sich, dass Valente davon gesprochen hatte. Nachdenklich wusch sie sich die Hände und ging wieder zur Anmeldung. Der Polizist guckte misstrauisch zu ihr herüber. Sie besaß zwei Möglichkeiten. Sie könnte Ljubov vertrauen und die Existenz des Geheimtextes für sich behalten. Damit würde sie ein Beweismittel unterschlagen. Oder sie konnte das Wort abschreiben und Hardo den Zettel geben, mit dem Hinweis, woher sie ihn hatte.

Katinka hatte nicht die leiseste Ahnung, was sie tun sollte.

6. Vertrauen

Hardo schaltete den Elektroherd an und nahm zwei Pizzen aus dem Gefrierfach. Sie saßen in seiner winzigen Küche an einem noch winzigeren Tisch. Es war weit nach Mitternacht. Katinka blickte auf den stummen, roten Kirchturm.

»Bier?«

Katinka nickte. Sie brauchte etwas, um sich zu beruhigen. Seit letztem Herbst hatten sie und Hardo nicht mehr miteinander geschlafen. Dabei war es schön gewesen. Doch irgendwie hatten sie nicht den Mut aufgebracht, sich aneinander zu gewöhnen. Was, wenn sie nicht mehr ohneeinander leben konnten oder wollten? Wie sähe der nächste Schritt nach der ersten, unverbindlichen Annäherung aus? Was Britta zu ihren chaotischen Gedanken sagen würde … Katinka war nervös. Die Schmetterlinge flatterten nicht in ihrem Bauch, sondern im Herzmuskel. Ihr Kopf war mit zwei Gedanken beschäftigt. ›Ich kann nicht‹ war der erste, ›ich würde aber gern‹ der zweite. Und schon kam wieder der erste. Und der zweite. Und immer so weiter, ein Ring ohne Anfang und Ende. Sie nahm dankbar das Bier entgegen und trank.

»Das ist doch was anderes als Ljubovs Tee«, sagte sie.

»Tee«, sagte er, »trinkst du doch nur, wenn du krank bist.«

So weit war es also, dass er ihre intimen Vorlieben kannte. Sie schwiegen. Der Herd rauschte verhalten. Durch das geöffnete Fenster huschten Mücken und

Nachtfalter herein. Es war immer noch sehr warm. Allmählich mischte sich der Geruch nach Pizza mit dem sommerlichen Duft. Katinka betrachtete Hardos Gesicht. Sie vertraute ihm. Gerade jetzt, in diesem Moment, in der engen Küche, wurde ihr bewusst, dass es keinen Menschen auf diesem Erdball gab, dem sie mehr vertraute als ihm. Ihr eigenes Vertrauen in Tom war missbraucht worden. Sie war nicht ganz unschuldig daran, aber Betrug und Verrat wucherten wie faulige Pilze in ihrem Innern. Außerdem musste sie an Ljubov denken. Sie sah sie vor sich, die Lesebrille auf der Nasenspitze. Konnte sie der Anwältin trauen? Was sollte dieser Ortstermin in der Kanzlei? Die aktivierte Alarmanlage, die stickige Luft, Ljubovs Weigerung, ein Fenster zu öffnen? Sie muss etwas geahnt haben, dachte Katinka und sah auf Hardos Hände, die sich am Bierkrug kühlten. Er nahm einen Schluck und sah sie aus seinen gletschergrauen Augen an. Katinka fuhr sich mit der Zunge über die Lippen. Kam der Zettel mit dem eigentümlichen Geheimtext wirklich von Falk? Wie konnte Ljubov die Kaltblütigkeit aufbringen, die Taschen des Toten zu durchsuchen? Wie sonst konnte sie an den Zettel gekommen sein? Warum steckte sie Katinka diesen Zettel zu?

»Ist was?«, fragte Hardo.

»Ich«, begann Katinka. Brach ab. Vertrau ihm! Sie holte tief Atem. »Ljubov hat mir ein Blatt Papier zugesteckt«, sagte sie. Sie ging in den Korridor und kramte das Notizbuch aus ihrem Rucksack. »Hier.«

Hardo nahm den Zettel mit einem ungläubigen Gesichtsausdruck entgegen und hielt ihn zwischen Daumen und Zeigefinger von sich weg. Seine Lippen bewegten sich, als er lautlos den Geheimtext durchbuchstabierte.

»Was soll das sein? Wo hat sie das her?«

»Angeblich von Falk.«

Der Kommissar runzelte die Stirn.

»Wieder eine Chiffre?«

Katinka nickte. Sie berichtete kurz, was sie über Kryptografie und Kryptoanalyse wusste, ohne zu verraten, dass sie diese Bruchstücke von einem Schüler Falks gelernt hatte.

»Palfy, Palfy«, sagte Hardo. Er nahm ihre Hände und hielt sie fest. So saßen sie einander gegenüber, den Tisch zwischen sich. Katinka schmiegte ihre Wange an seine Finger, als ein durchdringender Pfeifton loslegte.

»Nicht erschrecken, unsere Pizza ist fertig«, sagte Hardo, befreite sich sacht aus ihrem Griff und stellte die Küchenuhr ab. Er servierte die dampfende Pizza und nahm zwei weitere Flaschen Bier aus dem Schrank. »Guten Appetit.«

Sie aßen schweigend. Katinka staunte, wie hungrig sie war. Lange vor Hardo hatte sie ihre Pizza vertilgt. Er legte ihr sein letztes Viertel auf den Teller, und ohne Protest aß Katinka es auf. Hardo stellte die Teller in die Spüle und sagte:

»Du bist ein undurchschaubares Menschenkind.«

»Sollte ich ein Beweismittel unterschlagen?«

Er setzte sich neben sie.

»Gib zu, vor ein paar Monaten noch hättest du den Zettel eher des Nachts auf einem Friedhof dem Leibhaftigen überstellt als mir.«

»Du bist ja auch netter als der Leibhaftige«, brummte Katinka.

»Nett? Na, danke«, sagte Hardo gespielt entrüstet. Er nahm ihr Gesicht in seine Hände. »Willst du?«, fragte er. Seine Stimme klang tief und weich wie Samt.

»Ich müsste vorher was klären«, sagte Katinka.

Er sah alarmiert aus.

»Werden wir dann noch zusammenarbeiten? Ich meine, als Ermittler?«

»Warum denn nicht!« Er lächelte. »Entspann dich. Das hier ist jetzt nicht Arbeit. Es ist …«, er sah durch Katinka hindurch, als könne er die Worte, die er benötigte, an der Wand hinter ihr ablesen. Dann sprach er weiter, aber Katinka hörte nicht mehr zu, denn seine Lippen hinterließen brennend heiße Spuren auf ihren Wangen, ihren Augenlidern, ihrer Stirn. Sie meinte, das Wort ›Liebe‹ gehört zu haben, aber sie war sich nicht sicher.

Da war ein kaum wahrnehmbares Geräusch von auf dem Boden schleifenden Textilien. Schwarze Schatten glitten auf sie zu. Rote Laserpunkte tasteten durch die Finsternis, wurden größer, blendend hell, sie musste die Augen schließen, den Kopf drehen, um ihnen zu entkommen. Sie war gefesselt. Das Rot war nah! Sie spürte eine unvorstellbare Hitze, ihr bewegungsunfähiger Körper wurde zusammengepresst. Im Kampf gegen die Fesseln tat sie sich weh, ihre Haut brannte, sie bekam keine Luft, sie würde sterben –

»Ruhig. Ganz ruhig. Du bist hier bei mir.«

Katinka fuhr hoch. Ihr Herz raste. Sie setzte sich im Bett auf und blickte durch die Lamellen der Jalousien hinaus. Dort war er, der Kirchturm, nur ein grauer Schatten im Dämmerlicht der verklingenden Nacht, aber real und beständig da.

»Katinka!«

Eine warme Hand berührte sie sanft am Arm. Mit plötzlichem Entsetzen bemerkte sie, dass sie nackt war. Sie saß in Hardos Bett, verschwitzt, das Haar nass von den schauderhaften Träumen. Sie musste die Zähne zusammengebissen haben wie einen Schraubstock, so sehr schmerzte ihr Unterkiefer.

»Komm her.«

Sie gab dem Drängen seiner Hand nach und rollte sich neben ihm zusammen.

»Du hast geträumt«, sagte er. »Das ist normal. Wird noch öfter passieren. Aber ich bin ja hier.«

Aus irgendeinem Grund beruhigte sie das nicht. Jetzt kam es ihr seltsam vor, Haut an Haut zu liegen. Er stopfte die Decke um sie fest, als bemerke er ihr Unbehagen.

»Willst du erzählen?«

»Ich … ich kann jetzt nicht.«

»Schon gut.« Er strich ihr über den Rücken. Gänsehaut kroch ihr das Rückgrat hinauf.

Sie wartete, bis er wieder eingeschlafen war, wand sich aus seiner Umarmung, lauschte kurz seinen gleichmäßigen Atemzügen und stand auf. Leise tappte sie zur Tür. Sie fand ihre Sachen im Dunkeln nicht und ging nackt in die Küche. Unter dem Wasserhahn spülte sie ihren Bierkrug aus und füllte ihn mit Wasser. Das Fenster stand noch offen. Die kühle Nachtluft ließ sie frösteln. Sie trank den ganzen Krug leer und füllte ihn neu.

Wenn sie Ljubov doch trauen könnte. Wie sehr wünschte man sich, vertrauen zu können, und wie entsetzlich war die Erkenntnis, betrogen zu werden. Ljubov war ihr sympathisch, und das machte die grauen Gefühle nicht besser. Durstig trank sie ein paar Schlucke und stellte den Krug ab. Mit dem kalten Wasser im Bauch fror sie noch mehr. Sie setzte sich auf die Küchenbank. Sollte Falk beabsichtigt haben, ihr und der Anwältin eine Nachricht zukommen zu lassen? Eine so kurze, aus 22 Buchstaben? Fast so viele Buchstaben wie das Alphabet hat, dachte Katinka. Warum konnte er nicht frei von der Leber weg ausspucken, was er loswerden wollte? Warum zum Teufel war Falk in diesem letzten Gespräch nicht zum Kern der Sache gekommen? Ein Satz aus 22 Buchstaben sollte doch auszusprechen sein, selbst wenn man noch so aufgewühlt war. Katinka rieb sich die Kaumuskeln. Sie fühlten sich hart wie Eisen an. Der Traum ... die Laserpunkte, das rote Glühen, die Schatten ... nur nicht mehr daran denken. An etwas Schönes denken, an die Arbeit, an das, was sie als Nächstes tun würde. Herausfinden, wer die anderen Schüler in Falks AG waren. Am besten über die Schulsekretärin. Hardo würde das Gleiche tun. Verdammt, hier drohten die ersten Komplikationen. Sie ahnte die verbissenen Debatten, die folgen würden. Nicht dein Fall, Palfy, vergiss es, hier ermitteln die Behörden. Katinka ließ die Hände sinken. Außerdem brauchte sie Valentes Hilfe. Sie könnte ihm den Geheimtext zeigen und ihn bitten, ihn zu knacken. Ob er das schaffte? Wenn sie nur die Chiffre hätte, die bei der toten Doris Wanjeck gefunden worden war! Waren beide vergleichbar codiert? Nach derselben Methode, vielleicht mit demselben Schlüssel?

Auf dem Gang knisterte etwas. Katinka wurde starr. Sie drehte den Kopf und sah zur Küchentür.

»Katinka?« Hardo streckte den Kopf herein. »Wo steckst du denn!«

Plötzlich fühlte sie sich schutzlos. Sie zog die Beine an und umklammerte die Knie.

»Ich hatte Durst.«

Er trat zu ihr und strich ihr über Schultern und Rücken.

»Du bist eiskalt.«

»Meine Klamotten habe ich im Dunkeln nicht gefunden.«

»Komm. Ich habe schon einen Schrecken gekriegt und gedacht, du wärst in die Nacht dort draußen verschwunden.«

Sie schüttelte den Kopf.

»Nein.« Unvermittelt kamen ihr die Tränen. »Nein.«

Er sagte nichts weiter, sondern hob sie hoch und trug sie ins Schlafzimmer. Ausgestreckt neben ihm unter der Decke, gewärmt von seiner Haut, seinen Händen und seinem Atem, schlief sie ein.

»Sie müssen verstehen, dass wir Außenstehenden keine Informationen über unsere Schüler geben«, sagte Märthe Stürmer.

»Ich brauche keine Informationen über Schüler, sondern lediglich die Namen der Teilnehmer an der Kryptoanalyse-AG.«

Märthe Stürmers Begeisterung für Katinka und ihren Beruf schien sich in Nebel aufgelöst zu haben.

»Tut mir leid«, sagte sie knapp, »aber da ist nichts zu machen.« Entschlossen legte sie auf.

Blöde Tussi, dachte Katinka wütend und warf einen Blick auf die Uhr. Viertel nach acht. Sie hätte Valente fragen können, aber den Jungen brauchte sie noch für

Nachhilfe in Kryptoanalyse, sie wollte ihn nicht an allen Fronten ausquetschen wie eine Zitrone. Charly Niedorf fiel ihr ein, und sie rief ihn an.

»Die Teilnehmer am Krypto-Kurs?«, wunderte er sich. »Wozu brauchen Sie die denn?«

Katinka suchte fieberhaft nach einer Begründung. Schließlich schien ihr die Wahrheit am einfachsten. Immerhin hatte die Polizei die Neuigkeit heute Morgen an die Presse gegeben.

»Jens Falk ist gestern Abend ermordet worden.«

In der Leitung blieb es eine Weile still, dann flüsterte Niedorf:

»Um des heiligen Himmels …« Er ließ den Satz unvollendet.

»Genau meine Meinung«, sagte Katinka. »Wer außer Hannes und Valentin Kazulé ist da noch dabei?«

»Warten Sie mal, ob ich alle Jungs jetzt zusammenkriege«, murmelte Niedorf. Im Hintergrund rumpelte etwas. »Ich muss mich erst mal setzen. Wer hat das gemacht? Wer hat Falk umgebracht?«

Katinka schrieb das Wort ›wer‹ auf ihren Zettel. Die meisten, die mit Todesnachrichten konfrontiert wurden, fragten zunächst nach dem Warum und zerbrachen sich später den Kopf, wer der Schuldige sein könnte. Charly Niedorf begann offensichtlich mit Phase zwei.

»Sind denn nur Jungen in der AG?«, fragte sie.

»Ein Mädchen ist dabei. Anja Spachtholz. Die Tochter von dieser unglaublichen Nervensäge Lilo. Im Elternbeirat am PCG ist sie die Wortführerin. Sie hat Geld wie Heu und fummelt in einer großen Partei mit. Sie ahnen, in welcher.«

»Wer ist noch dabei?«

»Sie sind zu zehnt. Die meisten Schüler haben keine Lust, in ihrer mit Hausaufgaben vollgestopften Freizeit noch einen Zusatzkurs zu belegen.« Niedorf diktierte die Namen.

»Wie geht es Hannes?«, fragte Katinka, als sie alle aufgeschrieben hatte.

»Ich habe keine Ahnung.« Ein beunruhigter Tonfall schwang in seiner Stimme.

»Melden Sie sich bitte, wenn Sie etwas von Ihrem Sohn hören«, bat Katinka.

Sie legten auf. Sofort wählte Katinka Niedorfs Nummer ein weiteres Mal. Besetzt. Sie legte das Handy weg und besah sich ihre Liste mit Schülernamen:

Eggert, Darius
Kazulé, Valentin
Kirchner, Lukas
Kopfleisch, Andy
Kotschenreuther, Denis
Niedorf, Hannes
Schiffer, Jan
Schmidt, Jörg
Starklauf, Matthias
Spachtholz, Anja

Es könnte interessant sein, dachte sie, mit Anja zu beginnen. Sie ist das einzige Mädchen. Vielleicht ergibt sich so eine Basis für ein Gespräch. Die Polizei würde die Liste alphabetisch abarbeiten. Es kam darauf an, dass sie so schnell wie möglich mit Anja sprach. Sie sah auf die Uhr. Es war kurz vor neun, sie hätte noch Zeit, im Internet nach dem ominösen Kaminsky zu suchen. Doch weder im Telefonbuch noch in diversen Suchmaschinen fand sie einen nützlichen Hinweis, selbst in Kombination mit ›Kulmbach‹ als Stichwort. Es gab entweder zu viele Kaminskys oder keinen. Sie probierte andere Schreibweisen, kam aber auf keinen grünen Zweig. Dieser Kaminsky konnte längst aus Kulmbach weggezogen sein. Hier saßen die Polizisten am längeren Hebel. Ärgerlich schob Katinka ihre Unterlagen von sich. Ihr Auftraggeber war tot, mit Ljubov wollte sie nicht sprechen, nicht heute, sie musste erst ihre Gedanken klarkriegen. Ihr blieb nur, gemeinsam mit den Krypto-Schülern die Nachricht zu knacken.

»Gemeinsam, dass ich nicht kichere«, murmelte sie, als sie in den Nebenraum ging und eine Flasche Sprudel aus dem Kühlschrank angelte. Sie hatte keine Vorstellung, wie sie einen 22-stelligen Geheimtext dekodieren sollte. Ohne Schlüsselwort. Außerdem bekäme es ihrem Einvernehmen mit Hardo schlecht, wenn sie sich in die Mordermittlungen einmischte.

»Schrott«, sagte sie zu der Flasche in ihrer Hand und trank sie in einem Zug aus. »Einfach Schrott.«

7. Anja

Als Katinka um kurz vor zwölf am Paul-Celan-Gymnasium vom Rad stieg, ging das Schnattern der Schüler in ihren schulentwöhnten Ohren hoch wie Silvesterraketen. Sie sah sich nach Valente um. Er kam in einem Pulk junger Männer über den Schulhof.

»Valente! Wir müssen uns dringend unterhalten.«

Das Geplänkel der Gruppe verstummte, nur verhalten hörte Katinka ein paar schräge Bemerkungen. Sie sah Valente fest in die Augen. Er zuckte die Achseln und sagte zu seinen Freunden: »Ich komme gleich nach.«

»Können wir uns irgendwo ungestört hinsetzen? Habt ihr so was wie eine Cafeteria?«

»Cafeteria?«, sagte Valente entgeistert. »Wir können froh sein, wenn wir genug Stühle im Klassenzimmer stehen haben.«

»Ich dachte, in Bayern gibt's noch Geld.«

Er machte ein verächtliches Geräusch und führte Katinka um das Schulgebäude herum. Hinter einem glasverkleideten Anbau erstreckte sich ein winziger Schulgarten.

»Hier ist Rauchen erlaubt«, sagte Valente und zog eine Schachtel ›Pall Mall‹ aus seiner Tasche. Die Marke erinnerte Katinka an ihren Bremer Kollegen Cuno Fischer, mit dessen tatkräftiger Unterstützung sie im vergangenen Herbst einen Fall gelöst hatte.

»Valente, können wir offen reden?«

»Klar.« Sie setzten sich auf eine Bank. Valente zündete sich eine Zigarette an.

Katinka betrachtete die niedergetrampelten Halme, die vertrockneten Blumenreste in den Beeten. »Ich habe etwas, was dich interessieren könnte, wo du doch Kryptoanalytiker bist.«

Valente winkte ab.

»Ich bin kein Kryptoanalytiker. Da fehlt mir noch viel.«

»Aber du hast kein ganz unbegabtes Auge für Geheimtexte, scheint mir«, entgegnete Katinka ungerührt.

»Als Gegenleistung für meine Ehrlichkeit und Offenheit erwarte ich auch deine. Ich weiß, dass du Hannes' Aufenthaltsort kennst und auch weißt, warum er sich versteckt hält.«

Es war eine ganze Weile still. Schließlich legte Katinka ein weißes Blatt zwischen sich und Valente auf die Bank. Sie hatte die Buchstabenkombination von Falks Zettel mit Kuli draufgeschrieben: VABTHGAFAYZLCOFFJXQHFF.

Scheinbar unbeteiligt lugte Valente auf den Geheimtext.

»Keine Spatien?«, fragte er schließlich.

»Was?«

»Leerzeichen zwischen den Wörtern.«

»Nein.«

Valente warf die Kippe weg.

»Die Polizei setzt einen Experten dran«, sagte Katinka. »Diese Chiffre stammt von Falk. Er wurde gestern Nacht umgebracht. Das hat man euch doch gesagt, oder?«

»Der Chef hat die Klassen zusammengerufen und uns erzählt, dass letzte Nacht unser Lehrer Jens Falk umgebracht worden wäre. Die Polizei hat ihn heute früh informiert. Er wollte nicht, dass wir es aus der Zeitung erfahren. Aber woher wissen Sie ...«

Er ist also wieder beim Sie angelangt, dachte Katinka und verkniff sich ein Grinsen.

»Der Zettel steckte in Falks Hosentasche.«

Zwischen ihnen im Gras begann es zu qualmen. Verstört trat Valente die halb aufgerauchte Zigarette aus.

»Wer hat ihn umgebracht?«

»Zwei maskierte Typen, waffentechnisch ziemlich gut ausgerüstet«, sagte Katinka.

Valente rieb sich das Gesicht.

»Hannes hat etwas geahnt. Da lief ein linkes Ding. Ich weiß nicht genau, was, das müssen Sie mir wirklich glauben. Hannes hat seinen Vater eingeweiht. Die beiden sind die besten Kumpels«, erklärte Valente und starrte missmutig zu Boden.

»Anders als du und dein Vater.«

»Egal. Alles begann bei dem Schulfest vor gut drei Wochen. Wir hatten Austauschschüler aus Rodez da, und es gab eine Party zum Abschied. Hannes und ich sollten die Spiele bei der Unterstufe überwachen, aber Hannes tauchte plötzlich ab und blieb eine ganze Weile weg. Ich war ziemlich genervt, weil ich das Junggemüse bei Laune halten musste. Als er wiederkam, tat er sehr geheimnisvoll. Das Schulfest war am Samstag. Als er am Montag in die Schule kam, schaute er nicht mehr so selbstzufrieden drein, sondern irgendwie … keine Ahnung. Geistesabwesend.« Valente steckte sich eine neue Zigarette an. »Am Mittwoch drauf war dieser unsägliche Ausflug ins Deutsche Museum.«

»Hannes kann sich nicht in Luft aufgelöst haben.«

»Hat er sich auch nicht. Er ging aufs Klo und verduftete. Scheiße für Falk. Ich bin sicher, es tut Hannes tierisch leid, dass Falk seinetwegen Probleme gekriegt hat. Wir mögen – mochten – Falk nämlich. Der war wenigstens nicht so von oben herab.«

»Hannes ist mit voller Absicht verschwunden? Er nutzte den Ausflug nach München, um von der Bühne zu treten?«

»Er hat bei dem Schulfest irgendwas entdeckt. Etwas, das ihm zuerst wie ein Triumph vorkam und das dann irgendwas Mieses, Dunkles wurde. Ich …«

Er brach ab und sah irritiert auf den gläsernen Anbau. Die Sonne spiegelte sich in den Scheiben, deshalb erkannte Katinka den Mann nicht gleich, der um die Ecke bog und schnurstracks auf das Gärtchen zuhielt. Er schnaufte in der Hitze, immerhin schleppte er eine Menge Kilos mit sich herum. Sein fransiges graues Haar klebte verschwitzt an seiner Stirn.

»Valentin, verdammt, hockst hier rum und rauchst, ich warte seit einer Ewigkeit.«

Valente trat die Kippe aus und stand auf.

»Tschuldigung«, sagte er und sah aus wie ein Fünfjähriger, der in der Nase gebohrt hatte.

Sein Vater starrte ihn wütend an. Der Junge griff sich seine Mappe, nickte Katinka zu und ging.

»Warte!« Katinka faltete das Blatt mit der Geheimschrift und hielt es ihm hin. »Die Matheaufgaben für morgen!«

»Ach so, ja.« Er nahm das Papier. »Tschüss dann.«

Katinka sah ihm nach. Normal war das nicht. 17-jährige Gymnasiasten legten keinen Wert darauf, von ihren Vätern abgeholt, besser gesagt eingesammelt zu werden. Hans-Peter Kazulé, der Richter, schien vollkommen von dem Gedanken durchdrungen, genau zu wissen, was gut und schlecht, richtig und falsch war. Vermutlich musste er das aus beruflichen Gründen sein. Katinka stieß einen verächtlichen Laut aus. Valentes Zigaretten lagen noch auf der Bank. Sie überlegte, ob sie eine rauchen sollte, ließ es bleiben, nahm die Schachtel und ging Valente nach. Mitten im Schulhof hatten Vater und Sohn Kampfstellung bezogen. Valente mit hängenden Schultern, schmal, fast zu dünn, und sein übergewichtiger Erziehungsberechtigter, der geduckt auf seinen Sohn zukam, als wolle er ihn mit einem Kung-Fu-Griff zu Boden werfen. Katinka blieb im Schatten des Gebäudes stehen.

»Lass mich in Ruhe!«, schrie Valente, aber es klang mager, als sei ihm die Luft ausgegangen. »Das geht dich nichts an.«

»Noch bist du nicht volljährig, junger Mann!«

Und solange du die Füße unter meinen Tisch streckst, vollendete Katinka im Stillen.

»Ich kann reden, mit wem ich will.«

»Pass lieber auf, in was man dich hineinzieht!«

»Hineinzieht?« Valente verzog höhnisch die Lippen. »Du bist doch selbst verstrickt in 20 Netze und merkst es nicht mal. Du und deine Freunde und …«

Die Ohrfeige klatschte auf Valentes Wange und hallte zwischen den Betonmauern wider. Donnerwetter, dachte Katinka. Valentes Augen glühten vor Hass. Katinka stieß sich von der Hauswand ab und ging über den Schulhof auf die beiden Streithähne zu. Die Männer bemerkten sie erst, als sie beinahe vor ihnen stand.

»Deine Zigaretten«, sagte sie und hielt sie Valente hin, während ihre Augen seinen Vater fixierten. Er starrte zurück. Katinka spürte eine gewisse Unsicherheit hinter all dem Selbstbewusstsein, das sein bulliger Körperbau ausstrahlte. Ihr Blick wanderte zu Kazulés rechter Hand und zurück in sein Gesicht.

»Schönen Tag noch, Herr Kazulé«, sagte sie und wandte sich ab. Als sie zurückschaute, lehnte Märthe Stürmer am offenen Fenster ihres Sekretariats und sah ihr nach.

»Wer ist am Apparat?«, fragte eine weibliche Stimme.

»Katinka Palfy. Spreche ich mit Lilo Spachtholz?«

»Nein. Mit Anja.«

»Können wir uns treffen?«, fragte Katinka. »Ich bin Privatdetektivin und arbeite mit der Rechtsanwältin zusammen, die Jens Falk vertreten hat, bevor er ermordet wurde.«

In der Leitung war es eine Weile still.

»Sie haben es uns heute Vormittag in der Schule gesagt«, erklärte Anja schließlich.

»Um drei im Hainbad?«

»Wie sehen Sie denn aus?«

»Ich lese ein Buch«, sagte Katinka. »Einen Krimi. ›Deichgrab‹ ist der Titel.«

»Na gut«, bestätigte Anja schließlich. »Um drei.«

Katinka legte auf und tippte Ljubovs Nummer, stellte die Verbindung aber nicht her. Ihre Intuition wehrte sich. Irgendetwas stimmte nicht mit Ljubov, und bevor sie ihre Gedanken geordnet hatte, wollte sie mit der Anwältin keinen Kontakt. Sie rief Hardo an.

»Wie geht es dir?«, fragte er.

»Alles in Ordnung. Wie laufen die Ermittlungen?«

»Zäh. Keine Zeugen, keine Spuren. Nur bei Wanjeck haben wir noch etwas gefunden. Eine mikroskopisch kleine Faser, die zu Hightech-Motorradbekleidung passt. Wir checken entsprechende Geschäfte deutschlandweit.«

Katinka seufzte. Das konnte dauern und brachte aller Erfahrung nach nichts.

»Sehen wir uns heute Abend?«, fragte Hardo.

Sie wollte nichts lieber. Wie deutlich sollte sie das zeigen? Welche Signale sollten ankommen, welche lieber nicht?

»Gern. Wenn du Zeit hast«, sagte sie. »Mein Handy ist angeschaltet.«

»Wird spät werden.«

»Das macht nichts.«

»Hallo. Ich bin Anja.«

Sie hatte ihr langes braunes Haar hochgesteckt und war dezent geschminkt. Wie eine Bankerin auf dem Weg zur Börse, dachte Katinka. Nur die Jeans und das enge Top passten nicht dazu. Katinka legte ihren Krimi weg und reichte Anja die Hand.

»Katinka Palfy. Setz dich.«

Anja warf ihre Tasche auf die Wiese und hockte sich neben Katinka.

»Kaffee? Ich hole uns einen.«

»Nein, danke.«

»Ich möchte mit dir über die Kryptoanalyse-AG sprechen«, sagte Katinka.

»Warum ist das wichtig? Falk ist tot, oder?«

»Das hat man euch doch in der Schule gesagt!«

»Ja, aber die Nachricht schien so unglaublich. Wie ein schlechter Scherz.« Anja sprach leise. Es war voll im Hainbad bei dem herrlichen Wetter. Je näher die Sommerferien rückten, desto deutlicher wurde das Gefühl, sich einem Ausnahmezustand zu nähern.

»Wie läuft das so in der Krypto-AG?«

»Was meinen Sie damit?«

»Du bist die einzige Frau, oder?«

»Na und?« Anja hob das Kinn. »Das interessiert mich überhaupt nicht.«

»Benehmen die Jungs sich anständig?«

»Was soll das denn heißen?«, fragte Anja. »Ob sie mir unter den Rock fassen oder was?«

Katinka lachte.

»Nein, ob sie machomäßig drauf sind und so tun, als wenn Männer Kryptoanalyse besser kapieren als Frauen.«

»Nein. Das machen die nicht. Bis auf den doofen Schmidt vielleicht. Nein, die sind o. k.«

»Was findest du interessant an Kryptoanalyse?«

Anja betrachtete ihre schmalen Finger.

»Es ist ein aktuelles Thema. Wegen dem Internet, verstehen Sie? Wir sitzen mit all unseren Mails und Einkäufen und so weiter total auf dem Präsentierteller. Ich möchte mehr über Codierung lernen. Vielleicht bastele ich mir mein eigenes kleines Programm, um meine Mails zu verschlüsseln.«

»Aber das wäre Kryptografie, nicht Kryptoanalyse, richtig?«

Anja war beeindruckt, wenngleich sie sich bemühte, es nicht zu deutlich zu zeigen.

»Falk hat uns von beidem etwas beigebracht. Aber die meiste Zeit haben wir Codes geknackt. Das ist eigentlich Mathematik, und ich habe Mathe-Leistungskurs, wie alle in der AG. Falk hat verschiedene Chiffrierungstechniken vorgestellt, und wir haben paarweise gearbeitet. Einer hat einen Code gestrickt, der andere hat ihn entwirrt. Das lief ganz gut, war aber schnell langweilig. Also hat Falk zu Hause Texte verschlüsselt, und wir mussten rausfinden, wie er das gemacht hat, und dann natürlich den Code entschlüsseln. Außerdem hat er viel über die Geschichte der Verschlüsselung erzählt und historische Chiffren mitgebracht. Es gibt alte Geheimtexte, die bislang nicht entschlüsselt sind. Falk hat super erklärt. Er hat Schritt für Schritt alles gezeigt, und wenn jemand einen Hänger hatte, wusste er genau,wo.«

Katinka musterte Anja abwartend. Es sollte nicht schaden, noch mehr auf die Tränendrüse zu drücken. Anja als einziges Mädchen in Falks geliebter Nachmittags-AG, hübsch außerdem.

»Falk war also ein guter Lehrer?«

»Der beste, den wir hatten!«

»Was wird aus dem Kryptokurs? Wer übernimmt den?«

»Die restlichen Stunden fallen aus. War sowieso freiwillig.«

Sie schien erschüttert, aber nicht über die Maßen traurig. Also war es nichts mit der heimlichen Schwärmerei für den tollen Lehrer, dachte Katinka.

»Kennst du Hannes näher?«

»Klar.«

»Wie ist der so?«

»Gut in der Schule, ein bisschen hyperaktiv vielleicht«, sagte Anja schließlich. »Ganz nett.«

»Habt ihr momentan Kontakt?«

Anja riss endlich den Blick von ihren Fingern los und sah Katinka direkt an.

»Niemand weiß, wo Hannes steckt.«

»Das glaubt euch aber keiner. Die Polizei auch nicht.«

Anja antwortete nicht.

»Hannes weiß etwas, das ihm gefährlich werden könnte, oder?« Katinka beschloss, lieber nicht darüber nachzudenken, was Hardo mit ihr machen würde, wenn er erfuhr, dass sie eine seiner Zeuginnen unter Druck setzte. Dass sie Vermutungen preisgab und damit unter Umständen die Ermittlungen der Polizei manipulierte.

»Was soll das denn sein?«, murmelte Anja.

»Du stellst ziemlich viele Gegenfragen.«

»…«

»Bist du 18?«

»Warum?«

»Ein Klick im Computer, und ich weiß es«, bluffte Katinka.

»Dazu haben Sie kein Recht.«

»Was ist das eigentlich für eine schräge Musik, die Valente mag? Gypsy-Music?«

Anja warf den Kopf in den Nacken.

»Das ›Bulgarian All Star Orchestra‹. Da stehen wir momentan total drauf. Die beleben die alte Dorfmusik vom Balkan, Bauerntänze und so. Aber ohne die Melodien zu verpoppen. Nichts von dem flachen Zeug, das unter ›Weltmusik‹ läuft.«

»Ihr kennt euch ziemlich gut, wie?«

»…«

»Hannes hat irgendwas rausgekriegt«, bohrte Katinka. »Ihr wisst es. Du und Valente. Und vielleicht noch andere aus der AG.«

Schulternzucken.

»Jan Schiffer etwa?«, kramte Katinka einen Namen aus ihrem Gedächtnis.

»Pfff, der doch nicht!« Kaum hatte sie es ausgesprochen, wurde Anja rot.

Katinka atmete erleichtert aus. Hier war das Eingangstor.

»Lukas?«

»Nein.«

»Andy?«

»Hören Sie doch auf! Niemand. Nur Hannes, Valente und ich.«

»Was wollte Hannes entschlüsseln?«

»Einen echten Text. Nichts, was Falk für uns zusammengebastelt hat. Nichts Didaktisches.«

»Sondern?«

»Das wissen wir nicht. Valente hat auch keine Ahnung«, gab Anja zu. »Schwimmen wir eine Runde?«

Sie zogen sich um und gingen zum Steg. Anja machte einen Kopfsprung in das braune Wasser. Angeberin, dachte Katinka, aber da kann ich auch mithalten. Sie schwammen nebeneinander her zum anderen Flussufer.

»Ich weiß nichts Genaues«, sagte Anja. »Wirklich nicht. Hannes ist beim Schulfest mal kurz verschwunden. Ich habe es nicht mitgekriegt, ich weiß es nur von Valente. Er kam zurück und prahlte, dass er was Tolles entdeckt hätte. In den Tagen danach wurde er plötzlich nervös. Beim Schulausflug verschwand er.«

»Wie habt ihr das geplant?«

»Wir haben das doch nicht gewusst.«

»Auch das glaubt euch keiner«, sagte Katinka.

Sie ließen sich ein Stück treiben.

»Ihr seid ein eingeschworenes Team, du, Valente und Hannes. Ein Trio, gute Freunde. Ihr wisst alles voneinander. Du weißt, welche Musik Valente mag, du weißt sogar, was es damit auf sich hat.«

Anja wechselte die Richtung und schwamm stromaufwärts.

»Du bist Hannes' Freundin«, wagte Katinka sich vor. Anja begann zu kraulen. Katinka ließ ihr einen Vorsprung, dann holte sie auf und berührte Anja an der Schulter. »Wenn du ihn schützen willst, dann solltest du wenigstens mit der Polizei zusammenarbeiten.«

»Lassen Sie mich doch in Frieden!« Anja drehte um und schwamm zum Bootshaus zurück. Katinka ließ sich langsam zurücktreiben. Als sie aus dem Wasser stieg und zu ihren Sachen ging, lief Anja zum Ausgang.

»Ich habe ein bisschen herumprobiert seit heute Mittag. Hausaufgaben und so was haben wir sowieso nicht mehr auf, und wegen des Mordes an Falk ist die ganze Schule wie … tot.« Valente zuckte zusammen, als sei seine Wortwahl an allem schuld. »Aber es ist nicht leicht. Der Text ist zu kurz für die Häufigkeitsanalyse.«

Sie saßen wieder am Fluss, hinter sich die Schleuse 100. Valente lehnte nachdrücklich alle Einladungen zu Kaffee oder Cola ab. Katinka war heiß, die Abkühlung von vorhin war Vergangenheit. Die Sonne brannte vom Himmel, und das Wasser vor ihr sah so einladend aus, dass sie am liebsten kopfüber hineingesprungen wäre.

»Sag mal, von Hand wird doch heute kaum noch etwas verschlüsselt, oder?«, fragte Katinka.

»Natürlich nicht. Da sitzt kein Mensch mit Papier und Bleistift herum. Das machen Rechner. Gigantische Programme, von deren Ausmaßen wir Normalmenschen nicht einmal etwas ahnen. Die arbeiten mit vielstelligen Primzahlen und weiß der Geier was noch.«

»Und doch habt ihr in der Schule …«

»Falk wollte uns eben das Prinzip beibringen. Wenn man das verstanden hat, durchschaut man letztlich jede Operation am Rechner. Es geht doch nur darum, ein bestimmtes Muster, zum Beispiel einen Satz oder auch nur ein Wort, durch ein anderes Muster zu ersetzen. Mehr ist das nicht.« Er dachte einen Augenblick nach. »Mathe ist auch nichts anderes. Alle denken, Mathe hat mit Zahlen zu tun, aber das stimmt nicht. Der Mathematiker sucht nach Mustern. Was haben drei Kühe, drei Dreiecke und drei Bananenschalen miteinander gemeinsam? Die Anzahl drei.«

»Warum ist dein Vater so streng mit dir?«, fragte Katinka. Das Mathethema behagte ihr nicht. Es war ihr auch egal, womit Mathematik zu tun hatte. Sie wollte in ihrem Fall weiterkommen.

Valente hob die Schultern.

»Er hat eben seine eigenen Ansichten über das Leben. In einem Monat werde ich 18. Dann kann er mich mal. Ich ziehe mit einem Kumpel zusammen.«

Katinka fragte ihn nicht, woher er das Geld nehmen wollte. Jugendliche waren machtlos und abhängig. So hatte sie sich manches Mal gefühlt, und die Erinnerung daran war nicht angenehm.

»Mein Vater ist erzkonservativ und katholisch und so«, erklärte Valente. »Ich kann bei ihm nicht punkten, denn mir sagt das alles nichts. Aber er hängt in was weiß ich welchen Klubs rum. Findet das ganz toll, die Loyalität und wie die Leute zusammenhalten. Nur Männer natürlich.«

»Was für Klubs denn?«

Valente verzog das Gesicht.

»Weiß nicht.«

»Was macht deine Mutter?«

»Sauna und so. Mit Freundinnen.«

Katinka beschloss, nicht weiter in ihn zu dringen.

»Seit wann sind Hannes und Anja zusammen?«

»Seit …« Er brach ab.

Das genügte Katinka. Sie verstand, dass Valente weder über Hannes noch über Anja ein Wort verlieren würde. Sie waren seine besten Freunde, die er bei seinem lieblosen Umfeld dringend nötig hatte. Falls er scharf auf Anja war, dann unterdrückte er seine Sehnsüchte vielleicht sogar zugunsten von Hannes. Die drei hatten Hannes' Verschwinden geplant, und Valente stand genauso wie Anja mit ihm in Verbindung.

»Du willst nicht verraten, wo er sich versteckt«, sagte Katinka. »Das sehe ich ein. Ihr habt Angst um Hannes. Ihr seid Verschlüsselungskünstler und findet bestimmt eure Wege, miteinander zu kommunizieren. Aber wie geht's jetzt weiter? Nächstes Jahr ist euer Abitur. Wie lange soll Hannes sich verstecken und wie viel Schule verpassen?«

Meine Güte, ich rede wie Großtante Gewissen, dachte sie.

Valente rührte sich nicht. Nur seine Kiefer mahlten. Druck erhöhen, dachte Katinka. Legen wir noch einen drauf.

»Hannes ist gut in der Schule. Ihr seid alle gut, aber Hannes lernt am leichtesten. Ihr braucht ihn hin und wieder, damit er euch weiterhilft. Mit Mathe und so.«

Valente steckte sich eine Zigarette an. Seine Hände flatterten.

»Du willst nicht darüber reden, wie es zu seiner Flucht kam. Dann rede über die Zukunft. Wie soll sich das alles auflösen? Wann kann sich Hannes wieder gefahrlos zeigen?«

Valente nahm einen tiefen Zug, dann noch einen. Katinka hatte den Eindruck, er wolle etwas sagen, aber er schaffte es unter Aufbietung aller Selbstbeherrschung, den Mund zu halten.

»Wie lange ist er schon im Untergrund? Drei Wochen? Weißt du, wie nervig das ist? Wie man sich fühlt, wenn man immer Angst hat, entdeckt zu werden? Sich nicht unter die Leute traut? Keine Ansprache hat, keinen zum Reden? Kannst du dir vorstellen, welche Eintönigkeit sich ausbreitet, wenn …«

»Doch.« Valente flüsterte, aber Katinka konnte ihn gut verstehen, während er die Wörter gemeinsam mit dem Zigarettenrauch in die warme Abendluft hauchte. »Doch. Ich kann es mir vorstellen.«

Der Mann atmet schwer.

Er keucht. Seine Lungen rasseln wie ein ganzer Maschinenraum. Er muss den Rechner einschalten, er muss es einfach, und wenn die Blitze der Hölle ihn im gleichen Augenblick vernichten!

Er tut es nicht. Noch nicht. Er hat gelernt, sich zurückzuhalten, indem er aus jedem Nein ein vorläufiges macht. Er schaltet *jetzt* nicht ein. Aber er kann später einschalten. In fünf Minuten. Wenn die fünf Minuten um sind, kann er sich erneut befragen. Und entscheiden. Sein Leben besteht aus einer Abfolge von Fünf-Minuten-Rhythmen. Er könnte auch eine Tablette nehmen. Er hat sich für heute krankschreiben lassen. Es sind die Bandscheiben. Seine Ärztin sieht kein Problem darin, ihn wegen der Bandscheiben krankzuschreiben. Alle haben es im Kreuz. Er eben auch.

Absurd, was die alle reden, denkt er, als er sich die Hände wäscht. Er tut das sehr ausgiebig. Er bevorzugt flüssige Cremeseife, jedes Mal kauft er eine andere. Er hat einen hohen Verbrauch, aber mit seinem Gehalt kann er sich das leisten, und wenn er nicht im Internet seiner Passion frönt, dann bleibt ihm doch wohl Geld genug für Seife. Er lacht auf und schaut sich im Spiegel an. Er sieht gesund aus. So was von gesund! Seine Haut ist noch glatt, sein Haar voll. Er hat einen geraden Gang. Ein paar Muskeln mehr wären wünschenswert, aber er kann sich nicht um alles kümmern, und ein Fitnessstudio betritt er nicht. Mit den Typen da will er nichts zu tun haben. Nie könnte er es über sich bringen, die vom Schweiß der anderen verschmierten Geräte zu benutzen. Wie sähe das denn aus, wenn er mit seinem Desinfektionsspray ankäme.

An den Wochenenden unternimmt er gern Wanderungen. Meistens fährt er früh raus, um den Leuten zu entgehen, die später aus den Federn kriechen und dann jedes Seeufer, jeden Wanderweg im Umkreis bevölkern. Er nimmt lange Wege in Kauf, nur um allein zu sein. Er nimmt auch seine beiden Wohnsitze in Kauf, denn er braucht die Anonymität, die der ständige Wechsel ihm beschert. Weder in München noch in Bamberg kennen ihn viele. Er sucht keinen Kontakt. Privatleben hat für ihn nur eine Bedeutung: für sich zu sein. Er ruft sich die Etymologie von ›privat‹ ins Gedächtnis. Immerhin ist er humanistisch gebildet und stolz darauf. ›Privat‹ kommt von lateinisch *privare*, ›berauben, von einem Übel befreien‹. Das passt so gut zu seiner Situation, dass er lachen muss. Wenn er nur endlich von diesem einen Übel befreit wäre … und wieder ein Privatmann!

Soll er glauben, was man ihm gesagt hat? Dass er Chancen hätte …? Er will es nicht aussprechen. Er ist ganz zufrieden mit der ruhigen Kugel, die er schiebt. Er trägt einen Dreiteiler, schreitet morgens gemessen ins Amt und abends wieder heim. Ja, manchmal ist das Stress pur, wie er auf alles Mögliche reagieren muss, schnell reagieren, aber es hält ihn ab vom Internet.

Die Brüder setzen ihm zu. Wenn er dieses Haus hier übernehmen würde – und nur so drücken sie sich aus, da sagt keiner einen Namen oder einen festen Begriff, man ist paranoid unter den Brüdern –, wenn er also hier der Oberste würde, dann hätten die Brüder einen ganz anderen Zugriff auf die Bildung im Freistaat. Das wäre nur der erste Schritt!

Noch wird er den Rechner nicht einschalten. Er raucht lieber eine Zigarette, danach wäscht er sich die Hände. Ja. So wird er es machen.

Wenn er diese Position hätte, könnte er Weichen stellen, die deutschlandweit, europaweit Konsequenzen hätten. Du musst zugeben, sagt der Dicke, bei der momentanen Bedrohungslage, müssen wir da nicht etwas entgegensetzen? Kultur, Religion, Spiritualität des alten Europa, aus christlicher, na, katholischer Tradition? Sieh dir doch an, wie diese Gesellschaft zerfällt und die Jugend … Tja, wenn von der Jugend die Rede ist, findet der Dicke keine Worte. Der Sohn des Dicken ist in den Augen seines Vaters verloren. Treibt umher, ohne klare Leitlinie, ohne zu wissen, was richtig und falsch ist. Scheint einfach vom Baum der Gesellschaft geplumpst.

Der Mann drückt die Zigarette aus und geht ins Bad. Er wäscht sich die Hände. Trocknet sie ab.

Seine Finger ziehen wie ferngesteuert die Kreditkarte aus der Brieftasche. Er hat ein extra Konto eingerichtet, nur für seine Leidenschaft. Er kanalisiert die Sucht. Er könnte auch trinken. Wenn er Alkoholiker wäre, würde er sich vornehmen, nur abends zu trinken. Man kann sich im Griff haben, das weiß er, aber es fällt ihm schwer, sich zurückzuhalten. Er denkt darüber nach, das Internet bei sich zu Hause zu deinstallieren. Im Büro ruft er die passenden Seiten gar nicht erst auf.

8. Die Cavalieri

»Wie war dein Tag?«

Der Frage folgte eine Hustenattacke. Katinka hielt das Handy ein Stück von ihrem Ohr weg. Ljubov hatte die Initiative ergriffen und angerufen, was Katinka nicht gut gefiel. Sie wäre lieber von sich aus auf Ljubov zugegangen, sobald sie sich einen Reim auf die Rolle der Anwältin gemacht hätte. So musste sie direkt reagieren und ging zum Angriff über.

»Wir müssen reden, Ljubov«, sagte sie.

»Ja. Komm zu mir in die Kanzlei.«

»Nein, danke, da ist es mir zu ungemütlich. Bei mir im Büro. In einer halben Stunde.« Sie machte es jetzt wie Hardo. Setzte Termine und nahm wie selbstverständlich an, dass alle Beteiligten sich danach richteten.

»Na gut«, kam es gnädig. »Bis nachher.«

Katinka radelte in die Hasengasse. Es war ein schwüler

Sommerabend, Wolken wölbten sich über die Domtürme, als sie die Lange Straße in Richtung Fluss hinunterfuhr, aber seit Tagen hatte es nicht geregnet. In ihrer Detektei prallte sie auf stickige, heiße Luft. Sie riss Fenster und Tür auf und musste feststellen, dass kein Wind die Gardinen bewegte.

Ljubov ließ auf sich warten. Es war schon nach sieben, aber Hardo hätte ohnehin erst spät Zeit. Die ersten 48 Stunden nach einem Mord waren die arbeitsintensivsten, aber keineswegs die schlimmsten. Die härtesten Tage kamen, wenn wochenlang nichts voranging und die Versuchung, die Akten zu schließen, immer drängender wurde.

Ljubov hatte sie für das Sammeln von Hinweisen bezahlt, die Falk entlasten würden. Nun wäre zu klären, ob sie ihre geschäftliche Verbindung mit der Anwältin lösen sollte. Wenigstens in diesem Fall schien Katinka eine saubere Trennung angebracht, obwohl ihr gleichzeitig klar war, wie wichtig der Kontakt zu Ljubov für sie in Zukunft sein konnte. Neue Aufträge, dachte sie, Palfy als Matula und Ljubov als die schicke Anwältin mit Doktortitel.

»Guten Abend, Kátinka.«

Katinka sah auf. Dieser weiche russische Akzent machte etwas mit ihr. Sie wollte es nicht, aber unvermittelt lief Gänsehaut über ihre Arme.

»Hallo«, sagte sie fest und hielt Ljubov die Hand hin. »Setz dich doch.«

Ljubov trippelte zum Besuchersessel und sah sich um. Unter ihrem Arm prangte eine unförmige Handtasche aus hinreißend weichem Leder.

»Hübsch hast du es hier.«

»Danke. Was zu trinken? Es ist nur noch Mineralwasser da.«

»Warum nicht.«

Ljubov sah Katinka neugierig nach, wie sie in den Nebenraum ging und eine große Plastikflasche Wasser aus dem Kühlschrank nahm.

»Bitte.« Sie goss Ljubovs Glas voll. »Wir sollten uns unbedingt unterhalten über unsere weitere geschäftliche Beziehung. Du hast mich bezahlt, damit ich Beweise für Falks Unschuld sammle. Angesichts der Tatsache, dass er ermordet wurde, ist das nun hinfällig.«

Ljubov nahm ihr Glas und schwenkte es sacht hin und her wie einen Cognac.

»Ihr Deutschen seid effektiv. Ihr kommt schon vor dem Aperitif zum Geschäftlichen.«

Katinka schnaubte.

»Ich wollte keine interkulturelle Debatte anregen. Was war das gestern für eine Geschichte? Du warst doch nicht ganz so überrascht von dem Überfall wie ich, oder?«

Ljubov seufzte.

»Schenken wir reines Wasser ein. Oder reinen Wein. So sagt ihr das doch.« Sie stellte ihr Glas weg und setzte ihre Handtasche mit einem satten BOFF auf den Boden. »Ich habe etwas geahnt. Falk hat ein paar Andeutungen gemacht, ja.«

Katinka schloss für einen Moment die Augen. Vielleicht öffnete sich hier ein Türchen. Jemand kam durch die Hasengasse und glotzte unverblümt zu ihnen ins Büro. Katinka stand auf, schloss die Tür und zog die Lamellenvorhänge vor.

»Weiter.«

Ljubov kramte einen Lippenstift aus ihrer Tasche und zog sich die Lippen nach. Ohne Spiegel.

»Falk hat eine Leiche im Keller eines sehr einflussreichen Menschen entdeckt. Eines Menschen, der vor dem Höhepunkt seiner Laufbahn steht. Eugen Kaminsky. Sagt dir der Name etwas?« Sie schleuderte den Lippenstift in ihre Tasche.

»Nein.«

»Er war Lehrer in Kulmbach und zappelte sich später die Karriereleiter hinauf. Heute arbeitet er im Kultusministerium in München und hat Chancen, Minister zu werden. Momentan leitet er das Büro des Staatssekretärs, aber offenkundig hat er einflussreiche Freunde, zu denen auch ein gewisser Hans-Peter Kazulé gehört.«

»Der seinen Sohn mit Ohrfeigen züchtigt.«

»Das passt zu dem alten Kazulé. Jens meinte, Kaminsky habe sich einmal etwas zuschulden kommen lassen. Vor Jahren, in Kulmbach. Er soll eine zehnjährige Schülerin belästigt haben. Es kam zu einem Prozess wegen sexuellen Missbrauchs einer Schutzbefohlenen, der reichlich Schmutz aufwirbelte. Kazulé führte damals den Vorsitz. Kaminsky wurde freigesprochen. Aus Mangel an Beweisen.«

»Was war mit den Schöffen? Der Richter allein konnte doch keinen Freispruch herbeireden.«

Ljubov zog eine Grimasse.

»Die Frage war, wie glaubwürdig das Opfer erschien. Und trotz eines Erdrutsches an psychologischen Gutachten konnte man sich nicht einigen. Dem Mädchen wurde unterstellt, alles erfunden zu haben.«

Katinka machte sich Notizen.

»Falk war als Referendar am Kulmbacher Wieland-

Gymnasium, wie seinerzeit Kaminsky, und bekam Kaminskys Akte zu Gesicht. Und da muss er etwas gesehen haben, das …« Ljubov brach ab und sah zur Tür. »Bist du sicher, dass uns hier niemand belauscht?«

»Absolut«, sagte Katinka und hob ungewollt den Kopf, um nach Wanzen an der Decke Ausschau zu halten.

»Sei dir nicht zu sicher. Hast du ein Handy mit Bluetooth-Schnittstelle?«

»Klar.«

»Lege es bitte in dein Nebenzimmer und mach die Tür zu.«

»Spinnst du?«

»Weißt du nicht, dass man die Software von diesen Handys so manipulieren kann, dass die Telefone sogar ausgeschaltet als Abhörgerät benutzt werden können?«

»Könnte es sein, dass du an Verfolgungswahn leidest?«

Ljubov beugte sich vor.

»Du warst doch gestern dabei! Wer könnte von Falk und seinem Wissen über Kaminsky erfahren haben? Kaminsky selbst?«

»Kazulé war garantiert keiner der beiden Killer«, sagte Katinka. »Der wäre so fett wie die beiden zusammen und dann noch du und ich dazu.« Sie stand auf und trug ihr Handy ins Nebenzimmer. »So, jetzt ist es auf Nummer sicher.«

»Danke.« Ljubov schien erleichtert. »Kaminsky würde mit so einer Vorgeschichte niemals Minister werden. Falk hätte eine Lawine lostreten können.«

»Kaminsky wurde nicht verurteilt, also müssen wir

in einem Rechtsstaat doch davon ausgehen, dass er unschuldig ist.«

»Oder dass es Zweifel gibt.«

»Die man letztlich nicht bestätigen kann.«

Ljubov kramte eine Schachtel ›Nil‹ aus ihrer Tasche und steckte sich eine Zigarette an. Katinka schob ihr einen Aschenbecher hin. Mit einem Mal fiel ihr auf, wie erschöpft Ljubov aussah, trotz der sorgfältig aufgetragenen Portion Fond de Teint.

»Warum hältst du zu so einem wie Kaminsky?«, knurrte Ljubov.

»Ich halte nicht zu ihm. Aber so funktioniert unsere Demokratie!«

»Du weißt doch, dass sie nicht so funktioniert«, erklärte Ljubov. Die Hand mit der Zigarette zitterte leicht. »Unschuldige werden verurteilt. Exempel werden statuiert. Andere, die von der Last ihrer Sünden zu Boden gedrückt werden, gelten als Stützpfeiler des Parlamentarismus. Das öffentliche Leben wird als Bühne für Eigeninszenierungen ausgenutzt. So sieht es aus. Außerdem besteht genau das Problem, dass bei sexuellem Missbrauch nicht immer ausreichende Beweise vorliegen. Dann geht es gegen das Opfer und für den Scheißkerl.«

»Ich will heute Abend nicht über Politik diskutieren«, bestimmte Katinka mit einem Blick auf die Uhr. Vielleicht würde Hardo bald anrufen.

»Kaminsky will Kultusminister werden und Kazulé ins Justizministerium wechseln.«

Katinka lachte schallend.

»Die sind ja alle beide ganz bescheiden.«

»Siehst du«, erregte sich Ljubov. »Eine typische Seilschaft. Ertragreich für beide. Nun findet Falk diese ›Information‹. Ein politischer Musterknabe, Lehrer aus Leidenschaft und Freund aller Schüler, Eugen Kaminsky, steht auf der Schwelle zu einem der höchsten Posten des Landes. Alle Beteiligten haben den kleinen Prozess in Kulmbach vergessen, über die Sache ist Gras gewachsen. Da kommt ein Referendar, ein dünner Kerl in Jeans, noch nicht ganz desillusioniert und vollgepumpt mit neuen Ideen aus der Uni. Er kann Kaminsky ganz eindeutig gefährlich werden. Es gibt zwar keine Pressefreiheit in Deutschland«, Ljubov drückte ihre Zigarette aus, »aber dennoch sind die Medien eine hervorragende Plattform für Manipulationen der Öffentlichkeit. Und um Leute kaputtzumachen.« Sie lachte trocken. »Es müssen doch nur ein paar Zeitungen über Kaminskys Prozess berichten, das Mädchen von damals aufstöbern und so weiter. Schon saust Kaminsky durch die Bodenklappe und ward nicht mehr gesehen.«

Katinka musste über Ljubovs Ausdrucksweise lächeln. Sie fand es erstaunlich, dass jemand die Feinsinnigkeiten in einer Fremdsprache so gut beherrschte.

»Wollte Falk an die Presse?«, fragte sie und dachte an Valentes Bericht über seinen Freund Hannes, der auf einem Schulfest irgendetwas Triumphales entdeckt hatte.

»Er sparte sich das auf.«

»Für seine Schüler«, sagte Katinka nach einer Minute des Nachdenkens. Unerwartet kroch Angst in die Detektei, schob sich unter der Tür durch, wehte durch das geöffnete Fenster vom Hinterhof her. »*Das* war der Plan. Er verschlüsselte die Infos über Kaminsky und wollte in seiner AG die Sache platzen lassen.« Katinka schauderte. Um sich abzulenken, zeichnete sie Männchen auf ihr Papier. Es gab diese Krimigeschichte mit Sherlock Holmes, in der der berühmteste Detektiv aller Zeiten einen Strichmännchen-Geheimcode knackte. Jedes tanzende Männchen stand für einen Buchstaben. Holmes kam dahinter, weil manche Männchen häufiger auftauchten als andere. Häufigkeit, dachte Katinka, scheint ein wesentliches Merkmal in der Kryptoanalyse zu sein. Womöglich auch bei anderen Dingen. Falk hatte seine Schüler als Katalysatoren benutzen wollen. Katinka fand dieses Verhalten brutal und egoistisch. Als habe Falk sich davor gefürchtet, einer Zeitung den Tipp zu geben.

»Es wäre seine Rache gewesen«, unterbrach Ljubov Katinkas Gedanken. »Wegen all der Gemeinheiten, des Einbruchs, der Anschuldigungen, er habe vertrauliche Dokumente aus den Schülerakten entfernt ...«

»Halt!«, sagte Katinka. Sie legte die Hände nebeneinander auf den Schreibtisch und sagte bedächtig: »Was war zuerst? Nehmen wir an, Kaminsky und Kazulé wären Falks Gegner in diesem ... diesem Krieg. Alles begann damit, dass Falk Kaminskys Schandtaten in dessen Akte fand. Was geschah nun? Prahlte er damit herum? Bekamen die beiden Ks Wind davon und sorgten dafür, dass Falk vor der Schulöffentlichkeit blamiert wurde? Indem sie ihm Klassenarbeiten klauten und geplünderte Akten in die Schuhe schoben? Und warum taten sie das? Es hat ihn nicht zum Schweigen gebracht, sie machten sich nur einen Feind.« Katinka sah Ljubov an. Ihr dick aufgetragener Kajal erzeugte den Eindruck, in zwei schwarze Trichter zu blicken. »Oder klaute ihm jemand die Klassenarbeiten, entwendete jemand Unterlagen aus den Akten, die Falk zuvor zur Bearbeitung ausgeliehen hatte, und als Rache beschloss Falk, sein Wissen an die Öffentlichkeit zu bringen?«, vollendete Katinka ihren Gedankengang.

»Ne snaju«, sagte Ljubov.

»Was?«

»Ich weiß nicht.«

Katinka fuhr sich energisch durchs Haar.

»Kann doch auch so gelaufen sein: Falk spuckt vor seinen Schülern große Töne, sie werden was Authentisches, richtig Geheimes entschlüsseln. Dann merkt er allmählich, wie sauer sein Leben werden kann, wenn er alles in die Tat umsetzt. Er behauptet, dass ihm Klassenarbeiten gestohlen werden, er nimmt Dokumente aus Akten ... um nachher das Opfer einer Intrige zu spielen.« Katinka schlug auf den Schreibtisch. »Nun sag schon! Was ist dein Eindruck? Hat Falk sonst noch etwas zum Besten gegeben?«

Ljubov schüttelte den Kopf.

»Hat er nicht.«

»Ich gebe dir dein Geld zurück«, sagte Katinka entschlossen. Sie sah auf ihr Handy und wünschte sehnsüchtig, es möge klingeln. »Ich kann den Mörder nicht finden. Es ist ein Fall für die Polizei.«

»Du hast den falschen Beruf, wenn du so denkst.« Die Anwältin lächelte zuckersüß. »Schon recht, wenn du Uttenreuther die Stange hältst. Schließlich ist es für dich nicht lustig, wenn er dir im Bett Vorhaltungen macht. Aber ...«

»Vergiss es«, sagte Katinka. Die Wut in ihrem Hals machte ihre Stimme heiser. »Es geht nicht um mich und Uttenreuther. Dein Mandant ist tot! Hingerichtet! Du kommst mit Verschwörungsideen und allerlei unausgegorenen Verdächtigungen, aber wohin sollen die uns führen? Es gibt keinen Fall ›Jens Falk‹ mehr.«

Ljubov atmete tief durch.

»Du hast deine Meinung, ich habe meine«, sagte sie ungerührt. »Eine Anekdote werde ich dir noch erzählen. Danach kannst du entscheiden, was du denkst und worum es dir geht. Ich bin in der UdSSR aufgewachsen. Ich weiß, was Diktatur ist.« Sie streckte die Beine aus und fläzte sich auf dem Sessel wie eine Halbstarke. »Hast du jemals von den *Cavalieri* gehört?«

»Autsch«, sagte Katinka. »Was ist das?«

»Ein Männerbund, der bis in die Renaissance zurückgeht. Es gibt mehrere Ritterbünde in Europa und den USA. Legendäre Männergemeinschaften, von denen niemand wirklich etwas weiß außer den Mitgliedern, und diese halten sich naturgemäß bedeckt. Sie haben nicht einmal einen richtigen Namen, sondern nennen sich schlicht *Cavalieri*. Ritter. Ein praller Ehrenkodex wacht über jeden Einzelnen. Man kommt nur auf persönliche Einladung hinein. Als Gegenleistungen machen die meisten Karriere an den schillerndsten Knotenpunkten der Macht und saugen sich mit Geld voll, bis sie platzen.« Ljubov richtete sich auf und stellte ihre gestiefelten Füße mit einem Klacken nebeneinander. Während sie sich die nächste Zigarette anzündete, redete sie weiter:

»Die *Cavalieri* gründeten sich etwa in der Mitte des 16. Jahrhunderts in Rom. Sie standen zunächst als Vertraute den Päpsten nah. Nicht als Assassinen, oh nein, sie haben sich nicht die Hände schmutzig gemacht. Die Ritter waren jene, die im Hintergrund die Fäden zogen.«

Katinka tastete nach Ljubovs Zigarettenschachtel.

»Nimm dir eine.« Das Feuerzeug klickte. »In alten Zeiten gab es eine Menge Feindschaften in Italien. Genau wie heute war die Welt kein Kaffeekränzchen, und jeder musste sehen, wie er seine Interessen am besten durchsetzte. In einem Gesellschaftssystem, das auf Konkurrenz aufbaut, gibt es immer Gewinner und Verlierer, und die *Cavalieri* waren die härtesten Knochen, wenn es darum ging, zu den Gewinnern zu gehören. Du bist doch Historikerin.«

»Renaissance war nicht mein Hauptgebiet.«

»So? Na ja. Der Zusammenhalt unter den *Cavalieri* war schon früher außerordentlich ausgeprägt, denn die Strafen, die auf Aussteiger zukamen, waren die Hölle. Man brachte sie nämlich nicht einfach um. Wer gegen den Kodex verstieß oder eine Entscheidung nicht mittrug, wurde gefoltert und erst nach vielen Tagen gnädig getötet. Man ließ die Leichen verschwinden. Manche Quellen sprechen davon, dass die Reste nach Jahren ausgebuddelt und ins Mittelmeer geworfen wurden. Ich weiß nicht, ob das stimmt. Man hört ja, dass das Meer irgendwann alles zurückgibt, was man ihm überantwortet.«

»Und diese Ritter sind heute noch aktiv?«

»Aber sicher. Von Italien aus haben sie sich in ganz Europa ausgebreitet. Es gibt reichlich Juristen unter ihnen. Und Kirchenmänner. Vor allem aber Leute, die in der Bildung arbeiten. An Universitäten, Forschungsinstituten, Schulämtern …«

»Kaminsky und Kazulé gehören dazu?«

»Gut kombiniert, Katinka. Bamberg ist seit dem 17. Jahrhundert der Knotenpunkt der Ritter in Mitteleuropa. Eine überschaubare Stadt, katholisch, die Kirche hat einen machtvollen Stand, mit starkem Einfluss auf Politik und Medien.«

Katinka dachte an Britta und deren zunehmende Frustration als Zeitungsredakteurin. Ljubovs Geschichte schien ihr unwirklich und gruselig, dann doch wieder lebendig, als geschähe sie hier, vor ihren Augen. Die Angst, diese Ahnung von Gefahr, die sie vorhin gespürt hatte, kam zurück, stärker als zuvor.

»Gehörten Kaminsky und Kazulé schon damals, als der Prozess in Kulmbach lief, zu den *Cavalieri*?«

»Ich nehme es an. Schwer zu sagen, die Knaben führen in Mitgliedschaftsangelegenheiten keine Bücher.«

»Woher weißt du das alles?«

Ljubov erwiderte Katinkas fragenden Blick mit den unergründlichen Augen einer Sphinx.

»Na gut.« Katinka stand auf und streckte den Rücken. »Ich muss raus an die Luft. Gehen wir noch was trinken?«

»Danke, für mich nicht.«

»Wie verbleiben wir finanziell?«

»Schon in Ordnung«, sagte Ljubov. »Danke für das Wasser.«

»Nichts da. Du bekommst dein Geld zurück.«

»Warte noch bis morgen, ehe du eine Entscheidung triffst. Du kannst dem Hauptkommissar alles weitererzählen. Es ist kein Geheimnis mehr.«

»Was wirst du tun?«

Ljubov schulterte ihre Tasche.

»Ich werde sehr vorsichtig sein in den nächsten Wochen.«

»Du meinst, weil sie denken könnten, dass Falk dir zu viel gesagt hat?«

»Deswegen.«

Katinka fror plötzlich. Zum Teufel, sie durfte sich nicht so einwickeln lassen. Der russische Akzent machte sie ganz schwach. Ljubov hatte es geschafft, sie mit ihrer Märchenstunde zu fesseln.

»Wer sind die Killer von gestern?«, fragte Katinka.

»Ich habe keinen Schimmer.«

»Haben Kazulé und Kaminsky die beiden bestellt?«

»Mag sein.«

»Was hast du gemacht, nachdem du Falk bei der Polizei abgeholt hast? Das war«, Katinka blätterte in ihren Notizen, »um 16.15 Uhr.«

»Ich habe Falk nach Hause gefahren. Er wollte sich frischmachen und ein wenig zu Atem kommen. Ich fuhr in meine Wohnung, machte mir was zu essen.«

»Du hast mich recht spät angerufen. Um halb zehn. Und Falk hat sich nicht frischgemacht. Er trug immer noch sein schmuddeliges ›Roxy-Music‹-Shirt und roch ungeduscht.«

Ljubov machte eine hilflose Armbewegung.

»Vielleicht trank er drei Whiskey und legte sich aufs Ohr, anstatt zu duschen.«

»Möglich«, sagte Katinka und sah durch Ljubov hindurch. »Du hast mit einem Angriff gerechnet?«

»Natürlich nicht in der Art! Aber ich musste annehmen, dass die Leute, die Falks Exfreundin umgebracht haben, auch vor ihm nicht haltmachen würden.«

»Warum hast du nicht dafür gesorgt, dass er bei der Polizei blieb? Dort wäre er sicher gewesen.«

Ljubov zog irritiert die Augenbrauen hoch und lächelte Katinka an, als könne sie es nicht fassen, eine so dumme Frage ausgerechnet von ihr gestellt zu bekommen.

»Hör auf zu träumen, Katjuscha.«

Katinka räusperte sich. Womöglich knallte Ljubov durch oder litt an irgendeiner Manie. Es gab alle Arten von Neurosen.

»Woher hast du den Zettel mit der Chiffre?«

»Aus seiner linken Jeanstasche.«

Katinka rief sich Falks Körper auf dem Drehstuhl in Erinnerung. Er war nach rechts gekippt. Gut möglich, dass Ljubov ihm leicht in die Tasche hatte fassen können. Dass ein Zipfel des Papiers zu sehen gewesen war. Es gehörte Kaltblütigkeit dazu, einem Toten die Taschen zu durchsuchen. Selbst ein kurzer Griff nach einem Stück Papier kostete Überwindung.

»Bis gestern Abend«, sagte Ljubov, »hätte ich nicht an so viel Brutalität geglaubt. Inzwischen haben wir gesehen, wozu Falks Gegner fähig sind. Falk ist tot. Aber die Kerle wissen, dass ich etwas weiß. Und dir könnte ein wenig Behutsamkeit auch nicht schaden.« Ljubov wandte sich der Tür zu. »Schließlich hat man uns zusammen gesehen. Einen schönen Abend.«

»Wie bist du aus der Sowjetunion rausgekommen?«, fragte Katinka.

»Ich bin ausgereist, als die Fahne auf dem Kreml eingeholt wurde. Und habe Herrn Müller geheiratet.« Sie lachte rau. »Jura studiert. Wollte etwas für die Gerechtigkeit tun. Tja, das hat nicht so richtig geklappt.«

»Und wo ist Herr Müller jetzt?«

»Ehemann einer jungen Schönheit von 22 Jahren. Gute Nacht.«

9. Verlorene Schüler

Wassertropfen liefen über das Glas. Katinka trank ein paar Schlucke von ihrer Weinschorle. Checkte zum hundertsten Mal das Handy. Ohne Umschweife könnte sie Hardo simsen, aber sie wollte ihre Absichten nicht zu deutlich signalisieren. Das war zwar dämlich, doch so konnte sie sich wenigstens einbilden, die Kontrolle über ihre Gefühle noch nicht völlig verloren zu haben.

Sie saß in der ›Fischerei‹ und wusste nicht, wohin mit sich. Ljubovs Gruselgeschichte von den Rittern steckte ihr noch in den Knochen. Sie ertappte sich dabei, wie sie die anderen Gäste in dem schmucken Innenhof musterte und sich fragte, ob Leute wie Kazulé Spione ausschickten, um die Lebensgewohnheiten von Privatdetektivinnen auszuforschen. Verstohlen schob sie sich einen gelben Saurier in den Mund. An ihren Tisch hatten sich zwei Pärchen gesetzt. Es gab nicht viele Plätze im Hof und gehörte zur Philosophie der Kneipe, zusammenzurücken und ins Gespräch zu kommen. Um sich abzulenken, probierte Katinka mit der Chiffre herum, die Ljubov bei Falk gefunden hatte. Aber sie kam ohne Schlüsselwort nicht weiter.

Ihr Handy klingelte. Sie griff so schnell danach, dass ihr Kuli auf den Boden fiel und einer der Männer an ihrem Tisch sich bückte, um ihn aufzuheben.

»Hallo?«, rief sie aufgeregt.

»Charly Niedorf hier. Guten Abend, Frau Palfy.«

»Guten Abend.« Sie war enttäuscht und zu überrumpelt, um es zu vertuschen.

»Haben Sie einen Moment Zeit? Ich muss Sie sprechen.«

»Ich sitze in der ›Fischerei‹. Kommen Sie vorbei, ist ja nicht weit von Ihnen.«

»Das mache ich glatt.«

Zehn Minuten später saß er ihr gegenüber. In seinem Batikhemd wirkte er wie ein altbackener Hippie. Mit gesenkter Stimme legte er los.

»Es ist dringend.« Misstrauisch sah er ihre Tischgenossen an.

»Das ist die ideale Situation, um nicht belauscht zu werden«, sagte Katinka. »Keiner rechnet damit, dass hier Geheimnisse ausgekocht werden.«

»Ich wollte Sie bitten, nach Hannes zu suchen.«

Katinka starrte ihn an.

»Ja, ich weiß, es kommt Ihnen alles eigenartig vor. Aber hören Sie mir erst zu.« Er bestellte ein Glas Rotwein. »Mein Sohn und ich sind gute Freunde. Wir vertrauen einander. Ich konnte sein Vertrauen nicht enttäuschen.« Er fuhr sich mit der Zunge über die Lippen. »Ich habe mir den ganzen Nachmittag Gedanken gemacht, ob ich Sie anrufe, und mir alles zurechtgelegt. Jetzt bin ich nervös. Ich brauche erst mal ein paar Schlucke Wein.«

»Lassen Sie sich Zeit«, sagte Katinka und beäugte ihr Handy.

»Ich musste Hannes versprechen, niemandem etwas zu sagen. Wir hatten beide Angst. Aber jetzt … ist der Kontakt seit Tagen abgerissen. Ich …« Wieder sah er argwöhnisch in die Runde.

»Sie wissen also, wo Hannes sich aufhält?«

»Natürlich.« Er senkte die Stimme. »In der Nähe von München.«

»Wie haben Sie Kontakt gehalten?«

»Über Postkarten. Er schrieb mir jede Woche zwei. Eine kam am Dienstag, die andere am Freitag. Aber am letzten Freitag kam nichts. Gestern nicht. Heute auch nicht.«

»Sie selbst erreichen ihn nicht?«

»Ich habe einen Freund, der in der gleichen Stadt lebt und Hannes versteckt.«

»Klartext?« Katinka wurde ungeduldig.

»Ich halte keinen Kontakt über sein Handy, weil man das zurückverfolgen kann. Auch mein Freund nimmt keinen Kontakt mit Hannes auf, aber er steht im Hintergrund, für den Notfall.«

»Kommen Sie, Herr Niedorf«, sagte Katinka genervt. »Was ist los?«

»Falk ist«, Niedorf fuhr sich mit der Handkante über die Kehle, »tot.«

Endlich brachte der Kellner seinen Wein. Niedorf trank das halbe Glas aus und schien sich zu fangen.

»Wovor, zum Teufel noch mal, haben Sie solche Angst?«

»Bei mir schräg gegenüber«, murmelte Charly Niedorf so leise, dass Katinka ihn kaum hörte, »hing tagelang ein Typ am Fenster rum. Wenn ich mich recht erinnere, seit dem Tag nach dem Schulfest.«

»Was für ein Typ?«

»Ein Kerl mit einer Brille. Vielleicht Ende 30, nicht älter. Guckte immer zu mir rüber. Er hatte eine Kamera.«

Katinka kramte nach der Sauriertüte. Ein einziges gelbes Tyrannosaurus klebte am Boden fest. Sie pulte es heraus.

»Haben Sie den Mann angesprochen?«

»Ich habe irgendwann stundenlang zurückgestarrt. Da blieb er weg.«

»Wann war das?«

»Keine Ahnung. Vor einer Woche, zwei Wochen, was weiß ich.«

»Sonst ist Ihnen nichts aufgefallen?«

»Es kamen Anrufe, gleich nach dem Fest. Auf unserem Festnetzanschluss und auf Hannes' Handy. Jedes Mal ging Hannes dran. Ich habe gleich gemerkt, dass etwas nicht stimmte. Hannes behauptete, es wäre besser, ich wüsste nichts. Dass er da einer Sache auf der Spur ist, die er nicht durchschaut. Die gefährlich werden kann. Dabei ist ihm der Name Kazulé rausgerutscht. Er meinte den Vater seines besten Freundes. Den Richter Kazulé, diese Schweinebacke.«

Niedorf drehte sein Glas und schüttelte den Kopf. Katinka stöhnte leise. Wenn ein Professioneller, ein Kollege sozusagen, auf Charly aufgepasst hatte, dann war Charly weiterhin im Fadenkreuz, auch wenn er nichts davon mitbekam. Von ihr selbst einmal ganz abgesehen, denn sie war am Montag bei Charly Niedorf gewesen.

»Suchen Sie Hannes, Frau Palfy. Egal, was es kostet. Finden Sie heraus, wo er steckt.«

»Wie heißt Ihr Freund?«

»Emil Fürlitzer. Er wohnt in Fürstenfeldbruck bei München.«

Katinka notierte die Adresse.

»Wohnt Hannes bei ihm?«

»Nein, Emil hat eine andere Wohnmöglichkeit aufgetan.«

»Wer bezahlt die Wohnung?«

»Emil.«

»Haben Sie jemals den Gedanken zugelassen, dass Sie zur Polizei gehen könnten?«

Charly Niedorf beugte sich über den Tisch und sah Katinka fest in die Augen. Sie konnte nicht anders, sie fand ihn aufrichtig.

»Kazulé ist zu allem fähig. Wer ein wenig recherchiert, bekommt Antworten auf Fragen, die er nie zu stellen gewagt hätte. Sie können mich für paranoid halten oder für einen Verschwörungstheoretiker, aber in meiner Arbeit als Bürgerrechtler bin ich auf einiges gestoßen, das niemandem gefallen kann. Straffe totalitäre Strukturen in Bayern.«

»Wir sind ja in Franken«, sagte Katinka. Sie hatte es als Scherz gemeint, aber Niedorf ging hoch wie eine Rakete.

»Unsinn. Lassen Sie sich nicht einlullen von all dem Heimatfilmgetue. ›Freiheit für Franken‹ und das. Ist doch albern. Es geht um die Machenschaften, die sich an höchster Stelle tun.« Er nahm ein Foto aus der Gesäßtasche seiner Jeans. »Hier. Hannes.«

Katinka betrachtete den jungen Mann auf dem Foto. Ein offenes Gesicht. Der Anflug eines Lächelns. Ein Leben, das noch keine bitteren Erfahrungen gemacht hatte. Am auffallendsten waren die leuchtend grünen Augen. Sie sahen aus wie retuschiert. Hannes hatte sie von seinem Vater.

»Was wissen Sie über einen Mann namens Eugen Kaminsky?«, fragte sie.

Charly Niedorf schüttete Rotwein über sein Batikhemd. Er bemerkte es nicht einmal.

»Ich war eine Zeitlang für den Weißen Ring aktiv. Da kannte ich eine Menge Leute, auch eine Beraterin, die das Mädchen aus Kulmbach betreute, das Kaminsky in die Finger fiel. Es ist eine Schande, dass Kaminsky wegen Beweismangel aus der Sache rauskam. Nicht einmal ein blaues Auge hat er sich geholt. Finden Sie Hannes! Sie können mich jederzeit anrufen. Ein Handy habe ich nicht, aber ich bleibe zu Hause. Kein Thema.«

Er legte Geld auf den Tisch und ging. Katinka bemerkte erst beim zweiten Hinsehen, dass er auch eine Packung Papiertaschentücher liegen gelassen hatte. Sie griff danach. 200 Euro steckten hinter der Folie.

Katinka überlegte gerade, ob sie noch etwas zu trinken bestellen sollte, als der ersehnte Anruf kam.

»Tut mir leid, dass es schon so spät ist«, fing Hardo an.

»Macht nichts. Treffen wir uns noch?«

»Kommst du vorbei?« Seine Stimme klang müde.

»Ich bin gleich da.«

Sie zahlte und schwang sich aufs Rad. Keine zehn Minuten später klingelte sie an seiner Tür. Sofort ging der Summer.

»Ich habe bei Mahrs eben noch ein Bier geholt«, sagte Hardo zur Begrüßung und zeigte auf den Biersiphon. Katinka liebte den Brauch, mit einem eigenen Gefäß in die Brauerei zu gehen und Bier abfüllen zu lassen.

»Klasse«, sagte sie nur.

Sie standen sich gegenüber, bis Hardo die Spannung löste, indem er Katinka kurz in die Arme nahm und ihr Haar küsste.

»Wie lief es heute bei dir?«, fragte er, als sie einander

in der Küche gegenübersaßen, jeder mit einem Glas Bier in der Faust.

»Ein komischer Tag. Lauter seltsame Leute«, sagte Katinka ausweichend. Sie musste entscheiden, was sie mit Hardo teilen wollte und was nicht.

»Bei mir auch.«

Sie musterten sich abwartend.

»Na, wer legt die Karten zuerst auf den Tisch?«, fragte Katinka.

Hardo lachte nicht.

»Du hast mit Anja Spachtholz gesprochen.«

Das ging aber schnell, dachte Katinka.

»Ja. Du auch?«

»Ein Kollege aus der Ermittlungsgruppe. Anja hat deutlich gemacht, dass du ihr auf die Zehen getreten bist.«

»Das stimmt nicht. Ich habe mit ihr über die Kryptoanalyse-AG gesprochen.«

Hardo wartete ab.

»Anja ist Hannes Niedorfs Freundin«, rückte Katinka ihre Schätze heraus. »Sie, Hannes und Valentin Kazulé sind ein Trio, eng befreundet, wissen übereinander Bescheid. Hannes' Verschwinden war geplant, sie hatten zu dritt die Finger drin.«

Hardo zog die Augenbrauen hoch.

»Davon habe ich nichts gehört.«

Katinka schwieg und drehte ihr Bierglas. Das Kondenswasser hinterließ nasse Kreise auf der Tischplatte. Also war doch etwas dran an der Frau-zu-Frau-These. Hätte Hardo eine Kollegin hingeschickt … Sie dachte ihre Gedanken nicht zu Ende, sondern sagte:

»Hannes hat etwas entdeckt, das er und sein Vater

für so gefährlich hielten, dass der Junge abtauchte. Ein Freund hat ihnen geholfen.«

Das musste reichen. Katinka wartete auf Hardos Beute.

»Ich hatte ein eindringliches Gespräch mit der Rechtsverdreherin«, sagte er schließlich.

»Mit Ljubov?«

»Genau. Sie hat mir eine abenteuerliche Geschichte erzählt von sexuellem Missbrauch, Rechtsbeugung und einem Geheimbund.«

»Die Story habe ich auch zu hören bekommen«, bestätigte Katinka. »Glaubst du an den Ritterklub?«

Hardo sah sie ein paar Sekunden mit seinen gletschergrauen Augen an. Schatten der Erschöpfung saßen wie Raubvögel in den Winkeln. Dann stand er auf, trat ans Fenster und sah hinaus. Der Kirchturm war beleuchtet. Ein warmes, verlässliches Rot im Dunkel der Nacht.

»Ich habe heute Bekanntschaft mit einem seiner Mitglieder gemacht.«

»Richter Kazulé?«

»Von wegen. Mein oberster Dienstherr. Und hier beginnt das Problem. Ich habe Ermittlungssperre.«

»Das kann doch nicht wahr sein.«

»Natürlich nicht ausdrücklich. Aber du weißt ja, wie die Herrschaften aus den höheren Rängen implizit Anweisungen geben können.«

»Du meinst«, begann Katinka, »euer Super-Chef ...«

»Keine Name!«

»... ist auch ein *Cavaliere*?«

Hardo drehte sich um.

»Anzunehmen.«

»Oh, verdammt!« Ljubovs Schauermärchen von Überwachung, Diktatur und Hinterzimmerpolitik erwachten in Katinkas Kopf zum Leben.

»Ein Killerkommando hat Falk umgebracht«, sagte sie schaudernd. »Hätte er mit einem Fön in seiner Badewanne gelegen, könnte man ihm Suizid unterstellen, aber zwei Rüpel mit lasergesteuerten Waffen hat er sich sicher nicht selbst bestellt.«

»Wir haben in seiner Wohnung Drogen gefunden.« Hardo setzte sich wieder und trank sein Glas in einem Zug aus. Katinka schenkte ihm nach. Es war nur ein Reflex, um seinen Redefluss nicht zu unterbrechen. Unter dem Mantel von Müdigkeit schien ein Lächeln auf.

»Ein Beutelchen Koks, genug, um dafür in den Knast zu wandern. Mehr als für den Eigengebrauch, also steht sofort der Dealerverdacht im Raum. Weißt du, was ich glaube?« Hardo griff nach ihrer Hand. »Ich glaube Falks Geschichte. Jemand will ihm böse und arbeitet mit allen Mitteln daran, ihm noch im Tod zuzusetzen.«

»Die Killergeschichte sieht aus wie ein Rachefeldzug aus dem Drogenmilieu.«

»Damit schickt uns der Oberboss in die Schlacht gegen die Drogenmafia. Wir arbeiten mit den Kollegen vom Rauschgiftdezernat zusammen. Die Weichen sind gestellt. Die Rauschgiftbanden in und um Bamberg sind keine Unbekannten und weit verzweigt. Wir werden in den nächsten Wochen beschäftigt sein.«

Katinka goss sich mit der freien Hand Bier nach. Hardos Hand brannte heiß wie Grog. Unverständlicherweise kam die Lust auf eine Zigarette in ihr hoch.

»Aber du glaubst nicht an die Drogenmafia?«

»Nicht in Falks Fall.«

Sie sahen einander an.

»Was glaubst du dann?«

Hardo hob die Schultern. Katinka hatte ihn noch nie so müde gesehen. Er war vollkommen geschlaucht und mutlos.

»Denkst du doch, dass an Ljubovs Geschichte etwas dran ist?«, fragte sie vorsichtig.

»Es könnte etwas dran sein«, sagte Hardo. »Wer gut sieht und hört, bekommt das eine oder andere mit.«

»Werdet ihr Ljubovs Anschuldigungen gegen Kazulé und Kaminsky nachgehen?«

Hardo stand auf und schaltete das Radio ein. Im Nachtprogramm liefen Oldies.

»Ich werde es versuchen, sehe aber momentan keinen Weg. Ich bin zum Organisator degradiert. Offiziell ist das natürlich eine Lobpreisung. Ermittlungsleiter. Ich hocke mir in der Polizeidirektion den Hintern platt, während meine Leute rausgehen und ermitteln. Schaufele Papiere hin und her. Vom Team kann ich niemanden offiziell dafür abstellen, Kazulé oder Kaminsky oder den Ritterbund unter die Lupe zu nehmen.«

Sie sahen einander an.

»Ich könnte das machen«, sagte Katinka. Zum Teufel mit seinen grauen Augen. Sie schienen so tief wie das Eismeer. »Wie heißt das Mädchen, das Kaminsky damals angezeigt hat?«

»Rita Bregović.« Er verzog das Gesicht. »Ich möchte nicht, dass du ins Visier dieser Irren gerätst«, sagte er düster. »Sie haben dich längst wahrgenommen. Es wäre besser, du würdest dich komplett heraushalten.«

Katinka zog die Schultern zusammen. Wieder dieser eisige Schauer aus angsterfüllten Ahnungen. Und dazu aus dem Radio Gérard Lenorman mit diesem grässlich-romantischen Chanson ›Dieu est amoureux‹.

»Wie kann Gott verliebt sein?«, fragte sie leise.

Hardo sah sie verdutzt an.

»Der Song«, sagte sie.

»Ist Gott verliebt?«, fragte Hardo, ohne zu lächeln. »Wie schön für ihn.« Er kam zu ihr herüber und legte die Arme um ihre Schultern. Blies warm in ihr Haar. »Ich will dich nicht verlieren«, sagte er gepresst.

Katinka war klar: Eine deutlichere Liebeserklärung würde sie von ihm nicht bekommen. Sie lehnte sich zurück und griff nach seinen Händen. Das fühlte sich gut an. Nach einem Zuhause. Nach langer Vertrautheit. Nach Sicherheit und einem Schlupfloch, das jederzeit offen stand und absoluten Schutz bot.

»Wie solltest du mich denn verlieren«, murmelte sie. »Ich bin ziemlich standfest.«

»Weißt du, was mich den ganzen Tag am Leben gehalten hat?«

Sie drehte sich zu ihm um.

»Sag.«

»Der Gedanke an die Zukunft.« Seine Stimme bebte.

»Ich ...«

Er legte einen Finger auf ihre Lippen.

»Nicht reden«, raunte er, zog sie hoch und hielt sie in den Armen.

Sie wollte weder reden noch denken. Aber gerade jetzt fluteten die Gedanken ihren Kopf und kreischten herum wie eine Affenhorde. Dagegen kam auch der Franzose mit seinen romantischen Versen nicht an. Was, wenn Hardo sie nur als Verschönerung seines Lebens sah, wie ein adrett gemustertes, weiches Sofakissen? Was, wenn ihre Beziehung nicht hielt und sie wieder abstürzte, tiefer, schmerzhafter als zuvor?

Seine Lippen wanderten über ihr Gesicht. Ich liebe dich, dachte Katinka, aber sie sagte es nicht.

Seine Haut war feucht. Sie lag auf seinem Bauch und drückte ihre Nase an seinen Hals. Ihre Körper harmonierten ganz unvorbereitet, unfehlbar. Katinka genoss Hardos warme Arme, die sie umfasst hielten, so fest, als müssten sie gemeinsam über den Atlantik treiben, ohne einander zu verlieren.

Ich will dich nicht verlieren.

Sie wollte ihn genauso wenig verlieren. Jetzt, da sie es in Gedanken zugab, schien es nachgerade selbstverständlich. Die Detektivin und der Hauptkommissar, dachte sie. Das wird ein Gerede geben.

»Ich dachte eine ganze Weile, ich könnte es gar nicht mehr«, brummte Hardo.

»Was denn?«

»Liebe machen.«

»Quatsch. Das verlernt man nicht.«

Er lachte.

»Da wäre ich mir nicht so sicher.«

Katinka kroch von seinem Bauch und kuschelte sich neben ihn.

»Charly Niedorf hat mich beauftragt, seinen Sohn zu suchen.«

Hardo fuhr hoch.

»Wann?«

»Heute Abend.«

Er runzelte die Stirn.

»Muss man sich bei dir zur Pressekonferenz anmelden?«, fragte er.

Katinka zog die Decke über sich.

»Was meinst du denn damit?«

»Du kommst immer nur schrittweise aus deiner Hütte!«

»Na und?« Da ging es schon los. Es würde nicht funktionieren mit ihr und dem Leiter des Kommissariats I. Eben noch die vollkommende Harmonie, jetzt Streit.

»Lass gut sein. Ich war nur überrascht.«

»Hannes versteckt sich in Fürstenfeldbruck bei München. Ich fahre morgen hin und sehe mich um. Niedorf hat mir die Adresse gegeben. Er sorgt sich, weil sein Sohn sich vergangenen Freitag zum letzten Mal gemeldet hat. Sie haben ein ausgeklügeltes Postkartensystem. Freitags und dienstags kommen Karten bei Charly Niedorf an. Aber seit letztem Freitag tut sich nichts mehr.«

Hardo schwieg.

»Wenn ich Hannes finde, erfahre ich vielleicht mehr über Falk und diese Sache, die er auf dem Schulfest entdeckt hat. Ich kann morgen Abend zurückfahren. Mit dem Auto brauche ich zweieinhalb Stunden in eine Richtung. Das ist gar kein Problem.«

»Mir gefällt der Gedanke nicht, dass du so weit wegfährst.«

»Das sind gerade mal 250 Kilometer«, sagte Katinka erstaunt. Eingeschworene Bamberger fanden das womöglich weit. Ihr selbst kam es nicht so vor. »Nach Wien sind es 600.«

»Wenn ich Pik Sieben nicht am Hals hätte, würde ich versuchen, einen Kollegen runterzuschicken oder vor

Ort jemanden aufzutun, der nach dem Schüler sucht.« Hardo drehte sich zu Katinka und zog sie an sich. So fest, dass ihre Rippen knackten. »Versprich mir, vorsichtig zu sein.«

»Jahaaa, klar.«

Seine grauen Augen verschwammen vor ihrem Blick.

Die Frau liegt ausgestreckt auf dem Rücken.

Ihre Hände wandern über ihren Körper. Durch das Rollo schickt der Morgen sein Licht, so hell im Hochsommer, ein Bote der Mittagshitze, die heute zu erwarten ist, wie die Tage zuvor. Das schöne Wetter soll noch die ganze Woche halten, wenn sie sich an die Vorhersage richtig erinnert. Dabei sind ihre Gedanken mit anderem beschäftigt. Den Schock über das, was sie getan hat, hat sie fürs Erste überwunden.

Ihr Beruf treibt sie, sie hat kaum eine freie Minute in letzter Zeit, stampft wie eine Lok voran, organisiert, kontrolliert, steht mit so vielen Aufgaben allein da.

Hat sie sich unter dem Rippenbogen nicht eine kleine Speckfalte zugelegt? Das Weiche unter der Haut ist ihr verdächtig.

Sie springt auf und lässt das Rollo hochschnellen. Sie ist so verdammt müde. Arbeit bis tief in die Nacht und dann noch die Dämonen aus der Vergangenheit, die sich über die Schwelle zu ihrem Schlafzimmer schleichen und sie in ihren Träumen heimsuchen und quälen. Sie hat sich herumgewälzt, es hin und wieder geschafft, ganz nah an den Schlaf heranzurücken, um unter seine Flügel zu kriechen, aber da kam der Dämon mit den spitzen Zähnen dazwischen und schlug seine Fänge in ihre Haut. Immer wieder ist sie zurückgeschreckt, ins Wachen, in den Hass, der seit so vielen Jahren brodelt und schmerzt.

Vor einer Weile hat sie begonnen, den Hass als Antrieb zu nutzen. Wie eine Brennstoffzelle, die ihr Energie für all ihre Pläne liefert und auch dafür, den Tag zu bestehen. Sie ist sehr vorsichtig, niemand ahnt etwas. Gut, dass sie so viel schuftet, da fällt ihre zeitweilige Abwesenheit gar nicht auf. Sie spielt mit der Rolloschnur. Die Straße liegt still vor ihr, es ist noch früh. Vögel wetteifern um die Gunst des Morgens, hier draußen ist alles grün, so intensiv grün im Morgenlicht, dass sie die Lider zusammenkneift. Die erste Zigarette tut ihr gut. Sie beugt sich weit aus dem geöffneten Fenster und spürt dem Nikotin nach, das ihren Kopf zu Glas werden lässt. Hellhörig, hellsichtig, wenigstens manchmal, vorsichtig, behutsam, zielstrebig, durchsetzungsstark.

In der Zeitung stand ein ganz kurzer Hinweis, dem ist sie nachgegangen. Und hat Sekunden später verstanden, dass der Moment gekommen ist. Der Moment, um Rache zu nehmen.

Sie stellt sich vor, wie die Milliarden Nervenzellen in ihrem vom Morgenlicht durchleuchteten Gehirn feuern, die Erregung weiterleiten, in die schmalen Falten tief unten in der archaischen Schaltzentrale, wo die Emotionen verwaltet werden. Dort gibt es eine Instanz, die entscheidet: Flucht oder Angriff.

Lang genug hat sie sich geflüchtet. In die Arbeit, in die langen Nächte im Restaurant, in aufgeplusterte Beziehungen, in die Literatur. Nun hat sie den Schalter umgelegt. Sie wird diesen Mann vernichten, und niemand wird auf die Idee kommen, dass sie der Motor von allem ist. Denn der Skandal wird andernorts ausbrechen. Nicht hier.

Sie drückt die Kippe auf dem Fensterbrett aus und bläst den letzten Rauch in das gleißende Licht.

Was für ein wunderbarer Morgen.

10. Hannes' Flucht

Katinka trat aufs Gas, als sie kurz hinter Erlangen Richtung München abbog.

Nach nur wenigen Stunden Schlaf war sie aufgeputscht vom Adrenalin in ihrem Körper. Und von Hardos zärtlichem Abschiedskuss, in den er all seine Sorgen gelegt hatte. Kein ganz schlechtes Gefühl, wenn jemand sich Sorgen um einen macht, dachte Katinka. Noch vor acht war sie am Kreuz Neufahrn, und eine gute halbe Stunde später rollte sie durch Fürstenfeldbruck. Es wurde heiß. Als sie in der Kurt-Schumacher-Straße ausstieg, nahm sie die Sonnenbrille ab. Gegenüber lag ein Feld voller Sonnenblumen mit Blick auf ein Dorf, einen guten Kilometer weg, und auf ein Kirchlein mit Zwiebelturm. Idyllisch, dachte Katinka, wenn man sich die Schnellstraße wegdenkt. Die Wohnblocks, die Charly Niedorf ihr beschrieben hatte, brummten bereits vor Leben. Sie klingelte bei Nummer 78.

Es schepperte in der Gegensprechanlage.

»Ja?«

»Katinka Palfy. Sind Sie Emil Fürlitzer?«

»Sie wollen einen Kaffee, stimmt's?«

Der Summer ging, und Katinka kletterte in den zweiten Stock. Ein Kaffee war tatsächlich genau das, was sie jetzt brauchte. Ein starker sollte es sein, mit viel heißer Milch.

An der Wohnungstür erwartete sie ein Mann, der ein Bäuchlein vor sich hertrug, das dem siebten Monat einer Schwangerschaft angemessen war. Seine Schultern fielen nach vorn. Er sah auf ungewöhnliche Art kraftlos aus. Das Haar hing ihm wirr in die Stirn. Er kultivierte einen Pony und langes Nackenhaar, obwohl oben auf seinem Kopf bereits ein blanker Kreisel prangte.

»Morgen«, sagte er. Er trug Jogginghosen und ein weißes T-Shirt mit einem Mandala-Aufdruck. »Kommen Sie rein.«

Er führte sie durchs Wohnzimmer.

»Hier, setzen Sie sich auf den Balkon. Kaffee habe ich schon gekocht.«

Er wies auf die geöffnete Balkontür. Katinka trat hinaus. Wenige Meter weiter lag der nächtse Wohnblock, aber immerhin wucherte ein wenig Grün davor. Fürlitzer züchtete allerhand Gemüse auf seinem Balkon. Neugierig hob Katinka die Thermoskanne an. Voll bis zum Anschlag. Sogar der Tisch war gedeckt. Frische Brötchen, hausgemachte Marmelade, Honig, Butter aus einer jener altertümlichen Formen, die einen geriffelten Rand und ein Motiv in der Mitte hinterließen. In diesem Fall ein Täubchen mit einem Zweig im Schnabel.

»Ich habe noch die Milch heiß gemacht«, sagte Fürlitzer und stellte eine Kanne auf den Tisch. »Nehmen Sie Platz.«

Katinka schloss für einen Moment die Augen.

»Genießertyp?«, fragte Fürlitzer. »Charly hat mir durchgegeben, was Ihre Vorlieben sind. Entweder ein bodenständiger Mokka. Oder heißer Milchkaffee. Gleichzeitig kann ich auf diese Weise sicher sein, dass Sie wirklich Katinka Palfy sind. Nehmen Sie sich ein Brötchen. Die Butter hole ich beim Bauern, die Brombeermarmelade habe ich selbst eingekocht, und den Honig bekomme ich von einem Freund. Einem Hobbyimker. Bewährte Lebensmittel also.«

Katinka langte zu.

»Wie lange kennen Sie und Charly sich?«, fragte sie, während sie Marmelade auf ihrem Brötchen verstrich.

»Ewig. Wir waren Jugendfreunde, haben Seite an Seite als sogenannte Kriegsdienstverweigerer durchgehalten und die Schreinerlehre gemacht. Charly ging dann mehr in Richtung Denkmalpflege.«

»Und Sie?«

Er lächelte.

»Ich unterrichte Tai Chi und Kung Fu.«

Sieht man aber nicht, dachte Katinka. Sie hatte immer angenommen, Kung Fu bringe geschmeidige Kämpfer hervor, angriffslustige Tiger, die vor Kraft strotzten.

»Man täuscht sich leicht«, erklärte Fürlitzer. »Sie können jahrelang neben einem Meister leben, ohne etwas von seinem Können zu bemerken. Wir sind keine Muskelprotze. Es geht um geistige Kraft.«

»Bringen Sie mich zu Hannes?«

»Charly hat mich drum gebeten.«

Die Wohnung, in der Hannes Niedorf untergekrochen war, lag im Zentrum des schmucken Städtchens, nah an der Amper. Es hatte mittlerweile fast 30 Grad, und Katinka schwitzte selbst in ihrer dünnen Hose und dem T-Shirt. Sie stiegen in den vierten Stock. Hier oben ballte sich abgestandene, kochend heiße Luft. Fürlitzer stand dicht neben Katinka, als sie auf die Klingel drückte. Nichts tat sich. Katinka läutete noch mal.

»Es ist ein Ein-Zimmer-Apartment«, sagte Fürlitzer. »Knappe 30 Quadratmeter, inklusive Küchenzeile und Bad. Na ja, die Schöngeisinger Straße ist ein bisschen laut.«

»Wir gehen rein«, bestimmte Katinka. »Er wohnt doch allein hier?«

»Sicher.«

Die Anwesenheit eines Kung-Fu-Meisters beruhigte Katinka und machte sie gleichzeitig nervös. Er reichte ihr den Schlüssel. Das Schloss gab ein sattes KLACK von sich. Fürlitzer hob die Augenbrauen, als Katinka ihre Beretta zog und ihn mit einem Blick anwies, hinter ihr zu gehen.

Das Apartment war leer. Und völlig verwüstet. Das Schlafsofa war umgerissen, der Lattenrosteinsatz lag zersplittert daneben. Decken und Kissen waren im Zimmer zerstreut, aus Schreibtisch und Schrank sämtliche Schubläden herausgerissen. Sogar die Herdklappe stand offen, Geschirr lag herum, Scherben, Essensreste.

»Pfui Teufel«, murmelte Fürlitzer.

Katinka stieß die Badtür auf. Der Duschvorhang lag in der Badewanne, schwamm in einer trüben Brühe, die vor Tagen noch ein beruhigendes Latschenkieferaroma abgegeben hatte. Auf dem Bord über dem Waschbecken stand ein Bierglas. Darin steckte eine Zahnbürste.

Katinka verfrachtete die Pistole ins Holster.

»Nichts anfassen«, sagte sie, »höchstens hiermit.«

Sie kramte Latexhandschuhe aus dem Rucksack und reichte Fürlitzer zwei. Vorsichtig umschiffte sie die herumliegenden Sachen und schloss leise die Wohnungstür.

»Dieses Apartment erzählt uns seine Geschichte«, sagte sie. »Schauen Sie sich alles genau an. Jedes Detail.«

Fürlitzer ging in die Hocke. Irritiert sah Katinka ihm zu, wie er den Raum absuchte, systematisch, von links nach rechts, oben nach unten. Sie selbst besah sich zunächst sporadisch, was ihr in den Blick geriet, und suchte erst später nach Mustern.

»Wissen Sie, was für Gepäck Hannes dabeihatte?«, fragte sie.

»Nicht viel. Einen Tramperrucksack mit Kleidung, ein paar Bücher. Einen Laptop, Handy, DVDs, Musik-CDs. Die Sachen brachte ein Kumpel von Charly vorbei, einen Tag, nachdem Hannes hier eingezogen war.«

»Sehen Sie den Rucksack? Den Laptop?«

Fürlitzer tappte durch das Apartment. Er bewegte sich wie ein Löwe, der träge in der Sonne gelegen hatte und nun die Wasserstelle anpeilte. Katinka ahnte etwas von der Kraft, die er für seine Kampfkunst brauchte.

»Nein.« Er deutete mit seinen behandschuhten Händen auf zwei Plastikhüllen am Boden. »DVDs. ›Forrest Gump‹ und ›Elsa und Fred‹. Die habe ich ihm geliehen.«

Katinka kniete sich hin und öffnete die Hüllen.

»Leer.«

Sie sahen einander an.

»Sieht böse aus«, sagte Fürlitzer.

Katinkas Gedanken rasten. Polizei anrufen. Erkennungsdienst. Spuren aufnehmen. Hannes' Zahnbürste war hier. DNA. Warten. Verantwortung abgeben.

»Zuerst rufen wir Charly an«, bestimmte sie. »Er hat mir den Auftrag gegeben, Hannes zu finden. Er muss informiert werden.«

Fürlitzer sagte nichts. Er sah Katinka unverwandt an, während sie Niedorfs Nummer wählte und die Lage erklärte. In der Leitung war es eine ganze Weile still. Schließlich flüsterte Niedorf:

»Ist er von selbst weggegangen?«

»Anzunehmen«, sagte Katinka, »denn sein Rucksack ist nicht hier, der Laptop auch nicht. Handy?«, fragte sie Fürlitzer, der mit Bestimmtheit den Kopf schüttelte. »Nein, das Handy fehlt auch«, sagte sie.

»Hat Hannes mitbekommen, dass er in Gefahr ist? Ist er geflohen?« Charly Niedorfs Stimme kam als trockenes Keuchen aus dem Telefon.

»Das kann ich nicht mit Bestimmtheit sagen«, erklärte Katinka ruhig. »Der polizeiliche Erkennungsdienst hat mehr Möglichkeiten, aber für mich sieht die Wohnung aus, als sei jemand eingedrungen, als Hannes schon weg war, und habe alles durchsucht.« Sie öffnete die Wohnungstür. »Das Schloss ist intakt.«

Fürlitzer machte ihr ein Zeichen und verschwand im Treppenhaus. Fieberhaft überlegte Katinka, ob sie Niedorf von dem Latschenkieferbad erzählen sollte. Überhaupt seltsam, dass ein 18-Jähriger ein Vollbad in Franzbranntweinduft nahm.

»Hat Ihr Sohn Vorlieben bei Körperpflegeprodukten? Zum Beispiel ein Lieblingsduschgel?«

»Er benutzt Speick.«

Katinka gab es einen Stich im Herzen. Speick war

Toms typische Duftnote gewesen. Es war lange her. Nicht mehr aktuell. Nur manchmal noch schmerzhaft, ein kurzer Schreck, wie ein Bremsenstich. Rasch ging sie ins Bad. Keine Flasche mit Speick-Duschgel.

»Dann hat er das eingepackt«, sagte sie mehr zu sich als zu Niedorf.

»Was machen wir jetzt?«, drängte Niedorf.

Nachdenklich drehte Katinka die Flasche mit dem Latschenkieferbadezusatz in der Hand.

»Ich könnte die Polizei rufen. Der Erkennungsdienst nimmt die Spuren auf. Sie werden eine Menge unregistrierter und damit nutzloser Fingerabdrücke kriegen, inklusive die von Hannes. Schätzungsweise keine vom Einbrecher, denn der wird so schlau sein, bei seinen Aktionen Handschuhe zu benutzen.«

Sie sah auf ihre eigenen weißen Gummihände. Ihre Finger juckten in der Wärme.

»Rufen Sie nicht die Polizei. Das erregt Aufmerksamkeit. Wenigstens heute noch nicht.«

»Was … um Gottes willen!« Katinka keuchte auf. Neben ihr war Fürlitzer lautlos aus dem Boden gewachsen. »Müssen Sie mich so erschrecken?«, fauchte sie ihn an.

»Es gibt einen Ausgang über den Dachboden. Hannes könnte dort durch die Luke gekrochen und ein Stück über das Dach gerobbt sein. Im Nachbarhaus funktioniert der gleiche Weg in umgekehrte Richtung. Die Fensterchen sind nicht verschlossen, ich habe es probiert.«

»Ist Hannes ein sportlicher Typ?«

»Was ist los!«, trompetete Charly Niedorf in Bamberg in sein Telefon.

»Er ist auf alle Fälle sportlich genug, um die paar Meter über das Dach zu balancieren und durch eine Luke zu krabbeln«, erklärte Fürlitzer.

»Spuren?«, fragte Katinka.

»Sind Sie noch dran oder was!«, regte sich Niedorf auf.

»Augenblick«, bat Katinka.

Fürlitzer schüttelte den Kopf.

»Ich habe nichts gesehen.«

»Wem gehört das Apartment? Hat noch jemand einen Schlüssel?«

»Einem Kumpel von mir. Er tourt gerade durch Kanada. Hat mir seine beiden Schlüssel dagelassen. Einen habe ich, einen hat Hannes.«

»O. k., Herr Niedorf«, sagte Katinka. »Wie es scheint, hat Hannes die Kurve rechtzeitig gekratzt. Vielleicht hat ihn jemand gewarnt.«

»Fahren Sie nach München. Schauen Sie Kaminsky auf die Finger. Wenn dabei nichts rauskommt, können Sie immer noch die Polizei anrufen.«

Katinka rotierte. Möglich, dass dieser Vorschlag gar nicht so dumm war. Nun war sie schon einmal hier, die knapp 30 Kilometer nach München konnte sie ebenso gut noch abreißen.

»Ich melde mich bei Ihnen«, sagte sie. »Gegen 14 Uhr.«

Sie legte auf und wandte sich an Fürlitzer.

»Ich muss noch einen Anruf machen. Könnten Sie sich umschauen, ob Sie in all dem Chaos etwas Persönliches von Hannes entdecken? Notizen, irgendwas? Hannes interessiert sich für Kryptografie. Vielleicht sind irgendwo ein paar Zeilen versteckt.«

Fürlitzer machte sich an die Arbeit. Er erweckte den

Eindruck, nie etwas anderes getan zu haben, als in verwüsteten Wohnungen auf Erkundungstour zu gehen. Katinka tippte die Kurzwahl zu Hardos Handy.

»Katinka? Was gibt's?«

»Ich bin in Fürstenfeldbruck«, sagte sie schnell, um den Gefühlen, die seine Stimme in Bewegung setzte, keine Chance zu geben. »Hannes ist ausgeflogen. Seine Wohnung ist ein Schlachtfeld.« Sie schilderte ihm kurz ihre Eindrücke.

»Was wirst du tun?«

»Hannes ist mindestens seit vergangenem Donnerstag weg. An dem Tag hätte er seinem Vater eine Postkarte schicken müssen, damit sie wie üblich am Freitag ankommt. Das hat Hannes nicht gemacht, weil er nicht dazu kam.«

»Klar.«

»Ein paar Stunden mehr oder weniger, in denen hier nichts unternommen wird, machen also nichts aus.«

»Nicht unbedingt«, sagte Hardo.

Sie hörte das Zögern in seiner Stimme.

»Niedorf will, dass ich bei Kaminsky in München vorbeischaue«, sagte Katinka.

»Wenn du etwas brauchst, rufst du an, klar?«

Katinka verdrehte die Augen.

»Pass auf dich auf«, sagte er, die Worte nebeneinanderlegend, als spiele er vier Asse aus. »Bitte.«

»Mache ich.« Sie lachte verlegen. »Tschüss.«

Sie steckte das Handy weg und sah eine Weile in die Ferne. Anja war Hannes' Freundin. Es wäre zu blöd, sich ihre Kooperation nicht zu sichern. Das Mädchen antwortete nach dem zweiten Klingeln.

»Katinka Palfy hier. Kannst du sprechen?«

»Ich bin heute nicht in die Schule gegangen«, sagte Anja.

Stimmt, dachte Katinka, mit 18 wird alles unbeschwerter, man kann sich die Entschuldigungen selbst schreiben.

»Hannes ist nicht in seinem Ausweichquartier. Ich bin auf deine Mitarbeit angewiesen.«

»Die Polizei sagt, der Fall geht Sie nichts an.«

»Hannes' Vater hat mich beauftragt, nach seinem Sohn zu suchen, und du als seine Freundin bist meine erste Ansprechpartnerin.«

Das schien Anja zu schmeicheln.

»Was meinen Sie damit, dass Hannes nicht in seinem Quartier ist?«

»Die Wohnung, in der er sich versteckt hielt, ist leer. Jemand hat sämtliche Schränke durchwühlt und ein ziemliches Chaos angerichtet.«

»Und ... Hannes?« Nun klang Anjas Stimme schrill.

»Er ist wohl rechtzeitig abgehauen, denn sein Rucksack ist nicht in der Wohnung. Hilf mir. Gibt es Plätze, Städte, Orte, wo ihr einmal gemeinsam wart, wo er sich sicher fühlen könnte?«

Anja dachte nach.

»Mir fällt nichts ein«, stöhnte sie schließlich. »Wirklich nicht.«

»Denk drüber nach. Wenn du eine Idee ausbrütest, rufst du mich sofort an, egal zu welcher Uhrzeit!«

»Mache ich«, sagte Anja.

»Noch etwas: Steht Hannes auf Latschenkiefer?«

»Worauf?«

»Badezusatz, der nach Kiefernwald riecht. Oder auf Franzbranntwein?«

»Nein! Nicht, dass ich wüsste. Warum …?«

»War nur so ein Gedanke. Wie ist Hannes' Verhältnis zu Vollbädern?«

»Was meinen Sie denn damit?«

Katinka fragte sich allmählich, ob die Rückfragerei eine Technik war, mit der Anja sich die Umwelt vom Leib hielt.

»Badet Hannes gern, oder duscht er lieber?«

»Er duscht. Er badet nie. Nicht in der Badewanne.«

Katinka verabschiedete sich und beendete das Gespräch.

»Ich finde nichts«, sagte Fürlitzer.

Katinka hatte ganz vergessen, dass er auch noch da war.

»Keine handschriftlichen Aufzeichnungen, nichts Persönliches. Nicht einmal ein Bild von seiner Freundin.«

»Kennen Sie Anja?«

»Nein. Er hat mir von ihr erzählt, als er nach Bruck kam und ich ihn hier ablieferte. Die Trennung von ihr fiel ihm schwer. Das ist in dem Alter ein Drama.«

Für Leute über 30 auch, dachte Katinka. In ihrem Bauch machte sich ein Schmerz bemerkbar, Sehnsucht, wie eine immer unförmiger werdende Kugel.

»Die Postkarte an Charly«, sagte Fürlitzer und rollte die Schultern, um sich zu entspannen, »hätte Hannes auch anderswo abschicken können. Es gibt überall Briefkästen.«

Katinka überlegte fieberhaft. Damit hatte Fürlitzer zweifellos recht. Bedeutete es, dass Hannes an einen Ort geflohen war, an dem er nicht aus dem Haus konnte oder keine Postkarten auftrieb? Was könnte das für ein Ort sein?

»Ich fahre nach München ins Kultusministerium«, sagte sie. »Wissen Sie, wo das ist?«

Ihr Handy klingelte, ehe Fürlitzer antworten konnte. Unbekannter Anrufer.

»Palfy?«

»Du musst vorsichtig sein.«

»Wer spricht da?« Ihr Herz schlug nicht mehr in der Brust, sondern im Hals.

»Pass auf, was du tust. Noch ist es nicht zu spät.«

Die Stimme quakte und hinterließ ein Geräusch wie ein Hintern auf dem Boden einer Badewanne.

»Sagen Sie mir Ihren Namen und von wo Sie anrufen.«

Ein leises Lachen, und die Verbindung war unterbrochen. Katinka ließ das Handy sinken und starrte auf das zerstörte Bettsofa. Ihre Hände zitterten.

»Was ist?«, fragte Fürlitzer und kam näher. Er schwitzte. Katinka griff sich an die Kehle und schluckte ein paar Mal. Es war unerträglich stickig in dem Apartment.

»Keine Ahnung. Jemand, der mich anweist, vorsichtig zu sein.«

Sie ging auf wackeligen Beinen ins Bad und trank Wasser in großen Schlucken direkt vom Hahn. Der Typ hatte einen Stimmenverzerrer zwischengeschaltet. Die passende Software konnte man bequem aus dem Internet runterladen. Sie wusste nicht einmal, ob ein Mann oder eine Frau gesprochen hatte. Als sie sich aufrichtete und ihr blasses Gesicht im Spiegel betrachtete, erstarrte sie. Jemand hatte mit einem Lippenstift ›Lampen!‹ auf den Spiegel geschrieben.

11. Lampen!

Katinka saß im Parkhaus und trank eine Flasche Cola leer. Ihr Magen schien jeden Schluck Flüssigkeit wieder hergeben zu wollen. Diese verfluchte Übelkeit! Nervosität war akzeptabel, aber nackte Panik konnte sie nicht gebrauchen, sie musste sich konzentrieren und nüchtern nachdenken. Dieser Tag hatte bisher eine Menge Überraschungen bereitgehalten, und zusammen mit dem Schlafmangel der letzten Nacht zerrten die Erlebnisse an ihren Nerven. Kein Wunder, dass sie fast durchdrehte. Hardos Worte hallten in ihrem Kopf wie ein chinesischer Gong: *Pass auf dich auf.* Dazu werde ich wohl noch imstande sein, schalt sie sich. Sie schloss das Verdeck ihres Käfers. Im Winter hatte sie ihn verkaufen wollen, sich dann aber doch nicht trennen können. Bei dem schönen Wetter schien jeder Gedanke daran, das Cabrio abzustoßen, absurd. Sie trank die Cola aus und stellte die Flasche in die Halterung.

»Auf zu neuen Taten«, ermunterte sie sich selbst. Kaum hatte sie die Autotür geöffnet, klingelte ihr Handy. Unwillkürlich galoppierte ihr Herz los. »Hallo?«

»Frau Palfy?«, kam es hastig.

Zum Glück. Anja.

»Was gibt's?«

»Sie haben gesagt, wenn mir was einfällt …«

»Rede.«

»Haben Sie in Hannes Wohnung nichts gefunden? Hat er kein Zeichen hinterlassen?«

Katinka seufzte.

»Am Spiegel über dem Waschbecken steht ›Lampen!‹, geschrieben mit einem Lippenstift. Kannst du damit was anfangen?«

»›Lampen!‹«, murmelte Anja. »Moment, ich schlage das nach.«

»Du schlägst …« Katinka griff sich an die Stirn. »Ein Wörterbuch ist vielleicht nicht ganz das Richtige!«

»Doch. Warten Sie. Ich finde es nicht gleich, aber ich rufe Sie zurück. Was ich vorhin meinte: Wir haben bei Falk auch einiges über Steganografie gelernt.«

»Was ist das?«

»Die Kunst, Texte zu verstecken. Vielleicht auch nur Wörter. Man kann zum Beispiel einen winzigen Zettel beschreiben und ihn auf die Unterseite des Blattes eines Gummibaumes heften.«

»Ach du Schande!«

»Liegen Kaugummipäckchen herum? Hannes wickelt oft das Glanzpapier ab, beschreibt es und packt den Kaugummi wieder ein.«

An solche Tricks hatte Katinka keinen Gedanken verschwendet.

»Oder linguistische Steganografie«, redete Anja weiter. »Nachrichten werden im Text selbst versteckt.«

»Wie geht das?«

»Buchstaben können hauchfein markiert sein. Zum Beispiel auf dem Beipackzettel eines Medikaments. Oder die Anfangsbuchstaben der Wörter in einem Satz ergeben eine neue Nachricht. Oder die Endbuchstaben. Es gibt viele Möglichkeiten, man braucht Fantasie.«

Katinka schloss ihr Auto ab und verließ das Parkhaus.

»Da war nichts. Nichts, was mir ins Auge fiel.«

Katinka hatte solche Zwergbotschaften gar nicht gesucht.

»Ins Auge fallen einem die wenigsten wirklich wichtigen Nachrichten. Man muss wissen, wonach man sucht.«

Ach was, dachte Katinka.

»Ich behalte es im Hinterkopf.«

Im ›Café an der Uni‹ in der Ludwigstraße wartete Katinka auf Kaminsky. Als sie ihn angerufen hatte, war ihm dieser Treffpunkt lieber gewesen als sein Büro im Ministerium. Knappe zwei Minuten, nachdem sie sich einen Platz am Fenster gesucht hatte, kam er herein. Ein schmächtiger Mann, vielleicht Mitte 50, mit einem halbherzigen Lächeln auf den dünnen Lippen. Er war kleiner als Katinka.

»Frau Palfy, nicht wahr? Wie gut, dass Sie mich für ein paar Minuten von meinem Schreibtisch wegholen.«

Er ist schlau, dachte Katinka. Er pflegt die Beziehungsebene zwischen uns. In der Sache wird er umso härter sein. Sie musterte seinen gut geschnittenen Anzug, die dezente blaue Krawatte und die fransigen Haare. Er würde in Kürze zum Friseur gehen müssen.

»Ich ermittle im Mordfall Falk«, sagte sie. »Sie haben davon gehört?«

»Ich habe eine Zweitwohnung in Bamberg. München ist mir auf Dauer zu groß.«

»Sie haben also von dem Mord gehört?«

»Nun, sicher. Schließlich lese ich Zeitung und habe einige Bekannte in Bamberg, die mich auf dem Laufenden halten.«

Er winkte der Kellnerin.

Die ihn auf dem Laufenden halten?, dachte Katinka. Wenn ich mich nicht irre, hat Kaminsky hier seinen ersten Fehler gemacht. Sie bestellte einen Milchkaffee.

»Sie wollen mit mir über den Prozess sprechen«, kam Kaminsky zur Sache. »Das alles ist 16 Jahre her. Sie müssen verstehen, dass ich mich nicht mehr an alles erinnere, aber einige der Demütigungen, die ich damals ertragen musste, habe ich nicht vergessen.«

Demütigungen ertragen. Er? Katinka rief sich zur Räson. Es konnte sein, dass Kaminsky unschuldig war. Es gab keine Beweise. Sie neigte dazu, ihm nicht zu glauben, aber sie wusste, dass ihre vorgefasste Meinung auf einer Mixtur aller möglichen Gefühle und Überzeugungen basierte. Bei Sexualdelikten war sie nicht objektiv. Kein Mensch war je objektiv.

»Diese Schülerin war ein schwieriges Mädchen. Sie mochte mich nicht. Sah sich als etwas Besonderes. Als Lehrer muss man da manchmal …«

Er unterbrach sich, weil die Getränke kamen, und nahm den Gedanken auch nicht mehr auf, als er seinen Orangensaft in einem Zug zur Hälfte ausgetrunken hatte.

»Warum war sie ein schwieriges Mädchen?«

»Renitent, frech, übermäßig entwickeltes Selbstbewusstsein.« Er schwieg und sah aus dem Fenster. »Ein herrlicher Tag, nicht wahr?«

»Was ist ein übermäßig entwickeltes Selbstbewusstsein?«

Kaminsky lächelte nachsichtig.

»Pädagogen begegnen diesem Phänomen naturgemäß sehr häufig. In der Pubertät entwickeln Jugendliche ein Gefühl von Omnipotenz, meinen, die Welt gehöre ihnen und sie hätten jedes Recht, die Wirklichkeit zu ihren Bedingungen zu ändern.«

Das ist doch eher deine Art, die so denkt, dachte Katinka, während sie in ihrem Kaffee rührte.

»Dieses Mädchen hatte zeitweise die Bodenhaftung verloren. Sie hielt mich für ein Monster, weil ich bei der Interpretation der Lektüretexte ihre Fantastereien nicht mitmachen wollte.«

»Könnten Sie konkreter werden?«

»Die Schüler müssen lernen, literarische Texte anhand dessen zu interpretieren, was in den Texten steht, und nicht anhand dessen, was die Schüler sich einbilden, dass da stünde. Werkimmanente Interpretation, falls Ihnen das was sagt.«

Seine Zuvorkommenheit ließ nach. Er sonderte Spitzen ab und eine Herablassung, die ihn selbst erheiterte, denn er lächelte breit und entblößte eine Reihe grauer Zähne.

»Wann wurden Sie Mitglied bei den *Cavalieri*?«

Nun erschrak Kaminsky. Er vertuschte es, aber nicht gut genug. Sie hatte ihn.

»Mitglied – wo?«, fragte er.

»Waren Sie schon *Cavaliere*, als Anklage gegen Sie erhoben wurde?«

»Ich weiß nicht, wovon Sie reden.« Schweiß lief seine Schläfen hinab.

»Wenn Sie schon *Cavaliere* waren«, sagte Katinka, »dann könnte dies in der Konsequenz dazu führen, dass der Fall neu aufgerollt wird. Eine Notiz an die Staatsanwaltschaft würde reichen.« Das klang gut, obwohl sie sicher war, dass der Prozess nur dann wiederaufgenommen würde, wenn man Kazulés Befangenheit nachweisen konnte. Seltsam; zu drohen erzeugte das Gefühl von Macht. Sie trank einen Schluck Kaffee und musterte Kaminskys Stirnfalten.

»Werden Sie Minister?«, fragte sie.

Er lachte.

»Aber, Frau Palfy. Das habe doch nicht ich zu entscheiden.«

Aber du hast die Fäden vorher gesponnen, an denen man dich auf die Bühne hievt, dachte Katinka. Sie nickte ihm zu, ließ ihren Kaffee stehen und ging.

Der Schweiß brach ihr aus, als sie die Treppen im Parkhaus hinaufstürmte. Doris Wanjeck war in einer Tiefgarage ermordet worden. Wer war der unbekannte Anrufer? Warnte Kaminsky sie? War das alles ein Hirngespinst? Eine vermeintliche Verschwörung gegen Falk, ein Ritterbund, der aus der Renaissance übriggeblieben war, zwei karrieregeile Beamte? Ihr Mund wurde ganz trocken, sie musste husten. Rasch stieß sie die Tür zum Parkdeck auf. Blödsinniger Hustenanfall, als ob sie Staub in den Lungen hätte. Die schwere Tür schlug hinter ihr zu. Katinkas Gesicht brannte. Schweiß rann in ihre Augen. Das Handy steckte in ihrer Hosentasche und klingelte gedämpft.

»Palfy?«

Sie lief um die Mauer des Treppenturmes herum und sah endlich ihr Auto am anderen Ende des Decks.

»Hier ist Anja. Ich habe ›Lampen!‹ nachgeschlagen. Das ist ein Ausdruck aus dem Rotwelschen. Es bedeutet: ›Achtung, Gefahr.‹«

»Rotwelsch?«

»Eine Gaunersprache, die es seit dem Mittelalter gibt.

Eine Geheimsprache. Ähnlich wie die Zinken, die Hausierer an Grundstücken hinterließen, um zu signalisieren, ob sich ein Besuch lohnt oder ob ein bissiger Hund hinter dem Tor lauert. ›Lampen!‹ ist ein Ausdruck, den man sich als Warnung bei Gefahr zurief.«

»Glaubst du, Hannes hat das Wort auf den Spiegel geschrieben?«

»Er kennt es. Er hat sich ein Vokabelheft mit rotwelschen Wörtern angelegt. Manche benutzen wir im Deutschen ganz offiziell, zum Beispiel *Kies* für *Geld*.«

Na ja, was heißt offiziell, dachte Katinka, auf der Bank würde ich nicht von Kies sprechen, es sei denn, ich bin Panzerknacker. Sie zückte ihren Autoschlüssel und betätigte die Fernbedienung. Ihr Käfer grüßte mit einem kurzen Aufblitzen der Blinker.

»Woher hat Hannes einen Lippenstift?«

»Das kann meiner sein.« Anjas Stimme wurde leise. »Er hat sich meinen Lieblingslippenstift als Talisman eingepackt.«

Skurriler geht's nicht mehr, dachte Katinka. Rotwelsche Warnrufe, ein Lippenstift als Talisman und widerliche Anrufe.

»Danke, Anja. Ich fahre jetzt zurück in Hannes' Wohnung und sehe mich noch mal um.«

Hinter ihr knallte die Tür zum Treppenturm zu. Katinka fuhr herum. Jemand kam in ihre Richtung. In Panik rannte sie zu ihrem Auto, sprang hinter das Steuer und verriegelte die Türen. Im Rückspiegel sah sie einen Mann herankommen, die Hände in ausgebeulten Jackentaschen vergraben.

Ihre fliegenden Finger würgten den Motor zweimal ab, bevor der Wagen endlich ansprang. Sie rammte den

Schalthebel in den Rückwärtsgang und schoss aus ihrer Parklücke. Mit kreischenden Reifen wendete sie und gab Gas. Der Typ stand ihr im Weg. Wie rasend drückte sie auf die Hupe. Sie dröhnte unerträglich laut. Im letzten Augenblick sprang der Mann zur Seite.

Als sie über die Landsberger Straße zurück nach Fürstenfeldbruck fuhr, beruhigte sie sich nach und nach. Die Stadt München zeigte hier ein anderes Gesicht als im Zentrum. Wohnblocks, Werkstätten, Firmengebäude. Obwohl Katinka damit rechnete, nach wenigen Kilometern aufs freie Land zu kommen, reihte sich doch immer weiter Haus an Haus. Erst hinter Puchheim fühlte sie sich freier. Sie fuhr rechts ran und ließ ein Dutzend Autos vorbeifahren. Aufmerksam beobachtete sie den Verkehr. Niemand folgte ihr. Was nichts hieß. Es gab cleverere Möglichkeiten, als mit der Stoßstange am Zielobjekt zu kleben.

Katinka rief Fürlitzer an und bat ihn, gemeinsam mit ihr noch einmal in Hannes' Wohnung zu gehen. Sie hatte nichts gegen die Anwesenheit eines Kung-Fu-Meisters. Fürlitzer sagte zu. Sie würden sich vor Hannes' Haus treffen. Katinka sah auf die Uhr. Schon nach drei. Sie fuhr an, als das Handy schrillte.

»Palfy?«

»Hauke von Recken hier, grüß Sie Gott, Frau Palfy.«

Katinka musste einen Augenblick nachdenken, bis sie ihren ehemaligen Professor im Fach Archäologie wiedererkannte.

»Ach, hallo«, sagte sie unbestimmt. Vor Jahren hatte er ihr den ersten Fall als selbstständige Detektivin vermittelt.

»Störe ich?«

»Ich kann sprechen.«

»Ich falle nicht gern mit der Tür ins Haus, aber seit Kurzem denke ich intensiv an Sie.«

Katinka ordnete sich in den Verkehr ein, während sie das Handy zwischen Kinn und Ohr einklemmte. Sie vergaß jedes Mal, vor dem Start die Freisprechanlage bereitzumachen.

»Was gibt's denn?«, fragte Katinka. Ein neuer, anderer Auftrag wäre nicht schlecht. Gern würde sie ausgebüchste Doktoranden suchen oder ausländische Dozenten vom Bahnhof abholen.

»Wie sieht es aus mit Ihrer momentanen Arbeitsbelastung?«

»Inwiefern?«

»Ich habe ein Projekt am Laufen«, sagte von Recken vieldeutig. Er gefiel sich in seiner Rolle als Rhetoriker, auch wenn er sie nach Katinkas Meinung nicht gerade ansprechend ausfüllte. »Ein Ausgrabungsprojekt. Wir fliegen nach Libyen, nach Leptis Magna. Haben Sie nicht Ihre Magisterarbeit über römische Spuren in Afrika verfasst?«

»Nein.« Im Rückspiegel sah Katinka einen Streifenwagen. Sie warf das Handy auf den Beifahrersitz und bog rechts ab. Von Reckens Stimme hörte sie dennoch.

»Nun denn«, tönte er sonor, »möchten Sie mitkommen nach Libyen? Zwei meiner Doktoranden sind für die Reise gesetzt. Wir brauchen noch jemanden.«

Der euch den Aushub in der Schubkarre wegfährt, dachte Katinka und nahm ihr Handy wieder in die Hand.

»Leptis Magna ist doch komplett erschlossen«, sagte sie. »Ist seit den Achtzigern sogar Weltkulturerbe.«

»Es geht nicht ums Buddeln. Wir sind beauftragt, ein neues virtuelles Modell der Stadt anzufertigen. Forum, Theater, Hadriansthermen. Dazu müssen wir vor Ort sein.«

»Danke, dass Sie an mich gedacht haben. Aber ich sehe keine Möglichkeit. Ich bin momentan mit Arbeit eingedeckt.«

»Am 1. August soll es losgehen. Es wäre eine Chance für Sie, Frau Palfy. Wir könnten Ihre Mitarbeit mit einem Werkvertrag regeln. Die Mittel dafür sind bewilligt. Ich fand es immer schade, dass Sie nicht promoviert haben.«

Ich aber nicht, dachte Katinka wütend.

»Wie gesagt, danke für das Angebot.«

»Denken Sie drüber nach. Wir bleiben drei Monate in Afrika. Wann bekommen Sie so eine Möglichkeit wieder, Frau Palfy? Wenn Sie zurück sind, können Sie immer noch Verbrecher jagen.« Er lachte selbstgefällig.

Blöder Idiot, dachte Katinka, während sie auflegte. Jetzt hatte sie sich auch noch verfahren. Rechts und links Wald. In der Ferne ein Feld voller dunkler, fast schwarzer Erde. Zu allem Überfluss musste sie aufs Klo.

Sie hielt an. Die Straße war wenig befahren. Sie ließ das Warnblinklicht an, lief ein paar Schritte zwischen die Bäume und hockte sich hin. Von Recken war ein vollgefressener, eitler Fatzke. Was sollte sie in Libyen! Außerdem war sie viel zu lange aus der Wissenschaft raus. Sie hatte nicht die Bohne Ahnung, wohin die Archäologie in den letzten Jahren getrieben war. Es schien ihr auch gleichgültig. Drei Monate Wüste. Hardo würde durchdrehen. Sie zog die Hosen hoch und ging durch das raschelnde Laub zum Auto zurück. Falsch. *Ich* würde durchdrehen.

Im Wald war es kühl. Hatte Hardo nicht neulich gefragt, ob sie mal Urlaub machte? Ferien zu haben, wäre ein Traum. Eine entspannte Reise, nichts Aufregendes, keine Kontrollen an Flughäfen oder anstrengende Klimawechsel. Urlaub im eigenen Land. Vielleicht im Voralpenland. Oder lieber am Meer. Aber im Urlaub allein zu sein, machte keinen Spaß. Katinka startete den Motor.

»Wonach suchen wir?«, fragte Fürlitzer.

Katinka erläuterte ihm, was sie von Anja gehört hatte.

»Das klingt, als würden wir im Handumdrehen fertig sein«, spöttelte er und steckte den Schlüssel ins Schloss. Nichts sah verändert aus, seit sie vor wenigen Stunden weggegangen waren, aber bei dem Chaos war das auch schwer festzustellen.

»Wir sollten nach Kaugummipapierchen suchen«, sagte Katinka, während sie Fürlitzer ein neues Paar Handschuhe hinhielt. »Außerdem nach Texten, die irgendwie manipuliert aussehen. Mit unterstrichenen Buchstaben oder so.«

Fürlitzer brummte vor sich hin, während er sich am Mülleimer zu schaffen machte. Das Scharnier, mit dem man den Eimer aus dem Fach unter der Spüle klappen konnte, klemmte.

»Mist!«

»Was ist?«, fragte Katinka.

»Jemand hat die Mülltüte mitgenommen.«

Katinka lehnte sich gegen die Wand. Dabei waren die Abfälle ihre große Hoffnung gewesen.

»Wo werden die Mülltonnen aufbewahrt? Unten im Hof?«

»Es gibt einen Müllraum gleich hinter der Haustür. Soll ich nachschauen?«

»Gute Idee.«

Katinka ging ins Bad. Hier gab es keinen Papierkorb. Der abgestandene Latschenkiefergeruch stieg ihr unangenehm in die Nase. Sie nahm die Flasche mit der dunkelgrünen Flüssigkeit in die Hand. Hannes badete selten. Duschte lieber. Ließ sich ein Bad ein, bevor er verschwand. Als Zeichen? Oder ging es ihm schlecht, hatte er Rückenschmerzen? Spürte er Vorboten einer Grippe? Sollte sie das Wasser ablassen? Würde sie eine versteckte Mitteilung in der Wanne finden?

Sie musterte die Flasche mit dem Badezusatz aufmerksam. Tatsächlich war auf Produkten egal welcher Art jeder freie Platz mit Buchstaben bedeckt. Sie hielt sich die fast volle Flasche dicht vor die Augen. Konnte nichts sehen. Sie schüttelte die Flasche. Das Grün schäumte. Wahrscheinlich hatte Fürlitzers Kumpel das Zeug zurückgelassen. Draußen knackte es.

»Herr Fürlitzer?«, rief Katinka hinaus.

»Ja, ich bin's. Der Müll wird hier jeden zweiten Dienstag geholt«, antwortete Emil Fürlitzer. »Unten im Müllraum hängt der Abfuhrplan. Vorgestern ist Hannes' Krempel auf der Kippe gelandet.«

»Meinen Sie, wir sollten das Badewasser ablassen?«, fragte Katinka.

»Wenn Sie doch noch die Polizei holen wollen, ist das vielleicht nicht die beste Idee.«

Katinka musste ihm recht geben. Sie blickte nachdenklich in die dunkle Brühe. Streckte wie im Reflex den Arm aus und tauchte ihn ins Wasser. Sie tastete sich durch die Wanne.

»Da ist nichts drin.«

»Meinen Sie, Hannes schmeißt eine Flaschenpost in die Badewanne?«

»Wer weiß.« Katinka zerrte den unbrauchbar gewordenen Handschuh von ihren Fingern. »Wie soll das vor sich gegangen sein? Hannes flieht von hier, lässt sich aber zuvor noch ein Entspannungsbad ein? Wozu? Oder hat gar nicht Hannes die Wanne einlaufen lassen, sondern sein Verfolger? Aber das scheint noch unlogischer. Von Anja weiß ich, dass Hannes nie badet, sondern lieber duscht. Sein Vater sagt, Hannes mag Speick-Duschgel. Davon ist hier nichts zu sehen. Aber sicher hatte er eine Flasche davon. Also hat er die eingepackt, bevor er wegging. Das bedeutet, er hatte Zeit, etwas mitzunehmen. Aber seine Zahnbürste ist auf dem Bord über dem Waschbecken.«

»Vielleicht ist es nicht Hannes' Zahnbürste.«

Katinka hielt sich den Kopf. Das wurde alles viel zu verworren.

»Können Sie sich ein Szenario denken?«

»Hannes lässt sich ein Bad ein«, begann Fürlitzer. »Riecht die Gefahr. Wirft die nötigsten Sachen in seinen Rucksack und verschwindet.« Er sah in die Ferne. »Aber was warnte ihn? Schritte vor der Tür? Ein Blick aus dem Fenster?«

»Wenn Ihre These vom Fluchtweg über das Dach stimmt«, erwiderte Katinka, »dann waren seine Verfolger noch nicht an der Wohnungstür, als Hannes floh.«

»Das Vollbad ist Blödsinn«, sagte Fürlitzer. »Bei der Hitze badet niemand. Ein junger Mann von 18 Jahren schon gar nicht. Jeder sehnt sich nach einer kalten Dusche.«

»Hannes lässt das Bad ein, weil er damit eine Botschaft verbindet. Die volle Wanne selbst ist die Nachricht.«

»Glauben Sie das wirklich?«, fragte Fürlitzer. Seine Arme baumelten neben seinem Körper. Plötzlich wirkte er wie eine Sprungfeder, die jeden Moment losschnellen konnte.

Katinka schloss die Augen und stellte sich vor, wie die Wohnung ausgesehen haben mochte, als Hannes' Verfolger hereinstürmte. Das Badewasser dampfte noch und vermittelte den Eindruck, Hannes liege in der Wanne. Der Eindringling zerrte den Duschvorhang beiseite und riss ihn aus seiner Halterung. Aber warum zum Teufel hatte Hannes die Wanne einlaufen lassen?

»Wenn wir das nicht rauskriegen, kommen wir nicht weiter«, murmelte Katinka.

»Ich muss allmählich gehen«, sagte Fürlitzer. »Ab kurz nach fünf habe ich Unterricht in der Sportschule. Wenn Sie bei mir übernachten wollen? Ich habe ein Gästezimmer.«

»Ich weiß noch nicht.«

»Um halb elf bin ich spätestens zu Hause.«

Nachdem Fürlitzer gegangen war, sah Katinka sich noch einmal in dem Apartment um. Betrachtete aufmerksam die Hüllen der beiden DVDs. Die Scheiben fehlten. War eine Nachricht in den Begleittexten versteckt? Vielleicht könnte Anja helfen. Oder Valente. Katinka hatte zu wenig Ahnung, wonach sie suchen sollte. Sie musste so schnell wie möglich mit den beiden sprechen.

Katinka packte die DVD-Hüllen in ihren Rucksack. Ohne genauer nachzudenken, steckte sie auch die Flasche mit dem Latschenkieferbadezusatz in eine Plastiktüte. Ein kurzer Blick zurück musste genügen. Sie zog die Wohnungstür ins Schloss.

Im Treppenhaus stand die Hitze. Katinka hängte sich den Rucksack über die rechte Schulter und rannte die Treppen hinunter. Im Hausgang sah sie die Tür zum Müllraum. Sie war nur angelehnt. Ein unangenehmer Geruch trieb zu ihr herüber. Sie machte ein paar Schritte auf den Raum zu und wollte die Tür zuziehen. Etwas Dunkles kam dazwischen. Ein schwarz gekleideter Mensch, der die Tür von innen aufriss und Katinka mit voller Wucht in den Bauch trat. Katinka kippte nach hinten und stürzte zu Boden. Ihr Rucksack flog weg. Sie rang nach Atem. Bekam keine Luft. Wälzte sich zur Seite, während jemand, dessen Gesicht sie nicht sehen konnte, nach ihrem Rucksack griff. Katinka ächzte. Der Schmerz hallte in ihrem Kopf wider. Aus ihrem Hals kam ein kleiner, unbestimmter Laut.

»Hilfe!«, keuchte sie. Die Blockade in ihrer Brust löste sich. Langsam drang Luft in ihre Lungen, heiße Luft, die ihr die Bronchien verbrannte. Sie kam auf die Knie, aber ein neuerlicher Tritt, so geschmeidig, dass sie ihn kaum bemerkte, legte sie flach. Der Angreifer fischte die DVD-Hüllen aus dem Rucksack und rannte aus dem Haus.

12. ESSSINDODROJGENDIMSEPIEÜL

»Du fährst mir auf keinen Fall allein nach Hause!«, erklärte Hardo bestimmt.

»Es geht mir schon wieder ganz gut.«

Sie saß im Auto, die Hörschnecke ihrer Freisprechanlage im Ohr. Trotz der Hitze hatte sie die Türen und das Verdeck geschlossen. Sie ließ lieber den Motor und die Klimaanlage laufen.

»So ein Tritt in den Bauch kann üble Folgen haben!«, warnte der Kommissar.

Katinka wusste nicht recht, warum sie Hardo überhaupt angerufen hatte. Aus Angst. Und weil sie seine Stimme hören wollte. Sie musste sich erst einmal beruhigen. Ihren Körper entspannen. Fragte sich, wie sie das am besten anstellte. Vielleicht sollte sie etwas essen.

»Ich komme schon klar.«

»Verflucht, ich kann das nicht mehr hören! Dieses ›ich komme schon klar‹! Bist du ein Stück Schaumstoff, auf das jeder eindreschen darf? Jemand ist hinter dir her, verdammt. Die ganze Geschichte stinkt zum Himmel. Wenn ich hier nur weg könnte, würde ich dich abholen!«

»Ich glaube, dass Hannes versteckte Nachrichten hinterlassen hat. Anja ist derselben Meinung. Ich sehe zu, dass ich mir was zu essen zwischen die Kiemen schiebe, und dann fahre ich nach Bamberg. Ich muss mit Anja und Valente sprechen. Du hast selbst gesagt …«

Er unterbrach sie schroff.

»Darüber sprechen wir später.«

»Ja. Heute Abend. In Bamberg.« In deinem Bett, wollte sie hinzufügen.

»Wir haben gleich eine Besprechung. Wann auch immer sich etwas tut, wenn du etwas Merkwürdiges beobachtest, egal … melde dich, ja?«

»Ich melde mich.«

Sie legten auf. Katinka holte tief Luft und schreckte vor Schmerz zusammen. Knapp unter ihren Rippen hatte sich ein harter Klumpen gebildet, eine Schwellung, die tiefes Atemholen sofort mit Schmerz ahndete. Sie fühlte sich deprimiert und verloren. Das alles hatte kaum Sinn. Sie besaß nicht einmal mehr die DVD-Hüllen, um in ihren Texten nach geheimen Mitteilungen zu suchen. Ihr Angreifer konnte die Nuss nun knacken.

Wer?

Nur das eine Wort tanzte durch ihren Kopf. Dieser Fall hielt nichts als Attacken aus dem Hinterhalt bereit. Ihr wurde schwindelig. Sie musste dringend etwas essen. Rasch lenkte sie den Wagen in den Spätnachmittagsverkehr. Am nächstbesten Supermarkt hielt sie an und kaufte sich Bananen, Mineralwasser und eine Tafel Schokolade. Hier liefen Leute herum, deren einzige Sorge die Schlange an der Kasse war. Irgendwie besänftigte sie der Gedanke. Sie konnte es als Privileg betrachten, richtigen Kummer zu haben.

Wieder im Auto, kaute sie an einer Banane herum. Ihr Magen revoltierte, aber sie aß weiter. Beim Einatmen tat ihr der Bauch weh, und wenn sie die Bauchmuskeln anspannte, jagte ein gemeiner Schmerz bis in den Rücken. Auch ihre Hüfte hatte beim Sturz was abgekriegt. Katinka biss ein Stück Schokolade ab. Spülte alles mit Mineralwasser hinunter.

»So geht das nicht«, sagte sie halblaut zu sich selbst. »Ich bin Detektivin. Ich kann nicht einfach Fersengeld geben.«

Sie fuhr zurück in die Schöngeisinger Straße. Ein Halbstarker mit Hosenboden im Knie schob ein Fahrrad aus dem Hausflur.

»Hallo«, sagte Katinka und versperrte ihm den Weg. »Sag mal, kennst du den Typen, der ganz oben wohnt?«

»Nä.« Ungnädig ruckte der Junge am Lenker.

»Wohnst du nicht hier?«

»Doch, aber den Alten hab ich nur zweimal gesehen. Der ist noch nicht lange eingezogen.«

»Wann hast du ihn denn das letzte Mal gesehen?«

»Keinen Schimmer.«

»Heute vielleicht?«

»Nä, heute bestimmt nicht.« Er drängte sich an Katinka vorbei.

Sie öffnete das Holster und hielt die Hand an die Pistole, während sie die Treppen hinaufstieg. Alles war still. Aus der Wohnung unter der von Hannes drang Knoblauchgeruch. Sofort fing Katinkas Magen an zu knurren.

Der Aufgang zum Dachboden lag genau über Hannes' Treppenabsatz, ein paar schmale Stufen führten zur Tür. Sie war unverschlossen, wie Fürlitzer gesagt hatte. Katinka stupste sie auf. Angespannt lauschte sie in die Düsternis des Dachbodens. Insgesamt acht sorgsam verschlossene Abteile lagen rechts und links. Der Geruch nach Staub und alten Möbeln schwebte im Raum. Leise machte Katinka einen Schritt. Und noch einen. Spähte in die Abteile. Irgendwo raschelte etwas. Sie zog die Pistole.

Sagte kein Wort. Ging weiter. Wieder das Geräusch. Katinka hätte am liebsten gelacht, als sie im letzten Abteil auf der rechten Seite die Ursache entdeckte: Eine schlecht verschnürte Folie, die ein Sofa verdeckte, schlug im Luftzug aus der Dachluke. Katinka schob das Fensterchen ganz auf und steckte den Kopf hinaus. Fürlitzer hatte recht: Jeder halbwegs sportliche Mensch konnte leicht aus der Luke klettern und über das Dach laufen. Es war ganz flach an dieser Stelle. Katinka überlegte nicht lange. Hardo würde durchdrehen, wenn er das hier wüsste, dachte sie, aber er weiß es ja nicht. Sie verstaute die Pistole und zog sich hoch. Der Schmerz im Bauch war grausam und drückte ihr die Luft ab. Sie robbte über die Kante und kniete auf dem Dach. »Schwindelfrei muss man schon sein«, murmelte sie, als sie sich aufrichtete und entschlossen über die Ziegel lief. Gute zehn Meter weiter sah sie die nächste Dachluke. Auch diese stand halb offen. Bei der Hitze kein Wunder. Katinka hatte keinen Blick für die hübsche kleine Stadt unter sich, das schmale, in der Sonne glitzernde Band der Amper, und auch nicht für das Kloster Fürstenfeld in seinem dunkelgrünen Waldbett. Rasch schlüpfte sie durch das Fenster und landete auf einem Dachboden, der mit dem, den sie gerade verlassen hatte, vollkommen identisch war. Also kann Hannes diesen Weg genommen haben, dachte sie, während sie durch das Treppenhaus lief, immer zwei Stufen auf einmal nehmend.

Sie ging zu ihrem Auto, wühlte ein wenig in ihren Beständen herum und fand schließlich, was sie suchte. Einen alten Otto-Katalog, den sie längst hatte ins Altpapier werfen wollen. Sie stopfte ihn in einen halb zerfetzten Umschlag, klemmte ihn unter den Arm und ging zu Hannes' Haus. Die Dame im Erdgeschoss, die sie als Erste herausklingelte, zuckte nur die Schultern.

»Der junge Mann von ganz oben? Der ist sehr zurückhaltend. Worum geht's denn?«

»Ich habe da ein paar Dokumente abzuliefern.«

»Ach, dann lassen Sie die mal bei mir, ich kann sie bei Gelegenheit hochtragen. Ich bin den ganzen Tag zu Hause. Rentnerin.« Sie lächelte.

»Das ist nett, danke«, sagte Katinka und lächelte doppelt so herzlich. »Aber das muss ich persönlich übergeben, sonst kriege ich Ärger. Sie haben den Herrn heute nicht gesehen?«

Die Dame schüttelte den Kopf.

»Mein Küchenfenster geht direkt zur Straße. Ich verpasse kaum etwas. Aber den jungen Mann sieht man ohnehin selten.«

»Schade. Aber danke für Ihre Hilfe.«

Katinka nickte ihr zu und trat ins Treppenhaus. Sie klapperte das ganze Haus ab, aber ohne Erfolg. Entweder traf sie niemanden an, oder die Leute, die zu Hause waren, hatten Hannes nicht gesehen. An diesem Tag sowieso nicht, und ohnehin selten, da er unauffällig blieb.

Katinka setzte sich ins Auto und lehnte sich erschöpft zurück. Ihr war sehr heiß. In der Erdgeschosswohnung bewegten sich die Gardinen. Katinka startete den Motor und fuhr los. Auf der Autobahn brach ihr trotz Klimaanlage der Schweiß aus. Der Verkehr war dicht. Die Pendler, die aus München wegfuhren, versprühten die Hektik eines heißen Arbeitstages. Katinka schaffte eine halbe Stunde am Steuer, dann musste sie Pause machen. Auf dem Parkplatz standen zwei Lkws. Katinka stieg aus und streckte sich. Das funktionierte ganz gut. Ohne Schmerzen. Ihr Handy ging.

»Palfy?«

Sie erwartete, dass es Hardo wäre, der sich erkundigen wollte, wie es ihr ging.

»Habe ich nicht gesagt, du sollst vorsichtig sein? Das nächste Mal geht es weniger glimpflich ab.«

KLICK.

Diesmal hörte sich die Stimme an wie Micky Maus unter Wasser. Sie troff vor Häme. Jemandem bereitete das Quälen Freude. Katinka lehnte sich an ihr Auto. Ein Brummifahrer ging vorbei und sah sie neugierig an.

»Hallo«, sagte Katinka unbestimmt.

Er nickte ihr zu.

Katinkas erster Impuls war, hinüber zu den Bäumen zu stolpern und sich zu übergeben. Die Angst wurde groß wie die Taiga. Schließlich gelang es ihr, sich zu sammeln. Im Augenblick war sie nicht in Gefahr. Alles andere würde sich regeln lassen. Die Panik ist nur ein fehlgeleiteter Nervenimpuls, dachte sie. Sie ist nicht wirklich. Es ist mein Gehirn, das die Angst produziert.

Sie kletterte ins Auto und aß von der Schokolade. Trank einen Schluck Wasser.

Katinka rief in der Sportschule in Fürstenfeldbruck an und erfuhr, dass der Kung-Fu-Lehrer 20 vor fünf gekommen war und die Schule seitdem nicht wieder verlassen hatte.

Er war es nicht, dachte Katinka. Sie startete den Motor.

Als sie die Ausfahrt Bamberg-Süd nahm, war es kurz nach neun. Sie parkte vor der Brauerei ›Keesmann‹ und stellte den Motor ab. Lehnte die Stirn gegen das Lenkrad. Atmete tief durch. Sie durfte keinesfalls in diesem desolatem Zustand vor Hardo treten. Überhaupt sollte sie ihn anrufen, vielleicht war er noch nicht zu Hause.

Jemand riss die Fahrertür auf. Ihr Herz setzte einen Takt aus.

»Da bist du ja.«

»Hardo! Um Gottes willen, hast du mich erschreckt!«

Ihr Herz, jäh aus dem Rhythmus geworfen, schlug einen wüsten Trommelwirbel. Jetzt, wo er neben ihr stand, war die Versuchung groß, einfach loszulassen, sich der Anspannung hinzugeben und ihm um den Hals zu fallen. Aber das kam nicht infrage. Sie wollte nicht schwach werden. Sie hatte einen fürchterlichen Tag hinter sich, doch sie war durchaus imstande, mit der Angst, die sie mit glühenden Augen umkreiste, zurechtzukommen. Sein finsteres Gesicht ermutigte sie ohnehin nur bedingt, von ihren Erlebnissen zu erzählen. Sie griff nach ihrem Rucksack und stieg aus. Er wollte sie in die Arme nehmen. Ungestüm machte sie sich los.

»Ich bin o. k.!« Noch hatte sie einiges vor sich. Sie musste dringend mit Anja und Valente sprechen. Vielleicht gab die Flasche mit dem Badezusatz doch irgendeine geheime Botschaft preis. »Lass mich. Ich habe noch was zu erledigen.«

Er sah sie befremdet an.

»Kommst du wenigstens kurz mit hoch? Was essen?«

»Ich muss erst telefonieren.«

Er nickte. Streckte die Hand aus und strich ihr kurz

über die Wange. Sie wich zurück. Irgendwas passierte hier gerade. Als ginge ein kaltes Gespenst mit wehendem Gewand an ihnen vorbei. Hardo drehte sich um und ging über die Straße zu dem orange gestrichenen Haus. Sprachlos sah Katinka ihm nach. Ihr zitterten die Knie. Auf der ganzen Fahrt hatte sie der Gedanke an Hardo aufrecht gehalten. Und nun ließ er sie stehen. Er sah nicht einmal zurück. Hinter ihm fiel die Tür ins Schloss.

Sie trafen sich in Katinkas Detektei. Anja und Valentin waren die Ersten. Sie hätten Narrenfreiheit, bemerkte Anja. Sie selbst, weil das Schuljahresende vor der Tür stand und ihre Mutter mit sämtlichen Noten mehr als zufrieden war. Und Valente, weil sein Vater zu einer seiner vielen gesellschaftlichen Aktivitäten unterwegs war, wie der Junge mürrisch berichtete. Auch Charly Niedorf trudelte ein. Er trug noch das Batikshirt mit dem Rotweinfleck. Die vielen Linien in seinem Gesicht schienen sich seit gestern vertieft zu haben und sahen aus wie Sprünge in Porzellan. Katinka stellte einen Küchenstuhl aus dem Nebenraum neben ihre beiden Besuchersessel. Sie war kurz in ihrer Wohnung gewesen, um zu duschen und ein frisches T-Shirt anzuziehen.

»Heiß hier«, brummte Valente. »Haben Sie was gefunden?«

Katinka räusperte sich. Im Augenblick konnte sie Hardos seltsames Verhalten gut verdrängen, denn die Neugier, ob aus dem Badezusatz eine geheime Nachricht herauswachsen würde wie eine Geranie, war übermächtig. Rasch berichtete sie, was sie in Hannes' Wohnung gesehen hatte.

»Ich verstehe eins nicht«, sagte Katinka. »Er hat ein Handy, will aber damit nicht telefonieren, weil man das Telefon orten könnte. So weit, so gut. Aber warum hatte er das Handy dann überhaupt dabei und hat es nicht in Bamberg gelassen?«

Niedorf hob die Schultern.

»Das war so eine Art Absicherung. Zur Not kann er eben doch telefonieren.«

»Hm«, machte Katinka und sah die beiden Schüler an. Sie wirkten bedrückt und sagten kein Wort. »Ich habe zwei DVDs gefunden. ›Elsa und Fred‹ und ›Forrest Gump‹. Hannes hat sich die Filme von Emil Fürlitzer ausgeliehen. Die Scheiben sind nicht in den Hüllen gewesen. Ich habe die Boxen dennoch eingepackt, weil ich an deine Hinweise zur linguistischen Steganografie dachte, Anja.«

Das Mädchen nickte.

»Aber als ich aus dem Haus wollte, wurde ich angegriffen. Jemand schnappte sich meinen Rucksack, riss die Hüllen heraus und türmte.«

Anja klappte die Kinnlade runter. Valente rutschte auf seinem Stuhl herum.

»Wer …?« Charly Niedorf fing sich als Erster.

»Keine Ahnung. Wie sehr vertrauen Sie Ihrem Freund Emil?«, fragte Katinka. Sie schaltete die Schreibtischlampe ein. Trotz der hellen Sommernacht glitten Schatten in die Hasengasse.

»Hundertprozentig. Wir sind beide aktive Bürgerrechtler. Haben Sie den Verdacht, dass Emil Sie attackiert hat?«

»Ich konnte das Gesicht des Angreifers nicht erkennen. Zuerst fiel mir gar nicht auf, warum. Aber jetzt weiß ich es: Er trug eine Ledermaske, die nur Augen und Mund frei lässt. So eine, wie manche Menschen mit speziellen Bedürfnissen sie zum Sex nehmen.«

Valente wurde tatsächlich rot.

»Das war nicht Emil«, sagte Niedorf felsenfest.

»Er ging ein paar Minuten früher als ich. Angeblich musste er zum Unterricht. Er hätte sich theoretisch im Müllraum verstecken und dann auf mich losgehen können.«

»Warum so umständlich«, sagte Anja. »Er war mit Ihnen im Apartment, haben Sie gesagt. Dann hätte er die DVD-Schachteln locker einstecken können. Es sind seine. Fürlitzer hat Ihnen doch gesagt, dass Hannes sie von ihm geliehen hat.«

Clever kombiniert, das musste Katinka zugeben.

»Haben Sie sonst nichts gefunden?«

»Nur das hier.« Katinka stellte die Flasche Badezusatz auf den Schreibtisch.

Valente streckte die Hand aus. Katinka warf ihm einen warnenden Blick zu, während sie eine Box mit Einweghandschuhen aus dem Schreibtisch nahm.

»Nur hiermit anfassen.«

Valente zog sich zwei Handschuhe über und schraubte die Flasche auf.

»Wir müssen sie ausleeren.«

»Wartet mal.« Anja nahm sie ihm ab. Sie schnupperte an der Flüssigkeit wie ein Hase. Schwenkte die Flasche vorsichtig. Stellte sie weg und betrachtete den Verschluss. Beide Schüler schrien gleichzeitig auf.

»Was ist?«, fragte Katinka, und Niedorf beugte sich aufgeregt vor.

»Schaut!« Anja deutete mit dem kleinen Finger in den

Verschluss. »Seht ihr die Buchstaben? Von innen an den Deckel gepinselt. Ein wenig verwischt. Haben Sie eine Lupe?«

Klar, ich bin Sherlock Holmes, dachte Katinka schlecht gelaunt. Aber sie hatte eine. Anja klebte fast mit der Nase an dem Verschluss.

»Valente, schreib mit!«

Katinka schob ihm Notizblatt und Stift zu.

EIN SCHÜLER SUCHT SICH IN NÜRNBERGER DISKOS OFT DEN RICHTIGEN ORT. JA, GANZ EINFACH. NACHTS, DA IRREN MANCHE SCHÜLER EBEN. PRIEM IST EIN ÜBLES LASTER.

»Priem?« Niedorf bekam Glupschaugen vor Überraschung. »Wieso Priem? Hannes kaut keinen Tabak, und er raucht auch nicht.«

»Unsinn. Darum geht's nicht«, sagte Anja mit vor Aufregung roten Wangen. »Das ist ein Geheimtext.«

»Na, klasse!«, schnaubte Niedorf. »Ihr tut für meinen Geschmack ein wenig zu größenwahnsinnig herum mit eurer Rätselei.«

»Was meinst du, Valente. Ein offener Code?«, fragte Anja cool.

Der Junge nickte; fischte eine Schachtel Zigaretten aus der Hosentasche.

»Was heißt das?«, fragte Katinka. Sie kramte in ihrem Schreibtisch nach einer frischen Tüte Saurier.

»Ein offen dastehender, harmloser Text enthält die eigentliche Nachricht.« Wie wild unterstrich Valente Buchstaben, strich welche aus. Schließlich schob er Katinka den Zettel hin und zündete seine ›Pall Mall‹ an.

ESSSINDODROJGENDIMSEPIEÜL

»Aaaaha«, machte Katinka. »Könnt ihr mich aufklären?«

»Ein Akrostichon«, sagte Anja und tippte mit dem Finger auf das Blatt. »Nur die Anfangsbuchstaben der Wörter aus dem Satz oben zählen.«

»Aber dabei kommt Blödsinn raus«, regte Katinka sich auf. Sie war müde. Erschöpfung stülpte sich über sie wie ein Poncho.

»Hannes hat Nieten eingebaut.« Valente wies auf den Geheimtext. »Streichen Sie jeden vierten Buchstaben raus. Er bedeutet nichts. Dann haben Sie den Lösungssatz.«

Katinka fuhr sich über die Stirn. Am liebsten hätte sie die drei Besucher sitzen lassen und wäre nach Hause gegangen, um sich ins Bett zu legen. Die Prellung am Bauch meldete sich. Jeder Atemzug schmerzte.

»ESSINDDROGENIMSPIEL«, buchstabierte sie.

Ungläubig, dass sie immer noch nicht auf den Punkt kam, schnappte Anja sich den Stift und schrieb:

es sind drogen im spiel

»Es sind Drogen im Spiel. Das ist Hannes' Botschaft.«

Charly Niedorf kratzte sich am Kopf.

»Drogen im Spiel? Wie sollen wir das verstehen?«

Katinka rieb sich die Schläfen. Sie durften nicht zu geradlinig denken. Knapp nebenraus denken, so nannte ihr Vater das und entwarf als Architekt auf diese Weise seine futuristischen Formen.

»Hannes hat das Bad mit Latschenkieferduft eingelassen, um uns darauf zu bringen, die Flasche mit dem Badezusatz näher anzuschauen. Er hatte Zeit, seine Flucht vorzubereiten. Wenigstens zehn Minuten, würde ich sagen«, erklärte Katinka. Neue Kraft durchflutete sie. Das hier war ein Hinweis. Und womöglich kein so magerer, wie es zunächst den Anschein hatte. Drogen.

»Aber Hannes hat nichts mit Drogen zu tun.« Verunsichert sah Niedorf die Freunde seines Sohnes an. »Oder doch?«

»Hat er nicht«, beruhigte Valente ihn. »Er hat etwas entdeckt. Diese Sache, die er entschlüsselt hat, weist auf Drogen. Das hat er vielleicht nicht gleich gemerkt. Erst später, als er schon abgetaucht war.«

»Hannes hat seine Zahnbürste nicht mitgenommen«, sagte Katinka. »Kann er vergessen haben. Oder der Verfolger kam schneller, als er erwartet hatte. Deshalb musste er los. Allerdings hatte er Zeit, seinen Laptop mitzunehmen. Emil Fürlitzer hat einen Fluchtweg über das Dach entdeckt. So machte er sich unerkannt aus dem Staub.«

»Den Laptop kann auch der Einbrecher geklaut haben«, gab Valente zu bedenken.

»Aber wenn er in Sicherheit ist, weshalb meldet er sich nicht?«, fragte Charly Niedorf verzweifelt.

»Er kann nicht. Er traut sich nicht«, schlug Valente vor.

Anja bekam ganz große Augen.

»Wie meinst du das – er kann nicht?«

»Er will sein Handy nicht benutzen«, erinnerte Valente. »Und vielleicht ist er nicht in einer Stadt. Vielleicht nicht einmal in einem Dorf. Im Wald oder so.«

»Im Wald?« Katinka lachte auf. »Das ist kein Abenteuerfilm.«

»Sie kapieren echt nichts«, schnaubte Valente. »Es hat nicht geklappt, die Versteckerei in einem Apartment. Also musste er einen ganz anderen Weg wählen.«

»Hat er ein Zelt mit?«, fragte Katinka Charly Niedorf.

Niedorf verneinte. Katinka stützte ihren Kopf in die Hände. Sie kam nicht weiter. Hardo hatte gesagt, dass in Falks Wohnung Koks gefunden worden war. Vermutlich war der Drogenverdacht doch keine Manipulation.

»Wir treffen uns morgen noch einmal«, sagte sie. »Ich muss eine Informantin anrufen.«

Ljubov meldete sich erst nach dem fünften Klingeln. Unruhig spielte Katinka auf ihrem Knie Klavier.

»Müller?«

»Hier ist Katinka. Können wir uns treffen?«

»Jederzeit. Ich bin zu Hause.«

»Wo wohnst du eigentlich?«

»In der Marienstraße. Über der Apotheke.«

Katinka sperrte ihre Tür zu und sah unsicher die Hasengasse hinauf und hinunter. Leer. Verwaist, wie immer in der Nacht. Es war kurz nach elf. Sie fror vor Müdigkeit, obwohl die Wände noch die Wärme des Tages abstrahlten. Wenigstens wohnte Ljubov nicht weit von Katinkas Wohnung. Sie würde es nicht weit nach Hause haben.

»Himmel, was ist los? Geht's dir nicht gut?« Ljubov ließ sie herein. »Du bist bleich wie Milch. Willst du was trinken? Tee?«

»Bei dir gibt's nichts anderes, oder?«

»Doch. Wein, Sekt, Wodka. Was darf's sein?«

Katinka winkte ab.

»Ein Glas Wasser. Es gibt was Neues im Fall um Hannes Niedorf.«

Ljubov zog die Augenbrauen hoch und ging in die Küche. Mit einer Flasche Wein und einer Karaffe Wasser kam sie zurück und schob Katinka vor sich her ins Wohnzimmer. Auch hier der obligatorische Samowar. Fotos mit Motiven russischer Dörfer. Bemalte Holzhäuser, Banjas, die verträumten Kuppeln orthodoxer Kirchen.

»Hast du die Fotos gemacht?«

»Ja. Ich habe in Russland Geografie studiert. Man hat mich nach einigem Hin und Her zugelassen. Es war toll, obwohl ich zu dem Studium keinen tieferen Bezug hatte. Aber ich konnte reisen, durch die ganze Sowjetunion. Das war herrlich.«

»Weshalb ich hier bin«, erinnerte sich Katinka. »Ich hatte einen schrecklichen Tag.« In wenigen Sätzen schilderte sie, was ihr passiert war. Sie hatte beschlossen, ehrlich zu Ljubov zu sein. Ihr Bauchgefühl fand es in Ordnung, wenn sie der Anwältin vertraute. Könnte sein, dass ich schon zu angeschlagen für Misstrauen bin, überlegte Katinka, aber was soll's. Sie legte Ljubov den Zettel mit dem Geheimtext vor.

»Warte, ich brauche meine Brille. ESSSINDODROJGENDIMSEPIEÜL«, murmelte Ljubov, während sie das Brillengestell auf ihrer Nase festhielt. Es hatte nur einen Bügel. Sie zog die Stirn kraus und hielt den Zettel ein Stück von sich weg. »Aha. Warte mal. Hm.« Sie leckte sich die Lippen. Katinka fiel auf, dass sie frisch geschminkt waren. Ljubov holte zwei Weingläser und schenkte sich Wein, Katinka aber Wasser ein. Lange war es still im Raum. Von draußen hörte Katinka den spärlichen Straßenverkehr.

»Es ist doch so«, sagte die Anwältin nach einer langen Weile. Sie nippte an ihrem Wein. »Drogen sind im Spiel. Stell dir vor, das wäre ein Vers aus einem Gedicht. Wir würden es interpretieren. Es bedeutet in einer anderen Lesart: Geld ist im Spiel. Viel Geld. Die eine Seite der Droge besteht aus Euphorie und Sucht, dem ganzen Elend und den Zerwürfnissen. Die andere Seite bedeutet Geld. Jemand verdient. Die Gewinnspanne bei Drogen ist gigantisch und lohnt das Risiko.«

»Ich hatte zwei ekelhafte Anrufe, während ich unterwegs war. Jemand weiß, dass ich auf seiner Spur bin.«

Ljubov schürzte die Lippen und musterte Katinka, ehe sie fragte:

»Wer von den Kerlen, die durch unseren Fall geistern, könnte an Drogen verdienen?«

Das war eine gescheite Frage, fand Katinka. Je öfter sie die Geschichte von den Kreuzrittern hin und her wälzte, desto unwahrscheinlicher schien es ihr, dass der Anwärter auf ein Ministeramt ein Killerkommando anheuerte.

»Macht allein ist kein ausreichendes Motiv für so einen Mord wie den an Falk«, sagte sie und trank ihr Wasser in einem Zug aus. »Ich fühle mich hilflos, weil meine Gedanken immer wieder im selben Kessel rühren. Aber ich glaube nicht, dass Kaminsky Falk ermorden lässt, weil Falk die Geschichte mit dem Missbrauch aufgetan hat.«

»Unterschätze nicht die Kälte in der Politik«, widersprach Ljubov. »Da bist du schnell weg vom Fenster.«

»Was kostet ein Killerkommando, Ljubov?«

Die Anwältin machte ein verdutztes Gesicht.

»Du hast von Geld gesprochen. Was kostet das, zwei Profis mit Nachtsichtgeräten und Laserwaffen loszuschicken? Geht Oberstudiendirektor Kaminsky persönlich auf die Pirsch, um die passenden Leute zu finden?«

»Ich habe keine Ahnung. Aber ich wüsste, wo man fragt.«

»Wo man – fragt?«

»Es gibt in Bamberg einen Boxklub, den ein Landsmann von mir betreibt.« Sie schenkte sich Wein nach. »Ein kleiner Nebenverdienst. Man setzt auf einen Sportler und gewinnt. Oder man liegt daneben. Ein hübscher Zeitvertreib für einsame Nächte.«

»Redest du da von illegalen Spielen?«

Ljubov lächelte.

»Komm schon. Diese Dinge wird es immer geben. Leute brauchen manchmal eine kleine Geldspritze. Für alles Mögliche. Ich habe einen Mann kennengelernt, der das Pflegeheim für seine demente Mutter nicht mehr bezahlen konnte. Die Pflegeversicherung hat auch nicht gereicht.«

»Spielst du auch dort?«

»Du mimst die Moralpolizistin. Mensch, Katinka, ja, ich auch. Nicht wegen des Geldes. Wegen des Nervenkitzels. Mit Boxen kenne ich mich allerdings nicht aus. Es gibt alle möglichen Spiele da. Würfeln, Pokern, was weiß ich. Mein Lieblingszeitvertreib ist Solitär. Ich verliere meistens, aber wenn ich dann mal gewinne …«, sie machte eine unbestimmte Handbewegung. »Ich fahre dich bei dir zu Hause vorbei. Du musst dir was anderes anziehen. Was Kurzes. Du bist so hübsch. Immer diese elenden langen Hosen …«

Da traf Ljubov eine ganz wunde Stelle.

»Ich lasse mir nicht vorschreiben, wie ich mich zu kleiden habe, schon gar nicht, wenn Männer das bestimmen wollen«, fuhr Katinka auf.

»Darum geht's jetzt nicht. Es geht nicht um deine Einstellung zu Kleiderordnungen oder Sexismus. Es geht darum, dass wir Informationen haben wollen.«

Ljubov verschwand im Badezimmer und kam in einem superengen Rock mit passender Bluse zurück. Dazu trug sie ihre eigensinnigen Schnürstiefel. Die Augen hatte sie effektvoll mit Kajal umschattet.

»Mein Wagen steht in der Trimbergstraße«, sagte sie. »Kommst du?«

13. Misshandelt

Um kurz nach halb eins parkte Ljubov ihr Auto neben den Bahngleisen.

»Es ist ein Stück weiter vorn. Dein Schießeisen lässt du besser hier.«

Katinka fühlte sich nicht wohl bei dem Gedanken, ihre Beretta ungesichert in einem parkenden Wagen zurückzulassen, aber es gab keine schützende Jeansjacke, unter der sie das Holster hätte verstecken können. Sie trug ein Fähnchen von einem Kleid. Britta hatte sie während der ersten heißen Tage im Juni dazu überredet. Es war dunkelbraun mit einigen Bernsteintupfern und im Rücken weit ausgeschnitten. Dazu trug sie hochhackige Sandalen. An ihrer Schulter baumelte eine winzige

Basttasche, groß genug für einen Hausschlüssel und ein Handy. Als sie ausstieg, kam ihr der Nachtwind kühl vor, und sie fröstelte.

Während sie sich unter Ljubovs strenger Aufsicht im Bad geschminkt hatte, hätte sie am liebsten einen Rückzieher gemacht. Sie fühlte sich schwer vor Müdigkeit, und die Aussicht, sich in ein weiches Bett zu kuscheln, schien weitaus verlockender als die, in einem illegalen Klub herumzuhängen. Die geschwollene Stelle am Bauch schmerzte, und außerdem hatte sie gerade erst den Bluterguss auf ihrer linken Hüfte inspiziert. Aber dann hatte die Neugier gesiegt, und nun stöckelte sie neben Ljubov auf den russischen Boxklub zu, während ihr die Anwältin letzte Anweisungen gab.

»Unsere Geschichte geht so: Du bist eine Freundin, die das Spielen mal ausprobieren will. Du hast es noch nie gemacht. Ein bisschen Risiko musst du schon eingehen, sonst kauft Sergej dir die Geschichte nicht ab. Er ist der Chef. Ein feiner Kerl.«

»Fragen wir ihn wegen des Killerkommandos?«

»Das überlässt du mir!«, sagte Ljubov scharf. »Sergej hat den Überblick. Ich habe gute Beziehungen zu den Russen, die bei ihm verkehren, und die will ich nicht aufs Spiel setzen, klar?«

Katinka nickte. Wäre ihr Kopf nicht so unsäglich müde gewesen, hätte er mehr Wachsamkeit gefordert.

»Wenn du etwas trinkst, bestell ein Bier oder eine Cola, die servieren sie dir aus der Flasche, da kannst du sicher sein, dass nichts drin ist.«

Ljubov führte sie an einer schmalen Lagerhalle vorbei auf einen Hinterhof. Zielsicher wich sie einigen abgetakelten Baufahrzeugen aus und näherte sich einer Schiebetür aus Metall. Sie klopfte. Aus Gewohnheit zählte Katinka mit. Zweimal, Pause, zweimal, Pause, dreimal.

»Kto tam?«, tönte es von drinnen.

»Eto ja, Ljubov«, rief Ljubov.

Der Mann, der sie hereinließ, war ein Bär von einem Kerl. Ein dünner Flaum wucherte auf seiner Glatze. Sein rechtes Auge saß tiefer als sein linkes, was seinem Gesicht einen Ausdruck permanenter Verblüffung verlieh. Die Begrüßung war herzlich. Eine Menge Küsschen wurden ausgetauscht und einiges an Neuigkeiten diskutiert, ehe Ljubov Katinka vorstellte.

»Das ist Kátinka. Eine Freundin. Wir wollen mal sehen, ob wir ihr Budget heute Nacht aufbessern.«

Der Mann lachte und streckte Katinka die Hand hin.

»Ich bin Sergej«, sagte er. Wohlwollend ruhten seine Augen auf Katinkas Beinen, die bis weit über die Knie nackt waren. Sie lächelte ihn an. Meinte, ein zweifelndes Stirnrunzeln wahrzunehmen. Hoffentlich erkannte er sie nicht. Es war schon eine Weile her, seit sie das letzte Mal mit Foto in der Zeitung gewesen war, aber man konnte nie wissen.

Sergej schlug die Tür zu und ging ihnen voran durch einen ellenlangen Flur. Vom Ende dröhnte Musik zu ihnen herüber. Die Bässe brummten beinahe unerträglich, als Katinka hinter Sergej und Ljubov in den Klub trat.

Sie standen in einer ehemaligen Fabrikhalle. Rohe Betonwände in spärlichem Licht. Es roch muffig und verraucht. Ein Billardtisch am oberen Ende war unbesetzt. Daneben hockten zwei Typen auf Schaumstoffkissen und schüttelten einen Würfelbecher.

»Solitär, wie immer?«, fragte Sergej.

»Klar.« Ljubov warf Katinka einen Blick zu und wies verstohlen durch eine angelehnte Seitentür. Im Zwielicht erkannt Katinka den Boxring. Jemand saß im Schneidersitz in der Mitte und schlenkerte den Kopf hin und her. Sie betraten eine zweite Halle. Eine improvisierte, indirekt beleuchtete Theke war die einzige Lichtquelle. Drei Kerle lehnten an einem Bistrotisch und beugten sich über Spielkarten.

»Damenbesuch!«, rief einer aufgeregt und klatschte in die Hände. Ein Wust an geflochtenen Freundschaftsbändchen zierte sein rechtes Handgelenk »Endlich mal wieder!«

Sergej warf ihm einen warnenden Blick zu.

»Was wollt ihr trinken?«, fragte er.

»Ein Bier«, sagte Katinka sofort. Sie brauchte etwas, das ihre Nerven beruhigte.

»Wir spielen mit.« Ljubov lehnte sich lässig an den Bistrotisch. »Wie hoch ist der Einsatz?«

Sie strahlte irgendetwas zwischen völliger Offenheit und kalter Distanz aus. Eine Mischung, die auf Männer angeblich erregend wirkte.

»400«, sagte ein zweiter Mann mit einer Wollmütze auf dem Kopf. Er war ziemlich jung, höchstens 20. Die Augen glänzten in seinem blassen Gesicht wie blankgeriebene Münzen.

Ljubov förderte ein Bündel Euroscheine zutage und warf vier grüne auf den Tisch.

»Für meine Freundin«, sagte sie und nickte Katinka zu.

Der mit der Wollmütze legte die Karten aus.

»Ab der elften abgelegten Karte kriegst du fünf Euro aus dem Pool. Schaffst du weniger, ist dein Einsatz futsch.«

Katinka begann, Karten abzulegen. Der Satz war gut durchgemischt, und sie konnte nur drei Asse und eine Zwei aufstapeln.

»Pech«, sagte der mit der Wollmütze. »Ljubov?«

Ljubov rückte wieder vier Hunderter heraus und spielte. Sie gewann 20 Euro.

»Schon besser.«

Katinka nippte an ihrem Bier. Wie kam Ljubov dazu, solche Summen zu setzen?

»Jetzt du, König«, sagte der Junge zu dem dritten Mann, der bislang geschwiegen hatte. Er legte die Karten aus.

Der Mann gewann. Er strich Ljubovs 800 Euro und seine eigenen 400 ein und grinste.

»Neues Spiel, neues Glück?«, fragte er und wedelte mit den Scheinen. »500 Euro.«

»Spiel noch eine Runde«, sagte Ljubov zu Katinka. »Hier ist das Geld. Ich möchte ein Schwätzchen mit Sergej halten.«

Katinka betrachtete so cool wie möglich die Scheine in ihrer Hand und zählte 500 Euro ab.

»Los geht's.« Der Mann, der König genannt wurde, rieb sich den Bauch, dann ging er zur Theke und kam mit einer Flasche Wodka zurück.

»Einen Schluck, Liebste?«, fragte er.

»Ist nicht drin«, sagte Katinka. »Ich will noch eine Weile hier weitermachen.«

Er zuckte die Achseln. Katinka gewann 70 Euro und fühlte sich ganz fiebrig.

»Willst du was anderes?«, fragte der mit der Wollmütze.

»Was zum Beispiel?«, fragte Katinka.

Sie lachten alle drei.

»Bist neu hier.«

»Ja.«

»Aber du stellst dich ganz schlau an.«

»Habt ihr Koks?«

»Wir haben Tabletten, Schnee, Tropfen, die ganze Palette.«

Der König kniff die Lippen zusammen.

»Quatsch nicht so viel.«

Der Wollmützenträger kümmerte sich nicht um ihn.

»Und es gäbe für dich auch noch ein paar Möglichkeiten, zu einem brauchbaren Einsatz zu kommen, wenn die Kohle deiner Freundin aufgebraucht ist.« Er wies auf den mit den Freundschaftsbändchen. »Oder, Karo?«

Karo verzog die Lippen.

»Spiel. Wenn sie nichts mehr hat, kommt sie von selbst auf die Idee.«

Katinka sah sich nach Ljubov um. Ihr war ganz schwindelig. Ein Gefühl, das sich anfühlte wie Lampenfieber, putschte sie auf. Schnell noch einen Schluck Bier, dachte sie, und weitergemacht. Doch sie legte nicht einmal fünf Karten ab. Schlug frustriert mit den Handkanten auf den Tisch.

»Der Nächste. Du, Karo?«

Die Männer wechselten Blicke, dann zählte Karo seinen Einsatz ab. Katinka bemerkte seine fast schwarzen Fingerkuppen und schauderte unwillkürlich.

»Nicht doch einen Wodka? Kühl hier drin?«, fragte er.

Katinka fand es unerträglich heiß. Aufregung, Erschöpfung und die abgestandene Luft in der Halle trieben ihr den Schweiß aus den Poren.

»Danke. Nein.«

Karo legte nicht einmal eine einzige Karte ab. Sein Blick wurde finster. Der König stellte die Wodkaflasche vor ihn hin, und Karo nahm einen großen Schluck. Die Flasche wanderte weiter. Ehe sie wieder ablehnen musste, fragte Katinka:

»Warum sind keine Frauen hier?«

»Tja, vielleicht, weil sie ängstliche Seelen sind? Wie ist es jetzt? Willst du Stoff?« Wollmütze kratzte sich am Kinn.

»Noch ein Bier«, sagte Katinka.

Er ging zur Theke. Katinka bemerkte, dass er schwankte.

»Kennt ihr eine Möglichkeit, an mehr Geld zu kommen?«, fragte Katinka.

»Klar«, grölte der König. »Zieh dich aus, und ich sponsere deinen nächsten Einsatz.«

Sie schüttelte lächelnd den Kopf und wies auf Ljubovs Geldpäckchen.

»Ich habe noch Vorrat. Ich meine, richtiges Geld. Richtig viel.«

Die Männer sahen einander an. Wollmütze kam zurück und stellte die Bierflasche vor Katinka ab.

»Ich gebe dir lieber Tipps, wie du welches ausgibst«, knurrte Karo und steckte sich eine Zigarette an.

»Biete ihr auch eine an«, schlug der König vor. Katinka zog einen Stängel aus der Schachtel. ›Reval‹. Das Zeug machte blind und taub. Karo gab ihr Feuer. Sie bemerkte, wie er sie mit zusammengekniffenen Augen musterte. In ihrer Umhängetasche piepte das Handy.

»Augenblick.« Sie griff nach dem Telefon.

›Es tut mir leid. Melde dich, egal wann.‹

Sie sah auf die Uhr. Nach zwei. Hardo musste schlaflos am Küchentisch sitzen. Eine harsche Sehnsucht riss an ihrem Magen. Mit bebenden Fingern steckte sie das Handy weg.

»Dein Liebster, was?«, sagte Wollmütze, und er und der König wollten sich ausschütten vor Lachen. »Weiß er nicht, wo du dich rumtreibst?«

Katinka warf die Kippe auf den Boden und trat sie aus. Karo verweigerte den Einsatz. Sie spielten drei Runden, in denen keiner gewann, sondern nur ab und zu 20 bis 50 Euro erbeutete. Katinka wünschte, Ljubov möge zurückkommen. Sie fühlte sich lahmgelegt, hatte keine Ahnung, wie sie vorgehen sollte. Was sollte sie reden? Wie käme sie zum Punkt, um irgendetwas Brauchbares für ihren Fall herauszufinden? Gleichzeitig war sie ganz fickrig vom Spielen. Wollte weitermachen, unbedingt.

»Da liegen über 4.000 Euro«, sagte der König schließlich und wies auf den Haufen Geldscheine vor sich.

Katinka sah aus den Augenwinkeln Sergej auftauchen und sich hinter der Theke zu schaffen machen. Er beobachtete den Bistrotisch scharf, und Katinka fiel auf, dass die Männer leiser sprachen. Sie zählte Ljubovs Geld. Noch 600 Euro. Noch einen Einsatz und Schluss. Sie könnte diesen Schwachsinn hier beenden und nach Hause gehen.

»600«, sagte sie. »Das ist mein letztes Spiel.«

Karos Gesicht wurde noch düsterer. Er stieß sich von der Tischplatte ab und verschwand.

»Na gut«, sagte Wollmütze. »Wie sieht's bei dir aus, König?«

Sie legten die Scheine auf den Tisch. Katinka zitterten die Hände, als sie die Karten umdrehte. Zum ersten

Mal lief ihr Spiel. Zweier folgten auf Asse, und im Ausgabestapel steckten genügend Könige, um neue Reihen auszulegen. Schweißüberströmt brütete sie über den Karten. Bemerkte kaum die Hand, die langsam ihren Schenkel heraufgekrochen kam, und zuckte beinahe zu spät zurück.

»Lass den Scheiß«, fauchte sie den König an.

Der Mann feixte.

»Prinzesschen, wäre doch schade, dich verkommen zu lassen. Deinen Lover scheinst du ja abzuservieren, wenn du ihm nicht mal zurücksimst.«

»Pfoten weg!«, sagte Katinka.

Er hob die Hände.

»Na gut, Kleine.«

Katinka versuchte, sich auf das Spiel zu konzentrieren. Ihre Gedanken überschlugen sich. Was für ein dämlicher Einfall, hier reinzuschneien und verdeckter Ermittler zu spielen. Wenn Ljubov jetzt nicht auftauchte, würde sie ihre beiden Biere bezahlen und verschwinden. Ihr kam eine Idee.

»Es könnte sein, dass ich ihn loswerden will«, murmelte sie halblaut, während sie eine Kreuz Neun ablegte.

»Wen?«, fragte der König scharf. »Den Lover?«

Katinka holte tief Luft. Legte sorgsam eine Pik Zehn auf den passenden Stapel.

»Was kostet so was?«, fragte sie und sah von den Karten auf.

Wollmütze brach in ein irres Gelächter aus.

»Was das kostet? Mehr als du hier auf dem Tisch liegen siehst. Viel mehr.«

In Königs Augen glomm Schalk, als er sagte:

»Da muss mehr drin sein als ausziehen.«

»Scheißdreck«, sagte Wollmütze. Er schwankte so heftig, dass er sich am Tisch festhalten musste. »Eine Pute muss ein Jahr schuften, damit …«

»Schnauze!«, sagte der König scharf.

»Könnt ihr mir weiterhelfen?«, fragte Katinka. »Oder nicht!«

Die beiden wechselten einen Blick.

»Mal sehen«, sagte der König. »Manchmal trifft man Leute, die bestimmte Dienstleistungen anbieten.«

Katinka schlug das Herz bis zum Hals, als sie sich den Karten zuwandte und einen Buben auf den Herzstapel schlüpfen ließ.

»Ljubov hat erzählt, ihr könnt vielleicht was machen.« Katinka fuhr sich durchs Haar. Die beiden schwiegen. Wollmütze kratzte sich unter der Achsel.

»Da musst du noch mal wiederkommen«, sagte der König schließlich. »In der Zwischenzeit hören wir uns vielleicht mal um.«

Plötzlich erschütterte ein Knall die Halle. Karo kam zurück. Er hatte die Tür hinter sich ins Schloss getreten und marschierte mit Riesenschritten auf Katinka zu.

»Sie ist ein Bulle. Ein verdammter Privatbulle!«

Alle Geräusche wichen von Katinkas Ohren zurück. Gedämpft hörte sie Karos Geschrei und das Splittern, als er die Wodkaflasche zerschlug. Der spritzende Schnaps durchtränkte ihr Kleid.

»Ich hab mir gleich gedacht, ich kenne die Visage. Habe ich in der Zeitung gesehen. Mit Brille. Jetzt hat sie keine auf. Deswegen habe ich die Fotze nicht gleich erkannt!«

Er holte aus. Wie in Zeitlupe sah Katinka seine Hand mit dem gezackten Flaschenhals auf sich zurasen. Sie wich ein paar Schritte zurück und stolperte über Königs Bein.

»Halt sie fest!«, schrie Karo.

Das ließ sich der König nicht zweimal sagen. Er presste Katinkas Arme an die Seiten und hatte sichtlich Spaß, dabei ihre Brüste zu umfassen.

»Schlitz ihr die Titten auf!«, sagte er.

Katinka spannte all ihre Muskeln an. Der Tritt traf Karo am Kinn. Genau an der Spitze. Er kippte weg. Die Flasche ließ er fallen. Sie landete auf Katinkas anderem Fuß. Den Schmerz bemerkte sie kaum, auch nicht das Ziehen in ihrem Bauch. Sie warf sich herum und glitt aus Königs Griff. Lag inmitten der Wodkalache. In den Wollmützenmann kam Bewegung. Er ließ sich von hinten auf sie fallen und presste ihr die Hand auf Mund und Nase.

»Den Karo haut niemand ungestraft aus den Socken«, sagte er.

Katinka wehrte sich wie eine Besessene. Sammle dich, dachte sie. Die Kraft sitzt in der Mitte. Er hat Drogen genommen. Er ist nicht auf der Höhe. Aber da war noch der König. Und der spielte weiterhin mit. Sie drehten Katinka auf den Rücken.

»So. Das war's«, sagte der König. »Mach die Beine breit. Du kriegst, was du verdienst. Danach ...«

Wollmütze bog ihr die Beine auseinander. Hass raste durch ihre Adern. Sie schloss einen Augenblick die Augen und bäumte sich auf. Aber der König trat zu. Nicht fest. Nur genau auf die Stelle, die heute schon einmal malträtiert worden war. Er beugte sich zu ihr und riss das Kleid auf. Zerrte den BH herunter. Ein Träger schnalzte weg. Er nahm ihre Brüste in die Hände. Zwickte die

Nippel zwischen Daumen und Zeigefinger und zog. Mit aller Kraft.

Zuerst schrie sie vor Entsetzen, dann vor Schmerz. Wie ein Tier. Der Schrei kam tief aus ihrem Inneren, nicht aus ihrem Hals. Sie schrie mit ihrem ganzen Körper, während sie wie nebenbei wahrnahm, dass Wollmütze ihr den Slip runterzerrte. Karo kam zu sich. Sein Gesicht tauchte über ihr auf. Er spuckte aus. Der Speichel traf ihre rechte Wange und lief langsam zu ihrem Ohr.

»Was soll die Scheiße hier?«

Eine tiefe, brummende Stimme. Sergej. Sie sah ihn aus den Augenwinkeln.

»Hört sofort auf.« Er sprach leise, schneidend wie Januarwind. Mit einem Faustschlag setzte er Wollmütze außer Gefecht. Karo fing mit langen Erklärungen an. Sergej brüllte ihn auf Russisch nieder. Langsam nahm der König seinen Fuß von Katinkas Bauch. Sie drehte sich auf die Seite und krümmte sich zusammen. Bunte Lichtblitze flirrten vor ihren Augen. Dahinter tauchte Ljubovs Gesicht auf.

»Kátinka! Was haben sie mit dir gemacht!«

Katinka kam auf die Knie. Sie raffte den Stoff ihres Kleides notdürftig zusammen und tastete über den mit Glasscherben und Wodka verschmutzen Boden, bis sie ihre Tasche fand.

»Kátinka.« Ljubov fasste sie an den Armen. Begann zu reden, aber Katinka hörte nicht zu. Sie stand auf, wehrte Ljubovs Hilfe ab und ging zur Tür. Sergej rief Ljubov etwas zu. Die beiden brüllten wie die Wilden aufeinander ein. Katinka öffnete die Tür und ging durch die nächste Halle. Die Kerle am Würfeltisch waren verschwunden. Ihr Fuß tat plötzlich weh. Sie streifte die Sandalen ab, tappte barfuß weiter, durch den langen Gang bis zur Eingangstür.

Verschlossen.

Es gab noch ein Fenster.

Ohne nachzudenken, zog sie ihr Kleid aus, wickelte es um ihren Arm, stieß mit dem Ellenbogen gegen die Scheibe. Das Splittern tönte erstaunlich leise in ihren Ohren, nur ein kurzes KLICK. Sie brach die größten Scherben mit der Hand weg und kletterte hinaus. Ihr zerrissener BH blieb irgendwo hängen, und sie streifte ihn ab. Nackt stand sie im Hof. Noch während sie in die Reste ihres Kleides schlüpfte, wählte sie Hardos Nummer. Es war tief in der Nacht, aber er antwortete sofort.

»Katinka, bist du das?«

»Komm in die Coburger Straße«, sagte sie. »Schnell. Mit der vollen Besetzung.«

Hinter sich hörte sie Schritte. Sie begann zu rennen. Stolperte über ein Stück Rohr und hob es auf. Wich den maroden Baufahrzeugen aus und jagte die Straße hinunter zu Ljubovs Wagen. Rammte das Rohr in das Seitenfenster. Hatte schon ihre Waffe in der Hand und lud durch. Kroch hinter das Auto in Deckung. Hörte Stimmen, die näher kamen. Stimmen, deren Klang sie nie wieder vergessen würde. Der nasse Stoff ihres Kleides presste sich eiskalt auf ihre Haut. Aber sie spürte es nicht, obwohl der Wind aufgefrischt hatte und Wolken über den Himmel trieben.

14. Stark genug

»Wo steckt die Fotze«, plärrte Karo.

»Hauen wir ab.« Der König. »Los, hauen wir ab, die hat bestimmt die Bullen bestellt.«

Karo jedoch raste vor Zorn. Katinka konnte hören, wie er mit vollem Karacho gegen die parkenden Autos trat. Und näher kam.

Sie kroch hinter den linken Kotflügel, zielte und schrie:

»Stehen bleiben!«

Karo und der König erstarrten. Sie standen dicht hintereinander.

»Nehmt die Arme hoch. Sofort.«

»Warte mal, Schätzchen. So war das nicht gemeint ...«

»Keine Debatten. Das hier ist nicht der Bundestag. Ich gebe euch drei Sekunden, ansonsten habt ihr eine Kugel im Knie.«

»Lass dir erklären ...«

Der König tat unbeteiligt. Katinka sah, wie sein Oberarm sich anspannte.

»Eins – zwei ...«, zählte sie.

»Das passt doch gar nicht zu dir«, sagte der König. »Vorn baumeln dir die Titten raus und ...«

Karo versuchte eine schnelle Bewegung. Katinka war schneller. Die Kugel streifte Karos Bein. Zerriss seine Jeans. Er knickte ein und begann zu kreischen.

»Haltet endlich den Rand und nehmt die Hände hoch.«

Der König lehnte sich sichtlich schockiert an ein Auto. Er hob die Hände in die Luft und sah aus wie ein Comic-Cowboy. Karo winselte und hielt sich das Bein. Blut tropfte auf die Straße.

»Kann nicht so schlimm sein«, sagte Katinka. »Flossen hoch. Klappe halten.«

Karo hopste einbeinig zur Seite und hockte sich auf die Motorhaube von Ljubovs Wagen. Blaulicht zuckte über die Bahngleise. Für ein paar märchenhafte Sekunden war die Welt totenstill. Katinka hörte nur ihren Atem.

»Waffe runter«, sagte jemand. »Waffe runter, Katinka, wir sind hier.«

Sie legte die Beretta auf den Asphalt. Der König versuchte einen Ausfall, wurde aber nach drei Metern festgehalten. Uniformierte stürmten den Klub. Alles ging ganz leise vor sich. Sogar der Sprechfunkverkehr kam verhalten aus den Lautsprechern. Katinka sah auf. Da stand Hardo vor ihr, blass, winzige Bartstoppeln machten seine Wangen grau. In seinen Augen stand der Schock. Katinka hielt mit den Händen ihr Kleid vor der Brust zusammen.

»Du brauchst mir nicht zu sagen, was ich alles Blödes gemacht habe, ich weiß es selbst.«

Er ging gar nicht darauf ein.

»Haben sie …?«

»Nein. Haben sie nicht. Aber beinahe.« Sie fröstelte. »Sie haben mir fast alles ausgezogen, was ich anhatte, aber ich habe mich gewehrt, und dann ist ein gewisser Sergej auf den Plan getreten. Da haben sie von mir abgelassen. Ich bin raus aus dem Klub, die beiden Idioten kamen mir nach.«

Es begann zu nieseln.

»Ljubov ist mit mir hergekommen. Sie kennt die Typen. Wahrscheinlich ist sie noch im Klub, das hier ist ihr Auto.«

»Schon gut.« Hardo strich ihr über die Wange. »Du brauchst jetzt nichts zu erklären …«

»Das Fenster habe ich eingeschlagen, weil meine Pistole drin war.« Verdammt, warum zittert meine Stimme so, dachte sie, ohne zu bemerken, dass ihr ganzer Körper bebte. Sie hatte fast 24 Stunden nicht geschlafen. Sie konnte nicht mehr.

»Versuchst du es trotzdem noch mal mit mir? Obwohl ich so ein Jammerlappen bin? Oder schickst du mich in die Wüste?«

Ihr Fuß tat weh, und wenn sie versuchte, gerade zu stehen, zog es brutal in ihrem Bauch. Vielleicht täuschte sie sich, aber sie hatte den Eindruck, in Hardos Augen stiegen Tränen. Seine Brust hob und senkte sich unter seinen schweren Atemzügen.

»Du blutest«, sagte er, als sei diese simple Feststellung das Einzige, wozu er imstande war. »Am Fuß. Und nein, ich schicke dich nicht in die Wüste. Natürlich nicht, du Dussel. Hast du Schmerzen?«

»Lass mal«, sagte Katinka und fand, dass ihr der Hochmut gut stand. »Es geht schon.«

»Der Krankenwagen ist hier, Chef«, sagte jemand. »Wird der Notarzt gebraucht oder nicht?«

»Soll warten.« Hardo zog sein Hemd aus und legte es Katinka um die Schultern. Er trug ein T-Shirt darunter, auf dem ›Beck's‹ stand. Katinka hatte genug Geistesgegenwart übrig, um darüber zu staunen, dass der überzeugte Bamberger Kommissar Werbung für ein norddeutsches Pils machte. »Du brauchst keine Angst zu haben, ich lasse dich nicht ins Krankenhaus. Aber die Wunde am Fuß sieht tief aus, die muss desinfiziert und verpflastert werden.«

Der Notarzt war ein junger Mann mit einem frechen Lachen.

»Ich will keine Beruhigungsspritze oder so was«, sagte Katinka.

»Brauchen Sie nicht«, antwortete er. »Das haben wir gleich. Hm, bisschen verdreckt der Schnitt. Aber egal. Vorsicht, jetzt brennt es kurz. Geht sofort vorbei.«

Zwei Sanitäter mussten ihr Bein festhalten, damit der Arzt die Wunde reinigen konnte, so sehr zitterte sie. Auch die Rettungsdecke, die sie ihr gaben, half nicht. Ab und zu hörte sie Hardos Stimme von draußen und dann großes Gekreische. Wollmütze. Er stand unter Drogen, war in seinem derzeitigen Zustand eine lahme Ente. Also hatten sie alle drei. Und mit Ljubov würde Katinka bei nächster Gelegenheit persönlich ein Hühnchen rupfen. Es begann, heftig zu regnen. Dicke Tropfen trommelten auf das Dach des Krankenwagens.

»Ich gebe Ihnen notfalls eine Schmerzspritze«, sagte der Notarzt. »Oder Ihr Kumpel von der Polizei besorgt Ihnen in der Apotheke ein paar Tabletten.«

Katinka winkte ab. Die Schmerzen waren zu vernachlässigen. Schlimmer waren das Zittern und die rasende Müdigkeit.

»Ich habe ein wasserabweisendes Pflaster drübergeklebt. Besorgen Sie sich noch eine Packung davon. Ist ganz nützlich, wenn man duschen will.«

»Danke, ich weiß, dass ich stinke wie ein Skunk.«

Er lachte.

»Nichts für ungut. Passen Sie auf sich auf.«

Katinka stieg aus dem Ambulanzwagen. Hatte sie ihre Sandalen im Klub weggeworfen? Jedenfalls stand sie barfuß auf der nassen Straße, auf einem Bein, wie ein Storch. Hardos Hemd war beinahe so lang, wie ihr Kleid in intaktem Zustand gewesen war. Wenn sie nur nicht so frieren würde. Aber der Regen war auch schön. Sie hob das Gesicht zum Himmel. Die Tropfen spülten die Gedanken weg und verwässerten die Erinnerungen und die Angst.

»Der Chef ist gleich bei Ihnen, Frau Palfy«, sagte ein Uniformierter.

»Wo ist eigentlich Sabine Kerschensteiner?«, fragte Katinka. Sie hätte einiges darum gegeben, ihre Polizisten-Freundin jetzt in der Nähe zu wissen. Sabine hätte wenigstens für eine Regenjacke gesorgt.

»Die nimmt an einem Lehrgang teil. Will Karriere machen.« Der Mann legte die Hand an die Mütze und verschwand.

Katinka sah sich um. Ein paar Meter weg stand Hardos Golf. Sie humpelte darauf zu.

»Warte doch.«

Sie drehte sich zu ihm um. Er breitete die Arme aus und fing sie auf.

Ein weiches Bett. Ein Mann mit warmen Armen. Von einer heißen Dusche durchwärmte, rot glänzende Haut. Katinka war selig. Ihr war beinahe übel vor Müdigkeit, aber das bedeutete nichts. Nicht, solange die Geschichte nicht erzählt war. Den Kopf an seiner Schulter, einen Arm und ein Bein um ihn geschlungen, redete sie. Hardo sagte gar nichts. Er strich ihr übers Haar. Zog die Decke zurecht. Hörte zu.

»Und dann seid ihr aufgetaucht«, endete Katinka. »Ich wollte Karo verletzen, weißt du? Am liebsten hätte ich ihm die Eier weggepustet. Ich habe es nur nicht gemacht, weil ich dafür nicht in den Knast wandern wollte.«

»Es war Notwehr«, sagte Hardo. »Dieser Karo war mit einem Messer bewaffnet, damit hätte er dich tranchiert.«

»Ich habe gesehen, wie der König an ihm rumfummelte. Er wird danach gesucht haben.«

»Du hättest ihn ruhig kastrieren können. Du standest unter Schock und hast am ganzen Leib gezittert. Wer kann da verlangen, dass du richtig zielst.«

»Hardo!«

»Ist doch wahr.«

»Beim nächsten Mal werde ich dran denken.«

»Gnade uns Gott, dass es kein nächstes Mal gibt. Aber lass uns über den Fall reden. Den russischen Boxklub haben die Kollegen schon eine Weile unter Beobachtung wegen illegalen Glückspiels. Ich fresse einen Besen, wenn dort keine harten Drogen über den Tresen gehen. Sergej Nikolajewitsch Alexandrow kratzt immer wieder die Kurve, weil er sich darauf beruft, rein privat seine Freunde einzuladen, während er selbst am Umsatz nicht beteiligt wäre.«

»Das ist doch zum Lachen!«

Hardo atmete tief durch.

»Nein. Zum Weinen.«

»Die Typen dort haben Kontakte zu Profikillern. Und sie machen im Drogengeschäft mit.«

»Die werden schön die Klappe halten und demnächst

wieder auf freiem Fuß sein«, seufzte Hardo. »Der Prozess wegen versuchter Vergewaltigung wird ein Spießrutenlaufen. Wenn sie zusammenhalten, platzt die Beweisführung. Schweigt dazu noch Alexandrow, der unser einziger Zeuge ist, kriegen wir sie nicht einmal deswegen dran. Du weißt doch, wie schwierig das bei Sexualdelikten ist.«

»Bestimmt sind sie x-mal vorbestraft.«

»Das sind solche Typen immer«, erwiderte Hardo. »Der klassische Sexualstraftäter hat durchschnittlich über 20 Vorstrafen auf seiner Liste. Mit Fahren ohne Fahrerlaubnis und Ladendiebstahl fängt die Karriere an. Dann kommen kleinere und größere Einbrüche, Raub, Scheckkartenbetrug ... Ich schleife ihnen die Weichteile, das verspreche ich dir. Aber dass ausgerechnet diese drei Schießbudenfiguren den Auftrag für den Mord an Falk weitergeleitet haben sollen ...«

»Sie müssen nicht beteiligt gewesen sein, aber sie könnten etwas mitgekriegt haben. So groß ist Bamberg doch nicht. Die Szene ist überschaubar.«

»Wenn du dich da mal nicht täuschst. Ich habe eher den Eindruck, dass ein richtig hartes Gespräch mit deiner Rechtstussi mehr bringt. Warum meint sie, ausgerechnet in Alexandrows Kaschemme Informationen über die Mörder zu bekommen?« Er fuhr sich übers Gesicht. »Allerdings stehen wir vor einem schwerwiegenden Problem.«

»Welchem?«

Hardo drückte sie fest an sich.

»Ljubov Müller war nicht im Klub, als wir kamen. Keine Spur von ihr. Alexandrow behauptet, sie schon eine gute halbe Stunde, bevor wir kamen, durch den Hinterausgang auf die Straße begleitet zu haben. Sie hätte zu Fuß nach Hause gehen wollen, weil sie einiges getrunken hatte.«

»Aber das stimmt nicht!«, fuhr Katinka auf. »Sie hat mit mir geredet. Ich lag in der Wodkapfütze, und sie sagte: ›Kátinka, was haben sie mit dir gemacht?‹ Ljubov *war* noch im Klub. Als ich zur Tür raus bin, haben sie und Sergej sich angeschrien. Auf Russisch.«

»Sie ist nicht zu Hause. Ich habe zwei Leute hingeschickt. Die Wohnung war dunkel. Möglich, dass sie nicht aufgemacht hat, aber zu Fuß kann sie nicht so schnell zur Marienstraße gelaufen sein. Selbst für einen sportlichen Typen wäre es knapp.«

»Sportlich kann man Ljubov nicht nennen. Sie raucht Kette. Hat sie ein Taxi genommen?«

»Wurde überprüft. Hat sie nicht. Meine Leute observieren ihre Wohnung. Wenn sie nicht bis spätestens sieben oder acht daheim eintrudelt, muss ich die Mitarbeiter abziehen. Wir sind zu wenige im Team!«

»Ich könnte die Observation übernehmen«, schlug Katinka vor.

»Träum weiter. Du solltest mal schlafen.«

»Die Frage ist doch: Schweigt sie aus Angst oder um die Täter zu schützen?«

»So steht es im Lehrbuch«, sagte Hardo.

Katinka dachte an Ljubovs Bemerkungen über ihre guten Verbindungen zu den Russen. Und dass Sergej den Überblick hatte. Nur – worüber genau? Wenn ich nicht so müde wäre, dachte Katinka, hätte ich mich genau mit dieser Frage beschäftigt. Mein Gehirn ist eingeschlafen, während mein Körper noch aktiv war.

»Hannes hat eine Nachricht hinterlassen, bevor er

sich aus seiner Fürstenfeldbrucker Wohnung davongemacht hat«, sagte sie. »In einer Flasche mit Latschenkieferbadezusatz. Die Schüler sind echt gut drauf, wenn es drum geht, Nachrichten zu verschlüsseln oder zu verstecken.«

Hardo hob die Augenbrauen.

»›Es sind Drogen im Spiel‹. Das war die Nachricht. Ganz eindeutig von Hannes und so geschickt versteckt, dass wir sie finden mussten.«

Tatsächlich empfand Katinka so etwas wie Hochachtung vor Hannes, Anja und Valente. Die lernen in der Schule doch etwas fürs Leben, dachte sie.

»Ich kann nicht mehr«, sagte Hardo. »Wir besprechen das alles morgen.«

Katinka erschrak. Aus seinem Mund hatte sie noch nie eine derartige Kapitulation gehört.

»Hardo?«

»Hm?«

»Vorhin … also heute Abend, als ich aus Fürstenfeldbruck wiederkam … ich wollte nicht …«

»Manchmal hast du was von einer Raubkatze«, murmelte er und küsste sie.

Das tat gut. Schmeckte salzig und nach Bier. Aber er verstand sie nicht. Wie sollte sie ihm ihre Angst, bevormundet und in eine zweitrangige Frauenrolle gedrängt zu werden, erklären? Ausgerechnet Hardo mit seinem konservativen Weltbild! Es fühlte sich wunderbar an, beschützt zu werden, aber sie wollte sich auch allein helfen können.

»Ich bleibe noch eine Weile hier, dann muss ich zur Arbeit, unsere Ganoven wachrütteln. Ich freue mich drauf!«

Katinka schmiegte sich an ihn. Müdigkeit und Hormone ließen die Erinnerungen an die Ereignisse im Boxklub verblassen. Immerhin hatte sie sich erfolgreich gewehrt. Gegen drei Männer. Ich bin nicht hilflos, dachte Katinka mit Nachdruck, während sie die grünen Ebenen erholsamer Träume herangleiten spürte. Und doch war es kein guter Gedanke, dass Hardo nicht mehr lange neben ihr liegen würde. Sollte er die Gangster ruhig noch eine Weile schlafen lassen. Sie wollte, dass er hierblieb. Hier, bei ihr. Sie schlang die Arme fester um ihn.

Licht perlte verhalten durch die Jalousien ins Schlafzimmer. Katinka blinzelte. Hörte das leise Plätschern des Sommerregens. Hardo war nicht mehr da. Ein Blick auf die Uhr sagte, warum. Es war kurz nach zehn.

»Mist!«, murmelte sie und setzte sich auf. Sie verpasste den ganzen wertvollen Vormittag. Als sie aufstand und ins Bad tappte, spürte sie ein unangenehmes Ziehen im Fuß. Die Wunde hatte sie ganz vergessen. Am Spiegel über dem Waschbecken klebte ein Zettel:

›Ich war in deiner Wohnung und habe dir was zum Anziehen geholt. In der Küche stehen Kaffee und Hörnchen. Iss etwas und ruf mich an! H.‹

Du liebe Zeit, dachte Katinka. Er denkt an alles. Er besorgt mir Klamotten, kocht Kaffee und geht zum Bäcker. Jetzt zieht sich die Schlinge zusammen. Sie inspizierte Jeans, T-Shirt und Pulli inklusive Unterwäsche und Socken auf dem Badewannenrand. Ihre Turnschuhe standen davor. Und ihr Rucksack. Ein eigenartiges Gefühl wanderte durch Katinkas Hals.

Sie zog sich an und tippte Hardos Nummer ins Handy, noch während sie den Reißverschluss ihrer Jeans schloss. Es meldete sich nur die Mailbox. Sie hinterließ eine kurze Nachricht, bediente sich am Gebäck und sah in den Regen hinaus. So ein trüber Tag. Wenigstens fühlte sie sich in ihren gewohnten Klamotten wieder wie neu. Was sollte sie als Nächstes tun? Sie musste mit Niedorf Kontakt aufnehmen. Immerhin war er ihr Auftraggeber. Es galt, Hannes zu finden. Das Wochenende stand vor der Tür. Sie gähnte herzhaft und biss in ein Hörnchen, spielte mit ihrem Handy herum und starrte in das nasse Grau hinaus. Wo steckte Ljubov? Wes Geistes Kind war sie wirklich? Wohin hatte sich Hannes geflüchtet? Sie trank ihren Kaffee und spürte hemmungslose Müdigkeit in den Knochen. Am liebsten wäre sie wieder ins Bett gekrochen. In ihrem Kopf trippelten Zweifel und allerlei unausgegorene Schlussfolgerungen, Versuche, all die Ereignisse zu einer zusammenhängenden Kette zu verknüpfen.

Sie räumte das Geschirr auf und überlegte, wie sie nach Hause kommen sollte, ohne nass zu werden. Kurzerhand bestellte sie ein Taxi und wartete unter dem Vordach. Der Fahrer begann, über das Wetter zu lamentieren, noch bevor sie sich angeschnallt hatte.

»Ob das noch ein Sommer wird«, jammerte er und wies theatralisch auf die Scheibenwischer.

»Sicher wird es einer«, sagte Katinka zerstreut.

Ihr Handy klingelte. Ein kurzer Blick aufs Display. Unbekannter Anrufer. Es könnte wieder die Drohstimme sein, dieser körperlose Mensch, der sich hinter einer Stimmenverzerrersoftware verbarg und sie warnen würde, vorsichtig zu sein. Falls er überhaupt noch einmal eine Warnung aussprach, bevor er zur Sache kam.

»Palfy?«, sagte sie, so ruhig sie konnte.

»Hier spricht Lilo Spachtholz«, sagte eine Frauenstimme. »Es geht um meine Tochter Anja.«

»Ja?«

»Ich bin eben von einem Arzttermin heimgekommen, da liegt ein Zettel«, Lilo Spachtholz musste Luft holen, die Stimme schwankte hysterisch, »auf dem Küchenbüfett, dass sie verschwinden musste und dass ich diese Nummer anrufen soll. Also Ihre.«

Himmel, hilf, dachte Katinka. Ich blicke nicht mehr durch. Jetzt hilft nur noch eine Kerze bei irgendeinem effektiven Heiligen.

»Wo wohnen Sie?«

»Altenburger Straße.«

»Ich bin gleich bei Ihnen.«

Der Taxifahrer reagierte misstrauisch, als sie ihm das neue Fahrziel durchgab. Die Altenburger Straße lag noch grauer da als die Innenstadt. Dunstschwaden krochen den Berg hinauf, und die Felder neben der Straße glänzten vor Nässe wie Mangrovensümpfe.

Katinka zahlte und lief auf das Haus zu. Eine schlanke Frau Mitte 50, mit rot lackierten Nägeln, blondiertem Haar und goldenen Ohrklipsen, riss die Tür auf, bevor sie klingeln konnte.

»Wer sind Sie? Wie kommt Anja zu Ihnen? Was hat das alles zu bedeuten?«

»Darf ich reinkommen? Es regnet.«

»Ach so, ja. Lilo Spachtholz ist mein Name. Bitte, treten Sie ein.«

Katinka betrat eine protzige Eingangshalle voller

schwerer Eichenschränke und Makramee-Blumenampeln. Sie konnte sich kaum vorstellen, dass ein heranwachsendes Mädchen sich in diesem Haus wohlfühlte. Alles war picobello geputzt und aufgeräumt. Die Vorhänge wallten in gleichmäßigen Falten, und die Möbel sahen allesamt unberührbar aus. Katinka strich sich instinktiv über ihr verwuscheltes Haar. Sie hatte sich heute noch nicht gekämmt, geschweige denn gewaschen.

»Nehmen Sie bitte Platz. Möchten Sie was trinken? Sprudel vielleicht?«

»Nicht nötig«, sagte Katinka und probierte ein grün gepolstertes Jugendstilsofa. »Zeigen Sie mir den Zettel, den Anja Ihnen geschrieben hat.«

»Stopp, so schnell schießen die Preußen nicht. Wer sind Sie? Wie kommt Anja dazu, mich an Sie zu verweisen?«

Katinka konnte nachvollziehen, dass Niedorf das Etikett ›Nervensäge‹ auf Lilo Spachtholz' Stirn geklebt hatte. Geld wie Heu. Parteimitglied. Sie zog ihre Visitenkarte hervor und reichte sie Anjas Mutter.

»Katinka Palfy. Privatdetektivin. Am Paul-Celan-Gymnasium sind in der letzten Zeit einige Seltsamkeiten vorgefallen. In diesem Zusammenhang habe ich mich auch mit Anja unterhalten.«

»Seltsamkeiten! Im Zusammenhang mit einem Mord nicht ganz das richtige Wort!«

»Ist Anja heute Morgen zur Schule gegangen?«

»Ja. Sie ist um kurz nach halb acht aus dem Haus. Die letzten Tage klagte sie über Bauchweh, aber heute sagte sie mir beim Morgenkaffee, es wäre alles wieder in Ordnung. Die jungen Dinger haben am laufenden Band irgendwelche Unpässlichkeiten. Außerdem sind heute nur drei Stunden Unterricht, der Rest fällt aus.«

»Und Sie kamen vorhin heim und fanden eine Nachricht von Anja?«

Lilo Spachtholz stand auf, marschierte aus dem Zimmer und kam mit einem DIN-A5-Blatt zurück, das sorgfältig aus einem Kollegblock getrennt worden war. Sie schien Katinka weniger beunruhigt als empört. Frau Spachtholz mochte es nicht, ohne präzise Informationen sitzen gelassen zu werden.

»Bitte.«

Katinka streifte Gummihandschuhe über und nahm den Zettel in die Hand.

›Hallo Mama, tut mir leid, aber du hast zu akzeptieren, dass ich nach der Schule nicht mehr heimkomme. Ruf folgende Nummer an.‹

Es folgte Katinkas Mobilnummer. Außerdem gab es noch ein PS:

›Such mich nicht. Bis Ferienbeginn bin ich zurück.‹

Natürlich ein Code. Wie war das noch, überlegte Katinka fieberhaft, ein offener Code ist einer, wo die Nachricht einem direkt vor Augen steht, man muss nur wissen, wo.

»Anja macht so was nicht. Sie haut nicht ab. Sie ist eine gute Schülerin. Im August fliegen wir nach Ibiza. Ich habe Anja einen Tauchkurs geschenkt. Den wird sie nicht verpassen wollen.Gott, ich bin ganz durcheinander!«

Katinka steckte, ohne lange zu fragen, das Papier in ihren Rucksack. Lilo Spachtholz' Gesicht rötete sich.

»Wann sind Sie zu Ihrem Arzttermin gegangen?«, wollte Katinka wissen.

»Kurz nach acht. Warum?«

»Ich nehme an, dass Anja zurückkam, den Zettel für Sie hinterlegte und verschwand. Sie ist gar nicht in die Schule gegangen.«

»Ich rufe im Sekretariat an!«

»Gute Idee.« Katinka lehnte sich zurück. Jetzt hätte sie doch gern einen Kaffee gehabt. Halbherzig lauschte sie auf das Telefongespräch.

»Sie hatten recht«, sagte Lilo Spachtholz, kaum dass sie aufgelegt hatte. »Anja ist nicht in der Schule gewesen!«

»Was wissen Sie über Eugen Kaminsky?«, fragte Katinka.

»Kaminsky, Kaminsky … sagt mir nichts.«

Doch, dachte Katinka, sagt dir was. Du schaust mich nicht an, das hast du bisher die ganze Zeit getan. Geradezu harpuniert hast du mich mit deinem Blick.

»Das ist alles die Schuld von diesem Hannes!« Zornrote Flecken rankten sich Lilos Hals hinauf. »Dieser Verlierertyp von Vater geht mir auf den Geist, seit Anja am Gymnasium ist. Ich habe meine Tochter auf das PCG geschickt, weil es die beste Schule in Bamberg ist. Da stehen seriöse Elternhäuser mit ernsthaftem Bildungsanspruch hinter den Schülern. Aber Leute wie Niedorf verunglimpfen das, was wir anderen an Idealen hochhalten.«

So seriöse Elternhäuser wie das von Valentin Kazulé, dachte Katinka sarkastisch. Sie stand auf.

»Danke, dass Sie mich angerufen haben. Bestimmt taucht Anja bald wieder auf.«

»So? Und warum sollte ich Sie anrufen?«

»Das müssen Sie Anja fragen«, sagte Katinka. Ehe Lilo

auf die Idee kommen konnte, den Zettel aus dem Kollegblock zurückzuverlangen, trat sie in die Eingangshalle und riss die Tür auf. »Auf Wiedersehen.«

Im Sturmschritt lief sie die Straße hinunter. Der Regen hatte sich verzogen. Im Dunst konnte man kaum atmen.

15. Ritas Geschichte

Sie saßen im ›DaCaBo‹ an der Theke. Voller Eifer beugte sich Valente über das Papier mit Anjas Nachricht. Er hatte Katinka geholfen, nach Schulschluss Anjas Freundinnen abzufangen und nach Anja zu fragen. Aber sie erfuhr nur, was sie ohnehin wusste: Anja war an diesem Freitag gar nicht in die Schule gekommen.

»Ich habe es mit Anfangsbuchstaben versucht, mit Endbuchstaben, mit jedem dritten Buchstaben im Wort«, sagte Katinka. »Es kommt nur Unsinn raus.«

»Allzu viel Mühe mit einem komplizierten Muster wird sich Anja nicht gegeben haben«, sagte Valente locker. »Ihre Mutter ist ziemlich tumb, die kommt doch gar nicht auf die Idee, dass es hier noch etwas anderes zu lesen gibt als das, was ins Auge sticht.«

Katinka grinste und trank von ihrem Milchkaffee. Lilo Spachtholz mit ihren seriösen Bildungsabsichten würde hysterisch zu kreischen anfangen, könnte sie Valentes Charakterbeschreibung hören.

»Da haben wir es ja«, sagte Valente zufrieden. Er hielt das Blatt gegen das Licht. »Siehst du? Bei einigen Buchstaben hat sie mit dem Kuli fester aufgedrückt. Wenn das Blatt auf einer Unterlage liegt, kann man es nicht sehen. Aber hier, gegen das Licht«, er zeigte mit dem Finger auf das Wort *hast*, »erkennt man es überdeutlich.«

Katinka hielt Papier und Stift bereit.

»Diktiere!«

Eine Minute später stand HAZUNNES auf ihrem Zettel. Argwöhnisch sah Katinka Valente an.

»Kann das stimmen? Ist das der Klartext?«

Valente nahm ihr den Stift aus der Hand und schrieb: *zu hannes*.

»Das ist der Klartext. Zu Hannes. Anja wollte uns mitteilen, dass sie zu Hannes abgehauen ist.«

Je einfacher ein Rätsel, desto wirksamer sind die Sperren im Kopf, dachte Katinka.

»Warum hat sie HAZUNNES geschrieben und nicht ZUHANNES?«

»Eventuell war sie in Eile und hatte keine Zeit, irgendwelche Wörter zusammenzuschrauben, mit denen sie die lineare Abfolge der Klartextbuchstaben sichern konnte«, schlug Valente vor.

»Das heißt, dass wir jetzt Hannes und Anja suchen müssen.«

»Es heißt«, entgegnete Valente, »dass Anja rausgekriegt hat, was Hannes zuvor auch schon entschlüsselt hat.« Er brütete eine Weile vor sich hin. »Und es heißt, dass Anja weiß, wo Hannes steckt.«

»Muss nicht sein. Sie kann auf gut Glück losgezogen sein.«

»Anja doch nicht«, sagte Valente mit einer wegwerfenden Geste. »Sie geht immer auf Nummer sicher. Nur kein Risiko, nur kein krummer Weg. Das ist nicht ihrs.«

»Also hältst du es für wahrscheinlicher, dass Anja beides herausgefunden hat? Hannes' Aufenthaltsort und«, sie senkte die Stimme, »das große Geheimnis?«

Valente nickte düster. Katinka ahnte, was in ihm vorging. Nun war er der Letzte des Trios, der keine Ahnung hatte. Vereinsamt blieb er in Bamberg zurück, quälte sich durch die letzten Schultage und wurde von seinem Vater getriezt.

»Wie kann sie das herausgefunden haben?«

Valente zuckte die Achseln. Es war nach drei. Der Dunst stand wie Herbstnebel zwischen den Häuserwänden und machte das Atmen schwer.

»Ich muss los«, sagte Katinka. »Wir bleiben in Verbindung.«

Sie ging die paar Schritte zur Universitätsbibliothek. Seit Kurzem besaß sie wieder einen Benutzerausweis und ließ sich ab und zu im ersten Stock nieder, um Zeitung zu lesen. Auf diese Weise konnte sie sich über die Debatten der Welt informieren, ohne ein eigenes Abo zu bezahlen. Außerdem stellte sie fest, dass es ihr oft leichter fiel, sich zu konzentrieren, wenn um sie her die geschäftige Flüsteratmosphäre einer Unibibliothek herrschte. Da waren Studenten, die hektisch nach Literatur für ihre Referate suchten, Doktoranden mit ausgelaugten Gesichtern, deren Gesichtshaut vom vielen Studieren so trocken wie Buchseiten wurde, und ab und zu ein Professor, der seine Buchbestellung persönlich abholte, anstatt eine Hilfskraft zu schicken.

Sie schloss ihren Rucksack im Schließfach ein und ging

mit Stift und Block die Treppe hinauf, suchte sich ein stilles Plätzchen und sah ihre Notizen durch. Sie brauchte einen roten Faden, irgendeinen Gedanken, wo sie den Hebel ansetzen konnte, um den Fall in seine Bestandteile zu zerlegen. Da waren zwei Morde, an Doris Wanjeck und an Jens Falk. Dann Ljubov, der russische Boxklub und die drei Fieslinge. Schließlich die Schüler, von denen zwei verschwunden waren, und die Chiffren. Ein Geheimbund aus der Renaissance. Zwei Namen. Kaminsky und Kazulé. Ein aussichtsreicher Posten im Kultusministerium. Rita Bregović. Ein Sexualdelikt.

Sie kringelte das letzte Wort ein. Sie hasste das Wort *Delikt*. Es klang nach Bürokratie und sagte nichts aus über Demütigung und Angst. Aber es war ein gutes Wort für Zusammenfassungen. Rita Bregović anrufen, notierte Katinka. Jemand setzte sich neben sie an ein Computerterminal. Eine Studentin mit Kopftuch rief das Internet auf und begann, arabischsprachige Seiten durchzusehen. Seltsam, dachte Katinka, was diese Welt aus uns macht. Noch vor ein paar Jahren hätte ich geschworen, dass es keinen Unterschied macht, ob jemand einen arabischen Text liest oder einen italienischen. Nur mit Mühe konnte sie zu ihren eigenen Fragen zurückkehren. Wie hingen all diese Fäden zusammen? Wie sah die Puppe aus, an der sie befestigt waren? Wie konnte sie das herausfinden? Katinka unterdrückte ein Gähnen. Die letzte Nacht hatte sie geschlaucht. Die Studentin mit dem Kopftuch lächelte ihr zu. Katinka schickte das Lächeln zurück. Die denkt, ich brüte über einer Hausarbeit, dachte sie. Und so ähnlich ist dieser Fall. Wie die Seminararbeiten, in denen man sich verfranst, weil man so viel Literatur gelesen hat, dass man die eigenen Gedanken nicht mehr kennt.

Eigene Gedanken. Sie räusperte sich, als müsse sie einen Vortrag halten, und legte los. Schrieb auf, was ihr in den Sinn kam. Wie ein Referat, das einer Gruppe gelangweilter Studenten Einblick in ein abseitiges historisches Thema geben sollte. Sie füllte Seite um Seite. Malte Verbindungslinien quer über die Blätter, strich ganze Sätze aus und malte zwischen die Zeilen. Irgendwann besah sie sich ihr Werk. Viel Steine gab's und wenig Brot, dachte sie und sah auf. Die Kopftuchträgerin war weg. Draußen quälte sich die Sonne durch den dunstigen Himmel. Sie packte ihre Sachen zusammen und ging die Treppe langsam hinunter. Rita Bregović wäre ihre nächste Gesprächspartnerin. Und dann Ljubov. Immer wieder Ljubov.

Katinka ging an der Ausleihtheke vorbei.

»Frau Palfy! Also haben Sie den Weg zurück doch noch gefunden.«

Hauke von Recken baute sich in der Pose des antiken Helden vor ihr auf.

»Grüß Gott«, sagte Katinka überrumpelt. »Was machen Sie denn hier?«

»Ich brauche einen Arabisch-Sprachführer für unseren Libyen-Aufenthalt.« Er hielt einen Stapel Bücher hoch. »Kann ich denn mit Ihnen rechnen? Es geht bald los, und ich finde wirklich, dass Sie so eine Chance nicht aus der Hand geben können.«

Katinka verdrehte die Augen und gab sich nicht einmal Mühe, ihr Unbehagen zu verbergen.

»Das ist nichts mehr für mich«, sagte sie. »Ich bin zu lange draußen.«

»Da wäre ich nicht so sicher. Sie sind eine begabte Querdenkerin, und detektivischen Spürsinn können wir für unser Projekt allemal brauchen. Sie haben meine

Nummer. Überlegen Sie es sich, aber überlegen Sie nicht zu lange, denn allzu viel Geduld kann ich mir nicht mehr leisten. Wir haben die Mittel für einen Werkvertrag, und da draußen«, er machte eine ausholende Geste, »stehen einige Studenten, die sich die Finger danach lecken, mit meinen Assistenten und mir ins Flugzeug zu steigen.«

»Warum nehmen Sie dann nicht einen von denen?«

»Ich habe eben Sie zuerst gefragt. Aus gutem Grund. Sie werden sehen. Ich freue mich auf Ihren Anruf!« Er winkte mit seinen Büchern und stolzierte hinaus.

In Gedanken versunken, holte Katinka ihren Rucksack aus dem Schließfach.

Draußen verzog sich der Dunst. Die regennassen Straßen glitzerten in der Sonne. Katinka bekam Lust auf ein Eis und schlenderte zum ›Lido‹. Unterwegs wählte sie Hardos Handynummer und diktierte seiner Mailbox die dringenden Fragen, ob sie sich am Abend sehen könnten und ob es etwas Neues gäbe. Über den Operator bekam sie ohne Probleme die Telefonnummer von Rita Bregović in Kulmbach. Katinka kaufte sich ein Eis und wählte.

»Bregović?«

»Guten Abend. Mein Name ist Katinka Palfy aus Bamberg. Spreche ich mit Rita Bregović?«

»Ja, genau.«

»Ich bin Privatdetektivin und suche einen verschwundenen Jugendlichen. Könnte sein, dass Sie mir dabei helfen können.« Sie bog in die Wallensteinpassage.

»Ich? Was für ein Jugendlicher?«

»Können wir uns treffen?«, fragte Katinka.

Rita Bregović schwieg. Die Pause zog sich in die Länge, bis Katinka ein halbherziges »Hallo?« ins Telefon rief.

»Ja, ich bin dran. Ehrlich gesagt, ich kann mir nicht vorstellen, was Sie von mir wollen.«

Rasch überlegte Katinka, ob Rita Bregović sofort mauern würde, wenn sie die Wahrheit sagte.

»Es ist am Telefon nicht ganz leicht zu erläutern. Ein gewisser Eugen Kaminsky scheint seine Finger im Spiel zu haben.«

»Ach, der Scheißkerl? Sagen Sie mir, wann ich Sie treffen kann. Wenn es darum geht, ihn zu Kleinholz zu verarbeiten, bin ich dabei.«

»Am liebsten sofort.«

»Heute noch? Sie gehen ja ran.«

Katinka überquerte die Straße und schleckte einen Tropfen geschmolzenes Vanilleeis von der Waffel. Vor ›Hossfeld+Zahn‹ blieb sie stehen und musterte die Brillen im Schaufenster.

»Wann haben Sie Zeit?«

»Um 20 Uhr im Steakhaus ›Caramba‹ in Kulmbach. Parken Sie bei der Stadthalle, es sind nur ein paar Schritte Richtung Holzmarkt. Ich lade Sie zu einem Steak ein.«

Keine schlechte Idee, dachte Katinka, als sie den Termin bestätigte und auflegte. Seit Tom weg ist, habe ich kein vernünftiges Steak mehr gegessen. Seltsamerweise blieb der gewohnte Stich im Herzen aus. Es war einfach ein normaler Gedanke. Sie betrat den Optikerladen und bestellte Kontaktlinsen nach.

»Hat es geschmeckt?«

»Himmlisch.« Katinka legte Messer und Gabel weg. Mit dem herrlichen Essen im Magen und der sanften Gitarrenmusik im Hintergrund gelang es ihr endlich, sich zu entspannen. Sie seufzte tief. Rita Bregović lächelte und zündete sich eine Zigarette an. Sie war groß, größer als Katinka, dunkelhäutig und trug das Haar stecknadelkurz. Jedes Lächeln entblößte weiße Zähne und ein glitzerndes Piercing. Weil Rita gut gelaunt war, blitzte der kleine Stein oft auf.

»Unser Laden läuft prima. Wir können uns nicht beklagen. Mein Freund und ich haben vor drei Jahren zusammengelegt, um das Restaurant zu übernehmen. Für den Rest brauchten wir einen Kredit. Damals war das ›Caramba‹ kurz vor dem Ruin. Wir haben die Köche ausgewechselt und die ganze Inneneinrichtung neu gemacht. Es ging schnell bergauf. In ein paar Jahrzehnten werden wir schuldenfrei sein.« Sie lachte. »Und Sie?«

»Nichts Spektakuläres«, antwortete Katinka. »Privatdetektivin. Gibt's hier Espresso?«

»Den besten von Kulmbach.« Rita machte dem Kellner ein Zeichen. »Privatdetektivin klingt in meinen Ohren spannender als Restaurantchefin.« Sie drückte ihre Zigarette aus. »Und nun sind Sie auf Kaminsky gestoßen. Es wird mir eine Freude sein, Ihnen zu helfen. Ich habe mir in all den Jahren geschworen, auf den geeigneten Moment zu warten, um ihn fertigzumachen. Ihn zu zerquetschen wie eine Stechmücke an der Fensterscheibe. Langsam. Es muss schon wehtun.«

Der Kellner servierte den Espresso in genau der richtigen, konisch zulaufenden Keramiktasse, die der Barista vorgewärmt und trockengerieben hatte.

»25 Milliliter Wasser pro Tasse auf sieben Gramm Kaffeepulver«, sagte Rita. »Gepresst bei neun Bar Druck in der Maschine, maximal 25 Sekunden Presszeit, keinesfalls länger, weil sonst zu viele Bitterstoffe ausgeschwemmt werden. Knappe 90 Grad Wassertemperatur beim Pressen, knappe 70 Grad Trinktemperatur, 100 Milligramm Koffein, und es entsteht ein Trank, den ich persönlich als Essenz allen Lebens empfinde.«

Katinka probierte den Espresso. Er war heiß und stark und hatte jenen würzigen Geschmack, der am Gaumen haften blieb, wenn man das Tässchen geleert hatte.

»Ich habe ein Jahr in Italien gelebt«, sagte Rita. »Dort lernt man, wie Kaffee zu sein hat. In Deutschland bekommt man nur Waschwasser. Brühe, die eher als Tee durchgeht.«

»Absolut meine Erfahrung«, sagte Katinka. »Können Sie mir erzählen, was damals mit Kaminsky passiert ist?«

»Natürlich. Ich bin darüber hinweg. Aber manchmal, in einer stillen Stunde, kommt das alles zurück und überwältigt mich. Ich war 14. In der achten Klasse am Gymnasium. Kaminsky war mein Deutschlehrer.« Ritas Feuerzeug klickte. »Ich bin in Deutschland aufgewachsen. Meine Mutter stammt aus dem Senegal. Mein Vater arbeitete als Auslandskorrespondent für eine deutsche Zeitung in Westafrika. Die beiden heirateten. Kurz darauf kriegte mein Vater Malaria, und meine Eltern kehrten nach Europa zurück. Ich wurde in Berlin geboren. Später erbte mein Vater hier in Kulmbach ein Haus, und wir zogen um. Das nur als Vorgeschichte. Kaminsky ist ein Rassist. In jeder Klasse brauchen die Lehrer einen Prellbock, auf den sie einhacken können, wenn sie auf toll machen wollen oder die Situation in den Griff kriegen müssen. Ich war so ein Prellbock für Kaminsky. Dunkelhäutig, schwarze Locken, freche Klappe. Wo andere Lehrer ›aufgeweckt‹ oder ›motiviert‹ in mein Zeugnis schrieben, notierte Kaminsky ›widerspenstig‹ und ›unausgeglichen‹.« Rita inhalierte tief. »Möchten Sie noch was trinken?«

»Ich muss noch fahren.«

»Für Kaminsky war ich das Arschgesicht der Klasse. Ich war ganz gut in der Schule. Die klassische Zweier-Schülerin. Hätte schon auf manche Eins kommen können, aber warum Stress machen, wenn es mit weniger Aufwand genauso rund läuft? In der achten Klasse lasen wir ›Damals war es Friedrich‹ von Hans Peter Richter. Dann entstand eine große Diskussion. Damals waren es die Juden, die man als Sündenböcke brauchte. Wer ist es heute? Ich meldete mich und sagte rundheraus: Die Farbigen.« Rita lächelte schief. »Kaminsky war dumm genug, um dagegenzuhalten. Er behauptete, das gebe es heute nicht mehr, dass Menschen wegen ihrer Hautfarbe ausgegrenzt würden. Das wäre alles Fantasie, und wer behauptet, diskriminiert zu werden, der wolle sich nur wichtigmachen. Die Klasse hat ihn nach Strich und Faden zerlegt. Ich war die Wortführerin. Immerhin habe ich eine farbige Mutter. Dass es Rassismus in Deutschland gibt, weiß ich genau. Nach dieser lausigen Stunde war Unterrichtsschluss. Ich war mit meiner Freundin als Letzte im Klassenzimmer. Kaminsky rief mich zurück. Ich bat meine Freundin, schon vorzugehen.« Rita spielte mit dem Zigarettenpäckchen. »Ich habe ihn gefragt, was er will. Kaminsky begann, ich solle nicht so aufsässig sein. Ich gab eine passende Antwort. Kaminsky grinste gehässig und packte mich am Arm. Ich wollte mich losmachen. Er sagte nur, ich solle aufpassen. Das Debakel während der Deutschstunde hat mich wütend gemacht. Außerdem wollte ich zu meiner Freundin. Ich kriegte Panik, weil er mich nicht losließ. Er zog mir mit einem Ratsch die Hose runter, mitsamt dem Slip, fasste mir zwischen die Beine und bohrte seinen fetten Zeigefinger in mich rein. Dazu sein bescheuertes Grinsen. Er war immer schlecht rasiert, da standen noch ein paar Barthaare um seine Lippen rum. Das sah so eklig aus, wie der Speichel sich daran festhielt, bevor er über sein Kinn lief. Dann ließ er ab und sagte: ›Wenn du was erzählst, bist du geliefert. Mehr Ärger kannst du dir nicht leisten.‹« Rita sprang auf und ging zur Theke. Katinka sah zu, wie der Barkeeper zwei Getränke mixte.

»Hier«, Rita stellte ein Glas vor Katinka ab. »Das ist alkoholfrei. Kaminsky machte das dreimal mit mir. Man muss sich das vorstellen: Er schob *mir* die Schuld zu. Als sei *ich* die Urheberin dieses zusätzlichen … ›Ärgers‹!« Sie zuckte die Schultern. »So läuft es immer bei Sexualverbrechen. Die Opfer sind schuld. Beim ersten Mal verdrängte ich alles und empfand nur Empörung, weil Kaminsky permanent leugnete, dass es in Deutschland Diskriminierung gibt. Sie müssen sich vorstellen, ich war 14, aber ich hatte ziemlich viel vom Leben mitgekriegt. Oft hatte ich nachts wachgelegen und gelauscht, wie meine Mutter meinem Vater vorjammerte, dass sie in einem Geschäft absichtlich übersehen wurde, dass sie angerempelt wurde, dass sie bei Behörden behandelt wurde wie Dreck. Meine Mutter hat im Senegal Englisch und Deutsch studiert. Sie spricht perfekt Deutsch, man hört nur einen winzigen Akzent. Aber dennoch radebrechten die Heinis auf den Ämtern mit ihr, als wäre sie debil.« Rita trank ihr Glas zur Hälfte leer. »Nachdem Kaminsky mich zum dritten Mal angefasst hatte, sagte ich meinen Eltern alles. Wir mussten zur Polizei. Das war fast noch schlimmer als Kaminskys Fummelei. Ich war an dem Tag, als ich aussagen musste, ziemlich aggressiv. Die Wut schützte mich. Jeder Psychologiestudent im ersten Semester kann das erklären. Aber ich hinterließ nicht den Eindruck des armseligen Opfers. Kaminsky wurde freigesprochen.«

»Dass ein Opfer vor Entsetzen wie gelähmt sein kann, müsste doch auch den Gutachtern klar gewesen sein«, unterbrach Katinka.

»Keine Beweise, kein Urteil. Es gab nur meine Aussage. Er hatte nur den Finger in mich reingeschoben, da konnte auch die Ärztin nicht viel sehen. Das Jungfernhäutchen war intakt. Man unterstellte, ich hätte mir alles nur ausgedacht, um mich an Kaminsky zu rächen, den ich ohnehin nicht mochte, wie jeder an der Schule wusste. Immer wieder wurde ich gefragt, warum ich mich nicht gewehrt hätte. Man wollte ein paar richtige Verletzungen sehen. Da war aber nichts. Nichts Sichtbares. Keine Quetschungen, Hämatome oder Abschürfungen.«

Katinka wusste zu genau, dass bei Prozessen dieser Art alles von brauchbaren Zeugenaussagen abhing. Und davon, wie glaubwürdig das Opfer war. Katinka probierte von ihrem Getränk.

»Tonic Water mit Zitrone«, sagte Rita. »Die Eltern der Kinder an meiner Schule kriegten Angst, und schließlich wollte der Direktor Kaminsky loswerden.«

Sie schwiegen eine Weile.

»Und wer ist der verschwundene Schüler?«, fragte Rita schließlich.

Katinka berichtete kurz von Hannes, ohne weitere Einzelheiten zu nennen. Kein Wort von Falk, Kazulé, Ljubov und dem russischen Boxklub. Nur der dürre

Hinweis, dass Hannes Kaminskys Akte in die Finger bekommen haben könnte.

»Sie glauben, dieser Junge hat etwas über Kaminsky herausgefunden?«

»Genau das nehme ich an«, sagte Katinka. »Kaminsky hat Chancen, Minister zu werden. Aber nur, wenn diese alte Geschichte unter dem Deckel bleibt.«

»Pah!«, rief Rita und schlug mit der Faust auf den Tisch. »Denkste. Sobald in der Zeitung ein Wort darüber steht, dass Eugen Kaminsky Kultusminister wird, rufe ich sämtliche Nachrichtenagenturen an und gebe der Bild-Zeitung ein Interview.«

Katinka betrachtete Rita nachdenklich. Da bohrte sich ein Haken in ihre Gedanken.

»Kaminsky scheint zu ziemlich viel Einsatz bereit, um diesen Posten zu bekommen«, sagte sie. »In Bamberg ist ein Mord passiert. Es besteht ein begründeter Anfangsverdacht gegen Kaminsky.«

Das stimmte nicht ganz. Aber mehr wollte Katinka nicht sagen. Rita verzog die Lippen.

»Sieh einer guck«, sagte sie. »Sie meinen, ich sollte vorsichtig sein, dass Kaminsky mich nicht mundtot macht, wenn er an der Schwelle zur Macht steht?«

»Es ist zumindest denkbar«, murmelte Katinka. Ich sehe Gespenster, dachte sie. Ljubov und ihr blödsinniges Gequatsche haben mich völlig durcheinandergebracht. Ihr Handy meldete eine SMS.

»Entschuldigung«, sagte sie und holte das Telefon aus dem Rucksack.

›Ich bin spätestens um elf zu Hause. Komm. H.‹

Katinka checkte die Uhr. Halb elf. Rita warf den Kopf zurück.

»Das werden wir sehen. Kaminsky ist ja wohl nicht allmächtig.«

Katinka musste blitzschnell entscheiden, ob sie Rita einweihen sollte in sämtliche Widernisse, Gewalttaten und Geheimnistuereien.

»Sagt Ihnen *Cavalieri* was?«

»Was ist das? Ein Karnevalsverein?«

»Nein. Ein Männerorden. Eine Art Geheimbund. Katholisch.«

»Nie gehört.«

»Kaminsky ist Mitglied. Und der Richter, der ihn damals freigesprochen hat, auch. Nehme ich zumindest an.«

»Hans-Peter Kazulé? Sie meinen, in diesem Orden hat sich eine Art Nebengesellschaft aufgebaut? Leute, die in Hinterzimmern Pöstchen verteilen?«

»So ähnlich.«

»Pffff«, machte Rita. »Da gibt es noch ganz andere Zusammenschlüsse. Das ist doch die eigentliche Gefahr für die Demokratie. Dass die Macht längst nicht mehr in den Parlamenten liegt, sondern dort, wo sich Veteranen mit Geld und Einfluss zusammentun. Machen Sie sich nicht verrückt, Frau Palfy. Von mir kriegen Sie alle Unterstützung, was Kaminsky betrifft. Rufen Sie mich an, wenn Sie etwas brauchen. Ich habe eine Rufumleitung aufs Handy. Bin jederzeit erreichbar. He, lassen Sie den Geldbeutel in der Tasche. Sie sind eingeladen.«

»Danke.« Katinka stand auf. »Ich muss los.«

Er wäscht sich die Hände.

Immer, wenn er die Tastatur bei Frau Donnerswald

angefasst hat, wäscht er sich die Hände. Wenn er den Ein-Knopf der Kaffeemaschine gedrückt hat und den Schalter für Espresso mit Milch. Er bringt seine Flüssigseife mit in den Waschraum und achtet darauf, dass niemand außer ihm dort ist, wenn er sich die Hände wäscht. Zurzeit benutzt er Seife mit Magnolienduft und eine passende Handcreme. Er feilt sich erst die Nägel, wenn es abends ruhig wird, weil er meist in seiner Abteilung der Letzte ist. Die Schublade mit seinen Utensilien ist abschließbar. Nach seiner Maniküre geht er ins Internet und liest die ›Frankfurter Allgemeine‹. Er ruft, wenn er im Amt ist, immer bestimmte Seiten im Netz auf. Und andere nicht. Wenn die Profile der Internetnutzer nach Interessen und Häufigkeit abgefragt werden, will er als Intellektueller dastehen, als einer, der die wichtigen Zeitungen und Magazine konsultiert. Er weiß, dass ab und zu Profile überprüft werden. Dem Wähler wird suggeriert, dass die Beamten sauber sind. Dass man die schwarzen Schafe findet, wenn man denn will. Neulich hatte eine Mitarbeiterin Probleme, weil sie mehrfach die Bildzeitung im Netz gelesen hatte. Moniert wurde dabei nicht das journalistische Credo der Zeitung, sondern das Nacktfoto auf der ersten Seite. Er könnte sich darüber kaputtlachen. Es erheitert ihn, dass jemand überhaupt die ›Bild‹ liest. Er verachtet die ›Bild‹. Wenn er beim Bäcker diese Zeitung auch nur mit dem Ärmel streift, während er die Brötchentüte entgegennimmt, bürstet er seine Jacke zu Hause sofort ab. Das Hemd gibt er zur Wäsche. Zudem findet er, dass Leute, die im Netz so unvorsichtig sind, die ›Bild‹ zu lesen, nichts anderes verdienen als einen diskreten Hinweis beim Mitarbeitergespräch.

Er betrachtet sich im Spiegel und drückt vorsichtig auf einen mikroskopischen Punkt neben dem Kinn. Könnte ein Pickel werden. Vorsicht beim Rasieren, sagt er sich und wäscht sich noch einmal die Hände.

Wenn nur die Brüder ihn in Ruhe ließen! Er kann den Anforderungen nicht entsprechen, und er hat kein Interesse daran, ein Amt anzunehmen, das ihm selbst nichts bedeutet, nur weil andere die Vorteile für die Bruderschaft reklamieren. Alle halten ihn für kompetent, das ehrt ihn. Nicht nur die Brüder, auch alle hier im Haus. Es kostet Mühe, menschenfreundlich zu sein und dennoch den Aufgaben eines Chefs nachzukommen. Aber er gilt als fair, die Mitarbeiter sagen, mit dem kannst du reden. Das tut ihm gut. Mit ihm kann man reden. Gleichzeitig arbeitet er effektiv. Wenn es ums Geschäftliche geht, sagt sein Mund etwas Mutiges, aber in seinem Innern tobt Panik. Er nimmt Tabletten dagegen, und das funktioniert gut, der Chemie sei Dank. Er hat einen deutlichen Verdacht: Ohne die Brüder – und insbesondere ohne den einen, diesen dicken, unerträglichen Besserwisser – bräuchte er keine Medikamente. Oder weniger. Ja, wahrscheinlich bräuchte er nicht einmal ein Drittel.

Aber nun strampelt er im Netz. Auf Gedeih und Verderb, und eine Hand wäscht die andere, wie der Dicke ihm oft genug unter die Nase reibt. Diskret. Sanft. Mit einem Lächeln auf den wulstigen Lippen. Nie am Telefon, nie per Post oder E-Mail. Immer von Angesicht zu Angesicht.

An bestimmten Sonntagen treffen sie sich zum Kirchgang. Es gibt in Sendling einen Pfarrer, der im überlieferten Ritus die Messe hält, auf Latein.

Ich mag das nicht, gibt er zu und stöhnt leise auf. Nach der Messe lädt man ihn ein, zu Champagner, zu toskanischen Trüffeln, oder mal urig-bayerisch, zu Weißbier und Weißwurst, als Kontrastprogramm. In der letzten Augustwoche treffen sie sich zum Segeltörn in der Ägäis. Alles nett. Eine Gemeinschaft. Gemeinsame Ziele. Gemeinsame Wege, nicht war, Eugen?

Ausgerechnet Lilo hat sich bei ihm gemeldet. Wegen ihrer Tochter, die abgehauen ist. Was habe ich damit zu tun, fragt er sich, während er sein Handtuch nimmt und sich abtrocknet. Aber natürlich hat er sich einfühlsam und zuvorkommend verhalten. Mit Lilo gesprochen und sie beruhigt. Immer wieder wird der Name dieser Detektivin genannt, aber der Dicke hat versichert, ein Auge auf sie zu haben.

Von draußen hört er Schritte. Er will das Handtuch verstecken. Niemand soll wissen, dass er … wobei, ein eigenes Handtuch zu verwenden, anstelle dieser widerlich kratzigen Papiertücher, was ist daran so dramatisch? Es wäre sein Albtraum, als Perverser dazustehen. Er hat einmal einen Fehler begangen, als er nicht anders konnte. Danach, als der Prozess und die Hatz vorbei waren, hat er sich vorgenommen: niemals mehr. Niemals mehr solche Ängste durchleben. Die Ängste ist er nicht losgeworden, aber er hat sich Alternativen gesucht. Alternativen, denen er an seinem Rechner zu Hause nachgeht. Er hat Geld verloren, viel Geld. Aber manchmal hat er auch gewonnen, und er hat niemandem geschadet außer sich selbst.

Manchmal fragt er sich, ob das Mädchen sich überhaupt noch erinnert. An die Sache damals. Sie war so eine renitente Schülerin. Aber doch sehr jung. Die jungen Dinger vergessen, sie kommen schnell über so vieles hinweg. Die Eltern haben sie damals aufgehetzt, nur die Eltern. Er stellt sich vor, wie ein unsichtbarer Bindfaden von ihm zu dem Mädchen führt, nicht straff gespannt, eher locker hängend, baumelnd bei jeder Bewegung. Er hat seinen Neigungen nie wieder auch nur einen Millimeter Raum gegeben. Er hat andere Sachen gemacht. Rechtfertigung, klingelt es in seinem Kopf. Warum muss er sich immer noch rechtfertigen? Die Schritte verklingen am anderen Ende des Ganges. Jeden Abend nimmt er das Handtuch mit heim und gibt es in die Wäsche. Und jeden Morgen bringt er in der Aktentasche ein neues mit.

16. LLT3ZRUNV RKFIJZQT TEYD8WNZ EHJDQU

»Deine drei Peiniger werden nicht mehr lange unsere Gäste sein«, sagte Hardo. Er sah noch grauer aus als am Tag zuvor. »Sergej Alexandrow, diese Ausgeburt der Hölle, steht als Zeuge nicht mehr zur Verfügung.«

»Was heißt das denn?« Katinka griff nach Hardos Bierflasche. Ihre eigene war längst leer.

»Alexandrow hat alles widerrufen, was er am Tag zuvor gesagt hat. Will nichts gesehen oder gehört haben. Er hat Ljubov an die Straße gebracht. Als er zurück in die Halle kam, wo die Kerle dir zugesetzt haben, hat er angeblich niemanden mehr gesehen.«

»Das gibt's doch nicht!«

»Das ist so frustrierend an meinem Job«, schnaubte Hardo. »Die Kerle lügen wie die Leichtmatrosen, wir wissen es, aber wir können nichts machen. Die Russin ist auch nicht wieder aufgetaucht!«

»Hat sie nicht längst einen deutschen Pass?«

»Leider. Sonst könnte ich sie in die Taiga schicken.«

»Hardo!«

»Verflucht, weißt du, was die mit dir machen, wenn du deine Anzeige aufrechterhältst?«

Katinkas Magen zog sich zusammen.

»Ich bin nicht wehrlos«, sagte sie trotzig. »Übrigens habe ich ein Angebot bekommen.« Sie berichtete von Hauke von Recken und seinen Projektplänen in Libyen. »Er spinnt. Warum sollte er ausgerechnet mich dabeihaben wollen?«

Hardo schwieg und sah durch Katinka hindurch.

»Anja Spachtholz ist auch verschwunden«, fuhr Katinka fort. Verblüffend, dachte sie, während sie erzählte, was man an einem einzigen Tag alles erleben kann. Sie fügte gleich ihren Besuch bei Rita dazu. »Rita ist eine richtige Schönheit. Dunkelhäutig, superkurze Haare. Schlank, groß. Hat ein ausdrucksstarkes Gesicht. Wenn sie als 14-Jährige auch schon so war, dann hat sich Kaminsky wohl noch zusätzlich angestachelt gefühlt.«

Hardos Gesicht wurde immer finsterer. Schließlich sagte er:

»Vielleicht ist die Ausgrabung gar keine so schlechte Idee!«

»Bist du verrückt?« Katinka starrte ihn an. »Was soll

ich drei Monate in der Wüste! Außerdem kann man Libyen nicht gerade als einen Hort an Sicherheit bezeichnen.«

»Schon gut. Ich dachte nur, es wäre besser, dich für eine Weile aus der Schusslinie zu wissen. Ohne russischen Boxklub und seine Parteigänger. Einer von ihnen macht übrigens ein mordsmäßiges Palaver wegen des Streifschusses. Aber da wird er keine Chance haben.« Er nahm eine neue Flasche Bier aus dem Kühlschrank und köpfte sie mit dem Öffner, der an seinem Schlüsselanhänger baumelte. »Eines will mir nicht in den Schädel. Typen wie Kazulé oder Kaminsky mögen eine Menge Dreck am Stecken haben. Aber lassen sie morden – wegen ihrer Karriere? Das erscheint mir«, er suchte nach den richtigen Worten, »wie ein Drehbuch zu einem Mafiafilm.«

»Was ist eine Mafia denn anderes als das, was Kazulé und Kaminsky treiben.«

»Wir wissen doch nichts! Wir reimen uns nur allerhand zusammen. Ich habe ein wenig recherchiert, aber die Zeit läuft mir davon, und wir sind an der Drogenspur. Irgendwie muss das Kokain in Falks Wohnung gekommen sein.« Er nahm einen Schluck Bier und gab die Flasche an Katinka weiter. »Schau mal, zuerst wurde Doris Wanjeck ermordet, schon vergessen?«

»Falk könnte ihr etwas von der Geschichte mit Kaminsky erzählt haben.«

»Das hast du dir so zurechtgezimmert. Oder die Anwältin.« Er lächelte, als er Katinkas rollende Augen sah. »Aber es ist nicht ganz die übliche Abfolge. Ich würde erwarten, dass unter den Voraussetzungen, die wir annehmen, zuerst Falk umgebracht wird. Er ist die Gefahrenquelle. Er hat unter Umständen Beweise. Dies wäre auch Warnung genug für seine Exfreundin, die sich dann einen Reim auf die Geschichte machen würde.«

»Und zur Polizei ginge.«

»Aber die Kerle müssen sie nicht gleich umbringen. Katinka, denk doch mal nach! Ein Mord ist selbst für den kaltblütigsten Killer ein Risiko! Nimm an, Kaminsky hat den Mord bestellt, um diese alte Missbrauchsgeschichte unter dem Deckel zu halten. Dann ermordet er erst den, der die größere Gefahr darstellt. Oder lässt denjenigen ermorden. Das wäre nun einmal Falk gewesen.«

Daran war einiges logisch, das musste Katinka zugeben.

»Wanjeck war Falks Exfreundin«, fuhr Hardo fort. »Sie scheidet als Druckmittel aus. Wäre sie seine Verlobte gewesen und hätten die beiden in drei Wochen heiraten wollen, dann wäre es aus Sicht der Drahtzieher nützlich gewesen, sie als Pfand einzusetzen. Kaminsky könnte so seine Karriere schützen. Er bietet Falk Geld gegen sein Schweigen. Oder einen lukrativen Posten.«

»Hat er aber nicht gemacht«, widersprach Katinka. »Im Gegenteil, man hat Falk zugesetzt, ihn in Misskredit gebracht.«

»Hmpf«, machte Hardo. »Warum verbeamten sie ihn nicht, manipulieren seine Noten nach oben und geben ihm einen Job an einer Schule seiner Wahl? Haben wir nicht Lehrermangel?«

»Falk könnte Kaminsky erpresst haben.«

»Das ist naheliegend. Aber wir finden nichts. Kein Geld auf Falks Konto, das von einer Erpressung stammen könnte. Er konnte wirklich keine großen Sprünge machen. Ein Referendar verdient nicht gerade Dukaten.«

»Aber Geld kann man an allen möglichen Orten verstecken!«

»Wenn er es nicht ins Ausland gebracht hat«, sagte Hardo, »dann wüsste ich nicht, wo er es haben sollte. In seiner Wohnung haben wir alles auf den Kopf gestellt. Da war nichts.«

»Ich glaube auch nicht, dass Falk der Typ ist, dem es um Geld ging. Hast du sonst noch Gegenargumente?«

»Falk selbst. Er steht unter Mordverdacht, hockt sich bei uns den Hintern platt, packt aber nicht aus! Ein normaler Mensch ohne Vorstrafen, der mit dem kriminellen Milieu noch nie auch nur eine Sekunde Lebenszeit geteilt hat. Warum unternimmt er nicht alles, um aus seiner miserablen Lage rauszukommen? Wenn er Kaminskys Akte mitsamt dieser Missbrauchsgeschichte kannte, warum spuckte er sie nicht sofort aus?«

»Womöglich wollte er sich seine Pointe nicht vergeigen.«

Hardo nahm ihr die Bierflasche aus der Hand.

»Nächster Zweifel. Falk und seine Schüler. Ich bitte dich: Wenn es Falk so wichtig ist, Kaminsky zu demontieren, dann sollte er zur Zeitung gehen. Die Journaille weiß, wie man Material dieser Art effektiv einsetzt. Aber seine Schüler in die Affäre hineinziehen – das finde ich abscheulich!«

»Das habe ich auch schon gedacht«, seufzte Katinka.

Hardo stellte die Bierflasche auf den Tisch und beugte sich zu Katinka hinunter.

»Und? Was heißt das für die Ermittlungen?«

»Wir haben das falsche Libretto«, murmelte Katinka.

»Also.« Hardo atmete tief durch und stieß sich vom Tisch ab. »Genau so ist es. Wir haben uns etwas zusammengedichtet, was nicht stimmen kann.«

»Aber dass Kaminsky ein Killerkommando anheuert ... dass er Angst um seine Reputation hat, dass er Macht will ...«

»Ja, alles denkbar. Aber das ist erst Punkt zwei in der Abfolge. Es ist eine Reaktion da. Aber wir wissen nicht, worauf. Zwei Morde. Kein Motiv.«

»Trotzdem, Hardo«, wandte Katinka nach einer Minute des Nachdenkens ein. »So ganz unwahrscheinlich ist es nicht, dass Falk sich eine besonders hinterhältige Rache ausdachte. Einer seiner Schüler in der Kryptoanalyse-AG ist der Sohn des Richters Kazulé. Der Typ, der den Freispruch im Fall Bregović bewirkt hat. Vielleicht gibt es doch eine Verbindung Falk – Kazulé – Kaminsky.«

»Du meinst, der Sohn soll die Schandtaten des Vaters aufdecken?« Hardo fuhr sich über die Glatze. »Doch wie hätte die Geschichte in Falks Vorstellung ausgehen sollen? Die Schüler hätten den Text entschlüsselt und Kaminskys Vorgeschichte gekannt. Und dann?«

»Skandal pur«, sagte Katinka. »Sie gehen heim und erzählen es den Eltern. Das multipliziert sich! Die Telefondrähte laufen heiß, ganz Bamberg summt und brummt.« Sie rieb sich die Augen. »Aber ich stimme dir zu: Die Reihenfolge passt nicht. Ich habe nicht einmal mehr an den ersten Mord gedacht. Und jetzt ist auch noch das Mädchen verschwunden. Ich mache mir echt Sorgen.«

»Und todmüde bist du auch. Ich nicht weniger.« Hardo lehnte sich an die Spüle. Er sah schauerlich aus. Noch blasser als gestern und völlig zermürbt.

»Da ist noch was.«

»Ach?« Sein Körper spannte sich an. Als wollte er auf mich losgehen, dachte Katinka.

»Ich habe Anrufe bekommen. Zweimal.« Ihr Magen verkrampfte sich. Gleichzeitig fürchtete sie Hardos Reaktion. »Jemand sagte, ich solle aufpassen. Es wäre noch nicht zu spät. Und beim zweiten Anruf sagte er, beim nächsten Mal ginge es nicht so glimpflich ab.«

»Wann war das?«

Katinka legte ihr Handy auf den Tisch.

»Gestern Vormittag, als ich mit Fürlitzer in Hannes' Wohnung war. Und das zweite Mal am Abend.«

»Ein Mann? Eine Frau?«

»Es war ein Stimmenverzerrer zwischengeschaltet. Ich kann nicht mit Bestimmtheit sagen, ob ein Mann oder eine Frau gesprochen hat.«

Hardo wog das Telefon in seiner Hand.

»Wir ermitteln, woher die Anrufe kommen. Ich regle das.«

»Gut«, murmelte Katinka.

»Ich habe Angst um dich, Katinka.«

Sie schwieg. Was sollte sie dazu sagen. Ihn auffordern, keine Angst zu haben? Angst war ein Gast, den man nicht hinauskomplimentieren konnte. Ein Mitbewohner, der sich einschlich und kam und ging, wie es ihm beliebte. Ein Schmarotzer.

»Hast du mal was gegessen zwischendurch?«, fragte Katinka.

Er klopfte sich auf den Bauch.

»Ich habe genug Reserven für ein paar asketische Tage. Und du?«

»Ich hatte ein argentinisches Rindersteak bei Rita. Zartrosa und saftig.«

»Quälgeist!« Er nahm sie in die Arme. »Morgen ist Samstag. Ich werde kurz nachsehen, was meine Leute Neues ausgegraben haben. Sollen wir beide etwas unternehmen, das nichts mit Verbrechern zu tun hat?«

Katinka küsste seinen Hals. Das Glitzern in seinen Eisaugen machte sie ganz verrückt. Liebe mich einfach, dachte sie. Jetzt. Am liebsten die ganze Nacht und morgen und die nächste Nacht. Dann geht es uns besser. Warum ist das nur so schwer, solche Sachen auszusprechen. Schwerer, als Codes zu entschlüsseln, als durch Dachfenster zu kriechen oder die Gedankengänge von Kriminellen zu analysieren.

»Schwimmen gehen«, schlug sie vor, weil ihr nichts Besseres einfiel. »Aber vielleicht kannst du gar nicht schwimmen.«

»Zum Teufel, warum melden Sie sich nicht?«

Charly Niedorfs Stimme überschlug sich fast. Katinka reckte den Hals. Sie war viel zu verschlafen, um bereits auf der Höhe der Zeit zu sein.

»Ich habe etwas entdeckt. Sie müssen sofort kommen!«

Verwirrt legte Katinka ihr Handy beiseite und hielt sich Hardos Wecker dicht vor die kurzsichtigen Augen. Neun Uhr an einem Samstagmorgen. Eine Dusche durfte sie sich noch gönnen, bevor sie sich auf die Socken machte. Hardo war weg. Wieder ein Zettel.

Heute Nachmittag habe ich frei. Du auch? H.

Wenigstens würde es in dieser Beziehung, die noch keine war, keinen Ärger um das Arbeitspensum geben, dachte sie grimmig.

In der Innenstadt brandete bereits das übliche Samstagschaos. Der Regen hatte kaum Abkühlung gebracht. Autos und hektische Passanten verstopften die Straßen. Katinka boxte sich über die Untere Brücke und weiter durch die Sandstraße bis zu Niedorfs Haus. Er musste hinter der Tür gelauert haben, denn er schoss auf Katinkas Klingeln heraus wie die Faust aus dem Pappkarton.

»Da sind Sie ja endlich.« Er warf einen eiligen Blick die Straße hinunter. »Kommen Sie rein. Schnell.«

»Was gibt es denn so Dringendes?«

»Ich habe etwas ganz Irrsinniges entdeckt«, sagte Niedorf. Schweiß durchtränkte sein Polohemd. »Insgesamt habe ich vier Postkarten von Hannes bekommen. Die erste am 30. Juni, dann eine am 4. Juli, die nächste am 7. Juli und die letzte am 11. So. Und nun bin ich auf eine echt tolle Idee gekommen.« Aufgeregt wie ein Welpe schob Niedorf Katinka auf seine Veranda. Hier war es noch erstaunlich kühl. Katinka sank auf einen Stuhl und betrachtete mutlos den Papierhaufen auf dem klapprigen Tisch.

»Nachdem ich mit Ihnen und Hannes' Freunden über Steganografie nachgedacht hatte, fragte ich mich, ob Hannes auf seinen Postkarten nicht Botschaften versteckt hat, die ich bislang übersehen habe.«

»Wäre sonderbar, wenn nicht«, gab Katinka zu.

»Eben. Ich habe alles abgesucht. Habe die Schrift und die Motive auf der Rückseite mit einer Halogenlampe abgeleuchtet.« Er wies unter den Tisch. Dort stand eine

Stablampe, mit deren Strahlkraft man eine Tropfsteinhöhle illuminieren könnte. »Schließlich«, er wühlte in seinem Chaos herum, »löste ich die Briefmarken über Wasserdampf ab. Der alte Trick. Und siehe da!«

Katinkas Rücken wurde steif. Sie starrte Niedorf an.

»Sagen Sie! Was haben Sie gefunden?«

Wortlos legte Charly Niedorf ihr einen Zettel hin. In ungelenken Buchstaben standen vier Wörter darauf – wenn man von Wörtern sprechen wollte:

LLT3ZRUNV RKF1JZQT TEYD8WNZ EHJDQU

»Ach du liebes Lieschen«, stöhnte Katinka.

»Sie standen in dieser Reihenfolge auf den Postkarten. Hannes hat die Marken jeweils drübergeklebt. Was heißt das, Frau Palfy?«

»Sorry, aber ich bin keine Kryptoanalytikerin. Dazu brauchen wir Valente.«

»Rufen Sie ihn an. Schnell.«

Katinka wählte halbherzig Valentes Handynummer. Welcher Jugendliche ist am Samstagvormittag um zehn Uhr an Deck, dachte sie. Freitagnacht war schon immer Partynacht. Doch er meldete sich und versprach, sofort zu kommen.

»Kaffee?«, fragte Niedorf.

»Gern.« Katinka folgte ihm in die Küche. »Haben Sie mal wieder was von Emil Fürlitzer gehört?«

»Telefoniert haben wir.« Niedorf räumte seine Arbeitsplatten frei, indem er sämtliches Geschirr zusammenschob und in eine Ecke schaufelte. »Er schaut jeden Tag in Hannes' Wohnung vorbei, aber alles ist unverändert.«

Katinka sah ihm beim Kaffeekochen zu. Mit ihren Tassen setzten sie sich auf die Veranda und warteten schweigend. Kurz darauf klingelte Valente. Wie ein Habicht stürzte er sich auf die Chiffren.

»Vier Wörter«, betonte Niedorf. »Vier Botschaften!«

»Nicht unbedingt«, erwiderte Valente ruhig. »Kann ich auch einen Kaffee ...?«

»Klar, klar, ich bringe dir eine Tasse.«

»Diesmal sind Zahlen dabei«, sagte Katinka. »Warum? Wo kommen die her? In dem Vigenère-Quadrat gibt es keine Zahlen.«

»Das ist nicht sonderlich spektakulär«, murmelte Valente, während er die Geheimschrift sorgsam in seinen Block kopierte. »Es sind nur drei Ziffern. Drei, Eins, Acht. Üblicherweise stehen sie für Buchstaben.«

»Und für welche?« Katinka kam sich vor, als nehme sie an einem Quiz teil, das immer komplizierter wurde.

»Für Buchstaben, denen sie ähnlich sehen.« Valente schrieb eine Drei auf sein Blatt. »Du klappst das E um und hast eine Drei.«

»Lass mich raten«, rief Katinka überrascht. »Die Eins steht dann für ein I?«

»Möglich.«

»Aber die Acht?«

Niedorf kam mit Kaffee für Valente auf die Veranda.

»Habt ihr was?«, drängte er.

»Wir sind dran«, antwortete Katinka ungeduldig.

»Die Acht ...«, sagte Valente und malte auf sein Papier, »könnte für X stehen.«

Er schrieb die vier Wörter neu ab, diesmal ersetzte er die Zahlen durch Buchstaben.

LLTEZRUNV RKFIJZQT TEYDXWNZ EHJDQU

»Und nun?«, stammelte Charly Niedorf. »Was heißt das?«

»Wir brauchen das Schlüsselwort«, sagte Valente.

Niedorf flippte aus.

»Seid ihr noch bei Trost?«, brüllte er. »Wisst ihr, was ihr da treibt? Glaubt ihr, meine Nerven halten das noch lange aus? Worauf habt ihr Windbeutel euch da eingelassen?«

»Herr Niedorf«, begann Katinka.

»Halten Sie doch die Klappe!« Niedorf keuchte. »Ich suche meinen Sohn, seit Wochen ist er auf und davon, ich kann ihn nicht erreichen und werde krank vor Angst, kapiert ihr das überhaupt?«

»Ich verstehe …«

»Nichts! Sie kapieren nichts!«, schrie Niedorf sie an. »Und du, kleiner Mathefreak«, fiel er über Valente her, »wofür stehst du? Hä? Wofür macht ihr das alles? Rätselspiele und Zahlenspäße?« Speichel sprühte in Valentes Gesicht. Valente wischte sich mit dem Handrücken betont gelassen über die Wange. Das brachte Niedorf vollends in Rage. Er fegte seine Tasse vom Tisch. Es klirrte. Kaffee ergoss sich über die Papiere und den Verandaboden. Rasch griff Katinka nach Valentes Aufzeichnungen und brachte sie in Sicherheit.

»Wenn ich die Leute in die Finger kriege, die meinem Sohn das alles antun, dann gnade ihnen der Allmächtige, das versichere ich euch! Ich hatte endlich wieder ein Leben, wisst ihr das? Meine Frau ist gestorben, das war verdammt hart, allein mit einem Jungen von zwölf Jahren. Alles pendelt sich irgendwann ein, und du lebst wieder und bist glücklich. Hannes und ich wollten einen letzten ungetrübten Sommer gemeinsam verbringen, bevor er Abi macht und auszieht. Wer kann mir die verlorene Zeit denn wiedergeben? Scheiße. Verfluchte, verfluchte Scheiße.«

Seine Wut löste sich in Erschöpfung auf. Kraftlos lehnte sich Niedorf an sein schön gedrechseltes Geländer.

»Wir arbeiten daran, Hannes zu finden, Herr Niedorf«, sagte Katinka und bückte sich, um die Scherben aufzuheben. »Mag sein, dass Hannes uns durch seine verschlüsselten Meldungen weiterhilft. Lassen Sie uns gemeinsam nachdenken. Er muss ein Schlüsselwort gewählt haben, das wir knacken können.«

Valente sah sie skeptisch an, aber Katinka ging nicht darauf ein. Erst einmal musste Niedorf sich stabilisieren, und dazu waren Zweifel nicht hilfreich.

»Ich verspreche, dass ich drüber nachdenke«, sagte Valente und nahm Katinka seinen Block aus der Hand. »Aber jetzt muss ich heim. Es ist Samstag, und das ist bei meinem Vater ein anderes Wort für Familientag. Ich konnte nur schnell weg, weil meine Eltern in der Stadt unterwegs sind. Klamotten kaufen.« Er verdrehte die Augen.

Ojoj, dachte Katinka. Hoffentlich wird er bald 18.

»Darf ich die Postkarten mitnehmen? Ich bringe sie bestimmt zurück«, sagte Valente zu Niedorf.

Niedorf winkte ab.

»Wenn du sie brauchen kannst, von mir aus.«

»O.k.«, sagte Katinka. »Wenn du etwas findest, dann ruf mich an. Tag und Nacht.«

17. Der Kapuzenmann

Katinka hockte in ihrem Badezimmer und sortierte Schmutzwäsche. Um ihren Haushalt hatte sie sich seit Wochen nicht richtig gekümmert, und allmählich wurden die sauberen Sachen im Kleiderschrank knapp. Während sie das Waschprogramm einstellte, wiederholte sie die Chiffren von Hannes' Postkarten wie ein Mantra. So geschickt, wie Hannes seine bisherigen Informationen unter die Leute gebracht hat, dachte sie, muss er dafür gesorgt haben, dass wir das Schlüsselwort finden können.

Katinka saugte die Wohnung und entsorgte anschließend verdorbene Lebensmittel. Leider gab es ziemlich viel in ihrem Kühlschrank, das zu verzehren ein gesundheitliches Risiko bedeutet hätte. Sie leerte alle Papierkörbe und brachte den Müll nach unten. Schließlich wanderte sie durch die Wohnung und warf einen Blick in jenes Zimmer, das früher Toms Arbeitszimmer gewesen war. Normalerweise betrat sie es nur selten, obwohl man von hier aus einen schönen Blick auf den Synagogenplatz hatte. Aber in dem Raum wohnten Erinnerungen, staubige Gefühle und ein paar Gespenster, die Katinka nicht aufscheuchen wollte. Dennoch fühlte es sich gerade heute richtig an, am Fenster zu stehen und hinauszublicken, die schön hergerichteten Fassaden schräg gegenüber in der Herzog-Max-Straße zu bewundern und mit den Fingern über das Fensterbrett zu streichen. Nur das alte Sofa war noch hier. Schreibtisch, Regale und natürlich seine Rechner hatte Tom mitgenommen. Ihm hatte es in Bamberg nie wirklich gefallen. Nun saß er in Berlin und atmete Hauptstadtluft. Katinka sah zu den Schäfchenwolken, die hoch oben über den Himmel trieben. Irgendwann vor langer Zeit war sie wirklich überzeugt gewesen, dass Tom der Richtige für sie sei. Doch wenn sie ehrlich war, hatten sich schnell Zweifel eingeschlichen. Sie hatte sie nur nicht wahrgenommen, obwohl ihr Hardos Zuneigung nie verborgen geblieben war. Die Heftigkeit ihrer eigenen Gefühle für ihn erschreckte sie. Zu lange hatte sie sie geleugnet. Mit Tom war sie in dieser Zeit nicht fair umgegangen, auch wenn sie sich um Offenheit bemüht hatte. Aber sie war sich selbst gegenüber nicht offen gewesen und hatte es daher zu anderen auch nicht sein können. Katinka öffnete das Fenster weit und atmete die schwüle Luft ein. Sommer. Eine gute Zeit für die Liebe, dachte sie. Nach ein paar Minuten schloss sie das Fenster wieder und ging in die Küche. Es wurde Zeit, dass sie ihren Rucksack ausräumte und ihre Sachen neu sortierte. Zerfledderte Kassenbons, klebrige Bonbons, rissige Latexhandschuhe und allerhand anderer Kehricht hatten sich angesammelt. Sorgfältig legte Katinka ihre Ausrüstung auf den Küchentisch. Lange hatte sie sich nicht mehr darum gekümmert, alles vollständig und einsatzbereit zu haben. Sie kontrollierte die Batterien der Taschenlampe und stellte fest, dass sie den Ersatzakku ihres Handys laden musste. Um sich die Arbeit zu erleichtern, legte sie eine CD mit Opernarien auf. Sie war mitten im Arbeiten und bemerkte zwischen den Koloraturen der Bartoli das Klingeln ihres Handys zunächst nicht. Außer Atem meldete sie sich.

»Palfy?«

»Madame Palfy, Britta Beerenstrauch hier«, meldete sich Britta mit scheußlich imitiertem französischen Akzent. »Wo bist du?«

»Zu Hause. Warum?«

»Ich muss unbedingt vorbeikommen. Halte dich bereit.«

Katinka staunte, als sie das Handy weglegte. Was konnte es am Samstagvormittag so Dringendes geben, dass Britta bei ihr reinschaute? Normalerweise sahen sie sich in der Innenstadt, auf einen schnellen Kaffee zwischen zwei Terminen. Zu selten, befand Katinka, das muss sich ändern. Garantiert hatte Britta etwas Besonderes loszuwerden. Am besten, sie sorgte gleich jetzt für die nötige Dosis Koffein. Katinka setzte Wasser auf. Sie schaffte es gerade noch, ihren Rucksack wieder zu bestücken, als es Sturm klingelte.

»Dass du mal zu Hause bist, grenzt an ein Wunder«, behauptete Britta, als sie in die Küche stolzierte. Sie trug eine duftige türkise Tunika über einer dunklen Hose und einen auffälligen Schmuck aus winzigen Tigeraugen. Schick wie immer, dachte Katinka. Wie macht sie das nur.

»Deine Wohnung ist herrlich«, erklärte Britta, ließ sich auf einen Stuhl fallen und griff in die Sauriertüte auf dem Tisch. »Schön hell. Gib sie lieber doch nicht auf.«

»Sie ist mir zu teuer, jedenfalls auf Dauer«, sagte Katinka. Noch war sie eine allein lebende Frau, und sollte sie irgendwann nach Jahr und Tag mit Hardo zusammenziehen, dann nicht hier, wo sie einen anderen geliebt hatte.

»Ich könnte dir meine Wohnung anbieten.«

»Bitte, was?«

Britta lachte und strich sich das perfekt geschnittene schwarze Haar aus der Stirn.

»Ich habe einen neuen Job. Am 1. September geht's los.« Sie sprang auf, wirbelte auf Katinka zu und fiel ihr um den Hals. »Ich fange beim Fernsehen an. Beim Bayerischen, um genau zu sein. Ich ziehe nach München.«

»Das … ist toll!«, bemühte sich Katinka, aber innerlich war ihr, als habe ihr jemand eine erstickend schwere Decke übergeworfen. Sie wusste, dass Britta von ihrer Arbeit bei der Zeitung genug hatte, aber dass sie Bamberg verließ, bedeutete, dass eine ihrer wenigen Vertrauten nicht mehr da sein würde.

»Freu dich mit mir!« Britta ließ Katinka los. »Ich kann diese Redaktion nicht mehr ertragen. Ich schreibe nur noch über Lappalien.«

Katinka hatte ihre leisen Zweifel, dass es beim Fernsehen anders sein würde, aber sie wollte Brittas Freude nicht verderben.

»So habe ich mir den Job nicht vorgestellt. Ich wollte mal richtig wichtige, bedeutende Sachen machen. Etwas, wofür es sich lohnt, Journalistin zu sein.« Eifrig kramte Britta in ihrer riesenhaften Umhängetasche und förderte eine Flasche zutage. »Frisch gekühlt.«

»*Moët & Chandon*?«, fragte Katinka entsetzt. »Hast du einen Vorschuss oder so was gekriegt?«

»Wenn es was zum Feiern gibt, dann richtig«, befand Britta grinsend. »Ist Hardo zufällig hier?«

»Nein.«

»Schade. Na, dann.« Britta köpfte die Flasche. »Auf

die Zukunft. Auf den Erfolg im Beruf und in der Liebe! Mensch, Katinka, ich freue mich tierisch!«

Sie stießen an.

»Ahhh«, machte Britta. »Das ist doch was anderes als dieses Billiggebräu. Ich habe schon eine Wohnung in München. Besuchst du mich oft?«, fragte sie.

»Klar.« Katinka spürte den Kloß im Hals. Plötzlich schien es ihr, als leere sich die Stadt vor ihren Augen, bis sie allein zurückbliebe. »Du kannst natürlich jederzeit bei mir pennen, wenn du Sehnsucht nach Franken hast.«

»Damit rechne ich doch. Hej, was schaust du so verdrossen? Läuft's nicht gut mit Hardo?«

Katinka stöhnte.

»Warum greifst du nicht zu?«

»Ich … weiß nicht.« Sie log. Sie wusste es zu gut.

»Warte nicht zu lange. Zögerlichkeit hat schon manche Liebe getötet.«

»Ach, vergiss es.« Katinka winkte ab. »Aber mir fällt da gerade was ein.«

»So?«

»Es gibt da einen 16 Jahre zurückliegenden Fall von sexuellem Missbrauch.« Katinka schilderte in groben Zügen, was Rita Bregović ihr erzählt hatte. »Könntest du mal in den Archiven forschen, was du findest? Es muss damals in Kulmbach Zeitungsberichte gegeben haben. Für die Öffentlichkeit sind Missbrauchsgeschichten doch immer ein Thema.«

»Mit Vergnügen.« Britta hatte sich bereits Notizen gemacht. »Du hältst mich auf dem Laufenden?« Sie schenkte Champagner nach. »Es lohnt sich nicht, den Rest aufzuheben«, betonte sie. »Auch wenn ich gleich zu kichern anfange.«

»Was ist eigentlich mit Alban?«, fragte Katinka. Alban Hanke arbeitete als Redakteur beim ›Fränkischen Tag‹ und stellte für Britta eine Art Langzeitlebensabschnittspartner dar. Sowohl Britta als auch Alban hatten zwischenzeitlich andere Beziehungen, bis sie wieder zueinander zurückkehrten.

»Er ist mit einer sehr hübschen Kirgisin unterwegs, seit er eine Reportage über Bamberger Studienerfahrungen von jungen Frauen aus dem Osten geschrieben hat«, sagte Britta cool und trank ihren Champagner aus.

›Ich bin zu Hause. Melde dich. K.‹

Katinka schickte die SMS ab und umklammerte das Handy, als könne sie eine Nachricht aus dem Gerät herauspressen wie Wasser aus einem Schwamm. Sie war dösig vom Alkohol und beschloss, eine kalte Dusche zu nehmen, um den Kopf freizukriegen. Kaum stand sie unter dem kalten Strahl, als das Handy klingelte. Sie sprang aus der Wanne und griff triefend nach dem Telefon. Hardos Nummer blinkte auf dem Display.

»Hallo?«

»Ich fahre jetzt heim«, sagte Hardo. »Du hast was von Schwimmen gesagt. Gilt das noch?«

»Ja – ja klar!« Katinka zerrte ihr Handtuch vom Halter und presste es sich vor die Brust.

»Ich kenne einen sehr schönen Badesee.« Er räusperte sich. »Hast du Lust?«

»Natürlich. Fahren wir mit meinem Cabrio. Das Wetter passt ja. Ich komme bei dir vorbei.«

»Prima. In einer halben Stunde? Ich organisiere derweil ein paar Kleinigkeiten zum Essen. Bis dann.«

Katinka legte das Handy weg. Sie trocknete sich ab,

wischte die Wasserlache vom Boden auf und hörte ihrem Herzen zu, das mit der Wucht eines Vierzigtonners in voller Geschwindigkeit dahinraste.

Der See schimmerte dunkelgrün. Das Nordufer schlummerte im Schatten des Waldes. Der sanfte Juliwind ließ die Bäume rauschen. Im Auto hatte sie Hardo von Hannes' Postkarten und dem mit Briefmarken überklebten Geheimtext berichtet, während Hardo zu erzählen wusste, dass die drei Irren aus dem Boxklub wieder auf freiem Fuß waren. Sie hatte es mit einem Schulterzucken zur Kenntnis genommen. Hier am See fiel kein Wort mehr über den Fall. Es ergab sich so. Sie hatten es nicht einmal abgesprochen.

»Was für ein genialer Tag«, entfuhr es Katinka.

Hardo rieb sich das Gesicht trocken.

»Ich höre daraus, dass du zu wenig Freizeit hast und kaum in die Natur kommst.«

»Das sagt der Richtige!«

Er lächelte. Sie waren geschwommen und hatten Hardos Picknickkorb leergefuttert. Brötchen, Hähnchenschlegel und Kartoffelsalat. Sogar an eine Thermoskanne Kaffee hatte er gedacht. Nun genossen sie die Sonne auf der Haut und den Blick über See und Wald.

»Wir verraten keinem, wo dieser See liegt, klar?«, sagte Hardo. »Nicht, dass Neugierige hier vorbeikommen, um nach uns Ausschau zu halten.«

Katinka schüttelte träge den Kopf. Ein paar Stunden hatte sie es geschafft, abzuschalten. Aber plötzlich drängten die ungelösten Fragen auf sie ein.

»Worüber denkst du nach?«, fragte er. Sie hätte schwören können, dass er die Antwort wusste.

»Ach, über allerlei. Über Falk und Kaminsky und Hannes und Anja.«

Mit einem Seufzer streckte Hardo sich neben ihr aus.

»Versuche, es loszulassen.«

»Wie macht man das?«

»Man lässt die Gedanken los, indem man sie zulässt.«

Katinka lachte auf.

»Sehr weise.«

»Es ist wirklich so. Entspann dich, morgen ist Sonntag.«

»Und heute Abend ist Samstagabend«, fügte Katinka hinzu.

»Ja, ich würde vorschlagen, sobald es kühler wird, gehen wir was essen, was denkst du?«

»Klingt genau nach dem Energieschub, den ich jetzt brauche.«

Sie sahen einander an. Nur für ein paar Sekunden. Dann hielten sie es beide nicht mehr aus.

»Ich schwimme noch eine Runde«, sagte Katinka und stand auf. Schnell glitt sie in das kühle Wasser. Mit langen Zügen schwamm sie auf das gegenüberliegende Ufer zu. Hundert Meter, dann ließ sie sich treiben, auf dem Rücken liegend, mit Blick in den Himmel. Die Wolken wurden dichter. Nicht mehr lange, und die Sonne würde sich dahinter verschanzen. Das Wasser tat der Haut gut, und ihrem erhitzten Kopf noch mehr. Katinka blinzelte und sah zum Ufer hinüber, wo Hardo auf der Decke lag und las. Sie hatte ihn noch nie so entspannt gesehen. Vielleicht liegt es an mir, dachte sie und grinste vor Verlegenheit. Sie wollte sich nie mehr zu sicher sein, was Beziehungen anging. Sie wollte nicht mehr reinrasseln, sich Liebe einbilden, wo keine war. Aber hier war welche, eine ziemlich hohe Dosis sogar. Sie schwamm in die Mitte des Sees hinaus, genoss die Stille und den sanften Wind, der das Wasser kräuselte. Hier gab es keine Computer, keine Kameras, kein Internet. Womöglich würden in einigen Jahren wieder mehr Menschen in die Wälder ziehen, um der Technik und der Überwachung zu entkommen. Wo sonst war man als Privatperson noch unbeobachtet. Wann wagte man, sich frei von der Leber weg zu äußern, ohne dass man befürchten musste, politisch inkorrekt zu reden oder die Gefühle Andersdenkender zu verletzen, die daraufhin Gewaltexzesse vom Zaun brachen? Irgendwann fangen die Menschen an, sich ihre Gedanken im Kopf zurechtzuschneiden, dachte Katinka, während sie auf das Südufer zuschwamm. Das wird wie eine neue Form der Zensur sein, eine Gedankenschere, noch bevor etwas gesagt oder aufgeschrieben ist.

Das Südufer war nun ganz nahe. Katinka wendete, um nicht in den Schilfgürtel zu geraten. Ständiges Misstrauen, dass die eigenen Äußerungen schräg interpretiert würden, immer und überall als Provokation gelten konnten, musste sich ungut auf die innere Beweglichkeit auswirken. Während ihre Arme und Beine den See durchpflügten, überlegte Katinka, welche Schutzmechanismen geeignet wären, um der allgegenwärtigen Kontrolle zu entgehen. Ein paar Minuten hielt sie sich an der Boje in der Seemitte fest. Die Strecke war doch länger, als sie gedacht hatte. Erste Wolkenschleier zogen über die Sonne. Plötzlich spürte Katinka die Kühle. Sie löste sich von der Boje und schwamm zurück.

Genau auf Hardo zu. Er lag immer noch auf der Decke und las.

Die Sonne kroch hinter die Wolkenwand. Letzte Strahlen ließen dünnes Licht auf den See rieseln. Der Wald im Norden, der den See gute hundert Meter breit von der Straße abschirmte, wurde mit einem Mal schwarz. Katinka legte einen Zahn zu. Jetzt war ihr kalt.

Im Wald stand jemand. Nah am Ufer. Genau hinter Hardo. Katinka schaltete erst nicht. Sie machte einige Schwimmzüge, hielt inne und starrte geradeaus. Jemand wartete hinter den Bäumen. Ein Mensch in schwarzen Klamotten mit einer schwarzen Kapuze über dem Kopf. Reglos. Lauernd. Beobachtend. Katinkas Herz raste. Sie wollte rufen, schluckte Wasser und strampelte mit den Beinen, bis sie sich gefangen hatte. Die Gestalt machte eine Bewegung.

»Hardo!«, schrie Katinka.

Er sah auf. Winkte zu ihr herüber.

»Hardo!« Sie fuchtelte mit den Armen herum. »Im Wald! Hinter dir!«

Der Schwarze drehte sich um und rannte. Hardo sah sich um. Sprang auf die Füße und nahm die Verfolgung auf. Katinka kraulte wie eine Verrückte. Keuchend kam sie ans Ufer und kroch aus dem Wasser. Sie hatte sich übernommen und spürte die Erschöpfung in den Knochen. Der Wind war sehr frisch geworden und strich über ihre ausgekühlte Haut. Sie schnappte sich ihre Schuhe. Hörte schwere Tritte im Wald. Die Wolken verdeckten die Sonne vollständig, und ein seltsam graues Licht legte sich über alles. Sie ging auf die Bäume zu und blickte angespannt in die Schatten, während sie ihre nassen Füße in die Turnschuhe quetschte. Die Wunde am Fußrücken tat noch weh. Mit offenen Schnürsenkeln lief sie los.

»Hardo?«

Irgendwo knackten Äste. Weiter weg hörte sie ein Auto vorbeifahren.

»Hardo?«

Nur ihr Herzklopfen antwortete ihr. Sie war allein in der Düsternis zwischen den Bäumen. Wachsam sah sie sich um. Weder von Hardo noch von dem Kapuzenheini konnte sie irgendetwas sehen. Die können doch beide nicht vom Erdboden verschluckt sein, dachte sie. Keine Panik jetzt. Sie ging so leise sie konnte bis zur Straße. Als sie den Asphalt durch die Bäume hindurch sehen konnte, hörte sie aus der Ferne einen quietschenden Keilriemen. Das Geräusch verflog.

Ganz nah knisterten Zweige. Hardo glitt hinter einem Busch hervor wie der Gott Pan.

»Was war los?«, flüsterte Katinka. »Hast du ihn gesehen?«

»Einen grünen Opel. Ein altes Modell. War oben an der Straße geparkt. Das Kennzeichen konnte ich nicht entziffern.«

Sie hörte seiner Stimme an, wie sehr ihn das wurmte.

»Du zitterst wie Espenlaub! Du musst dir was drüberziehen.«

Sie gingen zum Ufer zurück. Katinka riss sich den nassen Badeanzug runter. T-Shirt und Jeans fühlten sich warm und trocken an, aber im Wind konnte sie sich kaum aufwärmen. Hardo räumte die restlichen Sachen zusammen.

»Meinst du, es ist einer aus dem russischen Boxklub?«, fragte Katinka zähneklappernd. »Oder …« Sie vollendete den Satz nicht. Ihre Stimme klang ganz dünn.

»Lass uns gehen. Wer auch immer es war, er ist jetzt nicht mehr in der Nähe.«

Katinka hob das Buch auf, das er gelesen hatte. Tschechow. Die Dame mit dem Hündchen. Hatte sie den gleichen Titel nicht neulich bei Ljubov gesehen?

»Vergiss das hier nicht!«

Während Hardo den Band einsteckte, ballte sich in Katinkas Magen ein Eisblock zusammen. Unerwartet fiel Angst sie an, brutal, aus dem Hinterhalt, und während sie hinter Hardo am Ufer herging, das nasse Handtuch fest an sich gepresst, zitternd vor Kälte, legte sich etwas auf ihren Atem. Sie bekam kaum Luft. Fuß vor Fuß zu setzen, schien schwerer als jemals zuvor. Ihr Körper wurde starr. Sie blieb stehen und ließ das Handtuch fallen. Sie wollte nach Hardo rufen, aber es kam kein Laut aus ihrem Mund. Ihre Zunge brannte wie Feuer, und sie spürte entsetzlichen Durst. Angst. Das hier war nackte, archaische Angst. Mit einem Mal wurde ihr klar, welch grauenhafte Stunden Jens Falk ausgestanden haben musste. Er hatte sich denken können, dass der Mord an seiner ehemaligen Freundin mit ihm zu tun hatte und dass er der Nächste wäre.

Noch nie in ihrem Leben hatte die Todesangst Katinka niedergestreckt. Nicht am Dienstagabend, als die Killer in Ljubovs Kanzlei eingedrungen waren und Falk umgebracht hatten, nicht nach dem Angriff in Hannes' Wohnhaus, nicht nach dem Heckmeck im Boxklub. Katinka wurde funktionsunfähig. Wollte sich wie ein Tier in einem engen, dunklen Bau verkriechen, zusammengerollt, im Schutz der Erde.

Zum Teufel, sagte sie sich. Ich bin kein Tier. Ich bin ein Mensch. Ich kann denken. Der Kapuzenmann ist abgehauen. Er ist jetzt weg. Wir sind hier nicht allein, drüben am Ufer sind Leute. Bis zum Parkplatz ist es nicht weit. Sie schaffte es, ihre verkrampften Glieder zu lockern. Bückte sich und hob ihr Handtuch auf. Ich gehe jetzt diesen Weg weiter. Ich atme ruhig ein und aus. Ich denke nicht an den Kapuzenmann. Jede Sekunde wird die Angst weniger.

Die Kommandos kamen ihr zunächst lächerlich vor, aber dann löste sich der Klumpen im Hals. Sie konnte tiefer Luft holen, schüttelte erst den rechten, dann den linken Fuß aus. Irgendwie schaffte sie es, weiterzugehen und Hardo einzuholen. Er hatte von dem ganzen Drama nichts bemerkt. Katinka hörte ihn telefonieren und seine Kollegen anweisen, nach einem grünen Opel im Dunstkreis des Falles Ausschau zu halten.

Auf dem Parkplatz verluden die Ausflügler hektisch Kinder, Hunde und Picknickkörbe. Es roch nach Regen. Katinkas Hand, die den Autoschlüssel festhielt, zitterte so heftig, dass sie die Fernbedienung nicht betätigen konnte. Hardo nahm ihr den Schlüssel ab, schloss auf, setzte sich hinters Steuer und klappte das Verdeck zu.

»Hast du eine Decke im Auto?«, fragte er, während er den Motor startete.

Katinka schüttelte den Kopf.

»Dann schalte ich die Heizung an.«

Sie fuhren ein Stück die Straße hinauf. Katinka dachte

an Falk. An die roten, durch die Kanzlei geisternden Laserpünktchen. An das leise PLOPP aus dem Schalldämpfer. An den heißen Schreck, als die Tür zum Müllraum in Hannes' Haus aufgerissen wurde, an den Schmerz in ihrem Bauch. An Wollmütze, der ihr den Slip herunterriss … Sie krümmte sich zusammen.

»Halt an.«

»Was ist denn?«

Hardo lenkte den Käfer gerade noch nach rechts, als Katinka den Gurt löste, die Tür aufriss und hinaussprang. Sie rannte los. Hörte Hardos verwunderte Rufe hinter sich. Was ist mit mir passiert, dachte sie entsetzt. Was bin ich für ein Mensch! All die Tage war sie durch das Geschehen getrieben wie ein Eisblock. Sie hatte neben Falk gesessen, als er getötet wurde, aber sie hatte nichts empfunden. Nicht einmal Mitleid. Ihre primären Gefühle waren Skepsis und Ungeduld gewesen. Skepsis gegenüber Ljubov und Ungeduld, weil es nicht voranging. Aber da war auch Charly Niedorf, der sich um seinen Sohn sorgte, da war Valente, der einen Vater wie Niedorf verdient hätte, da waren Anja und Hannes, die sich in ihrer Angst irgendwo verschanzten und vermutlich in Gefahr schwebten.

»Katinka, zum Teufel, was ist los mit dir?«

Hardos Hand riss sie herum.

»Nicht!« Sie wich vor ihm zurück. »Nicht.« Sie sank auf den Boden und stützte den Kopf in die Hände. Er hockte sich neben sie. Sie ließ zu, dass er sie in die Arme nahm und wiegte wie Kind. Die Tränen liefen ihr über das Gesicht. Der Wind brachte erste Regentropfen. Hardo hielt sie fest und tröstete sie auf seine stumme, kraftvolle Art.

»Es tut mir leid«, murmelte Katinka, als sie sich halbwegs gefasst hatte.

Er wischte ihr die Tränen mit seinen warmen Händen weg.

»Rede.«

Sie schüttelte den Kopf.

»Kann nicht.«

»Rede trotzdem.«

Er würde ja doch nicht lockerlassen. Aber was sollte sie sagen? Dass sie sich als Monster empfand, sich fühlte, als gehöre sie gar nicht mehr auf diese Welt, auf der eiskalte Unmenschen, wie sie einer geworden war, keine Daseinsberechtigung hatten? Dass ihr die Demütigungen aus dem Boxklub keine Ruhe ließen? Dass sie Angst vor der Angst hatte?

»Ich bin herzlos«, schluchzte sie. »Ich habe gar nicht verstanden, wie schrecklich das alles ist. Ich bin ein Ungeheuer.« Sie schauderte. »Wie entsetzlich alles für Falk war und welche Angst er gehabt haben muss. Wie Niedorf sich fühlt, weil Hannes weg ist, und wie es Hannes geht. Das alles war mir nicht klar! Ich war nur gereizt, weil ich nicht durchblicke und im Dunkeln herumtappe. Falk ist neben mir erschossen worden, aber ich …« Sie konnte kein Wort mehr sagen.

»Katinka, das stimmt nicht. Schau mich an. Nein, schau mich an.«

Sie hob das Gesicht und schämte sich. Bestimmt sah sie übler aus als E.T.

»Du hast schlimme Sachen gesehen. Du musst deine Arbeit machen, deshalb hast du die Gefühle ausgesperrt.«

Katinka schüttelte mit Bestimmtheit den Kopf.

»Doch, genauso ist es, und das weißt du selbst auch. Du bist kein Unmensch. Das darfst du nicht einmal denken.«

»Ich habe niemandem helfen können. Falk nicht, und ich kann auch Niedorf nicht helfen.«

Hardo drückte sie fest an sich. Sie barg ihr Gesicht in seinem Hemd. Es tat gut, sich zu verstecken. Wenn auch nur für Augenblicke.

»Du machst diesen Job nicht, um Menschen zu helfen. Schreib dir das hinter die Ohren. Unsere Aufgabe ist es, Verbrechen aufzuklären. Dass dabei Menschen unter Umständen geholfen wird, ist eine Folge unserer Arbeit. Aber nicht ihr Zweck.«

Da war etwas dran. Katinka schniefte. Allmählich glätteten sich die kalten, schwarzen Wogen in ihrem Innern. Wenn auch nur, weil beim Weinen Stoffe ausgeschüttet wurden, die eine betäubende Wirkung hatten. Das hatte sie irgendwo gelesen.

»Schau mal«, fuhr Hardo fort. »Oft macht unsere Aufklärung für die Betroffenen alles noch schlimmer. Denk an deine Fälle, in denen du Untreuegeschichten geklärt hast. Dein Auftraggeber will zwar, dass du Beweise für den Seitensprung seiner Frau zusammenträgst, aber wenn er dann die Fotos in Händen hält, wäre es ihm lieber, du hättest das Gegenteil bewiesen.«

»Hast du nie Angst?«

»Doch. Sehr oft. Noch öfter mache ich mir Vorwürfe, etwas übersehen zu haben, einen Sachverhalt nicht klar genug durchdacht zu haben. Ich bin es leid, immer mit dem Irrwitzigen, Grausamen am Menschen zu tun zu haben. Mache mir wegen dieser Gefühle auch wieder Vorwürfe. Diese Seite unserer Arbeit kann einen zermürben. Aber sie tut es nicht unbedingt.« Er nahm ihre Hände. »Du bist stark, Katinka. Und du bist ganz bestimmt kein Ungeheuer.«

»Ich habe Hunger«, murmelte sie. »Ich will was essen. Und danach möchte ich mit dir und einer Wärmflasche ins Bett.«

Er strich ihr mit dem Zeigefinger über die Stirn.

»Das wird sich einrichten lassen.«

Und wenn das alles vorbei ist, wollte Katinka fragen, bleiben wir dann zusammen? Aber sie konnte die Frage nicht aussprechen. Sie war einfach zu groß.

Wenn im Hochsommer das Wetter verrücktspielt, dann brummt der Laden.

Sie hat nur einen kleinen Biergarten, deshalb kann sie bei schönem Wetter nicht mit viel Umsatz rechnen. Ihre Chance ist der dunkle Winter. Der in Deutschland um einiges länger als ein halbes Jahr dauert, und sie ist eine der wenigen, die sich darüber freut.

Sie hat so viel Arbeit, dass sie kaum Zeit findet, sich Gedanken zu machen. Sie muss sich lediglich ruhig verhalten. Mehr nicht. Keine Spur wird zu ihr führen, und sie hat es sich leicht gemacht, indem sie die Detektivin voller Herzlichkeit empfangen und ihr ohne Umschweife ihre Geschichte erzählt hat. Diese Offenheit wird der Schnüfflerin das Gefühl geben, mit einer ehrlichen Haut zu tun zu haben. Und bin ich nicht ehrlich, fragt sie sich, während sie die Rumpsteaks mit Kräuterbutter serviert. Ehrlichkeit ist nicht das Problem.

Sie liebt die Blicke der Gäste, wenn sie an ihre Tische tritt. Dieses freudige Glimmen in den Augen, wenn der Teller vor ihnen abgestellt wird. Diese Erwartung, die viel mehr ist als Hunger im Bauch. Da spricht die Sehnsucht nach Erfüllung und Aufmerksamkeit, vielleicht nach Liebe.

Sie eilt in die Küche zurück. Wenn sie mehr Zeit hätte, würde sie einen Essay schreiben vom Zusammenhang zwischen Körpergewicht und Liebe. Sie ist überzeugt: Wenn die Menschen in den Industrieländern mehr Liebe bekämen und mehr Zärtlichkeit, wenn sie mehr liebten und sich anderen zuwendeten, gäbe es weniger Übergewichtige. So ist das Essen das Einzige, was bleibt, sobald die Streicheleinheiten wegfallen. Eine glasklare Sache. Sie lächelt und bringt drei Filetsteaks mit Rosmarinkartoffeln an Tisch 28.

18. Das Schlüsselwort

Der Regen prasselte entfesselt auf Dächer und Straßen. In der Ferne jaulten Martinshörner. Die Feuerwehr würde bei diesem Unwetter alle Hände voll zu tun haben, um Keller auszupumpen und vom Sturm entwurzelte Bäume von den Straßen zu hieven.

Katinka lag in Hardos Armen, gewärmt, geliebt und beschützt. Entgegen ihren guten Vorsätzen hatten sie beim Essen in einem Landgasthof doch über die Arbeit gesprochen. Vielleicht finden wir keine anderen Themen, dachte Katinka zweifelnd, während sie Hardos gleichmäßigen Atemzügen lauschte.

Er hatte ihr vorgeschlagen, von Reckens Libyen-Angebot zum Schein anzunehmen.

»Aber warum?«, hatte sie gefragt.

»Es könnte sein«, antwortete Hardo langsam, »dass es eine Veränderung in dem Fall gibt, wenn sich herumspricht, dass du ein Vierteljahr im Ausland sein wirst. Immerhin spioniert dir jemand hinterher.«

»Aber ich will nicht in die Wüste!«

»Unterschreib nichts und mache auch keine eindeutigen mündlichen Zusagen. Das kriegst du doch hin?«

Sie hatte von Recken sofort angerufen.

»Professor, ich wollte mich wegen Ihres Angebots melden.«

»Also doch!« Verzückt klang seine Stimme aus dem Hörer. Katinka hatte die Lautsprecherfunktion aktiviert, damit Hardo mithören konnte. »Am Montag treffen wir uns um elf Uhr in meinem Büro. Meine Assistenten werden auch dabei sein. Ich freue mich auf Sie.«

»Na, siehst du?«, grinste Hardo, als sie aufgelegt hatte. »Er hat nur verstanden, was er verstehen wollte.«

Nun lag Katinka schlaflos da. Ihr Zusammenbruch draußen auf der Wiese war ihr peinlich. Sie verstand sich selbst nicht. Sie war völlig durcheinander. In ihrem Herzen befand sich nichts mehr am rechten Platz. Wenn sie die Augen schloss, hörte sie das perverse Gerede der Knallköpfe aus dem Boxklub. Sie fühlte, wie das Kleid riss, wie die lüsternen Blicke der drei über ihren Körper glitten. Schaudernd kroch Katinka tiefer unter die Decke. Wenn sie nur die Chiffren von Hannes' Postkarten auflösen könnte! Hannes musste ihnen doch das Schlüsselwort mitgegeben haben. Genauso wie Falk, kam es ihr in den Sinn. Falk hatte eine Chiffre in seiner Jeans mit sich herumgetragen. Um ihr oder Ljubov etwas mitzuteilen? Überhaupt, Ljubov. Hardos Kollegen hatten mehrmals versucht, sie in ihrer Wohnung aufzutreiben, aber sie öffnete nicht. Auf Nachfragen hatten die Nachbarn bestätigt, Ljubov seit Donnerstag nicht mehr gesehen zu haben. Auch in der Kanzlei gab es keine Spur von ihr. Vermutlich hat sie sich nach Russland abgesetzt, dachte Katinka und wälzte sich auf den Bauch. Aber warum? Warum lügt sie? Warum lässt sie Sergej Alexandrow behaupten, sie sei aus dem Klub weggegangen, bevor die drei Machos über mich hergefallen sind? Katinka drehte sich auf die Seite. Hardo gab ein leises Ächzen von sich. Sie würde ihn noch aufwecken mit ihrer Unruhe. Lieber stand sie auf. Diesmal lagen ihre Kleider im Bad. Sie wurde beinahe rot, wenn sie daran dachte, wie ungestüm sie einander die Sachen vom Leib gerissen hatten, kaum dass sie die Wohnung betreten hatten. Katinka schlüpfte in Jeans und Hardos Pulli. Noch nie hatte ein Mann sie so befriedigt. Noch nie hatte sie ein solch tiefes Verlangen nach Berührung verspürt. Es wäre wirklich dumm, es mit den Männern zu früh aufzugeben, rief sie sich eine von Brittas Weisheiten ins Gedächtnis.

In der Küche machte sie Licht und breitete ihre Unterlagen auf dem Tisch aus.

LLTEZRUNV RKFIJZQT TEYDXWNZ EHJDQU

Sie schrieb jede einzelne Chiffre noch einmal ab. Fuhr mit dem Finger über das Papier. Das Schlüsselwort. Sie probierte es mit HANNES, aber es kam Unsinn dabei heraus. Ohnehin Blödsinn, dachte sie. Hannes wird niemals einen Text durch seinen Namen verschlüsseln. Sie rieb sich die Schläfen. In der Wohnung in Fürstenfeldbruck war der erste Hinweis zu finden gewesen. Eine Flasche mit Badezusatz, in deren Kappe die entscheidenden Hinweise standen. Katinka rief sich so viele Details wie möglich aus dem Apartment ins Gedächtnis. Vielleicht hatte er die Bezeichnung für irgendeinen Gegenstand als Schlüsselwort gewählt. Katinka probierte BADEWASSER als Schlüssel, aber natürlich funktionierte das nicht. Dachte sie zu simpel oder zu kompliziert? Was hätte sie selbst getan, um einem anderen einen heimlichen Hinweis zu geben? Fand sich das Schlüsselwort vielleicht doch nicht in der Wohnung, sondern irgendwo anders? Bei seinem Vater?

Draußen rauschte der Regen. Wenn sie es nur schaffen würde, ihr Gehirn arbeiten zu lassen, ohne es in eine Richtung zu zwingen! Sie stand auf und stellte sich ans Fenster. Wasser stürzte vom Himmel und bildete Seen auf dem Asphalt. Die Beleuchtung der roten Kirche war abgeschaltet. Bamberg schlief, abgesehen vom zeitweiligen Heulen der Feuerwehrwagen, die von Einsatz zu Einsatz rasten. Katinka leerte ihren Rucksack aus. Räumte alles wieder ordentlich ein. Ordnung gab Sicherheit. Menschen, die zwanghaft Ordnung hielten, waren ängstliche Typen. Was geht mir da nur durch den Kopf, grübelte sie und lachte leise. Lauter philosophischer Quatsch, dabei ist nichts Bedeutendes im Rucksack, nur der übliche Kram. Zum Glück hat der Angreifer aus Hannes' Haus mir nicht den ganzen Rucksack geklaut, sondern nur die DVDs, dabei waren die Scheiben nicht einmal drin …

Hinter Katinkas Stirn begann es bedrohlich zu pochen. Die DVDs! Die Filmtitel. Vielleicht wollte Hannes unsere Aufmerksamkeit auf die Filmtitel lenken, weil er sie als Schlüsselwörter benutzt hat! Sie riss ein leeres Blatt aus ihrem Block und schrieb:

SCHLÜSSEL	F	O	R	R	E	S	T	G	U	M	P
Klar											
GEHEIM	L	L	T	E	Z	R	U	N	V	R	K

Nach drei Buchstaben gab sie enttäuscht auf. *gxc* – das konnte kein Wort werden. Wütend hieb sie mit der Faust auf die Tischplatte. Welches war der zweite Film gewesen? Sie war nahe daran, Fürlitzer anzurufen, obwohl es halb drei in der Nacht war. Sie suchte die Telefonnummer heraus, als es ihr einfiel. ›Elsa und Fred‹. Sie notierte ELSAUNDFRED als mögliches Schlüsselwort und legte los. Sie kam einmal durch den Schlüssel. Schrieb voller Eifer den Klartext mit. War so begeistert, dass sie erst nach einigen weiteren Buchstaben Unsinn stoppte und auf ihr Blatt starrte.

SCHLÜSSEL	E	L	S	A	U	N	D	F	R	E	D	E	L	S	A	U	N	D	F	R
Klar	h	a	b	e	f	e	r	i	e	n	h	b	x	r	z	w	g	q	z	h
GEHEIM	L	L	T	E	Z	R	U	N	V	R	K	F	I	J	Z	Q	T	T	E	Y

»Mist, verdammter!«, rief sie. Es klappte doch. *habeferienh* – das war immerhin ein Anfang! Aber warum ging es nicht weiter? Katinka wischte sich über die Augen. Himmel, hilf mir. Das ist doch nicht wahr!

Mit zitternden Fingern strich sie das Schlüsselwort aus und hängte beide Filmtitel hintereinander. Angewidert besah sie sich ihre krakelige Schrift, holte tief Luft und dechiffrierte. »Gehe zur Zeile, die mit F beginnt«, murmelte sie, »und suche das F – klar, das wird ein a.« Sie notierte den Buchstaben. »Gehe zur Zeile, die mit O beginnt und suche das I: o.k., ein u.« Sie streckte den Rücken. »Gehe zur Zeile, die mit R beginnt, und suche das J: s.« *habeferienhaus* stand nun auf ihrem Zettel.

»Scheiße, ja!«, rief Katinka verhalten. »Es klappt.« Dieser clevere Hannes! Er hatte die Filmtitel aneinandergereiht und so ein Schlüsselwort fabriziert: ELSAUNDFREDFORRESTGUMPELSAUNDFR.

Konzentriert fuhr Katinka über die Abteilungen ihres von Hand abgeschriebenen Vigenère-Quadrates. Schrieb Buchstabe für Buchstabe auf. Verblüfft und stolz zugleich blickte sie drei Minuten später auf den Klartext: *habeferienhausimbayerischenwald*.

»Er hat ein Ferienhaus im Bayerischen Wald«, murmelte Katinka. »Das bedeutet, wir wissen jetzt, wo Hannes steckt. Und wohin Anja sich aufgemacht hat.« Ihre Hochstimmung hielt allerdings nur wenige Sekunden an. Der Bayerische Wald war groß genug, um für Monate unterzutauchen. Wenn nicht für länger.

Sie musste Hardo wecken. Sie brauchten eine neue Idee. Gab es noch einen Hinweis auf einen Ort, an dem Hannes sich versteckte? Hatte er aus Vorsicht nicht den genauen Ort auf die Postkarten gekritzelt?

Entschlossen ging Katinka ins Schlafzimmer.

»Hardo?« Sie berührte sacht seine Schulter. »Hardo. Wach auf. Ich habe was entdeckt.«

»Hm?« Er hatte tief und fest geschlafen und brauchte einen Moment, um zu wissen, wovon sie redete.

»Ich habe den Code geknackt!«, verkündete Katinka und fühlte sich grandios.

Er fuhr hoch.

»Du hast was?«

»Den Geheimtext entschlüsselt, den Hannes unter die Briefmarken geschrieben hat.«

Hardo kratzte sich die Bartstoppeln.

»Langsam. Du weckst mich mitten in der Nacht auf, um ... was steht da?«

»Habe Ferienhaus im Bayerischen Wald.«

Hardo blickte sie ein paar Sekunden stumm an. Dann stand er auf und sagte:

»Zeig es mir.«

Sie führte ihn in die Küche und erklärte ihm, wie sie mit Hilfe des Vigenère-Quadrates und der Schlüsselwörter den Geheimtext dechiffriert hatte. Hardo besah sich alles genau. Schließlich hob er den Kopf und sagte:

»Sehr gut. Sehr, sehr gut.«

Sie sah die Anerkennung in seinem Blick, aber das war im Augenblick nicht bedeutsam.

»Aber wo im Bayerischen Wald hat er ein Ferienhaus?«, sagte sie eifrig. »Das ist jetzt die nächste Frage.«

Hardo wiegte den Kopf.

»Vielleicht hat sein Vater dort eine Hütte.«

»Glaube ich nicht«, widersprach Katinka. »Dann hätte er längst damit gerechnet, dass Hannes sich dort verschanzt.«

»Scheiße, ja«, brummte Hardo.

»Ich rufe Valente an. Er hat die Postkarten mitgenommen. Vielleicht findet sich irgendwo noch ein Hinweis.«

Hardo sah zweifelnd drein.

»Willst du ihn mitten in der Nacht rausklingeln?«

Aber Katinka merkte ihm an, dass auch er Rauch gerochen hatte und nun das Feuer nicht weit weg vermutete. Sie griff nach ihrem Handy und wählte Valentes Nummer. Er meldete sich Sekunden später.

»Hallo«, sagte er unbestimmt.

»Katinka Palfy hier. Ich habe dich nicht geweckt?«

»Nein. Gerade dachte ich, ich sollte dich anrufen.«

Katinka stellte auf ›laut‹. »Ich hatte den Verdacht, dass Hannes in den Fotomotiven auf den Postkarten etwas versteckt haben könnte«, fing Valente an. »Wissen Sie, was Semagramme sind?«

»Nein. Erkläre.« Katinka schnitt Hardo eine Grimasse. Valentes ständiger Wechsel zwischen ›Sie‹ und ›du‹ amüsierte sie.

»Also.« Valente räusperte sich. »Fotos eignen sich vorzüglich, um geheime Botschaften darin zu verstecken. Man hat zum Beispiel das Motiv einer Burg. Dann hebt man mit einem Filzstift oder irgendwie anders den Torbogen hervor, sodass er als Buchstabe U durchgeht.« Katinka zog die Stirn kraus und sah Hardo an. Er schnappte sich einen Stift und machte sich Notizen. »Oder die Pflastersteine auf einem Weg werden irgendwie verstärkt. Es werden Buchstaben oder Zahlen daraus. Ist kein Kunststück.«

»Hast du so ein Semagramm entdeckt?«, drängte Katinka.

»Eine Karte war dabei«, begann Valente, »da sieht man ein abgewracktes Ruderboot im Schilf liegen. Ich habe es mir die halbe Nacht angesehen und habe etwas gefunden.«

»Schieß los!«

»Nein«, sagte Valente. »Zuerst versprechen Sie mir, dass Sie mich mitnehmen.«

»Mitnehmen? Wohin!«

»Dorthin, wo Hannes und Anja sich verstecken.«

»Das kann ich nicht versprechen. Es kommt darauf an, wie gefährlich das wird.«

Hardo zog die Augenbrauen in die Höhe. Was soll ich machen?, fragten Katinkas Lippen lautlos. Hardo schenkte ihr ein kleines Lächeln. ›Du schaffst das schon‹, kritzelte er auf den Block.

»Dann verrate ich Ihnen nicht, was ich gefunden habe.«

»Valente, so geht das nicht. Ich verstehe, dass du dir Sorgen um deine Freunde machst. Gerade deshalb musst du den Professionellen die Arbeit überlassen.«

»Den Professionellen? Sie hätten doch nicht einmal gewusst, was eine Chiffre ist, wenn ich es Ihnen nicht erklärt hätte.«

»Hannes versteckt sich im Bayerischen Wald«, sagte Katinka.

Eine Weile war es still in der Leitung. Schließlich fragte Valente:

»Woher wissen Sie das?«

Also hat er einen Ortsnamen, dachte Katinka aufgeregt. Sie klemmte das Telefon zwischen Schulter und Kinn und schrieb: ›Er muss einen Namen haben‹ auf Hardos Zettel. Der Kommissar nickte und notierte ›Verhandeln!‹ daneben. Katinka sagte:

»Information gegen Information, Valente. Du sagst mir, was du gefunden hast, und ich sage dir, was ich gemacht habe, um die Chiffre zu knacken.« Sie war immer noch mächtig stolz auf ihre kryptoanalytische Leistung. Hardo grinste spöttisch. Sie streckte ihm die Zunge heraus. In der Leitung war es lange still. Katinka war fest entschlossen, zuerst Valente aus der Reserve kommen zu lassen.

»Sie nehmen mich mit«, sagte Valente entschlossen. Katinka hörte seine hektischen Atemzüge. »Sonst halte ich die Klappe und verbrenne die Postkarten im Kamin.«

Hardo nahm Katinka das Telefon aus der Hand.

»Hier spricht Hauptkommissar Harduin Uttenreuther, Kripo Bamberg«, sagte er. Seine Stimme klang messerscharf. »Sie werden die Postkarten in 20 Minuten abliefern. Bis dahin wird entschieden, ob wir Ihnen die Chance geben, sich unsere Arbeit anzusehen. Andernfalls kriegen Sie eine Anzeige wegen Unterdrückung von Beweismitteln.«

Fasziniert lauschte Katinka Valentes Keuchen aus dem Lautsprecher. ›Wo wohnt er?‹, schrieb Hardo auf das Blatt. ›Stegaurach‹, kritzelte Katinka daneben.

»Wir sind in 20 Minuten an der katholischen Kirche in Stegaurach«, sagte Hardo. »Bis dann!« Er legte auf.

»Die Staatsmacht droht mit mächtigem Finger«, sagte Katinka und grinste schief. Wieder einmal saß der Hauptkommissar am längeren Hebel.

»Wie du weißt, ist Unterdrückung von Beweismitteln ein Amtsdelikt. Trifft nur uns Staatsdiener. Aber es hat gewirkt. Ich mache uns einen schnellen Kaffee. Pack deine Sachen zusammen.«

Katinka sah ihm zu, wie er Wasser aufsetzte und dann hinausstürmte, um sich anzuziehen. Er brauchte keine zwei Minuten für seinen üblichen Aufzug aus Jeans, kariertem Hemd und Turnschuhen. Um die Schulter trug er das Holster mit seiner Heckler & Koch. Katinka räumte ihre Unterlagen in den Rucksack. Plötzlich war sie unendlich müde, und nur die Aufregung hielt sie aufrecht. Rasch trank sie ein paar Schlucke Kaffee, bevor sie ihre Waffe umschnallte und hinter Hardo die Wohnung verließ.

»Punkt eins«, begann Hardo, während er den Motor anließ und ausparkte. »Ich habe den Verdacht, dass diesen Hannes Niedorf nicht nur die Angst dazu antreibt, seine Nachrichten zu verschlüsseln. Ich spüre da unterschwellig einen gewissen Spieltrieb. Punkt zwei: Ich habe ein ungutes Gefühl, wenn ein Schüler verschwindet, und sei es freiwillig. Jetzt ist noch seine Freundin zu ihm geflüchtet. Und die beiden haben Angst, sich telefonisch zu melden. Das muss bedeuten, dass sie entweder Gespenster sehen oder tatsächlich sicher sind, dass man sie beobachtet und jeden ihrer Schritte verfolgt.«

»Was bedeutet der Hinweis auf die Drogen?«

»Ausgezeichnete Frage«, sagte Hardo. »Wir haben in Falks Wohnung Kokain gefunden. Falk war aber nicht süchtig. Bei der Obduktion wurde festgestellt, dass er weder rauchte noch nennenswert Alkohol trank. Geschweige denn etwas Härteres einwarf. Er hat auch nicht gedealt. Ich glaube das nicht. Er war nicht der Typ, der ein Vierteljahrhundert als braver Bürger existiert und plötzlich zum Dealer wird.«

»Also muss ihm jemand die Drogen untergeschoben haben, um euch auf eine falsche Fährte zu führen.«

Hardo lenkte den Wagen durch die schlafende Stadt. Der Regen hatte nachgelassen. Am Schönleinsplatz blockierten Äste die Fahrbahn. Hardo umfuhr sie vorsichtig. Sie schlängelten sich durch die Altstadt, ratterten am Dom vorbei über das Kopfsteinpflaster. Die Mauern der Hofhaltung und der Residenz säumten schweigend ihren Weg, und wie immer überkam Katinka bei ihrem Anblick ein flaues Gefühl. Auch dort hatte sich einst zu viel Macht zusammengebraut.

»Wo steckt Ljubov?«, fragte sie halblaut. »Warum hat sie mich in den Boxklub geschleppt? Wer ist der Kapuzenmann von gestern Nachmittag?«

Hardo warf ihr einen Blick zu, sagte aber kein Wort. Katinka wusste weshalb. Er hatte genauso wenig Ahnung wie sie, und in seinem Kopf wirbelten dieselben Fragen. Als sie die Engstelle am Torschuster hinter sich hatten, beschleunigte Hardo. Sie fuhren den Berg hinauf. Die Villen in ihren verträumten Gärten lagen dunkel da. Auch die Altenburg konnten sie kaum erahnen. Die Beleuchtung war längst ausgeschaltet. Hardo fuhr durch Wildensorg und nahm eine Abkürzung durch die Felder. In Stegaurach lenkte er seinen Golf zielsicher zur Kirche. Er schaltete die Scheinwerfer aus.

»Siehst du ihn?«, raunte er.

»Nein.« Ihre Antwort war ein Flüstern. Müdigkeit und knisternde Aufregung stellten keine gute Mischung dar. Hardo tastete nach ihrer Hand und drückte sie kurz.

»Wenn der Junge eine genauere Ortsangabe hat als wir, dann machen wir uns auf den Weg. Und zwar sofort.«

»Klar.« Katinka nickte und spähte angespannt in die Nacht.

Sie schwiegen. Minuten später glitt ein Mensch in Regenjacke aus dem Schatten der Kirche.

»Ist er das?«, flüsterte Hardo.

»Ja!« Katinka wollte die Tür öffnen, aber Hardo war schneller.

»Steig hinten ein«, zischte er und sprang auf die Straße. »Valentin Kazulé?«

Während Katinka auf die Rückbank kroch, sah sie Valente näher kommen. Seine Locken hingen nass um sein Gesicht. Er wirkte räudig wie ein Straßenköter.

»Und wer sind Sie?«

Hardo zeigte seinen Dienstausweis.

»Steigen Sie ein. Keine Angst, es geht nur darum, dass wir nicht durchweichen.«

Valente öffnete die Beifahrertür und ließ sich auf den Sitz fallen.

»Hallo, Valente!«

Er zuckte zusammen, drehte sich aber nicht zu Katinka um.

»Also, was haben Sie uns zu sagen?«

»Dürfen Sie das eigentlich?«, fragte Valente.

»Sie sind freiwillig gekommen«, erklärte Hardo freundlich. »Niemand hat Sie gezwungen. Sie könnten friedlich im Bett liegen und träumen.«

Valente zerrte eine Plastiktüte unter der Regenjacke hervor.

»Hier sind die Postkarten drin. Ich habe nur ein Semagramm entdeckt. Den Namen Oswald.«

»Oswald?«, fragte Katinka, während sie die Karte in die Hand nahm und mit ihrer Taschenlampe ableuchtete. Sie hatte auf einen Ortsnamen getippt.

»Das *ist* ein Ortsname«, sagte Hardo, als habe er ihre Gedanken gelesen. »Hinten liegt ein Autoatlas. Schau rein.« Er ließ den Motor an. »Wir machen eine Spazierfahrt. Wenn Sie nicht möchten, können Sie nach Hause gehen, Valentin.«

»Nein, fahren Sie lieber ein Stück, hier guckt ständig einer aus dem Fenster«, murmelte Valente. »Sogar nachts.«

»Ich hab's!«, rief Katinka. »Es gibt einen Ort im Bayerischen Wald namens Sankt Oswald, direkt am Nationalpark. Ziemlich südlich.«

Hardo steuerte den Golf aus dem Ort. Eine Weile fuhren sie schweigend, bis er schließlich nach rechts in einen Flurbereinigungsweg einbog. Er hielt und schaltete das Licht aus. Die völlige Dunkelheit hier draußen brachte die drei Menschen in dem Auto einander näher. Sie hörten sich gegenseitig atmen. Spürten ihre Ängste und bohrenden Fragen. Katinka sah auf Hardos mächtigen Rücken. Er sagte keinen Ton. Valente zog die Schultern hoch. Schließlich fragte er:

»Und jetzt?«

»Sagen Sie mir, was Sie denken.«

»Hannes und Anja sind in Sankt Oswald. Sie halten sich versteckt, weil sie Angst haben. Ich weiß nicht, wovor.«

»Haben Sie mit Ihrem Vater gesprochen?«

»Über Hannes? Ich rede mit meinem Vater nur, wenn es nicht anders geht. Ihm traue ich nicht über den Weg.« Valente lachte auf.

Katinka war sich nicht sicher, ob er die Wahrheit sagte. Sie wusste, dass er seinen Vater hasste, aber Hass nahm viele Gesichter an. Es wäre ebenso denkbar, dass Valente dem alten Kazulé gegenüber irgendein Detail erwähnt hatte, das mit Hannes und den Gerüchten über Kaminsky zu tun hatte. Einfach, um seinem Vater eins auszuwischen.

»Erzähle uns deine Version, Valente«, bat sie leise.

Wieder war es still im Wagen. Sie hörten nur das feine Sprühen des Regens.

»Hannes ist der Einzige, der mit Sicherheit sagen kann, was Kaminsky und mein Vater damit zu tun haben«, fing

Valente an. »Ich habe meine Eltern neulich streiten hören. Ich glaube, die beiden warten, bis ich aus dem Haus bin, damit sie sich scheiden lassen können.«

Katinka sah Hardos Wangenmuskeln hervortreten.

»Ist Ihr Vater viel unterwegs?«

»Ziemlich oft. Am Wochenende. Hat in München irgendwelche Sachen zu bereden. Beruflich. Nehmen Sie mich jetzt mit nach Sankt Oswald?«

Valentes Blick klebte an Hardos Gesicht, als der Kommissar fragte:

»Sind Sie volljährig?«

»Nächsten Monat werde ich 18.«

»Dann lautet meine Antwort ›nein‹.« Hardo drehte den Zündschlüssel.

Valente griff danach und würgte den Motor ab.

»Moment! Das können Sie nicht machen! Sie haben mich übervorteilt. Ich habe Ihnen vertraut!« Vor Empörung zitterte seine Stimme.

Hardo wandte sich ihm zu.

»Ich will Ihnen etwas sagen, und Sie werden mir zuhören und mich nicht unterbrechen.«

Valente schluckte. Sein Blick hing an Hardo.

»Es geht hier nicht um Sie, Valentin. Es geht um Ihre Freunde, um Hannes und Anja. Um ihre Sicherheit und Unversehrtheit. Sie ahnen, wovor Hannes solche Angst hatte, dass er verschwand, nicht wahr?«

Valente blieb nichts anderes übrig als zu nicken.

»Wir beide«, er zeigte auf sich und Katinka, »möchten nicht noch einen anderen jungen Menschen in Gefahr wissen. Deshalb fahre ich Sie jetzt zurück. Sie werden selbst entscheiden, ob Sie Ihrem Vater von unserem Treffen berichten oder nicht.«

Valente schüttelte den Kopf.

»Das werde ich nicht. Sie können sich drauf verlassen.«

»Die Postkarten«, sagte Hardo, »sind wichtige Beweismittel. Ich benachrichtige einen Kollegen. Bitte bringen Sie die Sachen zu ihm in die Polizeidirektion.«

»Aber sie gehören Hannes' Vater«, wandte Valente ein.

»Ich rede mit Charly Niedorf«, versprach Katinka. »Er kriegt alles zurück.«

Hardo ließ den Motor an und fuhr zurück nach Stegaurach. An der Tankstelle hielt er.

»Tschüss«, sagte Valente und tauchte in die Dunkelheit.

19. Im Wald

»Es ist ein Puzzle mit zu vielen Teilen«, sagte Katinka. »Wenn die Geschichte so geradlinig gestrickt ist – was tut Ljubov darin, der Boxklub, Sergej Alexandrow, die drei Schweinebacken, warum sind Drogen in Falks Wohnung …« Sie brach ab.

»Schlaf ein wenig«, sagte Hardo. »Du brauchst deine Kräfte, sobald wir in Sankt Oswald sind.«

Sie hörte halbherzig zu, wie er telefonierte und mit einem Kollegen die neuesten Entwicklungen besprach.

Der Gedanke, dass Hardo die Ermittlungen außer mit ihr auch noch mit jemand anderem teilte, gefiel ihr nicht sonderlich. Aber diese Einstellung war albern, so viel war klar. Schließlich musste Hardo sich absichern. Zum ersten Mal seit Langem bedauerte sie es, nicht für die Polizei zu arbeiten.

Sie fuhren über die Autobahn in den erwachenden Morgen hinein. Schon ein Monat nach Sonnenwende, dachte Katinka träge, während sie sich Hardos Pulli auszog und als Kopfkissen in ihren Nacken stopfte. Wer sind wir geworden? Was ist das mit uns? Sind wir ein Paar? Haben wir Zukunft? Was sieht Hardo in mir? Sie konnte keine dieser Fragen beantworten. Nicht einmal Vermutungen hatte sie. Herzenssachen waren so viel komplizierter als Kriminalfälle. Sie wusste nur eines mit Sicherheit: dass sie sich in jeder Sekunde ihres Daseins nach Hardo sehnte, sogar wenn sie neben ihm saß, so wie jetzt. Das konnte nur eines bedeuten. Sie seufzte leise und bemerkte für Sekunden seinen investigativen Blick auf sich gerichtet. Dann nickte sie ein.

Strahlend ergoss sich die Sonne über rauchblaue Berge im Hintergrund.

»Wo sind wir?«, murmelte Katinka und richtete sich auf.

»Kurz hinter Deggendorf. Wir fahren gleich von der Autobahn runter. Dann trinken wir einen schnellen Kaffee zum Wachwerden.«

Sie fuhren durch ein paar verschlafene Orte, bis sie eine Bäckerei entdeckten, die um sieben ihre Türen öffnen würde.

»Warten wir die zehn Minuten ab«, sagte Hardo. Er stieg aus und streckte sich.

»Soll ich fahren?«, fragte Katinka und sah zweifelnd in sein graues Gesicht.

»Geht schon. Ich habe einige Stunden geschlafen heute Nacht.«

»Wenn wir mit unserem Bamberger Kennzeichen in Sankt Oswald eintrudeln, meinst du nicht, das warnt Hannes und Anja?«

»Wir brauchen nicht mehr lange, bis wir dort sind. Und welcher Schüler, selbst wenn er auf der Flucht ist, steht am Sonntag vor acht Uhr auf.«

»Aber wie finden wir die beiden?«

Hardo grinste und legte Katinka die Hände auf die Schultern.

»Wozu, glaubst du, habe ich eine Privatdetektivin dabei? Bist du nicht Spezialistin im Auffinden von Verlorenen?« Er küsste sie. Ziemlich lange. Bis eine quietschende Tür sie beide aus dem schönen Traum riss.

»Grüß Gott«, sagte die Frau, die das Schild mit der Aufschrift ›Geschlossen‹ energisch umdrehte.

Sie bestellten sich Kaffee. Hungrig biss Katinka in einen Amerikaner. Wenn ihre Gehirnzellen genügend Zucker bekamen, lieferten sie ihr vielleicht eine Idee, wie sie Anja und Hannes auftreiben sollte. Es gab Situationen, in denen man nicht planen konnte. Sich auf die Gegebenheiten einlassen, spontan entscheiden musste. Verstohlen beobachtete sie Hardo, der sein Croissant in den dampfenden Kaffee tunkte. Vielleicht muss man das in anderen Angelegenheiten auch, grübelte Katinka. Wer kann mir das sagen?

Die Fahrt führte sie immer steilere Hänge hinauf. Der Wald glühte förmlich in der Sonne. Auf jeder Anhöhe taten sich neue Einblicke auf, immer weiter glitt der Blick nach Osten, es öffnete sich Bergkette um Bergkette.

»Da hinten sieht man den Rachel«, sagte Hardo. »Einer der höchsten Berge in der Gegend. Soweit ich weiß, liegt er im Nationalpark. Wenn man Zeit hätte, könnte man hier einiges unternehmen.«

Katinkas Augen brannten vom Schlafmangel. Sie war es nicht gewöhnt, die Kontaktlinsen so früh am Morgen zu tragen. Dennoch war sie wie benommen von der Weite und Schönheit der Landschaft um sie her.

Wenn die Information, die Valente ihnen gegeben hatte, nun nicht stimmte? Wenn er selbst das Wort ›Oswald‹ in das Foto eingefügt hatte? Verdammt, warum hatte sie ihn nicht in die Mangel genommen? Auch Hardo war nicht auf die Idee gekommen. Sie hatten Valente vertraut, und ob ihre Gutgläubigkeit ein Fehler war oder nicht, würden sie bald feststellen.

Sie kamen immer höher, bis sie endlich das Ortsschild passierten. Es war kühl, 16 Grad zeigte das Thermometer an. Doch das würde sich ändern, der Tag begann vielversprechend. Hardo hielt an der Straße.

»Ich warte. Du suchst Anja und Hannes. Ich brauche eine Mütze Schlaf.« Er lachte auf, als er ihre empörte Miene sah. »Es ist kein Witz«, sagte er. »Besser, wir verbrauchen nicht gleich unsere beiden Gesichter im Kontakt mit den Leuten hier. Natürlich bin ich jederzeit für dich da. Melde dich spätestens in einer Stunde, ja?«

Katinka war nicht ganz überzeugt, dass Hardo wirklich schlafen wollte, obwohl ihm ein Nickerchen guttäte. Wollte er sie auf die Probe stellen? Herausfinden, was sie wirklich zu leisten imstande war? Katinka konnte das kaum glauben. Ihre kriminalistischen Fähigkeiten hatte sie oft unter Beweis gestellt, und sie wusste, dass Hardo sie anerkannte. Sie stieg aus und pumpte die Morgenluft in ihre Lungen, als sie flott den Berg hinaufschritt, mitten hinein in den Ort. Leute mit Gesangbüchern unter dem Arm kreuzten ihren Weg.

»Grüß Gott«, sagte Katinka zu einem Mann im Trachtenjanker. »Helfen Sie mir kurz?«

Er lachte und zeigte einen Goldzahn.

»Klar. Worum geht's?«

»Ich suche eine Ferienwohnung. Wird das schwierig werden, jetzt zur Hochsaison?«

»Ach, da fragen Sie mal den Wagner Gustav. Soll es ab heute sein?«

Katinka nickte.

»Ziemlich kurzfristig, aber wenn einer Rat weiß, dann der Gustav. Er wohnt neben der Metzgerei. Kennt alle Mietverhältnisse in der Gegend, besser als das Fremdenverkehrsamt.« Der Mann legte die Hand an den Hut und nahm seinen Weg zur Kirche wieder auf.

Zwei Minuten später drückte Katinka auf eine Klingel mit einem verblichenen Namensschild.

»Wer da?«, schepperte es aus der Gegensprechanlage.

»Grüß Gott. Ich heiße Katinka Palfy und suche eine Ferienwohnung. Es hieß, Sie wüssten …«

»Ach, jetzt, so früh? Ihr Touristen werdet auch immer sonderbarer.«

Der Summer ertönte, und Katinka kletterte eine steile Treppe in den ersten Stock. Das Treppenhaus roch nach Bier, Zigarette und Katze. An der Wohnungstür lehnte ein Schrank von einem Mann, mindestens zwei Meter groß. Er musste den Kopf einziehen, als er vor Katinka herging. Den Türrahmen füllte er vollkommen aus. Er führte Katinka in eine blitzsaubere Küche und stellte das Radio an.

»Jetzt, am Sonntagmorgen«, grollte Gustav Wagner. »Setzen Sie sich.«

»Zwei Freunde von mir«, beeilte sich Katinka, »haben vor Kurzem auch noch ganz kurzfristig ein Ferienhaus gemietet. Ich dachte, vielleicht habe ich Glück.«

»Sind Sie allein?«

»Zu zweit.« Der Amerikaner in ihrem Magen revoltierte.

»Na, schauen wir mal.« Er riss einen überquellenden Aktenordner aus dem Küchenschrank und blätterte darin, während er vor sich hinmurmelte und einige Blätter an den Ecken einknickte.

»Da war ein junger Kerl«, sagte er. »Alfred Wiesmüller, so hat er sich vorgestellt. Ist das Ihr Freund? Komisch, junge Männer heißen heute doch nicht mehr Alfred. Verrückte grüne Augen hat der. Er wollte etwas außerhalb haben, weit ab vom Schuss. Wollte mit seinem Mädchen ungestört sein, das kann jeder verstehen. Er hat Schwein gehabt. Der alte Luzi hat eine Hütte. Im Wald, keinerlei Luxus, aber fließend Wasser gibt es und Strom natürlich auch. Der Luzi nimmt gern mal neben der Steuer ein bisschen was ein, kann man verstehen.« Er sah auf und blickte Katinka scharf an.

»Klar. Liegt das Haus wirklich mitten im Wald?«

»Beim Tierfreigelände, zwischen Alt- und Neuschönau, fast direkt am Wanderweg Richtung Sankt Oswald. Aber die Hütte ist ja nun schon vermietet. Wollen Sie im Ort wohnen? Ganz unten am Ortseingang, bei den Meyers? Zwei Zimmer, Küchenzeile, Bad, Balkon.«

»Kostenpunkt?«

»40 Euro am Tag. Zu zweit. Mit Frühstück. Gutes Angebot.«

»Ich werde meinen … Mann fragen. Und dann sage ich Ihnen Bescheid.«

Gustav Wagner blickte Katinka finster an.

»Ja, ja, immer das Gleiche mit euch Touristen. Erst pressiert's, und dann hört ihr den Preis, haut ab und kommt nie wieder.«

»Ich lasse von mir hören«, sagte Katinka nur, reichte ihm die Hand und ging in den Flur. Als sie die Wohnungstür öffnete, schoss eine Katze aus der Dunkelheit und strich um ihre Beine.

Sie riss die Autotür auf. Hardo fuhr hoch. Er war tatsächlich eingeschlafen.

»Ich weiß, wo sie wohnen. In einer Hütte im Wald. Vom Tierfreigelände den Wanderweg entlang.«

Hardo fuhr sich über den Schädel.

»Sieh an«, er sah auf die Uhr. »Nicht einmal 30 Minuten. Das nenne ich effektiv. Und wo ist das verdammte Tierfreigelände?«

»Den Berg hoch, oben rechts. Den Wegweisern nach Neuschönau folgen.« Sie lächelte, als er sie fragend ansah. Mit diesen Gletscheraugen. »Das ist keine Kunst. Jedes Kaff besitzt heutzutage eine Informationstafel.«

Sie beobachtete, wie Hardo bei jeder Abzweigung, die sie nahmen, in den Rückspiegel sah.

»Folgt uns jemand?«

»Nein. Ich vergewissere mich bloß, dass wir niemanden übersehen.«

»Wir sollten nicht mit dem Auto bei unseren beiden Vermissten vorfahren.«

»Auf keinen Fall! Wir gehen zu Fuß, stellen das Auto aber so nah wie möglich ab. Du zeigst dich, ich bleibe im Hintergrund, falls einer von beiden abhauen will oder sonst etwas passiert.«

»Wie ist unsere Strategie?«

»Herausfinden, wovor sie davonlaufen und was Hannes entdeckt hat.«

»Sollten wir sie überreden, mit uns zurückzufahren?«, fragte Katinka.

»Darüber habe ich auf der ganzen Fahrt nachgedacht.« Hardo hielt am Straßenrand und ließ einen dunklen Ford vorbeifahren. Sie warteten eine Weile, aber kein anderes Auto tauchte auf. »Für die Ermittlungen brauche ich etwas Handfestes. Etwas, das unsere Vermutungen stärkt, womit ich den Oberboss und die Staatsanwaltschaft überzeugen kann, dass die Kaminsky-Geschichte von damals der Dreh- und Angelpunkt des Falles ist.«

Er fuhr an. Kurz darauf erreichten sie das Tierfreigelände. Hardo stellte den Golf auf dem Parkplatz ab.

»Wir müssen aufpassen, dass wir niemanden zu den beiden führen«, sagte Katinka. Ihr Hals war trocken. Vor Müdigkeit. Und Nervosität.

»Das sollten wir auf keinen Fall tun«, sagte Hardo ernst. Er langte auf den Rücksitz und zog seine Lederjacke über das Hemd. »Es braucht nicht gleich jeder zu sehen, dass wir bewaffnet sind.«

Katinka lachte auf.

»In dieser Kluft siehst du unverkennbar wie ein Bulle aus, Hardo!«

Wie zwei frühe Ausflügler schlenderten sie über den Parkplatz zum Eingang. Katinka entschuldigte sich für einen Moment und verschwand auf der Toilette. Sie trank mindestens einen halben Liter Wasser direkt vom Hahn und kühlte ihr erhitztes Gesicht. Danach fühlte sie sich besser. Sie fand Hardo in eine Beschreibung der Wanderwege vertieft.

»Hier gibt es eine Menge Wege«, murmelte er. »Aber nach Sankt Oswald führt nur einer.«

»Des Wandern ist des Müllers Lust«, sagte Katinka.

Sie überquerten die Straße, die sie gekommen waren, und tauchten gegenüber in den Wald. Die Luft erwärmte sich. Ein schwerer, süßer Duft schwebte über allem. Katinka atmete tief durch. Diese Gegend war ein Traum. Wir könnten die Ferienwohnung nehmen, die Gustav Wagner vorgeschlagen hat, dachte sie. Urlaub machen. Uns ausklinken. Uns um die wichtigen Dinge kümmern. Sie schüttelte den Kopf. Hannes und Anja *waren* wichtig. Die Ermittlungen waren wichtig. Sie musste daran denken, wie sie gestern beinahe durchgedreht war vor Schuldbewusstsein. Nun ertappte sie sich schon wieder bei dem Gedanken, alles so schnell wie möglich abhaken zu wollen.

»Ist was?«, fragte Hardo.

»Nein. Ich bin nur aufgeregt.«

Er erwiderte nichts.

»Ich glaube, wir sind zu weit gegangen«, sagte Katinka

nach wenigen Minuten. Sie war sicher, eine Art Zufahrtsweg gesehen zu haben. Eine Abzweigung, die mitten ins Gestrüpp führte und die sie daher nicht beachtet hatten. Sie kehrten um.

»Hier.« Sie wies auf ein paar gerupfte Brombeersträucher.

»O. k. Geh vor. Ich bleibe hinter dir. Handys auf taktilen Alarm schalten.«

Sie sah, wie er an seinem Holster rückte. Es geht gut, machte sie sich Mut, während sie sich durch die Dornen quetschte und im Unterholz weiterstapfte. Es wird nichts passieren. Später sollte sie viele Male an dieses Mantra denken, mit dem sie sich aus der Affäre hatte ziehen wollen. Mit dem sie aus diesem Fall einen wie jeden anderen hatte machen wollen. Einen Vermisstenfall mit glücklichem Ausgang. Weil man sich ein anderes Ende nicht vorstellen wollte. Als ob gutes Zureden jemals etwas geholfen hätte.

Sie achtete auf Zeichen, die ihr verrieten, ob hier in letzter Zeit Leute vorbeigekommen waren. Einmal fand sie einen Knopf. Er könnte zu einer Jeans passen. Behutsam hob sie ihn auf und verstaute ihn in einer Plastiktüte.

Zwischen den Bäumen tauchte ein Haus auf. Es schien Katinka winzig, mehr wie ein Schuppen, in dem ein Förster ein paar Gerätschaften unterstellte. Eine Tür an der Vorderseite, an jeder anderen Wand je ein Fenster. Ein Hexenhäuschen. Die Fensterläden waren verrammelt.

Hatte sie sich getäuscht? Gab es wirklich einen Alfred Wiesmüller, der nun in dieser Kartause friedlich schlief? Der zufällig grüne Augen hatte, wie Hannes?

Sie sah sich um. Hardo war nirgendwo zu sehen. Er ist wie ein Bär in der Wildnis, dachte sie und fühlte eine Welle von Zärtlichkeit heranrollen. Macht sich unsichtbar. Sie hoffte, dass er dicht hinter ihr war und das Haus nun ebenfalls sah.

Auf ihr Klopfen regte sich zunächst nichts. Sie bullerte gegen die Tür.

»Hallo? Hannes? Anja? Ich bin es, Katinka Palfy.«

Ihre Rufe tönten laut in ihren eigenen Ohren. Das Herz schlug ihr bis zum Hals. Irgendwo hörte sie Schritte, und das Handy in ihrer Hosentasche vibrierte.

»Hardo? Was ist?«

»Ich bin hinter dem Haus. Es rührt sich nichts. Halte die Verbindung.«

»Gut.« Katinka hämmerte erneut gegen die Tür. »Hannes! Anja! Macht auf. Es ist wichtig. Keine Panik, niemand weiß, dass ich hier bin.«

Das stimmte nicht ganz, war nur eine dieser Notlügen, die das Leben leichter machten. Nun hörte sie Geräusche. Flüstern.

»Sie machen einen Fensterladen auf!«, kam es aus ihrem Telefon.

»Nicht türmen!«, schrie Katinka und trat gegen die Tür. »Jetzt vertraut mir doch! Wollt ihr eine Ewigkeit in dieser Bude zubringen, bis ihr Schimmel ansetzt?«

»Anja ist am hinteren Fenster«, hörte sie Hardo flüstern.

»Anja, lass den Quatsch. Wohin willst du abhauen?«, rief Katinka.

Die Tür wurde entriegelt. Das Gesicht eines unrasierten jungen Mannes kam zum Vorschein. Sofort erkannte

Katinka seine funkelnden grünen Augen von dem Foto, das Charly Niedorf ihr überlassen hatte. Die beiden sahen sich wirklich ähnlich. Der Sohn war eine gebügelte Kopie seines Vaters. Hinter ihm stand Anja. Ihre Augen waren dunkel vor Schreck.

»Was wollen Sie?«, fragte Hannes verschlafen.

»Ich würde euch bitten, noch einen Kollegen reinkommen zu lassen«, sagte Katinka.

Hannes' Gesicht verschloss sich sofort.

»Niemand weiß, dass wir hier sind. Ich werde gleich alles erklären.«

Anja fauchte etwas Unverständliches, aber Hannes legte ihr zärtlich die Hand auf den Arm und schob sie zurück in ihr winziges Domizil.

»Komm«, sagte Katinka ins Handy. Neugierig sah sie sich um. Es war stickig in dem einzigen Raum. Eine Glühbirne pendelte an der Decke. In der Ecke stand ein Doppelbett, an der einen Wand war ein Waschbecken angebracht. Es gab nur einen Wasserhahn. Warmwasser schien in der Miete nicht inbegriffen. Eine schmutzverkrustete Doppelkochplatte stand auf dem Boden. Neben der Tür hielt sich ein windschiefer Schrank aufrecht. Wie viel mochte der alte Luzi am Tag für diese Behausung berechnen?

»Wo geht ihr aufs Klo?«, fragte sie.

Anja verschränkte die Arme vor der Brust und blinzelte Katinka zornig an.

»Im Wald vielleicht?«

Hardo klopfte an die Tür und stieß sie auf. Hannes nickte ihm resigniert zu.

»Du bist inzwischen über eine Woche hier, oder?«, fragte Katinka.

Er zuckte die Achseln, und sie sah ihm an, dass das spartanische Leben auf Dauer nichts für ihn war.

»Das ist Kriminalhauptkommissar Uttenreuther von der Kripo Bamberg«, sagte sie. »Hardo, das sind Hannes Niedorf und Anja Spachtholz. Bitte seid nicht wütend, dass ich die Polizei zu euch gebracht habe. Niemand von den Kollegen weiß, dass wir hier sind. Wir haben den Sonntag genutzt, um uns in unserer Freizeit um euch zu kümmern.«

»Wie edel«, giftete Anja.

»Als ihr mich eben hörtet, hattet ihr Bauchgrimmen vor Angst. Du wolltest sogar auf und davon, Anja.« Es ist ja nicht so, dass ich nicht wüsste, was Angst ist, dachte Katinka selbstkritisch. Und wie sie sich anfühlt. Wie sie durch den Körper kriecht und ihn erstarren lässt.

»Das geht Sie alles gar nichts an. Wir brauchen nur noch ein paar Tage. Dann haben wir erreicht, was wir wollen.«

Hardo zog seine Lederjacke aus und warf sie in hohem Bogen auf das Bett. Am Rücken war sein Hemd völlig durchgeschwitzt. Gebannt starrte Hannes auf die Waffe in seinem Holster.

»Was habt ihr vor?«, fragte er.

Anja holte Atem, aber Hannes kam ihr zuvor.

»Lass es sein, Anja. Es hat doch keinen Zweck.« Er legte Anja den Arm um die Schultern und schmiegte sein Gesicht an ihr Haar.

Katinka setzte sich auf den einzigen Stuhl. Davor lagen CDs. Discman, mp3-Spieler, Zeitschriften, Stifte. Eine Schultasche aus Leder, abgegriffen und viel gebraucht, länger, als das Schülerleben von Hannes oder Anja währen konnte.

»Schönen Gruß von Valente. Er hat uns geholfen, ein paar von den Botschaften zu dechiffrieren, die du hinterlassen hast. Dank seiner Nachhilfe habe ich auch das eine oder andere rausgefunden.«

Hannes' Gesicht verzog sich zu einem Grinsen, doch Anjas Augen wurden noch dunkler vor Zorn.

»Tja«, sagte Hannes. »Dann erzähle ich mal, was wir wissen.«

20. Ein armer Irrer

»Das Schulfest fand am 24. Juni statt«, begann Hannes, während er einen verbeulten Aluminiumtopf mit Wasser auf die Kochplatte stellte. »Das war wirklich ein blöder Tag.« Er sah hilfesuchend zu Hardo, als könne der Kommissar die Geschichte weitererzählen. Dem Jungen war anzumerken, dass der mächtige Körper mit der umgeschnallten Waffe ihm Respekt und vielleicht sogar Angst einflößte. »Es waren Austauschschüler da. Franzosen. Die wollten wir verabschieden. Aber ich hatte keinen Bock. Wir ... Anja, Valente und ich haben uns mit denen nicht so gut verstanden. Die wollten immer nur Party machen und saufen und hatten die ganze Zeit ihren Hiphop in den Ohren. Ich stehe da nicht so drauf.«

Katinka hob ein paar CDs auf.

»*Karavan & Boban Marković*«, las sie vor. »Gipsy Flamenco. Musik vom Balkan? Das ist eher deins, oder?« Sie achtete nicht auf Anjas wütend blitzende Augen.

»Ja, stimmt.« Er sah mit dem dümmlichen Grinsen des Verliebten zu Anja, bevor er ein Glas Instantkaffee und vier Tassen aus dem Schrank kramte. »Dann war da Falks Geschichte, wir würden zum Schuljahresabschluss etwas Echtes dechiffrieren dürfen. Ich war total heiß darauf. Ich wollte das unbedingt machen. Die Kryptoanalyse fasziniert mich eben.« Er löffelte Kaffeepulver in die Tassen.

»Du wolltest der Erste sein, der den Text entschlüsselt, oder?«, half Katinka, nachdem Hannes' Pause sich hinzog. Sie verstand seine Faszination. Dieses Ziehen im Magen, das aufregende Gefühl, ein Geheimnis zu lüften, hatte sie in dieser Nacht selbst als starken Antrieb empfunden.

»Ich hatte Falk öfter gefragt, worum es denn bei dem echten Text ginge. Aber er hat nur den Finger auf die Lippen gelegt und gesagt, ich sollte mich bedeckt halten. Auch gegenüber meinen Freunden.« Er lächelte. »Jetzt weiß ich, wen er meinte. Valente. Wegen seines Vaters.«

Also doch, dachte Katinka. Sie wechselte einen Blick mit Hardo. Er überließ es ihr, das Gespräch zu lenken.

»Auf dem Schulfest hast du dich von den anderen abgesetzt und bist los, um den chiffrierten Text zu finden?«, fragte sie.

»Ich bin zum Lehrerzimmer marschiert. Am PCG ist jedes Schulfest auch Tag der offenen Tür. Das Lehrerzimmer stand offen. Niemand war da. Ich ging rein. Guckte in Falks Fach. Da lagen Mathebücher drin und ein Umschlag. Den habe ich mir geschnappt und bin wieder gegangen.« Er sah zu Hardo, während Anja den Topf mit dem brodelnden Wasser von der Platte nahm und die Tassen füllte.

»Hat dich jemand gesehen?«

»Ich wollte nichts klauen. Ich bin zum Lehrerzimmer, weil ich dachte, vielleicht könnte ich Falk noch mal nach dem Text fragen. Am Schulfest lief alles ganz entspannt. Hätte sein können, dass er mir in gelöster Stimmung ein wenig mehr verrät als sonst.«

»Seinem Lieblingsschüler«, warf Anja gehässig ein. Hannes quittierte die Bemerkung mit einem charmanten Augenzwinkern.

»Jedenfalls hatte ich den Text. Außerdem sollte ich mit Valente auf die Unterstufe aufpassen, die machten irgendein doofes Spiel. Dazu hatte ich nun wirklich keinen Bock.«

Also durfte der liebe Valentin diese wunderschöne Aufgabe übernehmen, dachte Katinka. Valente hat wirklich die Verliererkarte gezogen.

»Irgendwie brachte ich das Fest rum. Abends wollten die anderen mit den Franzosen um die Häuser gehen, aber ich bin so schnell wie möglich nach Hause geradelt. Nehmen Sie sich bitte Kaffee. Milch haben wir leider nicht.« Hannes bückte sich nach der abgegriffenen Schultasche und zog einen Hefter heraus. Er reichte Hardo mehrere Blätter. »Der chiffrierte Text und meine Entschlüsselung.«

Katinka sah Hardo über die Schulter, während sie an dem schwarzen Kaffee nippte. Er legte die Seiten, die mit Zeilen voller Buchstaben und Zahlen vollgeschrieben waren, schnell beiseite und vertiefte sich in den decodierten Teil.

Psychiatrisches Gutachten
über Herrn Doktor Eugen Kaminsky, München
angefertigt von Dr. Max Phillip

Der Patient ist mir seit dem 31.8.1999 persönlich bekannt. Er suchte zu dem Zeitpunkt Hilfe wegen Angstzuständen, depressiver Verstimmungen und zwanghafter Handlungen (Waschzwang), in deren Folge er nicht mehr arbeitsfähig war und seine Tätigkeit als Studiendirektor am Gymnasium nicht ausführen konnte. Eine medikamentöse Behandlung mit Frisium 20 brachte nicht den gewünschten Erfolg. Ich empfahl Dr. Kaminsky daher eine vierwöchige Kur, in deren Verlauf er außer einer intensiven Medikamentenbehandlung unter permanenter Aufsicht auch eine Gesprächstherapie in Anspruch nahm. Im Anschluss an die Kur ging es dem Patienten deutlich besser. Nach weiteren zwei Wochen konnte er an seinen Arbeitsplatz zurückkehren.

Die genannten Beschwerden sind nach einer fünfjähriger Phase vollständiger Gesundheit wieder aufgeflammt: Depressionen, Waschzwang, Ängste, die zu Schlaflosigkeit führen. Der Patient wurde von mir am 1.12.03 erneut krankgeschrieben. Die Kombinationsbehandlung aus Antidepressivum und Neuroleptikum zeitigt erste Erfolge. Eine Kur wurde beantragt. Allerdings zeigt sich der Patient selbst sehr wankelmütig, indem er eine mögliche Kur zum einen herbeisehnt, zum anderen jedoch fürchtet und nicht antreten will.

Ganz eindeutig ist der Betroffene im Augenblick nicht arbeitsfähig.

München, den 14.1.2004 *Dr. Max Phillip*

Es folgte eine Auflistung der verordneten Medikamente, die eine weitere Seite in Anspruch nahm. Katinka sah Hardo an. Das hier, hätte sie ihm am liebsten ins Ohr geschrien, ist nie und nimmer ein psychiatrisches Gutachten!

»Der hat einen ganzen Müllsack voller Gift gefressen«, murmelte Hardo.

Katinka tippte mit dem Zeigefinger auf das Datum. Hardo schüttelte kaum merklich den Kopf. Nicht hier reden, hieß das. Nicht vor den Schülern.

»Waren die Angaben zu den Tabletten auch verschlüsselt?«, fragte Katinka.

Hannes schüttelte den Kopf. »Aber das hier.«

Lieber Eugen,

die Sache stellt kein Problem dar. Die Gegenseite kann nichts beweisen. Du solltest dir keine unnötigen Gedanken machen.

Hans-Peter

»Wo ist das Original?«, fragte Hardo.

»Ich habe kein Original gefunden. Nur den chiffrierten Text.«

»Steht da irgendwo ein Datum?«, fragte Katinka aufgeregt.

»Nein. Aber es gibt noch ein Dokument.« Hannes blätterte in dem Hefter. »Das war auch codiert.«

»Wieder kein Original?«, erkundigte sich Hardo.
Hannes schüttelte stumm den Kopf.

Kulmbach, den 3.4.1990
Sehr geehrter Herr Kollege, lieber Herr Stolz,
selbstverständlich sind die Vorwürfe, die zurzeit gegen Ihren Lehrer erhoben werden, haltlos. Ich sehe daher keinen Grund, ihn vom Schuldienst freizustellen. Leider stellt das Beharren Minderjähriger auf Missbrauchsvorwürfen eine Art Rachehandlung dar, wie man oft gesehen hat, insbesondere, wenn die Jugendlichen mit den entsprechenden Erziehern nicht gut auskamen. Im vorliegenden Fall wird es sich so verhalten. Die Zeugin ist nicht glaubwürdig.
Ich bin sicher, dass wir den Prozess gewinnen werden.
Mit freundlichen Grüßen,
Hans-Peter Kazulé

»Das ist alles?«, fragte Katinka.
»Mehr habe ich in dem Umschlag nicht gefunden.«
Hardo räusperte sich:
»Ihr bleibt hier. Wir sind gleich zurück.« Seine Stimme klang so entschlossen, dass weder Anja noch Hannes zu protestieren wagten.
Katinka verließ hinter Hardo das Ferienhäuschen. Sie gingen ein Stück in den Wald hinein.
»Wir sollten die Schauerhütte im Blick behalten«, sagte Hardo. »Nicht dass die beiden Trauerklöße noch auf die Idee kommen, auszukneifen.«
»Das ist doch alles irrwitzig«, sagte Katinka. »Wo soll Falk das herhaben?«

»Irgendwas stimmt da nicht«, murmelte Hardo. Schweiß lief ihm übers Gesicht. »Bisher haben wir angenommen, dass Falk während seiner Referendariatszeit in Kulmbach an Kaminskys alte Akte gekommen ist. Aber darin haben weder die Aktennotiz von Kazulé an Kaminsky noch der Brief etwas zu suchen.«

»Stimmt. Und dieses Gutachten ist nicht echt. Psychiater schreiben anders«, sagte Katinka. »Das hier klingt, als hätte sich jemand ein paar Formulierungen aus dem Internet zusammengeklaut.«

»Falk muss eine andere Quelle gehabt haben als die Personalakte aus Kulmbach.«

»Solange keine Originale existieren, sind die Papiere wertlos.«

Hardo wischte sich über die Stirn.

»Sie sind ein Witz! Bis Februar 1991 war Kaminsky Lehrer am Wieland-Gymnasium in Kulmbach, das haben meine Leute recherchiert. Hermann Stolz war der damalige Chef. Anschließend wechselte Kaminsky nach Hof.«

Donnerwetter, dachte Katinka. Der Hauptkommissar hat mehr Informationen an Land gezogen, als ich ihm zugetraut hätte.

»Dann muss er nach seiner Erkrankung wieder einsatzbereit gewesen sein«, sagte sie.

»Was glaubst du, wie viele Lehrer wegen angeblicher Depressionen mal ein paar Jahre ausfallen lassen. Währenddessen fliegen sie in die Karibik.« Hardo aktivierte sein Handy. »Ich sage den Kollegen Bescheid. Sie sollen den Psychiater auftreiben.«

Er ging ein Stück weg und sprach ein paar Minuten. Katinka sah ihn die Augenbrauen hochziehen. Er lachte grimmig auf, als er das Gespräch beendete und zu ihr zurückkam.

»Unser Kumpel Karo aus dem Boxklub fährt einen grünen Opel Ascona, Baujahr 1979.«

Es kommt ins Rollen, dachte Katinka. Sie sah sich um. Spähte zwischen die Bäume wie eine Kriegerin.

»Und jetzt?«, fragte sie.

»Jetzt nehmen wir Hannes und seine Freundin in die Zange. Lass mich das machen.« Er drehte sich um und stapfte zum Haus zurück.

»So. Jetzt reden wir Klartext«, sagte Hardo und blieb unter der Tür stehen. Anja hockte mit angezogenen Knien am äußersten Ende des Bettes. Hannes saß neben ihr und strich über ihren Arm, bis sie ihn wegzog.

»Ihr schließt euch hier in dieser Bruchbude ein wegen ein paar Aktennotizen, Briefchen und einem psychiatrischen Gutachten?«

Hannes' Kiefer mahlten. Hardo erhöhte den Druck.

»Du hast Angst vor Verfolgung, vertrittst die Ansicht, dass Handys Spuren hinterlassen können, aber deine Freundin rufst du an!«

Anja schnappte empört nach Luft.

»Nein, lasst mich ausreden«, befahl Hardo. »Du hast es nicht mehr ausgehalten allein im Wald! Eure Generation ist nicht besonders belastbar, was Einsamkeit und Reizarmut betrifft. Anjas Nerven haben die Trennung ebenfalls nicht mehr verkraftet. Keine Anrufe, kein Turteln am Telefon oder im Internet. Sie setzt sich in den Zug, fährt bis Deggendorf und trampt in die Berge.«

»Aber …«, fuhr Hannes auf.

»Du wirst mir jetzt klipp und klar sagen, was dich so in Angst und Schrecken versetzt hat!« Hardos graue Augen bohrten sich in Hannes' grüne. Es war lange Zeit so still, dass Katinka das Ticken ihrer Armbanduhr hören konnte.

»Jemand hat angerufen«, flüsterte Hannes schließlich.

»Wann und wer?«

»Am Sonntagabend nach dem Schulfest. Am Montag und Dienstag wieder.«

»Verflucht, nun lass dir nicht alles aus der Nase ziehen!«

»Ein Mann. Komische Stimme. Er sagte: ›Du wirst sehen, dein Lehrer hätte sich zu Tode gekifft. Du wirst reingezogen, wenn du nicht kooperierst.‹ Sinngemäß war es immer wieder dasselbe.«

»Deswegen hast du geschrieben: ›Es sind Drogen im Spiel‹?«, fragte Katinka.

Hannes nickte.

»Der Typ am Telefon wusste alles über mich. Dass ich mit Anja zusammen bin. Dass ich Mathe mag und in der Krypto-AG mitmache. Dass Valente und ich befreundet sind.« Er lachte auf. »Sogar über meinen Vater wusste er Bescheid. Dass er als Bürgerrechtler bei verschiedenen Organisationen mitgearbeitet hat, dass wir das Haus in der Sandstraße renoviert haben.«

Er kam sich total ausgeleuchtet vor, dachte Katinka. Kein Wunder, dass er durchgedreht ist, bei den Schauermärchen, die sein Vater über Komplettkontrolle und so weiter erzählt.

»Was noch?« Hardo trat ganz nah auf Hannes zu und

baute sich vor ihm auf. Katinka sah, wie sich die Muskeln unter seinem Hemd anspannten.

»Ich sollte zu einem Treffpunkt kommen.«

»Wohin? Wann?«

»Am Mittwochabend. Das wäre der 28.6. gewesen. Aber für den Tag war die Fahrt nach München angesetzt. Also habe ich den Typen überzeugt, das Treffen am Donnerstag abzuhalten.«

»Wo?«, insistierte Hardo.

»In Bamberg. In dem alten Pavillon unter der Hainbrücke.«

»In Fürstenfeldbruck«, sagte Katinka, »wer hat dich dort verfolgt und wie bist du rechtzeitig weggekommen?«

»Vor dem Haus lungerte so ein Kerl herum. Zwei Tage lang tauchte er immer wieder auf. Ich hatte Angst. Dem machte es nämlich gar nichts aus, dass ich ihn sah. Er grinste mich sogar an.«

»Alt, jung?«, fragte Hardo.

»Vielleicht 30, keine Ahnung. Ich hatte längst überlegt, was ich mache, wenn das Schlupfloch in Fürstenfeldbruck auffliegt. Ich dachte, ich verdufte irgendwohin, nahe zu einer Grenze, um notfalls in ein anderes Land abtauchen zu können.«

Hardo verdrehte die Augen.

»Ich dachte, im Bayerischen Wald ist es einsam genug, hier würde ich Verfolger sofort bemerken. Deshalb hatte ich mir aus einem Atlas einen Ort ausgesucht und meinem Vater die Nachrichten mit den verabredeten Postkarten zukommen lassen. Ich wusste, dass Anja oder Valente rauskriegen, wo sich Botschaften verstecken lassen.«

Anja machte ein abfälliges Geräusch.

»Ich bin getrampt, niemand ist mir gefolgt. Ich habe mich erst nach Passau fahren lassen und dann hier hoch in die Berge.«

»Du hast das Bad eingelassen, um uns auf die Flasche mit dem Latschenkieferzeug zu bringen, oder?«, fragte Katinka.

»Ja. Ich ließ die Wohnungstür offen und kroch über das Dach. Vom Nachbarhaus aus bin ich durch den Garten weg, nicht vorn zur Tür raus. Es ging wirklich ganz leicht.« Hannes lächelte und sah kurz zu Anja. Lob mich, hieß das.

Hardo stemmte die Hände in die Hüften. Dadurch wurde er noch breiter und furchteinflößender.

»Jemand hat dich gesehen, wie du am Schulfest ins Lehrerzimmer gingst«, stellte er fest.

Hannes zuckte kaum merklich zusammen. Aha, dachte Katinka. Jemand hat ihn gesehen. Jemand, der ohnehin in der Schule umhergleitet wie ein Geist und seine Nase in alle Schulangelegenheiten steckt, dass es Lehrern und Schülern schon zum Hals heraushängt.

»Valentes Vater«, flüsterte Hannes kaum hörbar. »Er kam scheinheilig auf mich zu und wollte wissen, was ich da treibe. Ich habe den Umschlag gar nicht vor ihm verborgen. Damit hätte ich nur seinen Verdacht erregt. Sollte er doch ruhig braunes Papier unter meinem Arm sehen.«

Hardo wischte sich den Schweiß von der Stirn.

»Seit Falk bei euch am Paul-Celan-Gymnasium arbeitete«, wechselte er das Thema, »lief da irgendwas Besonderes? Mit welchen Lehrern hatte er hauptsächlich zu tun? Sprach er von Konflikten, ließ er durchsickern, mit welchen Kollegen er zurechtkam und mit welchen nicht? Antworten, Herrschaften!«

»Die jungen Lehrer sind nie so richtig zufrieden an unserer Schule«, meldete sich Anja zu Wort. »Sie fühlen sich unterdrückt. Die alten Lehrer führen sich auf wie Snobs. Manche von den Referendaren sind aber auch blöd. Die lassen sich alles gefallen.«

»Auch von euch, nehme ich an«, sagte Hardo.

Anja machte ein dummes Gesicht.

»Wieso? Nein, das stimmt nicht.«

»Falk hat ein oder zwei Mal im Unterricht erzählt, dass er Bedenken hat, vielleicht keine Festanstellung zu kriegen«, unterbrach Hannes. »Als wir im Februar mit der Krypto-AG anfingen, wirkte er reichlich frustriert.«

»Hat sich das im Lauf des Schuljahres geändert?«, wollte Hardo wissen.

»Ja, ich hatte den Eindruck, er wäre nach einer Weile zufriedener gewesen.«

»Einer Weile?«

»Wir dachten, es liege am Frühling«, mischte Anja sich ein. »Der lange Winter macht alle verrückt.«

»So ab Mai wirkte er gelöster … positiver, würde ich sagen.« Hannes sah versonnen in die Ferne.

»Wann hat Falk sich von Doris Wanjeck getrennt?«, wollte Katinka wissen.

»So im … April vielleicht«, sagte Anja.

»War es ein Thema in der Schule, dass Falk und Frau Wanjeck sich getrennt haben?«

»Klar wurde geklatscht«, gab Hannes zu. »War auch reichlich auffällig, wie die beiden einander aus dem Weg gingen. Aber ich habe nie verstanden, was Falk an der Wanjeck fand.«

Hardo zurrte die Augenbrauen hoch, sie schienen förmlich über seinen kahlen Schädel zu wandern.

»Aber einmal, das war schon im Mai, hat ihn eine andere Frau nach der Schule abgeholt. Die sah fetzig aus. Groß, sportlich, richtig hübsch. Dunkelhäutig. Ganz kurze Haare. In einem Alfa Spider.«

Katinka musste sich zusammennehmen, um nicht loszuschreien.

»Alfa Spider? Hast du dir das Kennzeichen gemerkt?«

»Nein, aber es war ein Kulmbacher Nummernschild.«

»Das reicht«, sagte Hardo. »Packt eure Sachen zusammen. Wir fahren nach Bamberg.«

»Nein!« Anja sprang auf. »Sie können uns nicht zwingen!«

Katinka und Hardo wechselten einen Blick. Schließlich steckte Katinka die Unterlagen aus Hannes' Hefter ein.

»Das dürfen Sie nicht«, maulte Hannes.

»Doch. Sie darf. Das sind wichtige Beweismittel«, erklärte Hardo. »Schönen Tag noch.« Er nahm Katinka beim Arm und zog sie aus der Hütte. Rasch liefen sie durch den Wald zum Wanderweg zurück.

»Das ist Druck pur!«, sagte Katinka, als sie über den Parkplatz zu Hardos Wagen gingen.

»Geht nicht anders. Verdammt, ich kriege keinen klaren Gedanken zustande. Verrate mir nur eins: Wenn Richter Kazulé hinter allem steckt, woher kann er wissen, dass es bei den Akten, die Falk der Klasse zum Entschlüsseln geben wollte, um ihn und Kaminsky und den Prozess damals in Kulmbach geht?«

»Jemand muss es ihm gesagt haben.«

»Und wer? Falk selbst? Dann hätte er sich um seine Pointe gebracht!«

Erschöpft ließ Katinka sich auf den Beifahrersitz fallen.

»Dieser Anrufer, der Hannes Angst machte, wer soll das sein?«

»Ein Privatdetektiv vermutlich.« Hardo deutete auf Katinkas Rucksack. »Wir überprüfen die Texte. Außerdem werden wir herausfinden, von wo die Anrufe bei Hannes kamen.«

»Das ist ein Scherz für die Affenherde«, sagte Katinka. »Jeder, der etwas gegen unsere zwei Ks hat, kann eine Seite mit Sätzen vollschreiben und behaupten, der Urheber sei einer der beiden.«

»Eben.«

»Und zu welchem Zweck? Um jemanden einem Verdacht auszusetzen?« Katinka gähnte ausgiebig. Sie hätte einiges für ein Bett oder auch nur eine Hängematte im Schatten gegeben.

»Wäre denkbar.«

»Vielleicht hat Falk im Krypto-Kurs Andeutungen gemacht, und Valente hat sich im Streit mit seinem Vater verquatscht.«

»Oder«, sagte Hardo, während er den Motor anließ, »Valente, Hannes und Anja sind nicht so gut befreundet, wie sie es uns glauben machen wollen.«

21. Der Professor und sein Team

»Warum ist Hannes nicht mit Ihnen zurückgekommen?«, fragte Charly Niedorf am Morgen des 24. Juli, während er Katinka auf die Veranda führte.

»Ich konnte ihn nicht zwingen«, sagte Katinka. »Er bleibt mit Anja in der Hütte.«

»Ist er dort sicher?«

»Sie wissen besser als ich, dass der Mensch nirgendwo wirklich sicher ist.«

»Scheiße.«

»Wie gut ist die Freundschaft zwischen Valente und Hannes, Herr Niedorf?«

Charly ließ sich auf einen Stuhl sinken und wies kraftlos auf die Thermoskanne.

»Bedienen Sie sich. Gut. Sie sind die besten Freunde.«

»Aber Anja stört.«

Stille. Niedorf starrte vor sich hin.

»Ich habe manchmal drüber nachgedacht, wie sich die Freundschaft zwischen den beiden entwickeln wird, wenn Mädchen ins Spiel kommen. Schon seit der fünften Klasse hingen Hannes und Valente immer zusammen. Sie bastelten an ihren Matherätseln, gingen zum Sport. Ein paar Jahre lang waren sie Mitglieder im Schwimmverein. Das war irgendwann zu Ende, sie interessierten sich für Musik und fummelten an ihren Computern. Hörten ständig diesen Balkan-Jazz. Spielten Sketche vor ihren Digitalkameras und stellten das Zeug ins Internet. Als sie Falk kennenlernten, nahmen sie alles wieder aus dem

Netz. Damit könnte Schindluder getrieben werden. Sie wurden richtiggehend neurotisch.«

»Ich muss weiter«, sagte Katinka. »Ich bin spät dran. Wenn Sie etwas hören, rufen Sie mich an, o. k.?«

»Sie mich auch«, bat Niedorf.

Katinka radelte zur Uni, schloss ihr Rad ab und sprintete die Stufen zu von Reckens Dienstzimmer hinauf.

»Na, in der freien Welt dort draußen hat man Pünktlichkeit noch nicht zu schätzen gelernt«, tönte der Professor, als er Katinka die Tür aufriss. »Kommen Sie rein! Hier sitzt unser Leptis-Magna-Team. Sina Kaußen und Frederik März. Herr März ist mein Assistent, Frau Kaußen arbeitet über ein Drittmittelprojekt. Ihr Spezialgebiet sind neueste Modelle zur virtuellen Erfassung von Ausgrabungsorten. Leptis Magna wird ihr Promotionsthema!«

Katinka nickte den beiden zu. Sina war sehr sorgfältig zurechtgemacht, mit hochgestecktem Haar, dezentem Make-up, gekleidet wie ein Vorstandsmitglied bei der Deutschen Bank. Der Assistent trug Jeans und ein schmuddeliges T-Shirt. Sofort empfand Katinka Unbehagen, ein Gefühl von Platzangst in dem engen, mit Büchern und Landkarten vollgestopften Büro. Sina Kaußen warf ihr einen giftigen Blick zu. Offenbar wollte sie Liebling des Professors werden. Von Recken war ein Meister im Weben komplizierter Beziehungsgeflechte, in denen Eifersucht und Unterlegenheitsgefühle gediehen wie Algen in einem umgekippten See.

»Morgen«, sagte Katinka nur.

Von Recken wies auf ein detailliertes Luftbild von

Leptis Magna. Katinka fragte sich, wie er daran gekommen war. Libyen war ein ziemlich hermetisches Land.

»Also, wir dürfen mit Ihnen rechnen, Frau Palfy?«

»Erst möchte ich hören, wie Sie sich die Exkursion vorstellen.«

Von Recken erging sich in mit lahmen Witzchen aufgepeppten Erklärungen, knallte mit der flachen Hand auf die Landkarten und ließ sich von Sina Kaußen Ausdrucke zureichen, auf denen bestimmte Ausschnitte der antiken Römerstadt zu sehen waren.

»Wir planen eine virtuelle Tour durch Leptis Magna, wie es einmal war«, schwärmte von Recken. »Frederik wird eines Tages sogar römische Legionäre und germanische Sklaven durch die Straßen der Stadt lustwandeln lassen.« Wie zur Bestätigung tippte der Assistent auf ein paar Tasten. »Alles virtuell natürlich. Quasi ein Einblick ins Schlafzimmer des alten Rom.«

Haha, dachte Katinka. Germanische Sklaven sind bestimmt nicht lustwandelt. Von Recken wühlte in dem Chaos auf seinem Schreibtisch herum. Ein Atlas rutschte herunter. Katinka fing ihn gerade noch auf, was ihr ein amüsiertes Grinsen des Professors einbrachte, das Sina wiederum mit verkniffenen Lippen registrierte. Während die Archäologen über Spitzfindigkeiten beim Erstellen eines Arbeitsplanes für den Aufenthalt in Libyen fachsimpelten, blätterte sie lustlos durch den Atlas. Er zeigte Nordafrika zur Blütezeit der römischen Macht und war mit allerhand Klebezetteln und Lesezeichen verziert. Den Zettel, der zwischen den Seiten steckte, wollte Katinka schon achtlos umblättern, als ihr *der* Name ins Auge fiel. Scheiße, dachte Katinka. Rasch sah sie sich um. Von Recken erging sich in Selbstgefälligkeiten, sein Assistent machte sich eifrig Notizen, und die hübsche Sina sah ihm dabei über die Schulter. Katinka überflog die Notiz:

›Bruder Hans-Peter treffen, 24. Juli.‹

Bruder? War von Recken *Cavaliere*?

»Haben Sie noch Fragen, Frau Palfy, zu Ihren künftigen Aufgaben im Rahmen des Projekts?«

»Ich? Äh – nein.«

»Dann seien Sie so gut und bringen Sie spätestens morgen Ihren Reisepass vorbei. Meine Sekretärin besorgt Ihnen ein Blitzvisum. Die Flugtickets sind bestellt.«

Assistent, Doktorandin und Professor drehten sich um Katinka wie auf einem Karussell. Sie wollte nicht nach Libyen. Sie stand auf und hielt sich für Sekunden an von Reckens Schreibtisch fest.

»Na gut«, sagte sie. »Dann bis demnächst.«

Katinka saß im Frühstücksraum und wartete, bis Sina und Frederik und zuletzt von Recken das Büro verließen. In ihrer Hand schmolz ein Twix. Sie warf es weg und folgte von Recken auf die Austraße hinaus. Gegen Mittag herrschte ein ziemlicher Tumult hier draußen. Von Recken setzte sich vor dem Café ›Au 6‹ an einen Tisch und sah aufmerksam in alle Richtungen. Katinka nutzte die Chance, in einem Pulk von Studenten zurück ins Universitätsgebäude zu schlüpfen. Sie stieß die Tür zum Seminarraum 016 im Erdgeschoss auf. Von hier hatte sie freie Sicht auf die Austraße. Sie stellte sich ans Fenster.

Kurz darauf kam Kazulé. Er walzte seinen massigen Körper auf von Reckens Tisch zu. Schwer ließ er sich fallen und wischte sich mit einem Taschentuch über die Stirn. Von Recken sprang auf und drückte dem Richter herzlich die Hand. Scheißkerl, dachte Katinka. Rückgrat hast du jedenfalls nicht. Kazulé schien ein paar Fragen zu stellen, die von Recken mit eilfertigem Kopfnicken beantwortete. Kazulé insistierte, von Recken bestätigte. Der Richter berührte den Professor am Arm. Beide lachten. Der Kellner brachte eine Flasche Mineralwasser und zwei Gläser Sekt. Kazulé prostete von Recken zu. Wieder Gelächter. Genervt trat Katinka von einem Bein auf das andere. Sie hatte genug gesehen. Kazulé wollte nach seinem Portemonnaie greifen, aber von Recken hatte seines bereits gezückt.

Jemand trat in den Seminarraum und machte Licht. Katinka zuckte zusammen.

»Ach«, sagte die Studentin an der Tür. »Ist hier jetzt nicht das Seminar über Chancen und Entwicklungen in der Altertumsforschung?«

»Nee. Hier ist das Seminar über Korruption und Amtsmissbrauch.« Sie nickte dem Mädchen zu und ging.

Erst in ihrem Büro gelang es Katinka, sich halbwegs zu beruhigen. Sie kochte Kaffee und setzte sich hinter ihren Schreibtisch. Betrachtete die Notizen auf ihrem Block. Rührte gedankenverloren in der Tasse. Jetzt war er da, der magische Moment. Jener Augenblick im Verlauf von Ermittlungen, in dem man spürte, dass sämtliche Informationen auf dem Tisch lagen. Dass man die Teile nur zusammensetzen musste, um das ganze Bild zu sehen. Ihr war nur nicht klar, womit sie anfangen sollte. Und was es da eigentlich zu sehen gab. Ihr Handy klingelte.

»Hier ist Britta. Läuft's?«

»Alles in Butter.«

»Was die Liebe angeht auch?«

Katinka verdrehte die Augen.

»Schieß los, Britta. Hast du in den Archiven etwas entdeckt?«

»Es gab natürlich eine Menge Berichte zum Kaminsky-Prozess«, sagte Britta. »Der Name des Opfers wurde nie genannt. Aber Kazulé als zuständiger Richter dürfte wenig Freude an den Artikeln gehabt haben. Denn die meisten Journalisten schienen überzeugt, dass Kaminsky Dreck am Stecken hatte. Es bildete sich damals sogar eine Elterninitiative zum Schutz von Kindern vor pädophilen Lehrern. Aber eine Woche nach dem Prozessende brach die Berichterstattung ab.«

»Ist das nicht immer so? Immerhin gab es dann nichts Neues mehr.«

»Die Presse lässt solche Sachen eher ausklingen. Aber in Kaminskys Fall tauchten von einem Tag auf den anderen keine Meldungen mehr auf.«

Katinka malte Strichmännchen in ihren Block. Sie könnte anfangen, sich ein eigenes Geheimalphabet auszudenken.

»Was ist aus der Elterninitiative geworden?«

»Ist eingeschlafen. Ich habe eine gewisse Katja Berg angerufen, die damals die Initiative ins Leben rief. Ihrer Meinung nach war der Prozessausgang daran schuld, dass das Interesse an einem Verein zum Schutz von Kindern schwand. Hätte man Kaminsky für schuldig befunden, hätte das eine Welle der Empörung ausgelöst, und sehr viel mehr Leute hätten sich engagiert.«

»Aber nun musste man sich mit dem Gedanken anfreunden, dass Kaminsky eben doch unschuldig sein könnte«, bemerkte Katinka.

»Könnte. Andere Kinder, die ähnliche Vorwürfe erhoben, fanden sich aber nicht. Ein pädophiler Lehrer, der nur ein einziges Mädchen missbraucht? Das ist untypisch.«

»Es hätte also mehrere Opfer geben müssen, damit man dem einen Opfer glaubt?«

»Kaminsky war bis dato ein angesehener Lehrer und nie als pädophil auffällig. Rita erzählte jedes Mal eine andere Geschichte, veränderte Kleinigkeiten. An ihrem Körper waren keinerlei Verletzungen zu sehen, nicht mal klitzekleine Veränderungen.«

»Warum sind dennoch so viele davon überzeugt, dass Kaminsky Rita Bregović betatscht hat?«

»Das fragt man sich zwangsläufig«, sagte Britta. »Aber ich denke, das Thema ist furchtbar belastet. Kinder, die sexuell missbraucht werden, sind die unschuldigsten Opfer überhaupt. Die Gesellschaft empört sich, und die Eltern haben Angst. Ein Kind ist schutzlos, vor allem gegenüber einem Lehrer. Sexuellen Missbrauch gibt es immer wieder, und jeder potenzielle Täter, den man laufen lassen muss, steigert das Gefühl der Machtlosigkeit.«

Jedenfalls, dachte Katinka, als sie sich von Britta verabschiedet hatte, ist allein das Wissen um den Prozess und den Missbrauch an sich kein Grund, Falk zu ermorden. Jeder könnte in den alten Zeitungen recherchieren und herausfinden, dass Kaminsky zwar angeklagt, aber nie verurteilt wurde. Also haben wir eines nicht: ein Motiv. Wenn wir eines finden sollten, dann hätten wir den Mörder. Sie goss den kalten Kaffee weg und sah in den Sommertag hinaus. Womöglich haben wir mehrere Mörder. Sagen wir lieber, mehrere Drahtzieher. Wanjeck und

Falk, zwei Opfer, zwei Drahtzieher. Sie grinste schief, als sie ihre Detektei abschloss. Und eventuell sogar zwei Motive.

Katinka saß in Hardos Büro und fühlte sich fremd. Der Mann ihrer Träume lehnte am Schreibtisch und sah auf sie herab, er, der Hauptkommissar. Die gleiche Situation wie damals, als sie zum ersten Mal auf diesem Stuhl Platz nehmen durfte. Wieder hatte er diesen investigativen, argwöhnischen Blick. Dennoch ging es ihr hier besser als in von Reckens Dienstzimmer. Keine Klaustrophobie, keine Panik. Sie konnte durchatmen.

»Der Professor und der Richter. Das wirft natürlich ein ganz neues Licht auf von Reckens Angebot, dich nach Libyen mitzunehmen«, bemerkte Hardo. »Kazulé will dich aus dem Rennen haben. Dazu dient ihm von Recken. Und ja, es würde perfekt zusammenpassen, wenn auch von Recken *Cavaliere* wäre. Möglicherweise ein Neumitglied, das sich Lorbeeren verdienen muss.«

»Was soll ich jetzt machen?«, fragte Katinka. »Ich habe alles in der Schwebe gelassen, was Leptis Magna betrifft. Aber wenn ich nicht komplett unglaubwürdig erscheinen will, muss ich bei von Reckens Sekretärin morgen meinen Pass vorbeibringen, damit sie mir ein Blitzvisum besorgt.«

»Bring ihn hin. Du musst das Visum ja nicht nutzen.«

»Sie fliegen morgen in einer Woche ab, Hardo!«

Er sah aus dem Fenster.

»Wir haben auch gearbeitet«, sagte er. »In München gibt es keinen Psychiater namens Max Phillip. Es hat nie einen gegeben.«

»Also wirklich ein Fake!«

»Der Gutachtentext wird nun von einem Linguisten unter dem Aspekt geprüft, was seine Struktur und der Duktus über den Verfasser aussagt. Letztlich haben wir nichts in der Hand.«

»Aber Falk hatte auch nichts in der Hand. Es sei denn, er hätte die Originale gehabt.«

»Wir haben nichts gefunden«, sagte Hardo. »Obwohl wir seine Wohnung geröntgt haben. Was nichts heißt. Vielleicht hatte er Originale, die er aber geschickt zu verstecken wusste. Wo auch immer.«

»Nehmen wir an, er hätte die Originale besessen. Dann wäre es sehr unvorsichtig, sie in einem Umschlag im Lehrerzimmer zu hinterlegen, wo zumindest jeder Kollege zugreifen konnte. Außerdem wusste er doch, dass beim Schulfest alle Türen offen stehen.«

»Nächstes Problem: Wir haben die Drohanrufe gegen dich zurückverfolgt. Sie gingen in Kulmbach von einem W-LAN-Anschluss ab. Der registrierte Nutzer hat von nichts eine Ahnung. Ein Rentner, der nicht einmal wusste, dass sein Enkel ihm eine drahtlose Internetverbindung eingerichtet hat. Die Spur verliert sich.«

»Scheibenhonig.«

»Außerdem sagt mir der Techniker, dass moderne Stimmenverzerrer keinerlei Rückschlüsse auf das Geschlecht der Anrufer zulassen. Im Internet kann man sich die Software kostenlos herunterladen. Die Programme sind kinderleicht zu installieren.«

»Was ist mit den Anrufen, die bei Hannes reinkamen?«

»Wir sind dran.« Er nahm ein Papier in die Hand und wedelte sich damit Luft zu. »Immerhin habe ich die Möglichkeit, die Personalakten im Wieland-Gymnasium in Kulmbach einzusehen. Heute Abend fahren wir hin. Ich habe mit der Sekretärin einen Termin gemacht.«

»Wir?«, fragte Katinka perplex.

»Wir.«

»Und – sonst noch was?« Das musste sie erst mal verdauen.

»Wir haben Falks letzte Tage komplett skelettiert. Genauso bei Wanjeck. Da kommt nichts zum Vorschein, was uns in diesem Fall helfen würde! Nichts, um den Hebel anzusetzen.« Hardo zog sich einen Stuhl heran und setzte sich neben Katinka. Kein Schreibtisch stand zwischen ihnen. »Ich kann in der Glücksrittersache nichts unternehmen. Ich kann nirgends etwas unternehmen, weil unser Kenntnisstand nicht über Vermutungen hinausgeht. Ich habe Anschuldigungen und Wahrscheinlichkeiten genug gehört. Damit kann ich keinem Staatsanwalt kommen!« Er wies auf seinen Schreibtisch. »Außerdem ist die Einbruchsserie im Haingebiet außer Kontrolle geraten.«

»Was für eine Einbruchsserie?«

»Villen werden aufgebrochen, während die Bewohner nachts friedlich schlafen. Meistens lassen die Eindringlinge Computer, Kameras oder teure Fernsehgeräte mitgehen. Letzte Nacht wieder, aber der Bewohner wachte auf, kam den Einbrechern in die Quere und wurde angeschossen. Er liegt noch im Krankenhaus. Zwei meiner Leute, die an den Fällen Wanjeck und Falk dran sind, müssen die Pferde wechseln. Wir anderen können 24 Stunden am Tag arbeiten und kommen doch nicht mit allem hinterher.«

»Außerdem lässt der Staatsanwalt dich nicht gegen die

Cavalieri ermitteln. Aber die Ritterspur ist die stärkste, die wir haben!«

Hardo lächelte schwach.

»Vorsichtig sein, Palfy.«

»Sowieso, Kommissar. Bis heute Abend.«

Katina rief von Recken an und legte sofort auf, als er sich meldete. Sie musste warten, bis er sein Büro verließ. Im Internet rief sie das Vorlesungsverzeichnis auf. An diesem Nachmittag hatte von Recken Oberseminar von vier bis sechs. Na gut, dachte Katinka. Dann also zwischen vier und sechs.

Sie wählte Ljubovs Nummer. Es war an der Zeit, Nägel mit Köpfen zu machen. »Besser eine falsche Entscheidung als keine Entscheidung«, murmelte sie. Soweit sie sich erinnerte, stammte diese Erkenntnis von Bismarck. Der musste es gewusst haben.

»Hallo?«, tönte Ljubovs rauchige Stimme aus dem Handy.

»Hier ist Katinka.«

»Habe ich auf dem Display gesehen. Warum rufst du an?«

»Können wir uns treffen?«

»Kommt darauf an«, sagte Ljubov und hustete, »ob du deinem Geliebten unseren Treffpunkt nennst.«

»Wo?«

»Im Dom. In einer Stunde.«

Katinka überlegte fieberhaft. Also war Ljubov in Bamberg oder wenigstens an einem nicht allzu weit entfernten Ort. Der Dom war natürlich ein günstiger Treffpunkt. Bei all den Touristen und Reisegruppen würden zwei Frauen nicht auffallen, die sich in einer Bank sitzend unterhielten. Und nachher konnte Ljubov im Gewirr der Altstadtgassen verschwinden.

Kaum hatte sie aufgelegt, klingelte es wieder. Unbekannter Anrufer.

»Hallo?«

»Frau Palfy? Spachtholz hier.«

Bevor Katinka noch reagieren konnte, redete Anjas Mutter los.

»Haben Sie etwas herausgefunden? Wo könnte Anja sein? Nun sagen Sie was, schließlich sind Sie doch Detektivin, oder?«

»Ich habe keinen Auftrag von Ihnen.« Katinka dachte an Anjas ängstliches Gesicht, als sie sich in Luzis Hütte verabschiedet hatten. Sagen Sie meiner Mutter nichts.

Lilo Spachtholz regte sich ein paar Minuten auf, und Katinka legte das Handy weg.

»Ich habe einen Termin«, sagte sie endlich, als Anjas Mutter Atem holte. »Wenn wir ins Geschäft kommen wollen, schauen Sie bei mir im Büro vorbei. Hasengasse 2a. Wiederhören.«

Katinka schob ihr Rad die Karolinenstraße hinauf. Das Kopfsteinpflaster mochte schön und authentisch aussehen, aber es nervte mindestens ebenso sehr. Ohne dicke Reifen kam man als Radfahrer schlecht voran. Deswegen hatte sie sich noch im Studium ein Trekkingrad geleistet. Sie schloss es vor dem Ordinariat ab und betrat den Dom. Trotz der Menschenmassen, die sich zur Besichtigung des weltberühmten Bamberger Reiters gegenseitig auf die Zehen traten, vermittelte die Kirche eine Aura von Unberührtheit, als könne sie niemals ganz von Menschen und deren Zielen und Intentionen in Besitz genommen werden. Katinka ging zum Grabmal des Kaiserpaares, stieg zum Georgenchor hoch und sah sich um. Keine Ljubov. Katinkas Puls beschleunigte sich. Kein Wunder, dachte sie, immer wenn ich mich mit Ljubov getroffen habe, ist irgendwas Blödes passiert. Fast immer. Sie ließ den Blick schweifen. Ein Mann erklärte die Reliefe auf dem Sarkophag. »Kaiserin Kunigunde läuft barfuß über glühende Pflugscharen, ohne sich zu verletzen, ein Beweis für ihre Treue zum Kaiser.«

Ach herrje, dachte Katinka. Welcher Mann läuft über glühende Pflugscharen, um seine Treue zu einer Frau unter Beweis zu stellen? Sie musste grinsen, als sie überlegte, was Hardo zu ihren Gedanken sagen würde.

Eine Frau mit einem roten Kopftuch schritt durch den Mittelgang. Einem sehr eleganten Kopftuch, fast einer Art Überwurf. Katinka ging ihr nach. Die Frau glitt durch die Bänke zum Seitenschiff, sah sich um, öffnete die Tür zum nächstbesten Beichtstuhl und verschwand.

Katinka wartete einen günstigen Moment ab und ließ sich in der Armsünderleinkammer nieder.

»Was ist los?«, fragte sie.

»Du wolltest mich sprechen.«

»Und du hattest nichts dagegen einzuwenden. Zwickt dich dein Gewissen?«

»Es tut mir leid, Katinka, für das, was im Boxklub passiert ist.«

»So.«

»Wirklich. Ich bin in einer blöden Lage. Sergej ist mein Landsmann. Man hält zusammen unter Landsleuten.«

»Die Kerle wollten mich vergewaltigen! Sie haben

es fast geschafft. Und sie sind definitiv keine Landsleute von dir.«

»…«

»Ljubov, gibt es irgendeinen Grund, warum du dich versteckt hältst?«

»Kein Kommentar.«

»Kanntest du Falk schon, bevor du seine Anwältin wurdest?« Der Schweiß brach Katinka aus. In dem engen Beichtstuhl meldete sich die Platzangst.

»Wir haben beide im Chor gesungen, um Anschluss zu finden. Aber nach der zweiten Probe hatten wir genug von dem Getratsche und den Professorengattinnen. Wir gingen eins trinken und unterhielten uns ganz nett. Das war's. Als er verhaftet wurde, erinnerte er sich an mich und bestellte mich als seine Anwältin.«

»Aber er war nicht sonderlich gesprächig?«

»Nein. Ich machte ihm klar, dass er in einer beschissenen Situation steckt. Redete ihm zu, mir alles zu sagen, was ihn aus der Kiste rausholen würde. Aber er machte auf Minimalismus. Sein Glück war, dass die Bullen nichts gegen ihn in der Hand hatten. Nur die Striemen in seinem Gesicht und den Streit mit seiner Ex, den die Kellnerin im ›Weinfass‹ beobachtet hat. Das ist nicht besonders viel. Es ist nichts.«

Katinka legte sich ihre nächste Frage sorgfältig zurecht. Es war ein Schuss ins Blaue, aber der Fall bestand ohnehin nur aus Vermutungen, sodass eine weitere Fantasterei nichts ausmachte.

»Du hast Falk vor einer Woche abgeholt. Hast ihn heimgefahren. Bist in deine Kanzlei und hast dich kundig gemacht. Versucht, ein paar Leute anzurufen. Unter anderem Rita Bregović. Warum?«

Es folgte eine lange Pause. Katinka lauschte dem Raunen der Dombesucher und dem Kratzen von Schuhsohlen auf dem Steinboden.

»Rita und ich lernten uns vor über einem Jahr auf einem Anti-Stress-Seminar kennen«, fing Ljubov an. »Wir waren einander sympathisch. Rita hatte eine traurige Geschichte hinter sich. Sie schüttete mir ihr Herz aus. Sie trachtete nach Rache.«

»An Kaminsky?«

»An wem sonst!«

»An Richter Kazulé. Wäre nachvollziehbar!«

Ljubov schnaubte.

»Mit Kazulé haben etliche eine Rechnung offen.« Ljubov hustete ausgiebig. »Als ich in Bamberg als Anwältin anfing, haben mich Kazulé und seine Gesinnungsgenossen geschnitten, wo sie konnten. Ich hatte kaum Mandanten im ersten Jahr. Du kannst dir nicht vorstellen, wie wirkungsvoll diese alteingesessenen Seilschaften arbeiten. Eine Russin! Eine Frau! Geschieden! Pah, das konnte Kazulé nicht verknusen.«

Katinka unterdrückte einen Seufzer. Sie war auch von außen nach Bamberg gekommen, hatte sich aber nie als Fremdkörper gefühlt. Ganz anders als Tom. Umso besser, dass er jetzt raus ist aus der Kleinstadt, dachte sie grimmig.

»Kazulé und ich, wir sind uns spinnefeind«, drang Ljubovs rauchschwangere Stimme aus der Düsternis. »Wobei Kazulé es versteht, sich Feinde zu machen. Aber er hat mächtige Mitstreiter. Da kann er sich Feindschaften leisten.«

»Bist du noch mit Rita Bregović in Kontakt?«

»Nein«, sagte Ljubov. »Nie mehr gewesen. Wir tauschten nach dem Kurs E-Mail-Adressen aus. Kontakt aufgenommen haben wir nie.«

»Letzte Woche hast du versucht, sie anzurufen, aber nicht erreicht.«

»…«

Na gut, dachte Katinka. Nächste Frage.

»Deine Kenntnisse über die *Cavalieri* oder wie sie auch heißen, woher stammen die?«

»Von Herrn Müller.«

»Deinem Ex-Mann? Warum nennst du ihn ›Herr Müller‹?«

Ljubov lachte leise.

»Ich bin fertig mit ihm. Ich war unsterblich in ihn verliebt. War ja noch jung. Leider liebt Herr Müller ausschließlich junge Schönheiten. Was soll's … Herr Müller wollte bei den *Cavalieri* mitmachen. Aber sie haben ihn nicht aufgenommen. Er war nämlich vor mir schon einmal verheiratet. Das finden die nicht gut. Die sind katholisch.«

So kommt alles zusammen, grübelte Katinka. Kazulé will sich scheiden lassen. Sagt zumindest sein Sohn. Wird er dann aus dem Bund ausgeschlossen? Oder gelten die strengen Regeln nur für Anwärter auf Mitgliedschaft?

»Stellt man einen Antrag, um Mitglied zu werden?«, fragte sie.

Ljubov lachte rau.

»Man wird gerufen.« Sie räusperte sich. »Du solltest mehr Tschechow lesen. Er hat gesagt, dass sich das wirkliche Leben eines jeden Menschen heimlich abspielt, unter dem Deckmantel der Nacht.«

»Wusstest du, dass Falk eine Beziehung mit Rita hatte?«

»Er hat davon nichts gesagt, als ich mit ihm sprach. Aber ich habe mich am PCG umgehört. Du weißt, es ist nicht schwer, etwas über Beziehungen rauszukriegen. Darüber reden alle.«

»Hatten sie nun eine Beziehung oder nicht?«

»Ich wollte Falk fragen, als wir letzten Dienstag in der Kanzlei saßen. Aber es kam nicht mehr dazu.«

»Rita hat Falk von der Schule abgeholt. Das muss irgendwann im Mai gewesen sein. Zwischen Oster- und Pfingstferien«, sagte Katinka.

»Kann sein.«

»Wie soll ich damit umgehen, dass die drei Ganoven aus dem Boxklub alles daransetzen werden, mich fertigzumachen?«

»Zieh deine Anzeige zurück«, schlug Ljubov vor.

»Ich glaub es nicht!«

»So läuft es nun mal, Katinka.«

»Und du willst ausgezogen sein, um der Gerechtigkeit zum Sieg zu verhelfen?«

»Nicht so laut!« Ljubov unterdrückte ein Husten. »Hör zu. Sergej hat sich umgehört. Es gab einen Auftrag.«

»Könntest du deutlicher werden?«

»...«

»Du meinst, jemand hat das Killerkommando bestellt?«

»Jemand muss es ja bestellt haben. Du hast übrigens deinen Gewinn im Boxklub liegen lassen«, bemerkte Ljubov süffisant. »Sergej hat die Kohle für dich zurückgelegt. Du kannst sie abholen.«

»Wie kannst du um so viel Geld spielen?« Nur mühsam unterdrückte Katinka den Zorn.

»Ich habe genug. Herr Müller hat bei der Scheidung ziemlich geblutet, und mittlerweile verdiene ich nicht schlecht.«

»Verflucht, Ljubov!«

Ein Husten antwortete Katinka. Es entfernte sich schnell. Katinka schoss aus dem Beichtstuhl. Ljubovs rotes Tuch lag auf dem Boden des Seitenschiffes. Von der Anwältin fehlte jede Spur.

22. Das fehlende Glied

Kurz nach sieben hielten sie auf dem Parkplatz vor dem Schulgebäude, einem flachen Neubau im Kulmbacher Westen. Von hier konnte man die Plassenburg nicht sehen. Dafür warfen die dicht stehenden Bäume üppigen Schatten. Katinka brummte der Kopf von der Hitze. Der Kleinwagen des Hauptkommissars besaß keine Klimaanlage. Sie bereute, nicht darauf bestanden zu haben, mit dem Beetle zu fahren. Aber ein Ermittlerpärchen im Cabrio hätte sicher nicht ehrfurchtgebietend ausgesehen.

Sie hatte von Reckens Dienstzimmer durchstöbert, während er sein Seminar hielt, und nichts gefunden. Keine Korrespondenz mit den *Cavalieri*, wie zu erwarten war, und den Atlas mitsamt Notizzettel hatte der Professor vermutlich in sein Seminar mitgenommen, denn sie konnte den Schmöker nicht auftreiben. Außerdem quälte sie sich immer noch mit ihrem wichtigsten Zweifel herum. Der Prozess gegen Kaminski war bestens dokumentiert. Warum sollte jemand, beispielsweise Jens Falk, einen so umständlichen Weg wählen, um sich zu rächen? Und wofür sollte Falk sich letztlich rächen?

Katinka beeilte sich, Hardo zu folgen. Am Seiteneingang erwartete sie eine junge Frau in Jeans und ärmellosem Top. Der Kommissar zeigte seinen Dienstausweis. Katinka schlüpfte hinter ihm durch die Tür.

»Hallo zusammen. Ich bin Heidi Walters.«

»Danke, dass Sie sich die Zeit nehmen«, sagte Hardo.

»Kein Thema!« Heidi Walters lief leichtfüßig vor ihnen die Treppen hinauf. »Am Schuljahresende ist ohnehin unglaublich viel abzuarbeiten. Am frühen Nachmittag gehe ich heim und lege mich hin. Gegen fünf komme ich wieder in die Schule und erledige, was liegengeblieben ist.«

Das war ein Rhythmus, wie er Katinka auch zugesagt hätte. Mediterran, irgendwie. Sie betraten ein schmales Büro, dunkel wie ein Schlund.

»Das Kämmerchen ist unser Magazin. Es platzt bald aus den Nähten. Welche Unterlagen möchten Sie einsehen?« Sie warf kaum einen Blick auf Hardos Beschlagnahmebeschluss.

»Kaminsky, Eugen«, sagte Hardo.

Sie fuhr mit den Fingern die Regalreihen entlang.

»Bitte.«

»Wie lange arbeiten Sie schon hier?«, fragte Katinka die Sekretärin, während Hardo sich mit der Akte ans Fenster zurückzog.

»Erst seit diesem Schuljahr.«

»Sie kennen Eugen Kaminsky also nicht persönlich?«

»Nein.« Heidi Walters schüttelte den Kopf.

»Verwalten Sie die Neueinstellungen?«

»Es gibt einen großen Unterschied zwischen Lehrern, die neu kommen, und uns Fußvolk.« Heidi Walters wies auf einen Abschnitt in den Regalen. »Hier zum Beispiel stehen die Personalakten der Reinigungskräfte, der beiden Hausmeister und so weiter. Eine Schule ist auf viele Zuarbeiter angewiesen. Außenstehende denken immer nur an Lehrer und Schüler. Aber manchmal habe ich den Eindruck, dass Verwaltung und Instandhaltung die meisten Ressourcen frisst. Allein die Putzfrauen. Davon haben wir ein ganzes Heer. Unser Chef wird über kurz oder lang mit einer Reinigungsfirma zusammenarbeiten, dann fällt dieser Teil der Personalverwaltung für uns weg. Die Frauen, die hier putzen, haben alle noch zwei, drei andere Jobs. Viele putzen morgens oder nachts bei Gericht, in Behörden, in Kneipen und Restaurants, kommen dann nachmittags völlig übermüdet hierher und räumen die schimmeligen Pausenbrote unter den Bänken weg.«

Restaurants, dachte Katinka. Könnte es sein …

Sie sah zu Hardo hinüber. Er kniff die Lider zusammen und sagte:

»Frau Walters, würden Sie mir hiervon Kopien anfertigen?«

Er folgte der Sekretärin in den Nebenraum.

Katinka stürzte sich auf die Papphefter. Zog einen nach dem anderen heraus, scannte über die Namen und Fotos von Frauen. Von nebenan hörte sie das sanfte Rauschen des Kopierers. Mit fliegenden Fingern fummelte Katinka die letzte Akte aus dem Regal. Lena Schubransky. Angestellt als Reinigungskraft auf Vierhundert-Euro-Basis. Lebenslauf, Referenzen. Seit 2004 Reinigungskraft im Steakhaus ›Caramba‹ in Kulmbach.

Sie stellte die Akte zurück. Im Nebenzimmer hörte sie Hardo fragen:

»Wer hat Zugang zu den Personalakten?«

Katinka ging zu ihm hinüber.

»Außer mir nur der Chef.«

»Ist es denkbar, dass eine Reinigungskraft beim Putzen …«

»Denkbar?«, fragte Frau Walters. »Klar, das kann passieren. Nachmittags, wenn saubergemacht wird, ist hier nichts los. Ich bin auch nicht immer in meinem Büro, sondern sitze im Direktorat am PC.«

»Hatten Sie in den letzten Monaten das Gefühl, dass jemand sich im Sekretariat oder nebenan im Magazin an den Unterlagen zu schaffen gemacht hat?«, fragte Katinka.

»Nein.« Heidi Walters zögerte. »Nur … ein ganzer Satz Jahresberichte ist verschwunden.« Sie wies auf einen Aktenschrank. »Hier, der ist nicht verschlossen, da ist nichts Besonderes drin. Eben ein paar Sätze alter Jahresberichte und Ordner mit Pressemeldungen über die Schule. Und Kleinkram. Vergessene Federballschläger und so.«

»Die Jahresberichte sind nicht wieder aufgetaucht?«, fragte Hardo.

»Nein. Könnte aber auch sein, dass der Chef sie einem neuen Lehrer zur Ansicht mitgegeben hat. Aber ehrlich gesagt, er würde mir Bescheid geben, wenn er was aus dem Schrank nimmt.«

»Ach, Sie sind zu zweit?« Rita Bregović führte Katinka zu dem Tisch neben der Bühne. »Heute Abend haben wir keine Live-Musik. Wird also ruhig sein. Was möchten Sie trinken?«

»Mineralwasser«, sagte Hardo. »Zwei.«

»Und zwei Steaks?« Rita lächelte strahlend. Ihr Piercing blitzte.

»Im Augenblick noch nicht«, sagte Hardo. »Wir wollen uns mit Ihnen unterhalten.«

In seinen Worten schwang ein bedrohlicher Unterton mit. Ritas Augenbrauen zuckten, aber ihr Lächeln blieb.

»Gern. Der Kellner bringt gleich Ihre Getränke.« Sie machte ein Zeichen zum Tresen. »Hatten Sie schon Gelegenheit, die Stadt anzusehen? Sie ist wirklich ein Schmuckkästchen.«

Weder Katinka noch Hardo antworteten.

»Worum geht es diesmal?«, fragte Rita, bevor die Pause peinlich wurde.

»Schildern Sie uns Ihre Beziehung zu Jens Falk.«

Rita stutzte.

»Zu wem?«

Hardo wartete ab. Katinka starrte auf Ritas Halskette. Sie bestand aus Moosgummi. Als wäre sie in einem Kindergarten gebastelt worden.

»Entschuldigen Sie«, sagte Rita, »aber ich kenne keinen Jens Falk.«

»Sie haben ihn nicht zufällig von seiner Schule in Bamberg abgeholt?«, fragte Hardo.

»Bitte?« Rita zischte vor Empörung.

»Man hat Sie gesehen«, sagte Hardo. »Frage Nummer zwei: Wobei sollte Falk Ihnen helfen?«

Rita schlug mit der flachen Hand auf den Tisch. Der Kellner, der die Getränke brachte, sah sie argwöhnisch an.

»Ich muss mir das nicht anhören.«

»Doris Wanjeck?«

»Wer soll das sein?« Kaum merklich wurde Rita Bregović unsicher. Ihre Lippen zitterten ganz leicht.

»Ist Ihre Putzfrau hier? Lena Schubransky?«

Rita rückte an ihrem Glas.

»Natürlich nicht. Sie putzt morgens. Wenn wir mittags öffnen, muss alles picobello sein.«

»Aber sie ist hier bei Ihnen als Reinigungskraft angestellt?«

»Ja.«

»Und sie hat mehrere Jobs?«

»Das haben sie alle. Von den zwei Stunden Arbeit im Restaurant kann sie kaum leben.«

»Aber Frau Schubransky arbeitet gut, und Sie sind mit ihr zufrieden?«

»Sicher.«

»Sie ist zufrieden, in Ihrem Restaurant eine Anstellung zu haben?«

»Das nehme ich an. Hören Sie, worauf wollen Sie mit Ihrer Fragerei hinaus?«

»Frau Schubransky arbeitet zusätzlich im Wieland-Gymnasium als Reinigungskraft?«, übernahm Katinka.

»Ich denke, ja.«

»Sie sind als Chefin in Ordnung. Fair und offen, oder, Frau Bregović?« Gegenüber Schmeicheleien sind alle empfänglich, dachte Katinka, während sie Rita beobachtete. Sie fühlte Hardos graue Augen auf sich. »Frau Schubransky schuldet Ihnen was. Manche Chefs sind nämlich richtige Sadisten.«

»Was wollen Sie damit sagen?«

»Sie haben Lena Schubransky aufgefordert, die Akte von Eugen Kaminsky zu kopieren!«

»Was? Nein!« Rita lehnte sich zurück. »Was wird das für ein Spielchen? Ich habe es nicht nötig, mich von Ihnen in diesem Ton belästigen zu lassen. Bitte gehen Sie. Der Sprudel geht aufs Haus.«

»Wir können Sie auch zu uns bitten«, erwiderte Hardo und zog seinen Dienstausweis hervor.

Rita wird ihm das nicht abkaufen, dachte Katinka. Dazu ist sie zu schlau.

»Sie haben sich Jens Falk ausgesucht, damit er Ihnen hilft, Kaminsky zu erledigen.«

Rita schüttelte nur den Kopf.

»Seitdem Kaminsky Sie missbraucht hatte, trachteten Sie nach Rache. Sie hatten Zeit. Sie brauchten einen günstigen Zeitpunkt, zu dem Kaminsky am tiefsten fallen würde.«

»Gehen Sie«, sagte Rita tonlos.

»Gleich. Sie haben erfahren, dass Kaminsky Chancen auf ein Ministeramt hat. Nun brauchten Sie die Akte. Und einen, der die Geschichte platzen lässt.«

Rita schwieg.

»Deshalb haben Sie ein wenig nachgeholfen. Sie legten in die Dokumentenmappe ein psychiatrisches Gutachten. Nur leider«, sagte Hardo, »haben wir nach drei Minuten gewusst, dass es gefälscht ist. Sie haben nicht viel Sorgfalt walten lassen.«

Rita blieb standfest. Sie sah Hardo an, als könne sie kaum glauben, dass ein derartiger Einfaltspinsel von Steuergeldern bezahlt wurde.

»Sie haben die Jahresberichte des Wieland-Gymnasiums studiert«, fuhr Hardo fort. »Die hat Ihnen wiederum Ihre quirlige Putzfrau besorgt. Dabei ist Ihnen aufgefallen, dass Jens Falk nur ein halbes Jahr Lehrer am Wieland-Gymnasium war und mittlerweile in einer anderen Stadt arbeitete. Auf diese Weise konnten Sie bequem in Kulmbach Regie führen, während es in Bamberg knallte.«

Rita stand auf.

»Genug. Raus.«

»Falk sollte die Bombe hochgehen lassen. Die gefälschten Papiere, das Gutachten, die Aktennotiz wären jedem seriösen Redakteur einer Zeitung ein Dorn im Auge gewesen. Journalisten überprüfen ihre Quellen«, sagte Katinka. »Aber wenn eine Schulklasse sich die Erkenntnis, dass ein hoher Beamter im Ministerium einen sexuellen Missbrauch begangen hat, quasi erarbeitet, dann macht die Story ganz schnell die Runde. Sie sickert in die Familien und Freundeskreise. Ist nicht mehr aufzuhalten. Die Schüler können doch gar nicht beurteilen, dass Gutachten und Notizen gefälscht sind. Sie behaupten zu Hause, es gebe Beweise für Kaminskys Verbrechen. Der Hydra wächst Kopf um Kopf. Die kann niemand mehr abschlagen. Kaminsky wäre erledigt.«

»Sie haben Falks Zweitschlüssel entwendet, sind zu ihm in die Wohnung und haben die Klassenarbeiten weggenommen«, sagte Hardo. »Sie wollten den Druck erhöhen, damit er mitmachte.«

»Ich weiß nicht, wovon Sie reden«, sagte Rita. »Ich verwahre mich gegen Ihre Unterstellungen und Einschüchterungen und werde mir einen Anwalt nehmen. Guten Abend.«

Sie drehte sich um und stolzierte davon, stieß die Pendeltür zur Küche auf und verschwand. Hardo warf zehn Euro auf den Tisch.

»Einladen lassen wir uns von der nicht«, bemerkte er.

Sie fuhren über den Jura nach Bamberg zurück. Die Sonne stand tief am Himmel, und der sommerliche Duft schwebte durch die offenen Fenster ins Auto.

Es ist toll, direkt nach Westen zu fahren, dachte Katinka. Mitten in die untergehende Sonne hinein. Sie stellte sich vor, der Sonne einmal um den Erdball zu folgen. Zu träumen und zu vergessen. Aber natürlich ging das gerade jetzt nicht. Sie mussten den Fall zu Ende bringen und ihre glühenden Gedanken abkühlen.

»Was ist dein Eindruck?«, fragte sie.

»Wenn wir die Nebengleise zunächst außer Acht lassen, würde ich für folgende Variante stimmen«, antwortete Hardo. »Rita hat Falk als denjenigen ausgeguckt, der ihren miesen Racheplan verwirklichen sollte. Aber Falk ist ein ängstlicher Typ. So leichtfüßig macht er nicht mit, vor allem dann nicht, wenn er damit seine berufliche Zukunft aufs Spiel setzt.«

»Klar.«

»Deshalb hat Rita den Druck erhöht. Sagen wir mal so: Zuerst versucht sie die Sexmasche. Sie sieht gut aus …«

»He!«

Hardo sah zu Katinka hinüber.

»Ich dachte, eine moderne Frau hält das aus, wenn andere Frauen als gutaussehend beschrieben werden?«

»Es ist aber was anderes, wenn du dieses Urteil abgibst«, sagte sie und boxte ihm die Schulter. »War ein Witz.«

»Wäre ich nicht draufgekommen.«

»Die emotionale Schiene hat aber nicht funktioniert. Selbst einer Frau, die er begehrt, opfert ein Jens Falk nicht seine Karriere. Daher wechselte Rita die Tonart.«

»Sie klaute die Klassenarbeiten? Meinst du wirklich?«

»Wir fantasieren nur. Aber ich halte es für möglich. Sie hätte das Zeug dazu, sich nachts in eine fremde Wohnung einzuschleichen und Klassenarbeiten zu stehlen.«

»Aber woher wusste sie, dass Falk welche zu Hause liegen hat?«, wandte Katinka ein. »Wie kam sie ins Haus? Es wurden doch keine Einbruchsspuren gefunden!«

Hardo lachte auf.

»Sie können miteinander telefoniert haben. Falk hat über die vielen Klassenarbeiten geklagt. Wir haben Falks Telefongespräche durchgesehen. Wenn wir Ritas Nummer darauf finden, wissen wir, was Sache ist. Verdammter Mist, dass ich nicht vorher daran gedacht habe.«

»An Rita hat niemand gedacht«, sagte Katinka.

»Eben. Sie fühlt sich sehr sicher. Mit Fug und Recht. Wenn sie durchhält, wird niemand ihr etwas nachweisen können. Nehmen wir an, die beiden hatten eine unverbindliche Affäre. Kann Falk Rita den Schlüssel zu seiner Wohnung anvertraut haben?«

»Warum nicht.«

»Aber«, sagte Hardo, »wir werden es nie erfahren, denn wenn er ihr seinen Schlüssel gegeben hat, wird sie ihn längst in die Regnitz geworfen haben.«

»Aber die Schülerakten, die in Bamberg verschwunden sind? Die gehen auch auf Ritas Konto?«

Hardo knurrte etwas.

»Das liegt nicht gerade auf der Hand, oder?«, fragte Katinka. »Und was ist mit Doris Wanjeck?«

Hardo steuerte den Golf den Berg nach Tiefenellern hinunter. Katinka hatte keine Ahnung, wie sie hier gelandet waren.

»Kellerbesuch?«, fragte Hardo. »Der Bierkeller hier ist berühmt.«

»Gute Idee.«

Während sie in den Biergarten hinaufstiegen, sagte Katinka:

»Könnte so gelaufen sein: Rita beobachtet Falk eine Weile. Sie will herausfinden, ob Falk so funktioniert, wie sie sich das denkt. Am 16. Juli sieht sie zu, wie Falk und Doris Wanjeck streiten und Doris ihrem Ex eine klebt. Vielleicht hat Doris auch bemerkt, dass Falk eine andere hatte.«

Mit Bier und Brotzeitteller bewaffnet, suchten sie sich einen freien Tisch. Hier am Berg wurde es kühl. Katinka legte den Kopf in den Nacken und sah in den samtblauen Himmel hinauf.

»Hat Rita die Killer bestellt, was meinst du?«

Hardo schüttelte den Kopf.

»Nein. Warum hätte sie das tun sollen?«

»Also hängen wir fest.« Katinka runzelte die Stirn und trank ein paar Schlucke Bier. »Wie passt von Recken in dieses Bild? Warum soll er mich im Auftrag von Kazulé aus dem Weg räumen?«

Hardo leerte die Hälfte seines Kruges in einem Zug.

»Lass uns annehmen, dass es zwei Stränge gibt, deren Ursachen nichts miteinander zu tun haben, sich aber im Laufe der Geschehnisse verwickelt haben. Lass uns annehmen, dass Kazulé Wind bekommen hat von Falks Plänen.«

»Durch Valente!«, rief Katinka.

»Der Sohn hasst seinen Vater zwar«, sagte Hardo, »aber gerade deshalb wird er nach Wegen suchen, ihm seine Verachtung zu zeigen. Wenn X etwas weiß, wovon Y keine Ahnung hat, fühlt sich X mächtig, richtig?«

»Wir müssen mit Valente reden.«

»Aber mit allergrößter Vorsicht! Nicht, dass der Junge sich in Gefahr bringt«, warnte Hardo.

»Gesetzt den Fall, Valente hat seinem Vater gesteckt, was Falk vorhat – dann musste Kazulé aktiv werden.«

»Hat der alte Kazulé dich nicht zusammen mit seinem Sohn gesehen?«

»Also hat Kazulé das Killerkommando unter Vertrag genommen«, kombinierte Katinka.

Voller Heißhunger stürzte sie sich auf Schinken und Presssack. Hardo lächelte über ihren Appetit, während er sein Bier leerte. Er stand auf, um ein zweites zu holen.

»Weißt du, welcher Verdacht mir gerade kommt?«, fragte Katinka, als er zurückkam.

»Welcher?«, erkundigte sich Hardo.

»Du musst herausfinden, ob Rita ein Motorrad hat.«

»Habe ich schon. Sie hat eines.« Als Katinka ihn erstaunt ansah, lachte er. »Als wir vorhin aus dem Restaurant kamen, fiel mir ein Parkplatz mit der Aufschrift ›privat, Steakhaus‹ auf. Dort parkten ein Porsche und ein Motorrad.« Er legte sein Handy auf den Tisch. »Ja. Eine Honda. Ich maile das Foto jetzt den Kollegen. Sie sollen abgleichen, ob Ritas Motorrad dasjenige sein könnte, mit dem Wanjeck in der Tiefgarage aufgelauert wurde.«

»Und dann haben wir sie?« Katinka schmierte Butter auf ihr Brot. Ihr zitterten die Finger. Da war der Durchbruch. Winzig klein, nur ein Riss in der Fassade. Groß genug, um anzusetzen.

»Möglicherweise«, sagte Hardo.

23. Roxy Music

Wenige Minuten vor acht am nächsten Morgen rief Katinka bei Märthe Stürmer im Paul-Celan-Gymnasium an.

»Frau Palfy? Ach ... Sie meinen, wie der Chef sich *exakt* ausdrückte, als er die Akten haben wollte, die vorher Falk ...«

Im Hintergrund hörte Katinka das Crescendo eines Schulmorgens kurz vor den großen Ferien. Sie wartete mit trockenem Mund.

»Ich weiß zwar nicht, warum Sie das wissen wollen«, sagte die Sekretärin gehetzt, »oder was Ihnen das helfen soll. Studiendirektor Kornbrink sagte in etwa: ›Bringen Sie mir die Akten, die der junge Kollege zur Einsicht hatte.‹«

»Danke. Das hilft mir weiter«, sagte Katinka.

Eine Weile betrachtete sie ihre Hände. Sie waren gebräunt, wenigstens eine gesunde Hautfarbe hatte sie durch ihre Ausflüge ins Hainbad zustande gebracht.

Wann habe ich das letzte Mal Urlaub gemacht, dachte Katinka. Flotte Schritte kamen die Hasengasse hinunter. Sie sah auf. Seit sie wusste, dass ihre drei Peiniger wieder draußen in der Welt ihr Unwesen trieben, schloss sie die Tür zur Detektei immer ab.

Aber der Mann ging vorbei. Einer im Anzug mit Aktenmappe und Handy am Ohr. Sie stöhnte. Ich werde paranoid, dachte sie. Charly Niedorf rief an und hielt sie über eine halbe Stunde auf, um seine Sorgen bei jemandem abzuladen. Katinka bewahrte die Nerven und versicherte fortwährend, sich bei Niedorf zu melden, sobald sie etwas von Hannes hörte. Ihr Handy meldete ein zweites Gespräch. Endlich wurde sie Niedorf los.

»Hardo? Hast du gerade angerufen?«

»Ich stehe in drei Minuten beim Ermittlungsrichter auf der Matte. Drück mir die Daumen.«

Er ruft an, um mich zu bitten, ihm die Daumen zu halten?, dachte Katinka entgeistert. Sie geriet ins Träumen. Was geschah hier gerade? Inzwischen hatte es sich eingebürgert, dass sie beide bei Hardo übernachteten. Am besten, sie dachte nicht an die Einzelheiten, sonst wäre sie für den Rest des Tages nicht einsatzbereit. Abgelenkt. Weggetreten. Sie grinste. Um auf andere Gedanken zu kommen, könnte sie ebenso gut ihren Pass bei von Reckens Sekretärin vorbeibringen. Es waren nur wenige Meter zu gehen.

Mit gemischten Gefühlen warf sie den Umschlag in den Hauspostkasten. Sie wollte nicht nach Libyen, und obwohl ihre vorgebliche Bereitschaft, mitzureisen, nur eine Finte war, die den Fall voranbringen sollte, fühlte sie sich auf unangenehme Weise in die Pflicht genommen. Sie schlenderte durch die Austraße zurück in ihr Büro und setzte im Nebenraum gerade Wasser auf, als Hardo wieder anrief.

»Erfolg. Klein, aber fein«, berichtete er. »Wir dürfen Rita Bregović vorladen.«

»Super!« Katinka goss Wasser über das Kaffeepulver. Von der Gasse waren Schritte zu hören. Sie hatte vergessen, die Tür abzuschließen. Rasch griff sie nach dem Schlüsselbund.

»Die Verbindungen von Falks Telefon gingen von demselben W-LAN-Anschluss aus, von dem die Drohanrufe an dich kamen. Nehmen wir an, Rita ist die Urheberin. Bist du noch dran?«

»Ja.«

Eine Frau ging vorbei. Katinka sperrte ab.

»Wir durchleuchten sie von oben bis unten. Zudem habe ich mit Lena Schubransky telefoniert. Sie ist sofort eingeknickt.«

»Dann knallt es!«, rief Katinka begeistert.

»Nicht zu früh freuen. Es mag zwar sein, dass Rita und Falk telefoniert haben, dass sie ein Verhältnis hatten, dass Schubransky die Akten kopierte und die Jahresberichte mitgehen ließ. Nur – ein Beweis ist das nicht.«

»Aber die Videoaufnahmen! Ritas Motorrad!«

»Die Kollegen müssen das Motorrad in natura überprüfen und mit dem auf den Videobändern vergleichen. Wie ich Rita einschätze, ist sie nicht mit ihrem eigenen Vehikel losgefahren.«

»Trotzdem. Das ist die beste Spur überhaupt. Aber was machen wir mit der Rittergeschichte? Lassen wir das fallen?«

»Der Staatsanwalt will nichts davon hören.«

»Aber er muss! Wenn es einen begründeten Verdacht gibt …«

»Den gibt es nicht.«

Wütend stellte Katinka ihre Tasse auf dem Schreibtisch ab.

»Na gut. Und wenn wir Beweise zutage fördern?«

»Was meinst du damit?« In seiner Stimme klang verhaltenes Misstrauen.

»Keine Ahnung. Aber irgendwie müssen Kazulé und Kaminsky doch zu knacken sein.«

»Man muss Geduld haben bei solchen Ermittlungen. Immerhin haben wir im Mordfall Wanjeck nun wirklich einen Fortschritt erzielt.«

»Habt ihr die Chiffre entschlüsselt, die bei ihrer Leiche lag?«

»Schrott. Nein. Du ahnst, was ich vermute?«

»Könnte auch ein Fake sein!«

»Kluges Mädchen.«

»Die Archäologen fliegen in einer Woche nach Tripolis ab«, warnte Katinka. »Ich will mich nicht in dem Flugzeug sitzen sehen.«

»Das will ich auch nicht«, sagte Hardo. »Du weißt doch, in einer Woche kann viel passieren.«

Später dachte sie daran, wie gut es gewesen wäre, wenn die Ereignisse sich eine Woche Zeit gelassen hätten.

Über Mittag ging Katinka im Hainbad schwimmen. Sie zog ihre Bahnen im Fluss, brach aber auf, als das Bad sich nach Schulschluss merklich füllte, und schlenderte mit einem Eis in der Hand zu ihrem Fahrrad.

»Frau Palfy?«

Valente stand vor dem Bootshaus, die Schulmappe unter dem Arm.

»Hallo«, sagte Katinka unbestimmt. »Suchst du mich?«

»Ja. Sie schwimmen doch gern. Haben Sie mal erzählt.«

Katinka konnte sich nicht erinnern, mit Valente über ihre sportlichen Vorlieben geredet zu haben.

»Du auch?«

»Ja. Bei der Hitze!« Er wies zum Himmel. »Haben Sie Anja und Hannes gefunden?«

»Haben wir.«

»Geht es ihnen gut?«

Krachend zerbiss Katinka die Eiswaffel.

»Hör mal, Valente, du und dein Vater, das läuft nicht so richtig, oder?«

Er sah sie verblüfft an.

»Hast du mal mit deinem Vater über Falks Ankündigungen geredet?«

»Ach, daher weht der Wind!«, rief Valente wütend. »Nein. Habe ich nicht. Ich halte zu Hause das Maul. Ist besser so.«

Katinka wartete ab.

»Mein Vater ist ein Arschloch«, sagte Valente. »Meine Eltern haben ständig Krach. Meine Mutter wollte sich schon lange scheiden lassen. Aber seit einiger Zeit war keine Rede mehr davon.«

Dann hat sie rausgekriegt, dass ihr Mann eine Geliebte hat. Und sie wartet galant ab, bis er die Scheidung will, dachte Katinka und unterdrückte ein hämisches Grinsen. Sie hatte genug Fälle dieser Art bearbeitet.

Argwöhnische Ehepartner brauchten Privatdetektive.

»Falk hat mich mal darauf angesprochen«, rückte Valente raus. »Auf meine Eltern. Ich hatte den Eindruck, ich tue ihm leid. Das war erniedrigend.«

Schweißtropfen kitzelten Katinkas Nacken.

»Hat dich das genervt? Dass Falk Bescheid wusste?«

Er zuckte die Achseln.

»Beim nächsten Streit mit deinem Vater hast du was verlauten lassen, stimmt's?«

»Nein!«, sagte er trotzig. »Habe ich nicht. Tschüss.« Er wandte sich um und trabte davon.

Also hast du, dachte Katinka. Sie blickte in das dampfende Dickicht des Waldes. Der Hain wirkte hier nahezu undurchdringlich. Das Unterholz kochte in der Hitze. Zweige knackten. Schüchtern piepten ein paar Vögel. Vom Hainbad her tönte die Ausgelassenheit der Badegäste.

Ich spinne, dachte Katinka, aber ich sehe ein Augenpaar auf mich gerichtet. Sie kniff die Lider zusammen und spähte ins Gestrüpp. Ich sehe, nein ich fühle jemands Augen.

Sie schloss ihr Rad auf. Das ging nicht so weiter mit den Kerlen aus dem Boxklub. Doch die Anzeige zurückzuziehen, kam gar nicht infrage. Entschieden trat Katinka in die Pedale. Sie würde sich etwas einfallen lassen.

Den Rest des Tages verbrachte sie mit zermürbenden Überlegungen. Sie schrieb Seiten in ihrem Notizblock voll, ohne der Geschichte ein anderes Gesicht geben zu können. Sie lief durch die Stadt, um auf andere Gedanken zu kommen, bevor sie sich hinter ihren Rechner setzte. Sie versuchte, eine Excel-Datei herzustellen, in der sie ihre unterschiedlichen Schlussfolgerungen miteinander verrasterte, scheiterte jedoch an ihrer eigenen Unlust. Um sich abzulenken, naschte sie eine ganze Tüte Gummisaurier. Ihre Zähne fühlten sich danach an, als seien sie mit einer Schicht Kleister überzogen. Hardo rief an.

»Freu dich, du Christenheit«, sagte er. »Ritas private Nummer, der Festnetzanschluss des Restaurants und ihr Handy stehen viele Male auf Falks Telefonliste!«

»Ja!« Katinka riss den freien Arm hoch wie ein Fußballfan.

»Spar dir die Jubelrufe. Das Motorrad in der Tiefgarage ist nicht Ritas Motorrad.«

Katinka brauchte einen Moment, bis sie schaltete.

»Das heißt, wir haben wieder nichts?«

»Genau. Rita besitzt keine Motorradkleidung außer Lederhose und Lederjacke.«

Katinka fluchte.

»Nicht!«, warnte Hardo. Sie hörte sein resigniertes Lachen. »Fluchen macht krank.«

»Auch schon egal. Hardo, wir *müssen* endlich auf Kaminsky und Kazulé setzen.« Im Hintergrund hörte sie aufgeregte Stimmen.

»Ich rufe zurück«, sagte Hardo rasch und legte auf.

Katinka versuchte, Kaminsky im Ministerium in München zu erreichen. Dr. Kaminsky sei gegenwärtig nicht im Haus, wurde ihr gesagt. Genervt legte Katinka das Telefon weg.

Katinka stand in ihrer Küche und schnippelte Pfirsiche und Birnen. Sie brauchte etwas Gesundes für Zwischendurch, um die Nebenwirkungen von fränkischen Brotzeiten und Bier zu dämpfen. Dazu hörte sie eine CD mit Astor Piazzollas Tangostücken. Die Melancholie der Musik passte zu ihrer Stimmung. Sie goss Joghurt über den Obstsalat. Hardo hatte eine SMS geschickt, dass es spät werden würde. Kennen wir ja, dachte Katinka, und an diesem Abend fühlte es sich traurig und deprimierend an. Sie drückte mitten in ›Balada para un loco‹ auf ›Stop‹, weil das Handy klingelte. Unbekannter Anrufer. Bekanntes Herzklopfen.

»Valente hier.« Seine Stimme klang stockend, als wüsste er nicht, ob er noch wütend sein dürfte oder ob sich das nicht gehörte, schließlich war er wohlerzogen. »Haben Sie Zeit? Ich muss Sie sofort sprechen.«

»Ich bin zu Hause. Amalienstraße, Ecke Herzog-Max-Straße, das gelbe Backsteinhaus.« Noch nenne ich diese Bude hier ›zu Hause‹, dachte sie und fand sich mit dem Telefon in der Hand immer noch dastehen und aus dem Fenster starren, als Valente klingelte.

»Ich hab's!«, rief er keuchend, während er die Treppe zu Katinkas Wohnung hinaufrannte.

»Was?«

»Ich habe die Chiffre geknackt.« Er lachte breit. »Die aus Falks Hosentasche. Super, oder?«

Mein Gott, das sind wirklich noch Kinder, dachte Katinka. Er freut sich, als hätte er bei einem Preisausschreiben gewonnen. Zugleich merkte sie, wie sich ihr Herzschlag beschleunigte. Sie führte Valente in die Küche.

Aufgeregt wie eine Legehenne breitete er seine Sachen auf dem Tisch aus. VABTHGAFAYZLCOFFJXQHFF schrieb er auf ein Blatt. Die Buchstaben bekamen Fühler in alle Richtungen, weil er seine Eile kaum bezähmen konnte.

»Das Problem besteht darin, dass wir eine lineare Abfolge von Buchstaben haben. Aber natürlich kann die simuliert oder falsch sein.«

»Die Buchstaben wurden absichtlich umgestellt?«

»Genau. Der erste Buchstabe brachte mich auf die richtige Fährte. Das V. Falk hat es wie eine römische Ziffer geschrieben. Mit einem Querbalken oben und einem unten. Ich hatte das die ganze Zeit bemerkt, aber damit keine Bedeutung verbunden.«

Katinka kniff die Augen zusammen. Sie hatte den Originalzettel an Hardo weitergereicht und keine Ahnung mehr, wie Falks Handschrift ausgesehen hatte. War sie selbst so clever gewesen, das V als römische Ziffer abzuschreiben? Hatte Falk den Buchstaben vielleicht gar nicht mit Querbalken verziert? Sie öffnete den Mund, um ihre Überlegungen mit Valente zu teilen, aber er hob die Hand. Wie ein König.

»Moment noch. Lesen wir das V als 5 und die beiden Querbalken als 2.«

»Warum?«, fragte Katinka verständnislos.

Valente schrieb *5/2* auf das Blatt.

»Weil das eine Anweisung ist. Schreibe die Chiffre als Zaunlatten – als Koordinatensystem mit fünf mal fünf Feldern.« Er begann zu notieren, während der Wind vom Fenster her sanft durch die losen Blätter streichelte, und wies schließlich stumm auf die Tabelle, die er skizziert hatte.

	A	B	C	D	E
1					
2					
3					
4					
5					

»Halt«, sagte Katinka. »Wie kommst du darauf?«

»Die Zaunlattenverschlüsselung ist eine simple Sache. Die Idee stammt ursprünglich von den Spartanern und wurde nur abgewandelt. Du beginnst senkrecht.«

Er war wieder beim Du. Katinka grinste schief.

»Moment ...« Er kritzelte aufs Papier. »Hier. Dechiffriere.«

VTHDUAAUDRLHNNSEEGUTNTER, las Katinka.

»Ich habe das Schlüsselwort nicht.«

»Hier ist nichts verschlüsselt. Die Buchstaben wurden nur in eine andere Reihenfolge gebracht. Pass auf. Schreiben wir den Text mit Leerzeichen.«

VTHDU AAUDR LHNNS EEGUT NTER, schrieb Valente.

»Wieso bestehen die ersten vier Wörter aus je fünf Buchstaben und das letzte aus vier?«

»Gut hingeschaut«, lobte Valente. »Ich verändere die Reihenfolge. Ich schreibe diese fünf Wörter untereinander.«

V T H D U
A A U D R
L H N N S
E E G U T
N T E R

Zufrieden betrachtete Valente sein Werk.

»Und?« Er grinste Katinka an.

Meine Güte, dachte sie. Er führt mich ganz schön vor.

»Du nervst.«

Aber sie kam dahinter. Sie las den Text von oben nach unten. *valen* kam dabei raus. Aber was sollte *tahet*? Das war kein Text.

»Haben Sie es raus?«

»Valente«, sagte Katinka entnervt. »Duzen wir uns, das ist einfacher!«

Er wurde tiefrot und tat ihr irgendwie leid. Sie vertiefte sich in die Tabelle und musste lachen.

»Glasklar. Ich lese die erste Kolonne von oben nach unten, die zweite von unten nach oben, die dritte wieder von oben nach unten, die vierte von unten nach oben …« Sie nahm sich ein Glas aus dem Schrank und füllte es mit Leitungswasser.

»Du auch? Ansonsten kann ich dir nur Obstsalat anbieten.« *valente hat hunger und durst*, Himmel, was für ein Zaunpfahl. Der Name der Verschlüsselungstechnik fiel ihr ein. Zaunlattenverschlüsselung. Man brauchte sich nur vorstellen, Zaunlatten mit Wörtern zu beschreiben.

Valente trank sein Glas in einem Zug leer.

»Die gleiche Strategie habe ich bei der Chiffre aus Falks Hosentasche angewendet.«

»*Ich* will das ausprobieren«, sagte Katinka ungeduldig und stellte ihr Glas weg. Wieder meldete sich die Erregung, die sie Samstagnacht empfunden hatte, als sie die Chiffren von den Postkarten decodiert hatte. Sie nahm Valente den Stift aus der Hand und füllte die leere Tabelle mit Buchstaben.

	A	B	C	D	E
1	V	A	B	T	H
2	G	A	F	A	Y
3	Z	L	C	O	F
4	F	J	X	Q	H
5	F	F			

»Falsch.« Valente verkniff sich das schadenfrohe Grinsen nur unvollkommen. »Wir haben 22 Buchstaben. Geteilt durch fünf macht?«

»Geht nicht. Fünf Felder mal fünf Zaunlatten macht 25 Felder.«

»Genau. Drei bleiben leer. Da auf der letzten Zaunlatte von oben nach unten notiert wird, sind die Felder E 3, E 4 und E 5 leer.«

Katinka ächzte. Ihr Kopf begann zu brummen. Sie hätte Jazz hören sollen anstatt Piazzolla. Oder Della Reese. Sie stand auf und suchte die CD raus. ›Why don't you do right.‹ Frage ich mich auch, dachte Katinka. Why don't I do right. Sie zeichnete eine neue Tabelle und schrieb.

	A	B	C	D	E
1	V	A	B	T	H
2	G	A	F	A	Y
3	Z	L	C	O	
4	F	F	J	X	
5	Q	H	F	F	

»Ist es so o. k.?«

»Schwer in Ordnung. Was wäre der nächste Schritt?« Vorsichtshalber zeichnete er einen kleinen Pfeil über die Spalte A. Er zeigte nach unten. Dann setzte er einen weiteren, nach oben weisenden Pfeil unter das Feld B 5.

Katinka notierte VGZFQHFLAABFCJFFXOATHY.

»Prima.« Valente trank sein Glas leer und stand auf, um es nachzufüllen. »Jetzt zu Punkt zwei. Gehen wir zurück zu dem V, das wir mit seinen zwei Querbalken als römische Fünf verstehen. Also 5/2. Dies bedeutet, dass wir fünf mal fünf Felder beschreiben, aber nach jedem zweiten Buchstaben eine Niete einfügen. Irgendeinen Buchstaben, der nichts anderes tut, als den Analytiker zu verwirren.« Er unterstrich die doppelten Fs in der ursprünglichen Chiffre VABTHGAFAYZLCOFF-JXQHFF.

»Zweimal zwei Fs. Zuerst habe ich ständig mit den beiden Wiederholungen herumgemacht und mir einen kleinen Algorithmus programmiert, um den Rechner das Problem lösen zu lassen. Das klappte natürlich nicht, denn Falk hat die Nieten sehr geschickt gesetzt.«

»Wir müssen also nichts anderes tun, als nach jedem zweiten Buchstaben einen tilgen?«, fragte Katinka ungläubig. Das wiederum kam ihr viel zu simpel vor.

VGFQFLABCJFXATY, kritzelte Valente aufs Papier.

»Sieht schon besser aus, was?«, fragte er.

»Kann ich nicht finden. Und jetzt?«

»Jetzt brauchen wir ein Schlüsselwort.« Valente streckte sich wie ein Kater und gähnte. »Entschuldigung. Ich habe die letzte Nacht kaum geschlafen. Ich habe Fotos vom Schulfest und der Musikparty angeschaut, die wir ein paar Wochen vor Falks Tod hatten. Falk hat mit einem Beamer und allerhand Schnickschnack eine super Disco-Atmosphäre in den Partykeller in der Schule gezaubert.«

Partykeller?, dachte Katinka. Bei uns gab's nur dröge Festakte in der Aula.

»Warum zum Teufel hast du Schlaf ausfallen lassen, um Fotos zu betrachten?«

»Weil ich mir dachte, dass Falk das Schlüsselwort irgendwie präsentiert hat.« Valente lächelte. »Er wollte doch, dass die Chiffre geknackt wird, und wie sollte das gehen ohne Schlüsselwort? Also ging ich davon aus, dass wir das Schlüsselwort haben, aber nicht wissen, wo. Hier.« Aus seiner Mappe kramte er ein Foto, auf dem ein paar Schüler in psychedelischen Verrenkungen auf einer Tanzfläche zu sehen waren. Falk stand seitlich von ihnen an einer Apparatur aus mehreren Rechnern und blickte konzentriert auf einen Bildschirm. Die Belichtung war nicht besonders gut. Das Licht traf allerdings so auf, dass es die silberne Schrift auf Falks T-Shirt zum Leuchten brachte.

Katinka griff sich an die Stirn. Das gibt's nicht, dachte sie. Wir hatten das Schlüsselwort die ganze Zeit vor Augen. Nur wussten wir nicht, dass es ein Schlüsselwort ist. Nun ergab es auch einen Sinn, dass Falk zu dem Termin in Ljubovs Kanzlei mit dem durchgeschwitzten ›Roxy-Music‹-Shirt erschienen war. Weil das Schlüsselwort darauf stand. Er hatte geduscht und die Haare gewaschen, aber das alte T-Shirt angezogen, um ihnen das Schlüsselwort mitzugeben. Verdammt, was bin ich für eine lausige Detektivin. Warum habe ich nicht über die gewaschenen Haare nachgedacht?, grübelte Katinka. Weil es nichts gebracht hätte, sagte die zweite Stimme im

Kopf. Das schmutzige Shirt war nur eine flüchtige Beobachtung, die im Zusammenhang mit der Aufschrift als Schlüsselwort erst Bedeutung bekam.

»Ich habe den Beleuchtungseffekt am PC noch mal verstärkt«, erläuterte Valente und fuhr mit dem Finger über die Buchstaben. »ROXYMUSIC ist das Schlüsselwort.« Er griff nach einem Stift, aber Katinka sagte:

»Lass mich das entschlüsseln.«

Wieder dieses Fieber. Die Gier nach der Auflösung. Sie war erneut überrumpelt von der Intensität dieses Gefühls, das sich verstärkte, je mehr Klartextbuchstaben sie auf dem Zettel stehen hatte.

SCHLÜSSEL	R	O	X	Y	M	U	S	I	C	R	O	X	Y	M	U
Klar	e	s	i	s	t	r	i	t	a	s	r	a	c	h	e
GEHEIM	V	G	F	Q	F	L	A	B	C	J	F	X	A	T	Y

»Es ist Ritas Rache«, murmelte sie. »Verdammt, Valente, weißt du, was du da rausgekriegt hast?«

»Es ist die Lösung, oder?«

Katinka nickte.

»Ich muss telefonieren. Ich ...« Sie stand auf und stellte sich an das geöffnete Fenster. Dort unten lief jemand spazieren, die Hände auf dem Rücken gekreuzt, und blickte zu ihr hoch. Keiner von den Kerlen aus dem Boxklub, beruhigte sie sich sofort. Und ein grüner Opel ist auch nirgends zu sehen. Ritas Rache. Verdammt, endlich haben wir etwas. Aber was ist es, was wir da haben? Ist es irgendetwas, das über eine freundliche, wenn auch in sich schlüssige Fantasterei hinausweist? Und warum hat Falk Ljubov nicht gesagt, was Sache ist? Warum diese Geheimnistuerei?

»Könnte ich jetzt etwas von dem Obstsalat …?«, fragte Valente schüchtern und sah wieder so aus, wie sie ihn kannte. Wie ein ständig bedrückter Schüler, der sehnlichst auf seinen 18. Geburtstag wartete.

»Klar, bedien dich.«

Sie schnappte sich ihr Handy und rief Hardo an. Er hörte zu, was Katinka ihm in aller Hast erklärte, während sie auf ihrem Bett saß, in dem sie schon lange nicht mehr geschlafen hatte. Seit einer Woche, wenn sie sich recht entsann.

Unter Brüdern geht man ans Telefon.

Auch wenn es gerade nicht passt. Er ist dankbar, das schon. Immerhin haben die Brüder dafür gesorgt, dass dieser Lehrerkriecher ihn nicht mehr fertigmachen kann.

Seine Hände zittern. Er schnappt nach Luft und reißt das Fenster auf. Wenn nur die verdammte Hitze nachließe! Mit seinen Herzproblemen hält er das fast nicht aus. Hätte er doch die Mailbox drangehen lassen.

Er sprüht die Tastatur mit Sagrotan ein. Seine Hände betätigen den grünen Knopf am Rechner. Nur ein Spiel. Nur eins!

Er war davon los. Eine Therapie bei einer angesehenen, im Übrigen reizvollen Psychotherapeutin. Er hat Medikamente geschluckt und zugenommen. Er hat einmal zum Frisium Alkohol getrunken und ist beinahe krepiert.

Nur ein Spiel. Seine Finger fliegen über die Tasten.

Mein Gott, was die Brüder nur in ihm sehen. Als könne er irgendwas bewirken. Als könne er ihnen Vorteile verschaffen, sozusagen die Poleposition, ausgerechnet er, der Schwächling, der Hänfling, der Angsthase! Schon in der Schule war das so gewesen, er war der kleinste und dünnste und spillerigste Junge in der Klasse. Und wenn er es genau bedenkt: Schon als ganz kleiner Junge war er ein Schluck Wasser in der Kurve. Ein Trauma, hat die Psychotherapeutin gesagt. Ein Mutterproblem. Seine dominante Mutter hat seine Schwierigkeiten verschuldet. Er glaubt es fast nicht. Aber die Brüder, die Gemeinschaft, das war wie damals sein Kumpel Nobbi, der den Größeren eine Lektion verpasst hat, wenn sie den Kleinsten rannehmen wollten. Nie im Leben würde er der reizenden Therapeutin von den Brüdern erzählen. Sie weiß von dem Prozess. Er sagt, er sei unschuldig. Er sagt, er habe nie einem Mädchen etwas angetan. Es gibt Tage, da glaubt er es selbst.

Endlich ist er eingeloggt. Sein Puls beschleunigt.

Wenn er spielt, vergisst er alles andere. Die verlogene Tätigkeit, die mindestens zwölf Stunden eines jeden Tages verschlingt. Er vergisst die Brüder, die Ehrungen, die Lobhudeleien. Er wird leicht ausgenutzt, behauptet die Therapeutin. Aber wer sich ausnutzen lässt, der sei ein Stück weit selbst schuld. Er schnaubt und zündet sich eine Zigarette an. Aufpassen muss er, er hat ein paar hässliche braune Flecken in die alte Tastatur gebrannt. Natürlich hat er die sofort ausgewechselt und auch einen Schutzüberzug gekauft. Selbstverständlich nutzt er nur seinen privaten Rechner, wenn er …

Er gibt die Kreditkartennummer ein. Seit Wochen hat er nicht mehr gespielt, und er ärgert sich, dass er auf der Plattform nun wie ein Fremder behandelt wird, weil er so lange nicht dabei war. Eine anonyme Gemeinschaft, das ist es, und er hält sich an ihr fest, denn sie stellt keine Forderungen, außer dass sie die Kreditkartennummer und das Ablaufdatum haben will, aber was sind ein paar Ziffern wie diese schon wert.

Dieser verdammte Schnupfen piesackt ihn seit Tagen. Er reißt ungeduldig die Schreibtischschublade auf und fingert nach dem Päckchen Tempos. Es ist wirklich von Vorteil, alles exakt aufzuräumen und abzulegen. Er muss nicht einmal hinschauen. Neben dem Päckchen liegt der Schlüssel für den Kasten im Seitenfach des Sekretärs. Die Pistole ist dort gut und sicher verwahrt. Er hat sie aus Beständen der DDR gekauft, eine Makarov MP 654. Erst vor wenigen Monaten. Wenn die Brüder das wüssten … nach außen hin betonen sie Gewaltlosigkeit und Frieden. Wenn er es nicht besser wüsste. Wenn er nicht wüsste, dass … aber wozu sich Gedanken machen. Aus diesem Netz kommt er nicht mehr raus. Er ist ein Gefangener, sie haben ihn einmal rausgehauen, vor Gericht, und das war durchaus riskant für den Dicken. Immerhin hätte er sich für befangen erklären müssen, aber da gab es genug juristische Schlupfwinkel. Das Verfahren war fair, sagt der Dicke, wenn das Gespräch darauf kommt, und das Urteil gerecht. Es gibt nichts zu meckern.

Der Mann streckt sich und schließt kurz die Augen, bevor sie erneut den Bildschirm fixieren. Früher hat er gespielt, bis seine Schultern vor Schmerzen zu bersten schienen. Nächte saß er vor dem Rechner, die Augen trüb und rot gerändert. Zum Essen hatte er kaum Zeit. Er sollte nicht wieder damit anfangen. Nicht jetzt und nicht später. Nie mehr. Er weiß es und legt dennoch Karte um Karte. Jetzt ist die Schallmauer durchbrochen, und mit jeder Minute, mit jeder neuen Partie wird es schwerer, aufzuhören. Besser als Alkohol, redet er sich zu und raucht. Immer noch besser als Alkohol. Er fühlt sich schmutzig.

Das Telefon. Schon wieder. Können die Brüder ihn nicht in Ruhe lassen? Er hebt den Hörer ab. Vielleicht ist das seine Chance. Während er telefoniert, kann er nicht spielen. Es wäre so leicht, auf ›Logout‹ zu klicken. Raus aus allem. Nur raus. Er sehnt sich nach einer Dusche. Er hustet und sagt seinen Namen ins Telefon.

Aber es ist keiner der Brüder.

24. Anjas Versuch

Valente war längst weg. Es war kurz nach zehn Uhr abends, und immer hatte Katinka noch nichts von Hardo gehört. Während sie sich vor dem Fernseher einrichtete, stellte sie sich vor, wie es im Kommissariat I zuging. Aufgeregtes Diskutieren, konzentriertes Arbeiten, überall künstliches Licht, trotz der Sommernacht, überall Anspannung, Fieber, Jagdtrieb. Der auch in ihr erwacht war wie in einem Hund, der auf dem Sofa schnarchte, aber beim Anblick eines Hasen losspurten musste. Einfach hinterher. Instinkt.

Als ihr Handy klingelte, nahm sie sich nicht die Zeit, auf das Display zu schauen.

»Palfy?«

»Hannes hier.«

»Was ist los?«

»Es ist wegen Anja. Sie will sich mit Kaminsky treffen.«

»Wann? Wo?«

Verflucht, wieso rückte er nicht raus! Katinka spürte den Schweiß im Nacken. Sie schaltete den Fernseher aus.

»Im ›Lichtspiel‹-Kino. Jetzt gleich, zum Spätfilm.«

Zum Teufel mit diesen Kindern! Katinka warf die Fernbedienung auf das Polster.

»Ihr seid also in Bamberg?«

»Wir sind zurückgetrampt.«

Ja, ist ziemlich ungemütlich, so ohne Dusche und Internet im Wald, dachte Katinka.

»Nun lass dir verdammt noch mal nicht alles aus der Nase ziehen! Warum ist Kaminsky in Bamberg? Und was will Anja von ihm?«

»Ich weiß nicht. Ich wollte ihr das ausreden, aber …«

»Erzähl mir doch kein Märchen, Hannes! Du weißt es. Es kann doch nur einen Grund geben: Sie will ihn erpressen. Glaubst du, Kaminsky ist so dämlich, dass er da mitspielt? Denk dran, dass seinesgleichen mächtige Kumpels hat. Habt ihr vergessen, wie Falk umkam? Um Himmels willen, ist euch klar, in welche Gefahr Anja sich da begeben will?«

»Sie ist schon los«, kam es kläglich von Hannes.

Katinka blies sich den Pony aus dem Gesicht. Das war ja klar. Nachgerade folgerichtig.

»Zieh dir die nächstbeste Bettdecke über die Ohren!«, sagte sie. »Und tschüss.«

Sie rief Hardo an, aber der war nicht zu erreichen.

Mit Mühe und Not bekam sie einen Kollegen aus seiner Ermittlungsgruppe an die Strippe und schilderte die Situation.

»Kaminsky wird sich nicht erpressen lassen«, sagte Katinka, während sie das Handy zwischen Ohr und Kinn einklemmte und die Beretta umschnallte. »Er ist so weit gekommen, ohne für irgendwas bezahlen zu müssen, wieso sollte er sich ausgerechnet jetzt in die Enge treiben lassen.«

Der Beamte wiegelte ab.

»Die beiden treffen sich mitten in der Stadt, im Kino, du liebe Zeit, da wird er dem Mädel den Kopf schon nicht wegpusten.«

»Geben Sie Uttenreuther Bescheid«, sagte Katinka und zog die Wohnungstür hinter sich zu. »Ich sage nur: Jens Falk. Erschossen von einem Killerkommando in einer Rechtsanwaltskanzlei.« Sie legte auf. Mach bloß keinen Fehler, du Ignorant! Manchen Mitmenschen musste man ein paar freundlich gemeinte Ratschläge hinterherschicken.

An einem warmen Sommerabend im Juli war Kino nicht die erste Wahl, wenn es um Freizeitbeschäftigungen ging. Das ›Lichtspiel‹ lag verlassen. Katinka warf einen Blick in die ›Scheinbar‹. Leer. Bis auf eine Handvoll Tische und Stühle. Fenster und Tür nach draußen standen offen. Leise wehte die Abendluft herein.

»Hallo«, sagte eine Stimme hinter Katinka. Eine junge Frau kam von der Kinokasse zu ihr herüber. »Heute Abend ist nicht viel los. Bei dem Wetter …«

»Hat der Spätfilm schon angefangen?«, unterbrach Katinka.

»Vor fünf Minuten. Wollen Sie …«

»Sind Zuschauer da?«

»Nur zwei«, antwortete die Kassiererin verunsichert. »Weil …«

Das Wetter, ja, klar, dachte Katinka.

»Ein junges Mädchen und ein älterer Herr?«

Sie sah verblüfft aus.

»Genau.«

»Sonst niemand?«

»Nein.«

Katinka atmete ganz leise durch. Ein schlechtes Zeichen. Sie legte zehn Euro hin und kritzelte Hardos Handynummer auf ein Programmheft.

»Rufen Sie diese Nummer alle zwei Minuten an, bis Hauptkommissar Uttenreuther an den Apparat geht. Er soll sofort herkommen. Mit ein paar Leuten. Schöne Grüße von Katinka Palfy.«

Sie schob den Vorhang zum Kinosaal beiseite. Als sie die Tür öffnete, fiel gelbes Licht aus dem Vorraum in den dunklen Saal. In der Düsternis konnte sie niemanden sehen. Vielleicht waren Kaminsky und Anja durch den Notausgang neben der Leinwand raus.

»Hauen Sie ab!«

Ein Mann erhob sich und warf seinen Schatten auf die Leinwand. Kaminsky. Katinka erkannte seine schmächtige Gestalt, die gut zu den Hänflingen im Film passte, die gerade eine Straße in New York überquerten.

»Herr Dr. Kaminsky«, sagte Katinka ruhig. »Ich würde gern mit Ihnen reden.«

Neben Kaminsky tauchte Anja auf. Sie drehte sich zu Katinka um.

»Licht! Machen Sie Licht, verdammt noch mal!«,

schrie Katinka in den Vorraum. Und hau ab, wenn du schlau bist, fügte sie im Stillen hinzu.

Langsam erhellte sich der Saal. Anja sah weiß aus wie eine Altarkerze. Auch Kaminsky ging es sichtlich schlecht. In seinem blassen Gesicht prangte eine rote Nase. Der hat Schnupfen, dachte Katinka. Mitten im Sommer.

Kaminsky hielt eine Pistole in der Faust. Er griff Anja in den Nacken und presste den Lauf an ihren Kopf. Anja war einen halben Kopf größer als Kaminsky, und sie schrie wie am Spieß, aber Kaminsky schüttelte sie hin und her, dass ihr Kopf und die Pistole wackelten wie eine Kasperlefigur.

Der Filmton wurde leiser. Katinka hob die Hände.

»Legen Sie die Pistole weg, Herr Kaminsky«, sagte sie.

»Ich denke nicht daran!«

»Das ist Geiselnahme, was Sie hier tun. Aus dieser Geschichte haut Sie kein Richter raus!«

»Ich komme in der Geschichte gar nicht vor«, flüsterte Kaminsky. Er griff in Anjas Haar und zog ihr den Kopf zurück. Sie stöhnte vor Schmerz, hörte aber auf zu kreischen. Katinka war dankbar dafür. »Weil ich nämlich diesem Mädchen und Ihnen das Hirn aus dem Schädel puste.« Er lachte kurz und grell auf. »Zuerst vielleicht Ihnen, denn Sie haben Ihre Knarre sicher dabei, und wenn Sie aus dem Verkehr sind, kommt Anja dran.«

»Sehen Sie meine Hände?« Katinka legte beide Hände auf die Lehne des nächstbesten Kinosessels. »Ich kann meine Pistole gar nicht schnell genug ziehen, um Ihnen zuvorzukommen.« Genau, schmeichle ihm. »Wenn Anja vorhatte, Sie zu erpressen, dann werden Sie sie längst eines Besseren belehrt haben.«

Wieder dieses grelle Lachen. Kaminsky zeigte seine grauen Zähne. Sein Zeigefinger lag am Abzug.

»Es kommt nicht darauf an, Frau Palfy«, sagte er. »Ich bin sowieso geliefert. Glauben Sie vielleicht, dass ich dieses Leben gern lebe?«

»Lassen Sie Anja los. Sie wird mit mir hier warten, bis Sie durch den Notausgang raus sind.«

»Ha! Da draußen warten doch längst die Bullen!« Sein Gesichtsausdruck wechselte ins Nachdenkliche. »Sie sind clever«, sagte er. »Sehr clever. Sie haben die Polizei verständigt. Ich hätte es genauso gemacht. Ich wäre ein anständiger Mensch, wenn ich damals die Schuld auf mich genommen hätte. Ich hätte gestehen können, dass ich eine Schülerin betatscht habe. Ja, und? Ich wäre beruflich erledigt gewesen, ich hätte eine Strafe gekriegt, aber als Geständiger wäre sie erträglich ausgefallen, und so hätte ich ein neues Leben beginnen können. Eines ohne Pensionsansprüche, mag sein. Aber egal. Vielleicht als Gastronom, als Taxifahrer, als«, er schlenkerte mit der Pistole, und Anja schrie auf, »Kinobetreiber. Halt den Rand, Mädchen!«

»Warum haben Sie nicht gestanden?«, fragte Katinka atemlos. Sie zählte die Sekunden. Wenn dieser Knallkopf von Kriminaler, mit dem sie telefoniert hatte, nur endlich in die Gänge kam. Hoffentlich erreichte die Kassiererin Hardo. Hoffentlich versuchte sie es überhaupt.

»Es ist wie ein Sog.« Er schüttelte den Kopf. »Du kommst in einen Strudel, in dem du nur noch denkst: Ich will hier raus. Von dem Tag an, an dem der Dicke mir gesagt hat, dass es keine Beweise gibt, war ich wie in Trance.«

Der Dicke. Kazulé.

»Sie rechneten damit, freigesprochen zu werden?«

»Und in der Öffentlichkeit mit weißer Weste dazustehen.« Er sah zu Anja. »Knie dich hin. Na los, knie dich auf den Sessel.«

Anja gehorchte. Nun war sie kleiner als Kaminsky, und das schien ihm zu gefallen. Er schniefte.

Irgendwann muss er sich die Nase putzen, dachte Katinka. Immer noch lief der Film auf der Leinwand, aber der Ton war so leise, dass man kaum etwas verstand. Nur rastlose New Yorker Verkehrsgeräusche schepperten verhalten aus den Lautsprechern. Wenn er sich die Nase putzen muss, dann ist meine Stunde gekommen. Gleichzeitig ein neuer Gedanke: Er muss vielleicht niesen. Wenn er niest, dann kann es passieren, dass er den Abzug drückt, und dann …

Katinka fragte:

»Und in Ihrem Inneren? Blieben Sie da auch unbeschadet?«

»Natürlich nicht.« Er lachte erneut.

Katinka schauderte.

»Sie könnten sich selbst anzeigen. Nehmen Sie sich einen guten Anwalt, Kaminsky. Lassen Sie Anja los und gehen Sie zur Polizei. Ich begleite Sie, wenn Sie wollen. Ich werde für Sie aussagen. Diese Sache hier«, sie wies mit dem Kinn auf die Pistole, »werden wir nicht erwähnen.«

Kaminskys Geckern ließ Gänsehaut über Katinkas Rücken gleiten, obwohl es im Saal warm war. Auf der Leinwand sah man ein glitzerndes Hochhaus. Und einen Hubschrauber. Was für ein beknackter Film, dachte Katinka.

»Ich kenne Lilo«, sagte Kaminsky. »Die alte Kneifzange hat mich längst angeschwärzt. Sie wird nichts auf sich beruhen lassen, und diese Göre hier wird zu ihrer Mutter rennen und ihr alles auftischen, was wir geredet haben.«

»Dafür gäbe es keinen Zeugen«, sagte Katinka. »Ich würde anders aussagen. So stünde Aussage gegen Aussage.«

»Ich glaube Ihnen kein Wort.« Kaminski riss erneut an Anjas Haaren. »Und deswegen führe ich das hier zu Ende. Ich bin ohnehin ein Gefangener.« Er schüttelte schniefend den Kopf. »Ich wollte das alles nie, verstehen Sie?«

»Sie sind in etwas hineingezogen worden, das Ihrem Einfluss entglitten ist, oder?«

»Ich wollte das nie. Sie haben mich in ihrem Netz verstrickt.«

»Im Netz der *Cavalieri*?«

Kaminsky zuckte.

»Nehmen Sie diesen Namen nie in den Mund!«, schrie er. Seine Stimme übertönte ein leises, fernes Geräusch. Katinka unterdrückte den Reflex, den Kopf zu heben und zu lauschen. Kaminsky hatte nichts gehört. Er war damit beschäftigt, sich in seinem Selbstmitleid zu aalen.

»Die Brüder«, raunte er, »wissen alles.«

Aus den Augenwinkeln sah Katinka, wie Anja zu zittern begann. Halte durch, flehte Katinka im Stillen, halte um Gottes willen durch, wir haben's gleich.

»Hat Hans-Peter Kazulé das Killerkommando in Auftrag gegeben, das Falk liquidierte?«

»Wie soll ich das wissen? Glauben Sie im Ernst, dass über so etwas auch nur eine Silbe verloren wird?« Kaminsky senkte die Stimme. »Er war es. Wer sonst.«

»Sie haben doch nichts damit zu tun«, sagte Katinka. »Legen Sie Ihre Waffe weg und stellen Sie sich. Das ist das Klügste, was Sie tun können, und nebenbei können Sie Ihre sogenannten Brüder belasten …«

»Lachen ist eine Kunst«, sagte Kaminsky und nieste. Katinka hielt den Atem an. Anjas Gesicht war nun totenblass. Ihr Kreislauf machte schlapp. Sie würde gleich umkippen. Katinka sah es an ihren übergroßen Augen, so dunkel, dass sie nur noch aus Pupillen zu bestehen schienen.

»Lassen Sie Anja sich hinsetzen, Herr Kaminsky«, bat sie. »Sie kippt um. Das hilft Ihnen nicht.«

»O.k. Setz dich hin. Leg die Hände auf die Armlehnen.«

Anja sank auf den Sessel und zog instinktiv die Beine an. Kaminsky hielt die Pistole an ihre Stirn. »Aber mach keinen Blödsinn.«

Ich kriege ihn rum, dachte Katinka. Gebt mir Zeit, und ich kriege ihn rum, und wir marschieren hier alle drei quicklebendig raus. Sie konnte Anjas Gesicht nicht mehr sehen, und irgendwie schärfte sich dadurch ihre Konzentration. Sie musste so tun, als gäbe es Anja nicht, als sei sie gar nicht anwesend in dem schummrigen Kinosaal. Als gäbe es nur sie und Kaminsky, zwei Menschen aus Fleisch und Blut vor den Zelluloidfiguren aus dem Film.

»Kommen Sie mit mir hier raus«, sagte Katinka.

»Nie im Leben. Es gibt keinen Ausweg.«

Plötzlich stoppte der Film. Katinka starrte auf die

Leinwand, als erwarte sie, dass die Schauspieler sich erstaunt umsahen. Auch Kaminsky hatte bemerkt, dass der helle Lichtstrahl, in dem der Staub gerade noch getänzelt war, erloschen war. Er denkt dasselbe wie ich, schoss es Katinka durch den Kopf. Er denkt an den Vorführraum da oben und stellt sich genau wie ich vor, was in dem Kabäuschen abläuft. Verflucht, warum haben die …

Kaminsky machte eine schnelle Bewegung. Seine Hand, in Anjas langem Haar verkrallt, zuckte, und Anja schrie auf. Kaminsky nieste und fuchtelte gleichzeitig mit der Pistole vor Anjas Gesicht herum. Katinka schloss die Augen. Sie sah es voraus. Sie hörte Kaminsky rufen: »Ihr kriegt mich nicht«, hörte ihn ein zweites Mal niesen und hörte den Schuss, der ihre Ohren betäubte. Sie warf sich auf den Boden zwischen die Kinosessel. Neben ihrem Gesicht lag ein Häufchen Popcorn.

Helles Licht flammte auf. Es dröhnte noch ein Schuss, und Kaminsky schrie. Aber Anja blieb still.

Katinka blieb eine ganze Weile neben den Popcornresten liegen. Ihr Gleichgewichtssinn machte Sperenzchen, sie kam sich vor wie auf einem in der Dünung rollenden Schiff. Sie hielt sich die Nase zu, um den Schmauchgeruch nicht atmen zu müssen. Sie hörte Stimmen, Schritte, Geschäftigkeit. Aus den Augenwinkeln sah sie, wie Kaminsky weggeführt wurde. Er hielt sich den linken Arm, und Blut troff zwischen seinen Fingern hervor. Anja brachten sie nicht mit heraus.

»Katinka?«

Hardo stand da und sah sie an. Er hockte sich hin, hielt ihr die Hand entgegen, um ihr aufzuhelfen. Sie schüttelte stumm den Kopf.

»Steh auf!«

Hätte er ein einfühlsames Gespräch begonnen, sie wäre liegen geblieben. Doch sein Befehlston erinnerte sie an ihren Beruf. Sie rappelte sich auf.

»Er hat ihr mitten ins Gesicht geschossen«, hörte sie jemanden sagen. Sie wollte nicht hinsehen, tat es aber doch, denn es würde sie so oder so verfolgen. Der Tod ging einem immer hinterher, er war anhänglich, und über die Wirklichkeit war leichter hinwegzukommen als über Fantasievorstellungen, die sowieso nur Fragen und Zweifeln und Selbstvorwürfen das Feld überließen.

Sie sah Blut. Ziemlich viel Blut und etwas Weißes. Anja hatte kein Gesicht mehr, und das machte es leichter, denn ein Mensch ohne Gesicht spürt keine Schmerzen und keine Angst.

Im Vorraum brach ein Tumult los. Einigen gingen die Nerven durch.

»Ich will zu meiner Freundin!«

»O Gott, Hannes«, flüsterte Katinka. Hardo drehte sich abrupt um und lief den Gang entlang auf die Saaltür zu.

»Sie bleiben hübsch draußen!«, sagte er.

Doch irgendwie arbeitete Hannes sich durch. Er war in Panik, und die dunklen Ahnungen gaben ihm Kraft und eine Geschicklichkeit, gegen die Hardo nicht ankam.

»Nicht«, sagte Katinka und stellte sich ihm in den Weg. Es war zu spät, und sie wusste es. Kraftlos ließ sie ihn vorbei und verließ den Kinosaal. Im Vorraum sank sie auf einen der Bistrostühle und barg ihr Gesicht in den Händen. Hardos Hand strich über ihr Haar.

Ich kann nicht. Ich kann nie mehr ... Sie hörte Hannes' Schreien aus dem Saal, die leisen Tritte der Polizisten, die das Kino verließen, stumm, als wäre jedes Wort zu viel und unerträglich.

Hannes weinte wie ein Baby. Hoch, schrill, und in diesem Weinen lag nur Gegenwart. Ein Entsetzen, das keinen Anfang und kein Ende kannte, keine Vergangenheit, keine glückliche Verliebtheit und keine Zukunft, keinen Trost. Der junge Mann war in einer Schlinge gefangen, aus der ihm im Augenblick nur der Notarzt mit einem Chemiecocktail helfen konnte.

»Lasst ihn wenigstens noch eine Weile heulen, bevor ihr ihn lahmlegt«, murmelte Katinka, als Sanitäter und Arzt an ihr vorübereilten.

»Komm«, sagte Hardo. »Du kannst hier nicht ewig sitzen.«

»Ich hätte ...«

»Nichts hättest du.«

Nein, Hardo. Du wirst mir sagen, Anja hätte sich selbst in Gefahr gebracht, und damit hast du recht. Am Sonntag, in der Hütte, vor etwas mehr als 48 Stunden, da hat Anja sinngemäß gesagt, sie bräuchten nur noch ein paar Tage, dann hätten sie ihr Ziel erreicht. Sie wollten Kaminsky erpressen. Nicht um Geld. Es ging den beiden Gerechtigkeitskämpfern um die Moral. Zwei Schüler, Greenhorns, noch feucht hinter den Ohren, hatten ein Spiel gespielt, dessen Dynamik ihnen entgleiten musste. Selbst ein raffinierterer Mensch aus dem Milieu hätte sehr klug agieren müssen, um Kaminsky dranzukriegen.

Hardo strich sanft über Katinkas Nacken. Diese warmen Hände. Ich habe kein Recht auf diese Hände. Ihr hättet den Film nicht abschalten dürfen. Kaminsky hat Angst gekriegt. Er wusste, dass er in der Falle sitzt. Dass da ein Kerl mit einer Meisterleistung der Ballistik im Anschlag lauert und ihn abknallt. Genau so habt ihr das gemacht. Das war blöd, und du weißt es, aber du bist nicht verantwortlich. Ihr habt das Eure getan, um Anja zu schützen. Nur, dass Anja das nicht hilft. Klar, ihr wolltet sie retten, aber das mit dem Filmausschalten war saublöd, ein Versehen, das auf wer weiß wessen Konto geht, und es ist jetzt müßig, darüber nachzudenken, denn Anja ist tot.

»Ich hatte ihn fast so weit«, sagte Katinka tonlos. Sie schüttelte Hardos Hand ab. Hannes, der verliebte Hannes! Was geschah in der Seele eines 18-Jährigen, dessen Erwachsenenleben mit dem Mord an seiner Freundin begann? Wieder ein Mensch, in den die Saat der Rache gesät wurde. Der Rache und Rechtfertigung für sich in Anspruch nehmen und zur Perfektion treiben würde, zu einer giftigen und perfiden Perfektion. Wie Rita. Und wie Kaminsky.

Wie kann *ich* damit leben, fragte ihr Kopf. Wie soll ich verliebt sein, Ferien machen, mit Hardo schlafen, schwimmen gehen, in der Sonne liegen, solange in meinen Ohren Hannes' Weinen hallt. Sie verurteilen Kaminsky für den Mord an Anja, und ich werde aussagen, ich werde vor Gericht stehen und dem Richter sagen, was ich denke, dass es viele Mörder gibt und nicht nur den schmächtigen Mann mit dem Doktortitel. Aber der Richter wird mich unterbrechen und sagen: Zur Sache bitte.

»Jemand muss Anjas Mutter und Hannes' Vater anrufen«, sagte sie. Kälte senkte sich auf sie. Endlich. Eine

Hülle aus Kälte, die zu nichts diente, außer zu ihrem Schutz.

»Das erledige ich«, erwiderte Hardo.

Sie stand auf. Sie würde das Handy ausschalten und das Telefonkabel aus der Wand reißen.

»Ich gehe nach Hause«, sagte sie.

Sie lag lange in der Badewanne. Das heiße Wasser konnte die Kälte im Herzen nicht vertreiben, und das war ganz richtig so. Als Hardo gegen zwei Uhr nachts bei ihr klingelte, und es musste Hardo sein, wer sonst würde heute mitten in der Nacht bei ihr auftauchen, machte sie nicht auf.

25. Zwölfter August

Interview mit Rita Bregović am 1.8.2006; Kulmbach, Restaurant Steakhaus ›Caramba‹. Beginn 20:51; Ende 21:38.

Britta Beerenstrauch: *Sprechen wir über die Folgen des Missbrauchs. Eugen Kaminsky hat sich an Ihnen vergangen, als Sie 14 Jahre alt waren. Wie gehen Sie heute damit um?*

Gar nicht. Die Polizei redete mir allerlei Rachegelüste ein. Ja, ich hätte nichts dagegen, Kaminsky zu zermalmen.

Man muss einen Menschen nicht umbringen, um ihn zu vernichten!

Das ist richtig. Unsinnigerweise arbeitet in dieser Gesellschaft die Zeit für den Täter. Das Opfer hat nach einigen Jahren über die Folgen des Verbrechens hinweg zu sein. Heutzutage muss jeder Kummer wegtherapiert werden.

Sie hatten ein Verhältnis mit Jens Falk.

Kein Kommentar.

Sie hatten ein Verhältnis mit dem Lehrer, der ermordet wurde.

(Schweigt.)

Haben Sie Jens Falk angestiftet, Kaminsky zu demontieren?

Das ist vollkommen absurd.

Wussten Sie, wo Jens Falk wohnte?

Kein Kommentar.

Waren Sie am 17. Juli in Bamberg?

Nein.

Wo waren Sie?

Zu Hause. Ich musste meine Abrechnungen machen.

Kannten Sie Doris Wanjeck?

Nein.

Sie fahren Motorrad?

Ja. Ich fahre eine Honda CBF 600.

Ist das die Maschine, die auf den Videobändern der Tiefgarage zu sehen ist?

Wenn ich nicht dort war, war auch mein Motorrad nicht dort.

Haben Sie sich für Ihren Ausflug nach Bamberg ein Motorrad ausgeliehen?

Was für ein Schwachsinn.

Haben Sie Doris Wanjeck umgebracht?

Nein!

Empfinden Sie Bedauern, wenn Sie an Jens Falk denken?

Ich bedaure, dass drei unschuldige Menschen den Tod fanden.

Ihre Putzfrau hat ausgesagt, sie hätte in Ihrem Auftrag eine Personalakte aus dem Wieland-Gymnasium in Kulmbach kopiert und Ihnen diese Kopie ausgehändigt.

Frau Schubransky hat ihre Aussage widerrufen. Sie ist unter dem Druck dieses Polizisten zustande gekommen. Er hat Frau Schubransky eingeschüchtert.

Sie haben der Akte ein gefälschtes psychiatrisches Gutachten, einige andere Notizen und einen Brief hinzugefügt.

Totaler Quatsch.

Haben Sie Klassenarbeiten aus Falks Wohnung gestohlen?

Ich habe keinen Nerv mehr für Unterstellungen.

Könnte es sein, dass Sie an jenem Abend mit Falk telefonierten? Berichtete er Ihnen, dass er Mathearbeiten korrigierte?

Mit Mathearbeiten habe ich seit meiner Schulzeit nichts mehr zu tun gehabt.

Falk erzählte Ihnen, er habe das Korrigieren satt, würde für diesen Tag Schluss machen und sich eine DVD ansehen.

So?

Sie bekamen die Idee frei Haus geliefert. Bei einem Ihrer Besuche bei Falk hatten Sie seinen Ersatzschlüssel mitgehen lassen. Nun konnten Sie nach Bamberg fahren, nachdem Ihr Restaurant geschlossen hatte, in seine Wohnung eindringen, die Arbeiten mitnehmen.

Warum hätte ich das tun sollen?

Um Falk unter Druck zu setzen. War er nach dem Diebstahl eher bereit, sich Ihrem Rachefeldzug als ausführendes Organ zur Verfügung zu stellen?

(Winkt ab.)

Halten Sie Jens Falk für intelligent?

Ich habe noch zu arbeiten. Der Kaffee geht aufs Haus.

Interview mit Charly Niedorf am 3. August 2006; Bamberg, ›Fischerei‹. Beginn 19:00, Ende 20:20.

Britta Beerenstrauch: *Herr Niedorf, wie geht es Ihrem Sohn?*

Hannes beruhigt sich allmählich. Natürlich ist er immer noch erschüttert. Als sein Vater wage ich gar nicht daran zu denken, was geschehen wäre, wenn er an Anjas Stelle im Kino gesessen hätte.

Hat sich Hannes seit seiner Flucht verändert?

Er wird darüber hinwegkommen. Irgendwann.

Worauf führen Sie es zurück, dass sich Hannes derart in den Fall einmischte?

Sie meinen, weil er die Akte klaute, die Falk im Lehrerzimmer liegen ließ? Wenn ich ehrlich bin, manchmal durchzuckt mich der Gedanke, dass Falk sie dort absichtlich ablegte. Er wusste doch, das Lehrerzimmer würde während des Schulfestes offen stehen. Jeder vernünftige Mensch räumt seine sensiblen Sachen weg, schließt sie wenigstens irgendwo ein.

Könnte Falk beabsichtigt haben, die Skandalakten früher als geplant unter die Schüler zu bringen?

Skandalakten! (Lacht.) Nun, vielleicht hat er das geplant. Keine Ahnung, was in dem Kerl vorging. Wir werden es nie erfahren. Geschieht ihm recht, dass er Panik bekam, nachdem Hannes abgetaucht war. Man kann doch seine Schüler nicht als Zuträger benutzen! Ich finde das verwerflich.

Haben Sie Recherchen über Kaminsky und Kazulé angestellt, nachdem Ihr Sohn verschwunden war?

Ich habe schon länger nachgeforscht. Vor allem interessierte mich die Persönlichkeitsstruktur der beiden. Kazulé als das Schwergewicht, auch im psychologischen Sinne. Tatkräftig, getrieben von der Überzeugung, im Recht zu sein. Kaminsky eher zögerlich, grüblerisch, ängstlich. Mal ehrlich: Können Sie sich ein Krisperl wie Kaminsky als Drahtzieher eines Auftragsmordes vorstellen?

Sie halten Kazulé für den aktiven Part?

Mit Sicherheit. Kazulé hat Kontakte in die Unterwelt. Er erfuhr durch seinen Sohn von Falks Plänen. Mein Sohn Hannes und Valente sind seit Jahr und Tag befreundet. Ich kenne den kleinen Kazulé ganz gut. Wenn er zornig wird, redet er wie ein Wasserfall, obwohl er doch sonst so ein ruhiger Typ ist. Schwer vorstellbar, dass ihm während eines Streits mit seinem Vater nicht das eine oder andere über sein Leib- und Magenthema Kryptoanalyse rausgerutscht wäre. Die beiden haben sich oft gezofft.

Wollte Kaminsky wirklich Kultusminister werden?

So ein unentschlossener Jammerpinsel passt doch gar nicht in den Job. Ich bin der Überzeugung, dass Kazulé seine Felle davonschwimmen sah. Er wollte unbedingt nach München. Hatte auch Chancen, Staatssekretär im Justizministerium zu werden. Bedenken Sie seine Seilschaften als Kreuzritter!

Stimmt es, dass Kazulé eine Geliebte in München hat?

Meine Güte, woher soll ich das wissen? Halten Sie das denn für unwahrscheinlich? (Lacht.)

Mich wundert, dass Falk im Paul-Celan-Gymnasium so wenig Rückendeckung erfuhr.

Als die Klassenarbeiten verschüttgingen? Darf ich lachen? Kornbrink, der Chef der Schule, ist auch *Cavaliere*.

Glauben Sie, dass Falk Ritas ambivalente Absichten ahnte?

Ich bin kein Hellseher. Manche Frauen wickeln uns Männer wirklich gekonnt um den Finger. Und manche von uns Jungs lassen sich eben gar zu leicht ausnutzen. (Lacht.) Nichts für ungut. Aber im Ernst: Was hätte Falk denn tun sollen, einmal, da die Schülerakten geplündert und die Mathearbeiten durch den Reißwolf waren? Rita anzeigen? Sie sehen doch: Jetzt, wo viel mehr vorgefallen ist, kommt Rita immer noch ungeschoren davon.

Hat Falk Ihrer Meinung nach Panik bekommen, als Hannes verschwand?

Das will ich hoffen! Aber was anderes: Falk wäre sowieso durchs Raster gefallen. Den hätten sie nicht verbeamtet. Denen haben nicht nur seine schlechten Zähne nicht gepasst, der ganze Mann hatte etwas an sich … vielleicht stand er zu nahe an der Kante der Demokratie. Hat zu viel mitgekriegt. Hinter die Kulissen geschaut und dafür eins auf die Nuss gekriegt.

Sind Sie nicht auch jemand, der zu viel spöttelt und lacht?

(Lacht.) Aber ich will nicht verbeamtet werden. Das ist ein Unterschied. Es gab eine Zeit, da waren langhaarige junge Männer in Jeans verdächtig, vor allem, wenn sie eine Gitarre im Schoß hielten. Heute sind es die Jugendlichen, die Mathe mögen und mit dem Computer umgehen können.

Herr Niedorf, danke für das Gespräch.

Schon recht. Denken Sie immer daran, wenn Sie was werden wollen: Der Alltag hat Augen!

Interview mit Hannes Niedorf, 4. August 2006; Bamberg, Hainbad. Beginn 10:30, Ende 10:50.

Britta Beerenstrauch: *Seht ihr euch zurzeit oft, du und Valente?*

Ab und zu.

Ihr habt gestritten?

Kann man so nicht sagen.

Gibst du Valente die Schuld an dem, was mit Anja passiert ist?

Wieso?

Könnte Valente seinem Vater Informationen gegeben haben, die die ganzen Ereignisse ins Rollen gebracht oder beschleunigt haben?

Wenn Valente das gemacht hat, dann nur, weil sein Vater ihn plattgequetscht hat. Valente kann zu Hause kaum atmen.

Wirst du mit der Kryptoanalyse weitermachen?

Klar! Es gibt fast nichts Wichtigeres, wenn man an das Internet und so denkt. Allerdings konzentriere ich mich jetzt mehr auf das Codieren als auf das Entschlüsseln. Unser Recht auf Privatheit wird immer weiter aufgeweicht. Ich habe vor, mir ein eigenes Codierungsprogramm zu schreiben, um Mails zu verschlüsseln.

Habt ihr nicht ein wenig übertrieben mit euren Geheimnissen?

Das hat mir die Detektivin auch vorgeworfen. Wir hätten uns in die Geschichte reingesteigert und Gefahren gesehen, wo keine waren. Die Fantasie wäre mit uns durchgegangen. Das kann man im Nachhinein leicht sagen.

Wenn du an Anja denkst …

Über Anja will ich nicht sprechen.

Was hältst du von der Version des Falles, die Katinka Palfy und die Polizei als wahrscheinlich ansehen?

Dass diese Tussi aus Kulmbach die Wanjeck umgebracht hat und Valentes Vater die Killer für Falk bestellt hat? (Unterbricht sich und kämpft um Fassung.) Was weiß ich. Wenn die sagen, dass es so war … Niemand wird mehr lebendig, nur weil der Fall gelöst ist.

Beschäftigst du dich auch mit der politischen Seite der Privatheit?

Das habe ich seit Jahren getan. Der Alltag hat Augen, sagt mein Vater immer.

Wozu wollte Anja sich mit Kaminsky treffen?

Ich will nicht über Anja reden.

Der Polizei hast du gesagt, du weißt es nicht.

Eben.

Danke für das Interview. Und viel Glück!

Ja, tschüss.

Interview mit Hans-Peter Kazulé, 4. August 2006; Bamberg, Parkplatz des Oberlandesgerichts. Beginn 14:00, Ende 14:10.

Britta Beerenstrauch: *Herr Kazulé, ein paar kurze Fragen zum Mord an Jens Falk!*

Wie bitte?

Zum Mord an Jens Falk.

Ach …

Die Polizei hat Sie deshalb verhört.

So würde ich das nicht nennen.

Wie würden Sie es nennen?

Ich habe meine Expertise eingebracht.

Sie stehen im Verdacht, über Sergej Alexandrow ein Killerkommando bestellt zu haben, das Jens Falk am 18. Juli umgebracht hat.

Das ist ein absurder Vorwurf, den dieser Ermittlungsleiter, wie heißt er noch …

… Uttenreuther …

… aufgebracht hat. Der Mann ist mit den Ermittlungen eindeutig überfordert. Er wird nicht mehr lang auf seinem Posten sein.

Heißt das, Sie haben mit dem Polizeipräsidenten gesprochen?

Was für ein Unsinn.

Der Polizeipräsident ist wie Sie Cavaliere?

Und Sie? Sie arbeiten beim ›Fränkischen Tag‹, ja?

Haben Sie dafür gesorgt, dass in Jens Falks Wohnung Drogen hinterlegt wurden, um dem Mord den Anstrich eines Racheakts im Milieu zu geben?

Natürlich nicht.

Haben Sie einen Privatdetektiv auf die Spur von Katinka Palfy angesetzt?

Das klingt gut. Privatdetektiv folgt Privatdetektivin.

Sie haben einen Detektiv auf die Niedorfs angesetzt.

Quatsch.

Charly Niedorf hat den Mann gesehen, er kann ihn beschreiben. Früher oder später wird er gefunden.

Wenn Sie meinen …

Wie kann es so weit kommen, dass Schüler aus Angst, verfolgt und ausgeforscht zu werden, abtauchen?

Meinen Sie Hannes? Das liegt an seinem Vater. Dieser Niedorf ist ein Problem für die Gesellschaft. Die Jungs haben sich da richtig reingesteigert! Dass alle ständig beobachtet werden und dieser ganze Quatsch. Deutschland ist ein Rechtsstaat.

Apropos Rechtsstaat. In dem Prozess vor 16 Jahren in Kulmbach, gegen Eugen Kaminsky, hätten Sie sich damals nicht für befangen erklären müssen?

Lesen Sie die Akten. Aus diesen geht hervor, warum die Forderung, ich solle mich für befangen erklären, völlig absurd ist.

Interview mit Valentin Kazulé, 4. August 2006; Bamberg, Schleuse 100. Beginn 17:00, Ende 17:20.

Britta Beerenstrauch: *Valente, du hattest nun einige Tage Abstand, seit Anja ermordet wurde. Wie gehst du mit allem um?*

Mit allem? Alles ist mir ein bisschen zu viel, ich schaffe es gerade, so halbwegs durch den Tag zu kommen.

Wie sieht deine Freundschaft mit Hannes aus?

Wir waren immer zu dritt. Schon seit Jahren. Jetzt fehlt Anja, das ist ein komisches Gefühl.

Wie beurteilst du im Nachhinein Falks Idee, euch die Skandalgeschichte entschlüsseln zu lassen?

Die Polizei hat ständig auf Falk rumgehackt. Warum er das gemacht hat, uns Schüler zu benutzen, um einen Plan umzusetzen. Ich finde nicht, dass er uns benutzt hat. Falk hatte doch keine Chance. Leute wie Falk, die sensibel und zurückhaltend sind, werden untergebuttert. Außerdem hat Falk doch niemanden umgebracht.

Und du, Hannes und Anja? Habt ihr alles richtig gemacht?

Sie wollen doch auch nur darauf hinaus, dass wir uns zu sehr in die Sache reingesteigert haben. Warum nur will keiner sehen, was der Gesellschaft bevorsteht? Dass wir total ausspioniert werden? Dann heißt es immer, wer nichts zu verbergen hat, der braucht sich nichts draus machen, wenn seine Mails gelesen werden. Das ist Bockmist. Ich habe doch ein Recht darauf, in Ruhe gelassen zu werden! Jeder hat das.

Du sprichst wie Hannes' Vater.

Weil der recht hat. Der weiß wirklich, was Sache ist.

Danke Valente, dass du dir die Zeit genommen hast.

Interview mit Prof. Dr. Hauke von Recken, 6. August 2006; Universität Bamberg, Hochzeitshaus. Beginn 12:10, Ende 12:12.

Britta Beerenstrauch: *Herr Professor, seit wann sind Sie Mitglied der Cavalieri?*

Sorry?

Sie gehören einem katholischen Männerbund an, der sich Cavalieri nennt.

Klingt exotisch, aber ich weiß nichts davon. (Lacht.) Kaffee? Meine Sekretärin macht Ihnen welchen.

Ist es ehrenvoll, Cavaliere zu sein?

Ach, lassen Sie das doch! Diese Masche der Enthüllungsjournalistin … das passt doch gar nicht zu Ihnen. Sie sind doch eine solide Lokalredakteurin!

Interview mit Ljubov Müller, 8. August 2006; Bamberg, Willy-Lessing-Straße. Beginn: 8:30, Ende 9:40.

Britta Beerenstrauch: *Frau Müller, wie beurteilen Sie den Fall juristisch?*

Welchen Fall? Es gibt mindestens zwei Fälle, wenn wir über Motive und Verstrickungen nachdenken: Da ist Rita Bregović, die ihre Rache an Kaminsky plante, und da ist Hans-Peter Kazulé, der sein Renommee verteidigte.

Was er abstreitet.

Und dies wiederum wundert mich nicht. Ich kenne Kazulé lange genug, um zu wissen, wes Geistes Kind er ist.

Nämlich?

Er arbeitet nur für seinen eigenen Vorteil. Er will Geld, Macht, Ehre.

Dafür einen Mord zu begehen, ist weit hergeholt, oder?

Aber nein, Golubuschka. Das wissen Sie doch! Sie arbeiten bei einer Tageszeitung. Kennen Sie nicht die Hackordnungen? Die Interessenkonflikte und emsigen Zungen, die den Oberen die Stiefel lecken?

Sie sind überzeugt, dass der Mord an Jens Falk von Hans-Peter Kazulé ausging?

Bestellt wurde. Es gibt immer Wege, und Kazulé kennt manche.

Welche Wege wären das?

Dazu möchte ich mich nicht äußern.

Sprechen wir beide von Sergej Alexandrow?

Kenne ich nicht.

Er ist der Besitzer des illegalen Boxklubs …

Dazu habe ich nichts zu sagen.

… und ein Landsmann von Ihnen.

Für die Eskapaden meiner Kompatrioten bin ich nicht verantwortlich.

Warum haben Sie Katinka Palfy in den Boxklub gelockt?

Suggestivfragen mag ich nicht. Ist Frau Palfy nicht erwachsen? Kann sie nicht gehen, wohin sie will?

Aber Sie sind überzeugt, dass Kazulé den Mord in Auftrag gegeben hat. Die Polizei hat keine Anhaltspunkte gefunden. Wie können Sie dann so sicher sein?

Weil es keine andere Möglichkeit gibt, die sich so stark aufdrängt.

Entscheidend wären Beweise.

Leider verfüge ich über keine Beweise. Schauen Sie, Kazulé wollte unbedingt nach München. Dort sitzt seine Geliebte, haben Sie das gewusst?

Warum ließ Kazulé Jens Falk töten?

Da fragen Sie ihn besser selbst. Aber wenn Sie meine Auffassung hören wollen: Kazulé fürchtete, Falk könne zu viel wissen, womöglich Quellen aufgetan haben, die ihm, also Richter Kazulé, verschlossen waren. Er konnte ja nicht ahnen, dass die Akte, die Falk seinen Schülern immer wieder so schmackhaft machte, ein stumpfes Schwert war.

Sie glauben, dass Anja Kaminsky erpressen wollte?

Erpresser leben gefährlich und sind meist schneller tot, als sie ›piep‹ sagen! Diese Kinder sind noch viel zu jung, um ihren eigenen Urteilen trauen zu können! Verspielt wie Katzenbabys! Mit ihrer Passion für Codes stürzten sie sich in eine Fantasiewelt. Konzentrierten sich auf Verdächtigungen, hatten ausschließlich Kaminsky im Visier. Soll ich Ihnen sagen, weshalb?

Nur zu.

Valente hasst seinen Vater vielleicht, aber er ist doch der Sohn dieses Mannes. Valente und die anderen haben sich auf Kaminsky als Übeltäter eingeschossen, weil Valentes Vater ihnen trotz allem zu nahe steht. Sie halten ihn für einen Mistkerl, aber nicht für einen Mörder. Nur ferne Unbekannte taugen als Unholde. Das ist das Geflecht, das Kazulé sich geschaffen hat und das ihn trägt und schützt. Soll ich Ihnen noch etwas sagen?

Bitte.

Der Mord an Anja ist für Kaminsky eine Läuterung. Er wird wegen Mordes verurteilt. Nun nimmt er die Strafe auf sich, die er damals in Kulmbach so eifrig abgewendet hat.

Die Polizei hat keinerlei Beweise, nicht einmal einen begründeten Verdacht, dass Kazulé die Killer bestellt haben könnte.

Dann tun Sie etwas, um ihn wenigstens zu piesacken. Schreiben Sie etwas! Schreiben Sie eine Geschichte, die das alles zusammenhält. Hinterfragen Sie! Forschen Sie über die *Cavalieri*!

Warum hat Falk Ihnen als seiner Anwältin nicht sofort gesagt, dass Rita ihn für ihre Ziele eingespannt hat?

Aus Angst vielleicht?

Wo haben Sie sich die Tage nach dem 20. Juli versteckt?

Versteckt?

Die Polizei hat Sie nicht aufgetrieben.

Ach was.

Danke, dass Sie sich mit mir getroffen haben, Frau Müller.

Mit Vergnügen, meine Liebe. Noch Tee?

Katinka legte die Abschriften weg und hob den Kopf. Sie und Britta saßen auf der Terrasse des ›Riverside‹. Sonnenstrahlen brachen aus den Wolken hervor. Der August war so kühl und verregnet nach dem heißen Juli, dass man an den Sommer kaum noch glauben mochte. Katinka fühlte sich steif und kalt. Unten auf dem Kanal glitt ein Frachtschiff vorbei.

»Was willst du mit dem Material machen?«, fragte sie.

Britta sog nachdenklich an ihrem Strohhalm.

»Weiß noch nicht«, gab sie zu. »Aber die Geschichte ist so absonderlich, ich konnte sie mitsamt ihren Akteuren nicht einfach vorüberziehen lassen.«

Drei Tote, dachte Katinka. Mein Gott. Drei Tote! Das ist nicht absonderlich, das ist tragisch, zerreißt mich, macht mich fertig. Welches Recht habe ich, auf diesem Planeten herumzulaufen, jung, gesund, auf meinen zwei Beinen. Während Doris Wanjeck, Jens Falk und Anja dieses Recht verwehrt ist. Katinka quälte sich seit Tagen mit dem Gespräch, das sie mit Anjas Mutter geführt hatte. Vielleicht um ihre Schuld ein Stück weit abzutragen, war sie zu Lilo Spachtholz gegangen, worauf Lilo beinahe durchgedreht war. Nun lag sie in der Nervenklinik. Akut selbstmordgefährdet, bescheinigten die Ärzte. Nicht noch ein Toter, dachte Katinka. Wenn Lilo aus der Trübnis ihrer Medikamente erwacht, was geschieht dann mit ihr? Wie viele Therapien wird sie durchziehen, abbrechen, wird sie anfangen zu trinken, abstürzen, zusammenbrechen, oder wird sie darüber hinwegkommen, irgendwann, nach Jahren?

»Du kannst nichts dafür, Katinka«, sagte Britta, während sie ihre Aufzeichnungen in einen Hefter schob. Sie sagte es zum dreitausendsten Mal, mindestens, und Katinka wusste, sie sollte ihr dafür dankbar sein, aber reden nützte hier nichts. Sie schwankte zwischen Überdruss, Hoffnung, Schmerz, Schuld und wieder Hoffnung.

»Kazulé hat dir ziemlich offen gedroht«, sagte sie zu Britta.

»Zwischen den Zeilen, ja. Interessiert mich nicht mehr, die Zeitung ist mich bald los. Hat Hardo wirklich Schwierigkeiten bekommen?«

»Es war heikel, aber ich glaube nicht, dass daraus eine Staatsaffäre wird. Er hat sich nichts zuschulden kommen lassen. Das muss auch der Chef kapieren.«

Britta studierte die Eiskarte.

»Wer hat dich in Fürstenfeldbruck angegriffen?«

»Vermutlich der Kerl, den Kazulé mir hinterhergeschickt hat.«

»Den Kazulé dir vermutlich hinterhergeschickt hat«, korrigierte Britta.

Katinka stöhnte. Genau da lag der Hase im Pfeffer. Der Fall bestand aus Vermutungen.

»Wenigstens haben wir den Kapuzenmann identifiziert«, sagte sie. »Hardos Leute haben es geschafft. Es war Wollmütze, der Junkie aus dem Boxklub. Er lieh sich den Opel seines Kumpels. Die Ermittler haben nur ein kleines bisschen gebohrt, da ist er eingeknickt.« Das wusste Katinka von Sabine Kerschensteiner, die inzwischen Polizeiobermeisterin geworden war. Sie hatte Katinka zu einer kleinen Feier in der Polizeidirektion eingeladen, aber Katinka vermied alle Anlässe, bei denen sie Hardo begegnen könnte.

»Ist nicht verboten, Spanner zu spielen«, warf Britta ein.

»Wollmütze hat andere Probleme«, sagte Katinka. Sie konnte vor lauter Problemen den wolkenverhangenen Himmel kaum noch sehen. Immer noch war unklar, ob der Prozess damals in Kulmbach die Szenerie eines abgekarteten Spiels zwischen Kazulé und Kaminsky gewesen war. Die Wiederaufnahme des Verfahrens stand noch in den Sternen. Auch Rita blieb standfest, und solange sie nicht gestand, wurde der Mord an Wanjeck nicht geklärt. Sie hatte sich kein Motorrad gemietet, um am 16. Juli, an dem Doris Wanjeck umgebracht worden war, nach Bamberg zu fahren, aber mit ihrer eigenen Maschine war sie auch nicht gefahren. Die Polizei hatte ihr gesamtes Umfeld aus den Angeln gehoben, aber keine Hinweise auf Freunde oder Bekannte gefunden, die ihr ein Motorrad hätten ausleihen können. Irgendwie wirkte die Motorradsache eigenartig. Wie ein Zufall, dem man misstraute, ohne Gründe zu haben. Zwei Motorräder der gleichen Marke, der gleichen Serie aber unterschiedlichen Typs …

Katinka hatte den Eindruck, der Mord an Wanjeck war ein Versehen gewesen. Als sei Rita die Hand ausgerutscht. Nur so klang es plausibel. Rita hatte sich seit dem Missbrauch Härte antrainiert, hatte nie jemanden gefunden, dem sie Vertrauen schenken konnte.

»Ich reime es mir so zusammen«, sagte Katinka. »Wanjeck und Falk streiten. Rita beobachtet die beiden. Wanjeck knallt Falk eine und stürmt aus der Kneipe. Da steht Rita, sie ist überrumpelt. Wanjeck erkennt Rita wieder. Immerhin hat Rita Falk von der Schule abgeholt, mindestens einmal, vielleicht öfter. Rita wiederum hat Bedenken, dass Falk seiner Ex etwas erzählt haben könnte von den Plänen, Kazulé und Kaminsky hochgehen zu lassen. Sie folgt Wanjeck zum Parkhaus. Sie überklebt ihr Nummernschild mit Paketband und ...«

Britta verzog das Gesicht.

»Das ist Konfabulation.«

»Aber es könnte so gewesen sein. Leider hat die Polizei nichts in der Hand.« Auch das hatte sie von Sabine gehört, die ihr im Übrigen bestätigt hatte, dass die bei Wanjeck gefundene Chiffre ein Fake war. »Rita muss nur durchhalten. Dann kann ihr nichts geschehen.«

Rita war außerordentlich geschickt vorgegangen. Katinka wäre misstrauisch geworden, wenn Rita bei der ersten Kontaktaufnahme abgeblockt hätte. Deshalb hatte sie so offenherzig getan! Sie hatte mit Katinkas Sympathie gerechnet – und sie bekommen. Mit allen Wassern ist sie gewaschen, dachte Katinka. Und trotzdem tödlich einsam. Wie ich.

»Ich könnte doch noch nach Libyen mitfahren«, murmelte sie. »Von Recken hat mich angerufen. Sie mussten den Abflug auf den 15. verschieben, weil sie mit ihrem Computerprogramm noch nicht fertig sind.«

»Hör schon auf! Von Recken, dieser Nobody, diese Testosteronbeule … Übernimmst du jetzt meine Wohnung?«

Katinka zuckte die Schultern.

»Entscheide dich mal für etwas, Katinka. Egal wofür! Geh einen Schritt, dann wird der nächste folgen!«

»Lass mich. Ich bin noch nicht so weit.«

»Was ist mit dir und Hardo?«, bohrte Britta.

»Wir haben uns seit … seit*dem* nicht mehr gesehen.«

»Was für ein Irrsinn. Warum tust du dir das an? Und warum ihm?«

»Es kann nicht gut gehen«, sagte Katinka düster.

»Warum denn nicht, verdammt noch mal.« Britta wurde sehr laut.

»Ich habe die letzte Beziehung an die Wand gefahren. Ich habe Angst, dass es jetzt wieder so ist. Ich will nicht als Hardos Sofakissen enden.«

»Wie kommst du nur auf so bescheuerte Gedanken?«, regte Britta sich auf. »Das hast du dir doch für dich selbst zurechtgelegt. Kaschierst deine eigenen Ängste!«

»Hardo ist ziemlich konservativ. Du könntest auch sagen, er ist spießig.«

»Tom war viel spießiger, als Hardo es je sein wird. Der Gute war festgelegt auf eine Lebensform. Ihm fehlte die Fantasie, sich was anderes auszumalen. Hardo dagegen ist flexibel, das hat er oft genug unter Beweis gestellt. Schau ihn dir doch an! Jedes Mal, wenn er dir einen Blick zuwirft, strömt er über vor Dankbarkeit und Stolz und Glück.«

Katinka starrte auf das Frachtschiff, das sich den Kanal hinaufschob, die schwarzen Dieselschwaden, den Mann am Heck, der gedankenverloren in das schmutzige Wasser blickte. Ein Hund hüpfte an der Reling entlang auf ihn zu.

»Es hat nicht geklappt mit Tom. Wir hingen beide zu sehr an unseren Jobs«, murrte sie. Genau davor hatte sie Panik: dass es bei ihr und Hardo wieder so sein würde. Irgendwo in ihrer Seele klaffte ein Loch und saugte Vertrauen und Optimismus ins Nichts.

»Quatsch! Die Beziehung zu Tom ist doch nicht zerbrochen, weil ihr euren Jobs Vorrang gegeben habt. Da hat irgendwo tief drin etwas nicht gestimmt.«

»Und was?«

Britta hob die Schultern.

»Woher soll ich das wissen? So wichtig ist es auch wieder nicht. Schau nach vorn.«

Das Frachtschiff war kanalabwärts verschwunden. Unten am Ufer zankten zwei Krähen um Beute.

»Die Sache mit Anja«, flüsterte Katinka rau. »Ich fühle mich so mies.«

»Aber du hast keine Schuld! Du hast getan, was du konntest. Niemand wollte, dass es so endet. Was hilfst du Anja, wenn du blockierst, dich durch dein Leben schleppst und dabei vertrocknest?«

Katinka schwieg.

»Weißt du, was das ist, was du tust?«, fragte Britta aufgebracht. Ihre Augen funkelten. »Terrorismus gegen dich selbst. Weil du dich der Chance beraubst, dich lieben zu lassen.« Sie warf Geld auf den Tisch. »Heute Abend werden in den ›Haas-Sälen‹ Oldies gespielt. Das Wetter ist ohnehin grauenvoll. Gehen wir schwofen!«

»Nein, Britta. Das bringe ich nicht über mich.«

»Es wird dir guttun. Wozu haben wir sonst dieses süße Kleid für dich gekauft?« Sie wies auf die Papiertüte neben Katinkas Stuhl.

»Das hast du mir aufgeschwatzt.«

»Das andere hat dieser Fall ruiniert. Und außerdem ist das neue viel schöner.«

Katinka lächelte. Es könnte ein Spaß sein, sich heute Abend zurechtzumachen und ein paar Stunden zu tanzen. Sie würde nicht mehr lange mit Britta um die Häuser ziehen können. Außerdem turnten immer noch der König, Karo und Wollmütze draußen herum. Es gelang Katinka kaum, den Gedanken daran abzuschütteln.

»Also gut. Ich überleg's mir.«

»Von wegen«, Britta stand auf. »Um kurz nach acht hole ich dich ab. Bis dann.«

Das Parkett knarrte. Die Musik dröhnte, und eine aufgekratzte Menge schrie und lachte. Mit einer Caipirinha in der Hand lehnte Katinka am Tresen. Erhitzt trank sie zwei große Schlucke. Zum Glück hatte jemand dafür gesorgt, dass ein paar Fenster geöffnet wurden, sonst wäre sie längst vor Sauerstoffmangel umgekippt. Die Veranstalter hatten für diese verregnete Augustnacht genau die richtigen Platten ausgewählt. Die Stimmung wurde immer ausgelassener, und Katinka fing an, sich zu entspannen. Britta hatte sie in Modefragen von jeher ausgezeichnet beraten, aber das Kleid, das sie heute Nachmittag gekauft hatten, war die Krönung. Es war ärmellos, im Matrosenstil geschnitten, marineblau, ging knapp bis zum Knie. Zarte, hellgraue Paspelierungen säumten den Ausschnitt. Katinka fühlte sich darin wie in einer zweiten Haut, was ihr sonst nur bei Jeans und Pulli glückte. Ohne sich lange überreden zu lassen, hatte sie sich die Augen geschminkt und ganz sachte Lippenstift aufgetragen. Der klebte jetzt am Glas, aber das spielte keine Rolle. Sie stellte ihr Getränk ab und winkte Britta zu, die sich einen gutaussehenden Zweimetermann geangelt hatte und Richtung Tanzfläche abzog. Am besten, sie ginge für ein paar Minuten auf die Terrasse. Nur kurz, um Luft zu schnappen. Aber sie schaffte keine drei Schritte. Nicht wegen des Gedränges.

»Katinka«, sagte eine Stimme hinter ihr. Hexte Gänsehaut auf ihre Arme und Beine. Langsam drehte sie sich um.

Kriminalhauptkommissar Harduin Uttenreuther trug ein weißes, sorgfältig gebügeltes Hemd zu seiner Jeans. Dass er hier stand, so nah vor ihr, gefiel ihrem Herzen überhaupt nicht, und ihrem Magen noch weniger. Er zog sich mit einem hörbaren Knurren zusammen.

»Was machst du hier?«, flüsterte sie.

»Schon lange keine Oldienacht mehr genossen«, erwiderte Hardo steif.

Denkste, dachte Katinka und fühlte, wie ihr die Röte ins Gesicht schoss. Dass Hardo hier aufkreuzt, geht auf Brittas Rechnung, anders kann es gar nicht sein.

Er berührte sacht ihre Schulter.

»Hast du den nächsten Tanz schon vergeben?«

Stumm schüttelte Katinka den Kopf.

»Dann komm.«

Sie ließ sich auf die Tanzfläche ziehen. Seine Hand auf ihrer Schulter brannte, und die andere führte sie sicher bis in die Mitte des Parketts. Das Rauschen in ihren Ohren übertönte die Musik. Hardo konnte tanzen. Gut sogar.

Sein Griff war fest, doch er zog sie nicht an sich. Sie roch sein Aftershave. Wolken wirbelten durch ihren Kopf, Wolken aus Erinnerungen und Ängsten, violett und rot bestrahlt von den Reflexen der Lichtorgel.

Jemand dimmte das Licht. Nein, dachte Katinka und machte sich steif. Nicht Elvis. Nicht jetzt. Tut mir das nicht an. *You don't have to say you love me*. Hardos beide Hände lagen auf ihren nackten Oberarmen. Aus irgendeinem Grund beschämte sie diese Berührung. Sie waren einander schon viel näher gewesen, aber die Wärme seiner Finger auf ihrer verschwitzten Haut stellte eine Intimität her, der sie nicht gewachsen war. Ihr Kopf glitt an seine Brust. *Believe me, I'll never tell you down*. Im Saal wurde es noch dunkler. Sie spürte seinen warmen Atem auf ihrem Haar.

Sie sah Anjas zerschossenes Gesicht. Das viele Blut. Hörte Hannes weinen. Empfand seine Leere, sein Grauen. Wie rasend machte sie sich los. Sie stieß Hardo von sich, drehte sich um und stürmte von der Tanzfläche.

Das Licht im Treppenhaus blendete sie für einen Augenblick. Sie rannte die breiten Stufen hinunter und stolperte auf die Straße. Es hatte aufgehört zu regnen. Katinka lief. Umschiffte ein betrunkenes Pärchen vor dem ›Schlenkerla‹ und ein paar Pfützen. Keuchend ging ihr Atem, und sie fühlte schmerzhaft ihr Herz hämmern, als sie an der Brudermühle über den Steg lief. Sie blieb kurz stehen, sah auf das beleuchtete Rathaus, das sich vor dem tiefblauen Himmel abhob. Dies war Katinkas liebste Nachtansicht von Bamberg. Nur heute konnte sie sie nicht genießen, weil die Tränen ihr die Sicht nahmen. Das Fachwerk bekam Blasen davon. Sie sah sich um, ob ihr jemand folgte, und bog beim Schloss Geyerswörth links ab.

Vor ihr lag das schmale Stück Land zwischen Regnitz und Altem Kanal. Man hätte hier baden können, wenn die Stromschnellen weiter flussaufwärts nicht wären, so flach führte der Sand in den Fluss. Nach Atem ringend, blieb Katinka stehen und sah auf das Wasser. Es rauschte so laut, dass kein anderes Geräusch an ihre Ohren drang. Kein Lachen aus dieser verregneten Nacht, kein Rufen, kein Hundegebell. Sie blieb stehen, die Arme vor der Brust verschränkt. Nach der Hitze in den ›Haas-Sälen‹ empfand sie die Frische der Nacht als unangenehm. Was ist nur in mich gefahren, dachte sie. Jemand liebt mich. Aber ich kann mich nicht auf ihn einlassen. Ich schaffe das nicht. Wieder tauchte die blutige Masse vor ihr auf, die einmal Anjas Gesicht gewesen war.

»Wovor läufst du weg?«

Sie fuhr herum.

Hardo lächelte verhalten und hob entschuldigend die Hände.

»Berufskrankheit. Beschatten kann ich nun mal.«

Sie drehte sich weg. Schau mich nicht an. Das Makeup verläuft, weil ich heule. Das sieht beschissen aus, und wenn du mich anschaust, bin ich wehrlos. Er kam näher. Sie spürte ihn dicht hinter sich.

»Warum willst du mich nicht?«

Sie gab sich einen Ruck. Sie musste fair sein. Ihm wenigstens in die Augen blicken, wenn sie sagte, was sie zu sagen hatte. Und nachher würde sie mit Britta sprechen. Wie kam sie dazu, ihr Liebesleben steuern zu wollen! Katinka schluckte die Tränen hinunter und drehte sich zu ihm um. Seine Gletscheraugen glommen in der Dämmerung wie Polarlicht.

»Ich weiß, wovor du Angst hast«, sagte Hardo. »Du fürchtest dich davor, dass unsere Beziehung nicht hält und dass du wieder einsam und verletzt dastehen wirst.«

Sie konnte einfach nicht in seine Augen sehen.

»Wir haben beide unsere traurigen Erfahrungen gemacht.« Er ging einen Schritt auf sie zu. Sie wich genauso weit zurück. »Aber meinst du nicht, dass es auf jeden Tag ankommt? Auf jeden einzelnen, an dem wir füreinander da sind?« Er machte noch einen Schritt. Sie zog sich zurück. Spürte, wie der nasse Sand unter ihren Füßen nachgab.

»Ich werde dich nicht auf eine Rolle reduzieren«, sagte Hardo. »Nicht auf eine Frauenrolle und auch nicht auf irgendeine andere. Ich erwarte mir nichts von dir. Ich sehe dich nicht als Dekoration meines Lebens, Katinka.« Sie konnte seine letzten Worte im Rauschen des Flusses kaum hören.

Polarlicht, tanzende Funken in der hereinbrechenden Nacht. Sie öffnete den Mund, um ›ich kann nicht‹ zu sagen, aber ihre Lippen, ihre Zunge verweigerten die Bewegung. Sie holte tief Luft. Die war schwer vom Regen und vom Abendlicht. Hardo streckte die Hand aus und berührte ihre. Sie schauderte.

»Wegen Anja«, fuhr Hardo fort. »Du machst dir Vorwürfe, weil du sie nicht beschützt hast. Aber du weißt genau, dass sie sich selbst in Gefahr gebracht hat und dass sie auch wusste, wie riskant es sein würde, sich mit Kaminsky zu treffen. Du brauchst dich nicht selbst zu strafen, indem du dir die Liebe entziehst, die Anja nie mehr bekommen wird.«

»Nein«, flüsterte Katinka. »Nicht. Lass mich.« Sie machte einen Schritt rückwärts und stand im Wasser. Eiskalt schwappte es in ihre Schuhe. Sie zog die Schultern hoch. Hardo stand jetzt ganz nah vor ihr.

»Ich trauere wie du um dieses kurze, junge Leben«, sagte er heiser. »Aber du trägst nicht die Verantwortung für ihren Tod. Du konntest nichts für sie tun. Sie wird nicht lebendig, wenn du dein Leben wegschmeißt.«

Die Kälte stieg Katinkas Beine hoch. Jetzt verfluchte sie das kurze Kleid, ihren ganzen Aufzug, und sehnte sich nach Jeans und einem warmen Pullover. Er ließ seine Finger über ihre Wange gleiten. Wieder stiegen ihr Tränen in die Augen. Sie wollte aber nicht weinen. Nicht hier und nicht vor ihm. Er würde ihren Schmerz, ihre Schuldgefühle nicht verstehen.

»Wir müssen alle mit Versagen und Schwäche leben«, sagte er sehr leise. »Ich auch. Genauso wie die Kollegen, die im Kino dabei waren.«

Verdammt, sie wollte hier weg, aber er versperrte ihr den Weg, und wenn sie nicht schwimmen wollte, musste sie irgendwie anders an ihm vorbeikommen. Ihr war kalt.

»Kátinka«, sagte er und betonte ihren Namen, wie Ljubov es tat.

Russisch. Samtweich. Katinkas Widerstand brach. Die Melodie dieser drei Silben ließ die Mauern bröckeln.

»Ich weiß«, sagte er leise. »Du bist eine junge, schöne Frau. Du könntest eine ganze Reihe Kerle haben, wenn du willst. Solche ohne Bauch und mit Haaren.« Er lächelte traurig und fuhr sich über den kahlen Kopf.

Katinka fühlte die Festung zusammenbrechen. Das tat nicht einmal weh. Hier stand ihr Leben vor ihr. Wenn sie jetzt nicht zugriff, wann sollte sie es dann jemals tun? Sie streckte die Hände aus und legte sie auf Hardos Bauch.

»Ich will aber mit Bauch«, murmelte sie. »Und ohne Haare.«

»Heißt das«, er bedeckte ihre Hände mit seinen, »du willst es mal mit mir probieren?«

»Nein.« Sie schüttelte den Kopf. »Nicht *probieren*. Ich will richtig mit dir leben.«

Ich habe das Vorläufige satt, wollte sie sagen, die Hintertürchen, die Schlupflöcher. Die Ausreden und Rechtfertigungen. Sie lehnte sich an ihn. Atmete den Duft seines gebügelten Hemds. So lange hatte sie seine Wärme entbehrt. Wie viele Wochen hatten sie einander nicht gesehen? Was ist nur in mich gefahren, dachte Katinka. Jeder Tag zählt. Was habe ich ihm angetan. Und mir selbst. Warum nur. Warum.

»Gut«, murmelte er in ihr Haar. »Gut.« Seine Küsse erhitzten ihr Gesicht, und sie wusste nicht, ob sie vor Kälte oder Aufregung am ganzen Leib zitterte. Wahrscheinlich würden sie einander hier lieben. Am Strand. Sie hatte keine Ahnung, wie sie so schnell nach Hause kommen sollten, ohne dass die Erde sich auftun und sie in ihrem heißen Schoß verschlingen würde.

»Taxi bitte«, hörte sie ihn sagen. »Ja, jetzt sofort. In die Geyerswörthstraße, Ecke Bischofsmühle.« Er steckte sein Telefon ein. »Es regnet«, sagte er. »Schon gemerkt?« Sanft strich er ihr die nassen Strähnen aus der Stirn. Nahm ihre Hand und zog sie mit Nachdruck zum Weg zurück. Ihre Füße waren vor Kälte ganz taub. Hardo wies durch den strömenden Regen. Scheinwerfer blendeten auf.

»Unser Taxi.«

Sie rutschten nacheinander auf die Rückbank. An Hardo geschmiegt, erwiderte Katinka kühl den Blick des Fahrers im Rückspiegel.

»Ulanenplatz«, sagte Hardo, während er den Arm um Katinka legte. »Und schalten Sie die Heizung an.«

ENDE

Alle Schauplätze dieses Kriminalromans sind authentisch. Das Paul-Celan-Gymnasium, das Wieland-Gymnasium, die Tiefgarage Eichwörth und das Steakhaus ›Caramba‹ sind jedoch Erfindungen der Fantasie, ebenso wie sämtliche Figuren, Klubs, Vereinigungen und Aktivitäten, die in diesem Roman eine Rolle spielen.

Niemand weiß allerdings, wie weit es mit dem Ausspionieren unserer Heimlichkeiten schon gekommen ist.

Danksagungen

Gerlinde Kurzka hat meine juristischen Knoten gelöst. Es waren in diesem Roman mehr als je zuvor. Professor Tengis Karbelaschwili hat mir mit dem Russischen geholfen, besonders aber damit, dass er mit Lob und Ermunterung nie geizt. Sein Wissen über das Rückverfolgen von Handyanrufen hat Peter Vornlocher mit mir geteilt, und Details zum Thema Internet hat Hans-Josef Pöhlmann beigesteuert. Dr. Christoph Schindler gab mir Hinweise zur Behandlung von Angstzuständen, Zwängen und Depressionen. Gerrit Zachrich hat mir gestattet, das ›Lichtspiel‹-Kino in Bamberg zum Schauplatz einer Schlüsselszene dieses Romans zu machen. UASFR RD 5NJI3 EGK UE2C.

Alle Abänderungen, Freiheiten, Wahres und Falsches liegen in meiner Verantwortung.

Anhang

Verschlüsselung nach de Vigenère
Ein Vigenère-Quadrat sieht so aus:

Klar	a	b	c	d	e	f	g	h	i	j	k	l	m	n	o	p	q	r	s	t	u	v	w	x	y	z
1	B	C	D	E	F	G	H	I	J	K	L	M	N	O	P	Q	R	S	T	U	V	W	X	Y	Z	A
2	C	D	E	F	G	H	I	J	K	L	M	N	O	P	Q	R	S	T	U	V	W	X	Y	Z	A	B
3	D	E	F	G	H	I	J	K	L	M	N	O	P	Q	R	S	T	U	V	W	X	Y	Z	A	B	C
4	E	F	G	H	I	J	K	L	M	N	O	P	Q	R	S	T	U	V	W	X	Y	Z	A	B	C	D
5	F	G	H	I	J	K	L	M	N	O	P	Q	R	S	T	U	V	W	X	Y	Z	S	B	C	D	E
6	G	H	I	J	K	L	M	N	O	P	Q	R	S	T	U	V	W	X	Y	Z	A	B	C	D	E	F
7	H	I	J	K	L	M	N	O	P	Q	R	S	T	U	V	W	X	Y	Z	A	B	C	D	E	F	G
8	I	J	K	L	M	N	O	P	Q	R	S	T	U	V	W	X	Y	Z	A	B	C	D	E	F	G	H
9	J	K	L	M	N	O	P	Q	R	S	T	U	V	W	X	Y	Z	A	B	C	D	E	F	G	H	I
10	K	L	M	N	O	P	Q	R	S	T	U	V	W	X	Y	Z	A	B	C	D	E	F	G	H	I	J
11	L	M	N	O	P	Q	R	S	T	U	V	W	X	Y	Z	A	B	C	D	E	F	G	H	I	J	K
12	M	N	O	P	Q	R	S	T	U	V	W	X	Y	Z	A	B	C	D	E	F	G	H	I	J	K	L
13	N	O	P	Q	R	S	T	U	V	W	X	Y	Z	A	B	C	D	E	F	G	H	I	J	K	L	M
14	O	P	Q	R	S	T	U	V	W	X	Y	Z	A	B	C	D	E	F	G	H	I	J	K	L	M	N
15	P	Q	R	S	T	U	V	W	X	Y	Z	A	B	C	D	E	F	G	H	I	J	K	L	M	N	O
16	Q	R	S	T	U	V	W	X	Y	Z	A	B	C	D	E	F	G	H	I	J	K	L	M	N	O	P
17	R	S	T	U	V	W	X	Y	Z	A	B	C	D	E	F	G	H	I	J	K	L	M	N	O	P	Q
18	S	T	U	V	W	X	Y	Z	A	B	C	D	E	F	G	H	I	J	K	L	M	N	O	P	Q	R
19	T	U	V	W	X	Y	Z	A	B	C	D	E	F	G	H	I	J	K	L	M	N	O	P	Q	R	S
20	U	V	W	X	Y	Z	A	B	C	D	E	F	G	H	I	J	K	L	M	N	O	P	Q	R	S	T
21	V	W	X	Y	Z	A	B	C	D	E	F	G	H	I	J	K	L	M	N	O	P	Q	R	S	T	U
22	W	X	Y	Z	A	B	C	D	E	F	G	H	I	J	K	L	M	N	O	P	Q	R	S	T	U	V
23	X	Y	Z	A	B	C	D	E	F	G	H	I	J	K	L	M	N	O	P	Q	R	S	T	U	V	W
24	Y	Z	A	B	C	D	E	F	G	H	I	J	K	L	M	N	O	P	Q	R	S	T	U	V	W	X
25	Z	A	B	C	D	E	F	G	H	I	J	K	L	M	N	O	P	Q	R	S	T	U	V	W	X	Y
26	A	B	C	D	E	F	G	H	I	J	K	L	M	N	O	P	Q	R	S	T	U	V	W	X	Y	Z

Wer eine Geheimbotschaft vermitteln will, verschlüsselt den Text über ein Schlüsselwort, das zuvor abgesprochen werden muss. Es wird notiert und so lange wiederholt, bis die Menge der Buchstaben denen des Klartextes entspricht.

Beispiel:

Der Satz *katinka ist bei britta*[*] soll chiffriert werden. Er besteht aus 19 Buchstaben. Am günstigsten wählt man ein Schlüsselwort, das genauso lang oder länger ist: EIERPFANNKUCHENTEST. Es kann auch eine willkürliche Zeichenzusammensetzung vereinbart werden, die noch sicherer wäre.

SCHLÜSSEL	E	I	E	R	P	F	A	N	N	K	U	C	H	E	N	T	E	S	T
Klar	k	a	t	i	n	k	a	i	s	t	b	e	i	b	r	i	t	t	a
GEHEIM																			

Codiert wird folgendermaßen: Der Kryptograf geht zum Klartextbuchstaben k und wandert nun im Vigenère-Quadrat in der Spalte nach unten bis in die Zeile, die mit einem E (wegen EIERPFANNKUCHEN) beginnt (Zeile 4). Nun ersetzt er k durch den dort befindlichen Buchstaben O. Anschließend geht er zum Klartextbuchstaben a und chiffriert diesen durch den Buchstaben in der Zeile, die mit I (EIERPFANNKUCHEN) beginnt: I.

SCHLÜSSEL	E	I	E	R	P	F	A	N	N	K	U	C	H	E	N	T	E	S	T
Klar	k	a	t	i	n	k	a	i	s	t	b	e	i	b	r	i	t	t	a
GEHEIM	O	I	X	Z	C	P	A	V	F	D	V	G	P	F	E	B	X	L	T

Die Chiffre lautet OIXZCPAVFDVGPFEBXLT.

[*] Der Klartext wird in Kleinbuchstaben, der Geheimtext in Großbuchstaben geschrieben.

Um zu entschlüsseln, benötigt der Kryptoanalytiker das Schlüsselwort.

```
SCHLÜSSEL  E I E R P F A N N K U C H E N T E S T
Klar
GEHEIM     O I X Z C P A V F D V G P F E B X L T
```

Nun geht es den umgekehrten Weg. Das Geheimtext-O wird in der Zeile gesucht, die mit E beginnt. Dieses steht in der Klartextspalte von k. I wird in der Zeile gesucht, die mit I beginnt: Klartextspalte a. Auf diese Weise wird der Klartext *katinka ist bei britta* entschlüsselt.

Weitere Krimis finden Sie auf den folgenden Seiten und im Internet: www.gmeiner-verlag.de

Friederike Schmöe
Maskenspiel

277 Seiten, 11 x 18 cm, Paperback.
ISBN 978-3-89977-636-2. € 9,90.

Privatdetektivin Katinka Palfy hat endlich ihren ersehnten ersten Fall an der Hand: In der Universität Bamberg, am Lehrstuhl des renommierten Romanisten Prof. Laubach, verschwinden CD-ROMs, Festplatten werden gelöscht und neue Dateien durch alte Versionen überspielt. Doktorand Carsten Stielke wurde eine Diskette mit all seinen Doktorarbeitsdateien gestohlen.
Eine harmlose Sache, denkt Katinka. Bald steckt sie jedoch zwischen den Fronten schräger und absonderlicher Lehrstuhlmitarbeiter fest, von denen jeder glaubt ein dringendes Motiv zu haben, einen anderen um die Ergebnisse seiner Arbeit zu bringen. Eine Art akademischer Karneval mit ganz eigenen Spielregeln …

Kurt Lehmkuhl
Raffgier

277 Seiten, 11 x 18 cm, Paperback.
ISBN 978-3-89977-780-2. € 9,90.

Selbst in seinem Ferienhaus in Huppenbroich hat der pensionierte Leiter der Aachener Mordkommission, Kriminalhauptkommissar Rudolf-Günther Böhnke, keine Ruhe vor dem Verbrechen: Ein brutaler Mord erschüttert das beschauliche Dorf am Nordrand der Eifel. Der angesehene Immobilienmakler Werner Fritz Puhlmann aus Aachen wurde in seiner Ferienwohnung erschossen.

Für Böhnkes Nachfolger Schulze-Meyerdieck, ist der Fall schnell klar: Ein Kleinkrimineller, dessen Fingerabdrücke auf der Mordwaffe sichergestellt werden konnten, muss der Täter sein.

Doch Böhnke mag nicht an diese einfache Lösung glauben. Schon bald fördert er ganz erstaunliche Details aus dem Leben des so sauberen Maklers zu Tage.

KRIMI IM GMEINER-VERLAG

Wir machen's spannend

Marcus Imbsweiler
Schlussakt

467 Seiten, 11 x 18 cm, Paperback.
ISBN 978-3-89977-781-9. € 9,90.

Mord im Heidelberger Stadttheater: Während einer Opernaufführung wird die Garderobiere Annette Nierzwa erwürgt. Man findet sie im Zimmer von Bernd Nagel, dem Geschäftsführer des Philharmonischen Orchesters, der ihr Geliebter war.

Daraufhin betrauen gleich zwei Personen den Privatdetektiv Max Koller mit Nachforschungen: der Journalist Marc Covet, der alles daran setzt, seinen Freund Nagel zu entlasten und die betuchte Opernliebhaberin Elke von Wonnegut, die sich um den Ruf Heidelbergs als Musikstadt sorgt.

Alles spricht gegen Nagel: Er hat kein Alibi, die Beziehung zu Annette war nicht frei von Konflikten. Aber ist ihm ein Mord zuzutrauen?

Koller lässt nicht locker. Er will den Fall lösen, und er wird ihn lösen!

Paul Lascaux
Wursthimmel

230 Seiten, 11 x 18 cm, Paperback.
ISBN 978-3-89977-785-7. € 9,90.

Bern, im Sommer. Der Detektiv Heinrich Müller und seine Partnerin Nicole Himmel werden zu einem Grillfest des Künstlers F. K. Swiss eingeladen. Auf der Party wird ein surreales Kunstobjekt vorgestellt, das als Bratwurstgrill dient. Zur Gaudi des Publikums findet außerdem die Wahl einer Wurstkönigin statt.

Als Müller die Siegerin abholen will, findet er sie erstochen in einem Schrebergartenhäuschen. Am nächsten Morgen entdeckt die Polizei eine zweite Leiche: den Vertriebschef einer Großmetzgerei.

Es beginnen hektische Ermittlungen, an denen neben der Polizei auch die Detektei Müller & Himmel beteiligt ist. Eine heiße Spur führt die beiden Detektive in die dubiose Singleagentur »Happy Future« …

KRIMI IM GMEINER-VERLAG

Wir machen's spannend

Alle Gmeiner-Autoren und ihre Krimis auf einen Blick

Anthologien: Mords-Sachsen 2 (2008) • Tod am Bodensee • Mords-Sachsen (2007) • Grenzfälle (2005) • Spekulatius (2003) **Artmeier, Hildegund:** Feuerross (2006) • Katzenhöhle (2005) • Schlangentanz • Drachenfrau (2004) **Bauer, Hermann:** Fernwehträume (2008) **Baum, Beate:** Häuserkampf (2008) **Beck, Sinje:** Totenklang (2008) • Duftspur (2006) • Einzelkämpfer (2005) **Blatter, Ulrike:** Vogelfrau (2008) **Bode-Hoffmann, Grit/Hoffmann, Matthias:** Infantizid (2007) **Bomm, Manfred:** Notbremse (2008) • Schattennetz • Beweislast (2007) • Schusslinie (2006) • Mordloch • Trugschluss (2005) • Irrflug • Himmelsfelsen (2004) **Bonn, Susanne:** Der Jahrmarkt zu Jakobi (2008) **Bosch van den, Jann:** Wintertod (2005) **Buttler, Monika:** Dunkelzeit (2006) • Abendfrieden (2005) • Herzraub (2004) **Clausen, Anke:** Ostseegrab (2007) **Danz, Ella:** Nebelschleier (2008) • Steilufer (2007) • Osterfeuer (2006) **Detering, Monika:** Puppenmann • Herzfrauen (2007) **Dünschede, Sandra:** Solomord (2008) • Nordmord (2007) • Deichgrab (2006) **Emme, Pierre:** Florentinerpakt • Ballsaison (2008) • Tortenkomplott • Killerspiele (2007) • Würstelmassaker • Heurigenpassion (2006) • Schnitzelfarce • Pastetenlust (2005) **Enderle, Manfred:** Nachtwanderer (2006) **Erfmeyer, Klaus:** Geldmarie (2008) • Todeserklärung (2007) • Karrieresprung (2006) **Erwin, Birgit/Buchhorn, Ulrich:** Die Herren von Buchhorn (2008) **Franzinger, Bernd:** Kindspech (2008) • Jammerhalde (2007) • Bombenstimmung (2006) • Wolfsfalle • Dinotod (2005) • Ohnmacht • Goldrausch (2004) • Pilzsaison (2003) **Gardein, Uwe:** Die letzte Hexe – Maria Anna Schwegelin (2008) **Gardener, Eva B.:** Lebenshunger (2005) **Gibert, Matthias P.:** Kammerflimmern (2008) • Nervenflattern (2007) **Graf, Edi:** Leopardenjagd (2008) • Elefantengold (2006) • Löwenriss • Nashornfieber (2005) **Gude, Christian:** Binärcode (2008) • Mosquito (2007) **Haug, Gunter:** Gössenjagd (2004) • Hüttenzauber (2003) • Tauberschwarz • Riffhaie • Tiefenrausch (2002) • Höllenfahrt (2001) • Sturmwarnung (2000) **Heim, Uta-Maria:** Das Rattenprinzip (2008) • Totschweigen (2007) • Dreckskind (2006) **Hunold-Reime, Sigrid:** Frühstückspension (2008) **Imbsweiler, Marcus:** Schlussakt (2008) • Bergfriedhof (2007) **Karnani, Fritjof:** Notlandung (2008) • Turnaround (2007) • Takeover (2006) **Keiser, Gabriele:** Gartenschläfer (2008) • Apollofalter (2006) **Keiser, Gabriele/Polifka, Wolfgang:** Puppenjäger (2006) **Klausner, Uwe:** Die

Alle Gmeiner-Autoren und ihre Krimis auf einen Blick

Kiliansverschwörung (2008) • Die Pforten der Hölle (2007) **Klewe, Sabine:** Blutsonne (2008) • Wintermärchen (2007) • Kinderspiel (2005) • Schattenriss (2004) **Klingler, Eva:** Königsdrama (2006) **Klösel, Matthias:** Tourneekoller (2008) **Klugmann, Norbert:** Die Nacht des Narren (2008) • Die Tochter des Salzhändlers (2007) • Kabinettstück (2006) • Schlüsselgewalt (2004) • Rebenblut (2003) **Kohl, Erwin:** Willenlos (2008) • Flatline (2007) • Grabtanz • Zugzwang (2006) **Köhler, Manfred:** Tiefpunkt • Schreckensgletscher (2007) **Koppitz, Rainer C.:** Machtrausch (2005) **Kramer, Veronika:** Todesgeheimnis (2006) • Rachesommer (2005) **Kronenberg, Susanne:** Weinrache (2007) • Kultopfer (2006) • Flammenpferd • Pferdemörder (2005) **Kurella, Frank:** Das Pergament des Todes (2007) **Lascaux, Paul:** Wursthimmel • Salztränen (2008) **Lebek, Hans:** Karteileichen (2006) • Todesschläger (2005) **Lemkuhl, Kurt:** Raffgier (2008) **Leix, Bernd:** Waldstadt (2007) • Hackschnitzel (2006) • Zuckerblut • Bucheckern (2005) **Mader, Raimund A.:** Glasberg (2008) **Mainka, Martina:** Satanszeichen (2005) **Misko, Mona:** Winzertochter • Kindsblut (2005) **Ott, Paul:** Bodensee-Blues (2007) **Puhlfürst, Claudia:** Rachegöttin (2007) • Dunkelhaft (2006) • Eiseskälte • Leichenstarre (2005) **Pundt, Hardy:** Deichbruch (2008) **Senf, Jochen:** Knochenspiel (2008) • Nichtwisser (2007) **Seyerle, Guido:** Schweinekrieg (2007) **Schmitz, Ingrid:** Mordsdeal (2007) • Sündenfälle (2006) **Schmöe, Friederike:** Spinnefeind • Pfeilgift (2008) • Januskopf • Schockstarre (2007) • Käfersterben • Fratzenmond (2006) • Kirchweihmord • Maskenspiel (2005) **Schröder, Angelika:** Mordsgier (2006) • Mordswut (2005) • Mordsliebe (2004) **Schuker, Klaus:** Brudernacht (2007) • Wasserpilz (2006) **Schneider, Harald:** Ernteopfer (2008) **Schulze, Gina:** Sintflut (2007) **Schwab, Elke:** Angstfalle (2006) • Großeinsatz (2005) **Schwarz, Maren:** Zwiespalt (2007) • Maienfrost • Dämonenspiel (2005) • Grabeskälte (2004) **Steinhauer, Franziska:** Menschenfänger (2008) • Narrenspiel (2007) • Seelenqual • Racheakt (2006) **Thömmes, Günther:** Der Bierzauberer (2008) **Thadewaldt, Astrid/Bauer, Carsten:** Blutblume (2007) • Kreuzkönig (2006) **Valdorf, Leo:** Großstadtsumpf (2006) **Vertacnik, Hans-Peter:** Ultimo (2008) •Abfangjäger (2007) **Wark, Peter:** Epizentrum (2006) • Ballonglühen (2003) • Albtraum (2001) **Wilkenloh, Wimmer:** Feuermal (2006) • Hätschelkind (2005) **Wyss, Verena:** Todesformel (2008) **Zander, Wolfgang:** Hundeleben (2008)